榎本憲男

NORIO ENOMOTO

サイケデリック・マウンテン

National
Comprehensive
Security
Committee

早川書房

サイケデリック・マウンテン

目次

第三章 サイケデリック・マウンテン 355

イントロダクション

0　桜の舞う夜

店に入ってきた時、その右手にはもう刃物が握られていた。

くたびれた白い無地の綿シャツにジーンズという、この店の雰囲気には馴染《なじ》まない格好でカウンターの前を通り過ぎた中年男を、グラスに白布を当てていたバーテンダーがいぶかしげな表情で見送った。男はまっすぐに店の奥へと進み、フロア中央を四角く囲むカウンターのコーナーを回った。

高い天井から降りてくる光が、楢《なら》の一枚板が長く伸びるカウンターの表面を柔らかく照らして、彼の行く先を導いているかのようだった。前方では、グレーのスーツに身を包んだ紳士が肘をつき、琥《こ》珀《はく》色の液体が満たされたグラスを眺めていた。紳士は充実した安堵《あんど》の表情を浮かべていた。その傍らに立って、歩み寄った男は左手で紳士の肩をぐっと摑んだ。

そして、耳元に顔を寄せ、ひと言つぶやく。

当惑した瞳を男に向け、紳士はなにごとか言い返そうとした。だがその言葉はすぐに途切れ、顔の筋肉が硬直し、瞳の中に不吉な鈍色《にびいろ》の光が宿った。そしてその瞳をおそるおそる腹部に向けると、そこには出刃包丁がふかぶかと突き立てられていた。

戸惑う紳士の表情を冷酷に眺めながら、男は柄《つか》を握った右手首をぐっと返した。とたんに、刃がめり込んだ身体《からだ》がくの字に曲がった。男は紳士の顎に左の手のひらを当ててぐいと押し返し、前のめりになった身体を真っ直ぐにしたあと、柄を握った右手を開いた。斧を入れられた巨木のように、紳士の身体は背の高い椅子の上でゆらりと傾いたかと思うと、ゆっくり倒れていった。頭部が大理石の床を打ち、鈍い音がした。仰向けに横たわった身体から命の手応えが消え、その上を、甘ったるいジャズボーカルが流れた。

男は騒然とする店内を入り口へと引き返し、静かに出て行った。ようやく事の次第を理解して、バーテンダーは受話器を摑み、震える指で1、1、0とプッシュした。

しかし、男がそのまま夜の闇の中へ消えるには、この季節の東京は明るすぎた。例年になく遅い桜が、LEDの街灯に照らされながら、花びらをひっきりなしに散らせるその下を、血だらけの白い綿シャツのまま放心した表情で歩く男に、通報を受けて駆けつけた警察官が職務質問し、手錠をかけるまで一時間もかからなかった。

第一章　井澗紗理奈と弓削啓史

1　馬鹿な男

気がつけば、暗い山の中にいた。

まっすぐな道を見失ってあてどもなく歩いている自分は、ずいぶんと老け込んでしまった気がした。

そうして目が覚めた。

井潤紗理奈《いたにさりな》は寝不足の頭を振ってベッドから起き上がると、コーヒーを淹《い》れてトーストを焼いた。マーマレードを塗って一枚食べてから、溶いた玉子を火に掛けたフライパンに流し込んだ。

オムレツをスプーンですくいながらラジオに耳を傾けていると、日本の名目ＧＤＰがインドに抜かれたというニュースを皮切りに、不景気で物騒な話題ばかりを立て続けに聞かされた。そのあとでボサノバが流れた。ナイロン弦の柔らかいギターのつま弾《び》きと低くつぶやくような歌唱にすこし癒やされ、井潤は洗面所の鏡の前で歯ブラシを使った。鏡には、なにもかも小作りで繊細に仕上がった自分の顔が映っている。美人ではあるものの三十三歳にしては幼すぎる顔立ちを彼女は時々苦にしたが、歯並びがいいのはいつも嬉しく思っていた。

マンションを出て飯能《はんのう》駅に向かい、上りに乗った。通勤ラッシュが落ち着いたころだったので、空席はあった。週の半分は秩父《ちちぶ》山中の研究所に通うので、この時は空《す》いた下りに乗る。けれど今日は、本部で全体ミーティングがあるので、都心に向かっているのである。

池袋《いけぶくろ》から地下鉄に乗り換え、霞ヶ関《かすみがせき》で降りようといったん浮かした腰をまたあわてて降ろした。厚労省に勤めていたころの習性がなかなか抜けない。

国会議事堂前で下車し、内閣府の門をくぐった。パスを出してゲートをくぐり、首にかけて階段をツーフロア上がった。〈北方対策本部〉と〈金融危機対応会議〉に挟まれた、〈国家総合安全保障委員会〉というプレートがかかったドアを押した。正式名称はドアに掲げられた通りだが、堅苦しいので、National Comprehensive Security Committeeという英語表記の頭文字を取って、NCSCと呼ばれることが多い。

「井澗さん、今日はこっちなんだ」

机の列に挟まれた通路を自分の席に向かって歩いていると、エネルギー安全保障セクションのブロックから声をかけられた。そうですと無愛想に答えて通り過ぎ、兵器研究開発セクションに着くと、自席のパソコンを起動した。さっき声をかけてきた坂上《さかがみ》が寄ってきて、ランチに誘ってきた。食べてきたのでと断り、タンブラーをバックから取り出した。ひとくち飲み、そろそろアイスコーヒーに切り替える季節だなと思いながら、専用サーバーに入っている回覧情報を眺めた。

突然、机の上にグラシン・カップが置かれた。緑色のカヌレが載っている。

「食べてみて」

坂上が舞い戻って、粘っこい笑いを浮かべて立っていた。

しつこいな。井澗は疎《うと》ましく思う気持ちが顔に出ないよう気を配った。

「間宮《まみや》にもらったんだ。新商品だって」

間宮というのは、農林水産省出身でNCSCでは食糧安全保障セクション所属の官僚だ。経産省から来た坂上とは気が合うのか、一緒にいるところをよく目にする。

　ひとつ摘まむとカヌレ独特の弾力があってしっとりした食感が口内に伝わった。どこか妙な味だが食べられないことはない。コーヒーが入ったタンブラーの飲み口に唇を当て、井澗は坂上の解説を待った。

「原料はなんだと思う」ひとりよがりの笑いを交えつつ、坂上が尋ねる。

　井澗は小首をかしげて考え、

「微生物ですか」

「さすがだなあ」坂上はすこし落胆したような笑いを浮かべた。「ミドリムシだよ」

「なるほど。美味《おい》しいですね」

　井澗はもうひとつ摘まんだ。若い女に小虫が原料の菓子を食べさせて驚かせ、「いやだあ」なんて言わせてそれを見物するつもりだったのだろうが、そんな訳にいくものか。

「遺伝子組み換え操作は？」

「たぶん」と坂上は笑って、「井澗さんが遺伝子組み換え操作はって訊いてるぞ」と食料安全保障セクションに向かって声を張った。

「もうバリバリやってます」という声が返ってきた。

　坂上は無遠慮に井澗の肩を叩くと、自分の巣であるエネルギー安全保障セクションに戻って行った。経済産業省の牙城といった色合いが濃厚なブロックだ。

　ＮＣＳＣは各省庁からやってきた官僚たちが入り交じり、密接に連携して、時には激しく反駁《はんばく》し合いながら、出身省庁の利益と権限を拡大しようとしている組織である。そしてこのような組織編成と性格は、ＮＣＳＣ発足のいきさつと日本の官僚組織の体質を考えれば、いかにもありそうなことだった。

前政権の後期に、北朝鮮によって発射されたミサイルが日本の排他的経済水域内に落ちはじめた。そして、保守党が政権を奪還し、佐野《さの》政権が東アジア一帯の安全保障は日増しに厳しさを増しているという主張をはじめると、世論もこれに同調するようになった。

ついに、自衛隊は自衛軍と改められた。

日本は武器輸出を解禁し、自衛軍および諜報機関の活動範囲もじわじわと拡大させた。それにともない防衛省の予算は右肩上がりに増え、特にテロ対策を見据えた海外派兵などについては大きな予算が組まれるようになった。

予算が増え活動が活発になれば、権限は増大する。いままで冷や飯を食わされていた防衛官僚たちの鼻息はしだいに荒くなっていった。そして、省内に「防衛計画会議」なるものを設立し、濡れ手に粟《あわ》で研究予算をごっそり持っていこうとした時、各省庁から鋭い横槍が入った。

いまや防衛《Defense》だけでは国民の安全は保障できない。現在において重要視されるべきなのは安全保障《Security》という広い視野の発想である。そして、安全保障というものは防衛省だけでカバーできるものではないのだ、という主張が各方面からぶつけられた。

当初、防衛省が目論んだ「防衛計画会議」は「国家総合安全保障委員会」と改められ、頭文字を取ったNCSCがその通称となった。さらに、その部屋は防衛省内から引きはがされ、首相の判断で内閣府に置かれることとなった。こうして内閣総理大臣直轄の組織となったNCSCにさまざまな省庁から人材が流れ込み、混成チームの各セクションが編成された。厚労省からやってきた井潤紗理奈が身を寄せているのは兵器研究開発セクションである。

「いま来たのか」

こんど傍らに立っていたのはテロ対策セクションの弓削啓史《ゆげひろし》だった。この男の出は警察庁である。

「朝まで実験していたから遅めの出勤にさせてもらった」

おつかれ、と言って弓削は離席中の隣の椅子を引いて腰かけた。

「モルモットが必要なら言ってくれ。井澗のためなら喜んでこの身を捧げるから」

「ありがとう。頭蓋骨を外してむき出しにした大脳に電極挿し込みたいんだけど、いい？」

「ああ、いいよ。たぶん井澗への愛で計器の針が振り切れるんじゃないかな」

ここで笑うとまたこの男は調子づくな、と思ったけれど、口元はかすかに緩んだ。

「ところで」と弓削があらたまった。「井澗のほうで試してみたい自白剤ってないかな」

「自白剤か」

確かに、それは井澗の専門分野に近い技術だった。

「なんのため？」

「青山のバーで金融マンが殺された事件があったろ」

「知らない」

弓削はがくっと落胆してみせた。そして、ため息をついて立ち上がり、ついて来いよと人差し指をくいっと曲げた。調子がよすぎるなとも思ったが、井澗はタンブラーを摑むと腰を上げた。

空いている会議室を見つけて入ると、弓削の口から、国際開発金融機関に勤務する中年男がバーで刺殺された事件のあらましが語られた。井澗は不思議に思った。テロ対策セクションが扱うには小さすぎる案件だ。どうしてそんなものに首を突っ込んでいるのだろう。

「ところが、犯人が吐かない」

「犯行は認めているんでしょ」

「あっさりと。けれど問題は動機だ」

「辻褄《つじつま》が合わないの？」

「というか、黙秘に近いかな」

「だったら無差別殺人。誰でもよかったってことじゃないの」

「それはないんだ。わざわざ刺す前に名前を確認してるから。だけど、なぜやったのかと聞くと本人も首をかしげているらしい」

「らしいってのはどこからの情報？」

「警視庁に出向していたときの仲間から相談を持ちかけられたんだ」

「なんだ、弓削君が尋問に立ち会ったわけじゃないのか。それって、被疑者が心を整理できてないだけだと思うけど」

「かもしれない。ただ、『一真行《いっしんこう》』の元信者だからな、あまりのんびり構えているわけにもいかないんだ」

そういうことか。井潤は納得した。あの新宗教団体の影がちらついているのなら、弓削の出番もあり得る。

修行と神秘体験を重んじる密教系仏教の流れを汲《く》みつつ、アメリカのスピリチュアルを取り入れた「一真行」は、精神世界や神秘体験のブームに乗って着実に信者を増やしていたが、日本が〝バブル〟と呼ばれた短い狂騒の真っ只中に、奇妙な事件をおこした。

それはテロと呼ぶにはしっくりこない、目的も曖昧な事件だった。

夏のある日、昼下がりから夕方にかけて、渋谷の街のあちこちで奇妙な出来事が散見された。信号無視、無銭飲食、屋外での淫行、そして路上で立ち止まり叫び声を発する多くの通行人。まばゆい光の中に魅惑的なイリュージョンを見たと報告する者もかなりの数いた。そして、渋谷のスクランブル交差点を一真行の街宣車がマントラを流しながら何度も通過し、「喜捨せよ、そして永遠に向かってのすこやかな死を」と連呼すると、多くの者が街宣車に向かって手を差し延べ歓声を挙げるという珍妙な現象が起きた。一時的に渋谷の街がトランス状態に達したのである。

不審に思った警察が調査に乗り出し、百貨店の屋上から噴霧器を使ってなにかを散布している四人を発見し、職質の上、逮捕した。

一真行の信者が撒《ま》いていたのはＬＳＤであった。

死者は出なかったものの、警察はこの事件を重く見て、強制捜査に踏み切った。すると、修行による神秘体験が売りのこの教団内部で、信者に不法な薬物を用いて幻覚作用を起こさせ、それを精神修行の成果だと信じ込ませていたことが判明した。また、薬物を用いてマインドコントロールしていた疑いも濃厚になった。

しかし、なぜ一真行が、白昼堂々と百貨店の屋上からＬＳＤを散布するなどという、自らの教団を危険に曝《さら》す、言ってみれば自殺行為に及んだのか。この点については、いまだ謎に包まれたままだ。ただ、教祖自身が、この事件のすこし前から、心神喪失状態にあったことが捜査の進展とともに明らかになった。

ともあれ、今回の青山の事件も、犯人が一真行の指示で凶行に及んだ可能性があるのなら、その真偽はきちんと鑑定されるべきだし、テロの疑いを持って調査にのぞむのも不自然ではない。ＮＣＳＣが関与するには、小ぶりすぎる気もするが、なんらかの思惑があった上でこの事件を警視庁から引っぺがして自分たちのものにしようとしているのかもしれない。

「自白剤の信憑性《しんぴょうせい》についてはいろいろ議論があるのは知ってるよ」と弓削が言い、まったく別のことを考えていた井澗は、我に返って、ああとうなずいた。

「自白剤ってのは、井澗の兵器研究開発セクションではまったく手をつけてないの」

「いえ、当然やってます」

「だよな。そっちは『まさかそんなことまで』って感じのえげつないことも平気でやってるものなあ」

「えげつないってのはご挨拶だな」

ＮＳＣの中でも、兵器研究開発セクションはかなり大所帯の部署だ。外に研究所も持っていて、超小型ドローンや新型ミサイル、ロボット兵士などの開発を進めている。そして、このようなハードに対して、井澗はソフトな武力を開発していた。

ソフトな武力とは精神のことである。兵士の精神を適切に管理し戦闘能力をレベルアップさせる。このための技術を開発することが井澗の職務であった。

例えば、強い信仰を持った兵士はそうでない者に比べるとはるかに勇敢で、忍耐強く、自己犠牲精神に富み、窮地に至っても冷静でいられることが多いという報告がある。一方、我が国を顧みると、ほとんどの日本人には身を捧げるような確固たる宗教はないに等しい。日本の自衛軍の少尉以下の下級兵士を見渡してみれば、長引く不況による就職難で「ここならとりあえず食える」と入隊した者が大半を占めている。ハードな武力が拮抗《きっこう》した時、このソフトの差は大きい。そこでソフトの改良、軍人の精神をビルドアップする必要が生じる。こうして、道徳教育や訓話やイメージトレーニングといったカリキュラムが軍に導入されるわけである。

精神というソフトを改良するにあたっての井澗たちのアプローチは、脳というハードウェアを観察し、これに改良を施して、精神《ソフト》を理想的な状態に近づけるというものだ。脳《ハード》を操作し、武力として理想的な精神《ソフト》を生み出すという難題に取り組む井潤の学問的・技術的バックボーンは、脳神経医学ならびに認知神経心理学である。

とりあえずもうすこし情報が欲しいわね、と井潤が言うと、弓削はそうくると思ったよと立ち上がり、テレビをつけた。

画面には、殺風景な小部屋にぽつねんと座っている痩せた男が現れた。取り調べの録画映像だ。我を張っているような強張《こわば》りはなく、脱力放心し、成り行きに身を任せているように見えた。井潤は思わず、

「これは完全に落ちているんじゃないの」と問い質《ただ》した。

弓削が唇に人差し指を当てた。

――三宅《みやけ》、もう一度訊くぞ、てことは鷹栖《たかす》さんとはまったく面識がないんだな。

画面の外で刑事の声がした。

〈ええ、まったく〉

三宅と呼ばれた男が言った。

――おかしいじゃないか。じゃあ、なんで刺す必要があるんだ。

〈それは、よくないからですよ〉

――だから、なにがよくないって？

〈大事なものをおろそかにするのはよくないことです〉

――大事なものってなんだ。

〈大事なものは目に見えない。大事なものはお金では買えないんです〉

――それは一真行の教えだろ。

〈あそこは口先だけです。金なぞ大事じゃないと言いながら金をふんだくるんです〉

――じゃあ、鷹栖さんが大事なものをおろそかにしているって、お前はどうして知ったんだ。

三宅はぼうっとして部屋の隅に目をやった。

――誰かがお前に吹き込んだんじゃないのか、鷹栖はよくないって。

〈よくないです〉

――だから誰が？

〈鷹栖です〉

――そうじゃない、誰がお前に鷹栖はよくないって教えたんだ。

〈この部屋ちょっと寒くないですか〉

――寒くねえよ、なに言ってんだ。もうその手は喰わねえぞ、ちゃんと答えろ。

〈寒いですよ。寒い〉

――おい、お前が一真行を脱会したのは、教団との示し合わせだろ。捜査の矛先《ほこさき》をかわそうとしたってそうはいかないからな。

〈なんのことを言ってるのかわかりません〉

――じゃあ、鷹栖祐二《ゆうじ》のどこがいけないのか、言ってみな。ただし、大事なものを疎《おろ》そかにしてるなんてのは答えのうちに入らないからな。

〈あの、冷房切ってくれましたか〉

――最初からクーラーなんか使ってねえよ。おい、答えろ、どうなんだ。

〈なにがです〉

――てめえ、俺の言うこと聞いてなかったのかよ。

〈ちょっと暑くないですか、この部屋。のどが渇いた〉

「もういいわ」と井澗が言ったので、弓削は動画を停止した。

「これが延々続くのね」

「まあそうだ。で、どう思う」

「あんまり自信ないけど。やっぱり一真行がからんでるとは思うな」

「だろ。だとしたら見逃せないんだよ」

井澗は考えた末に、とりあえずやってみようかと言って、弓削に新型自白剤の使用許可を、警視庁と、さらに厚生労働省に取るように言い、被験者の身長体重、血圧、アレルギーなどがないかどうかも確認して知らせるように伝えた。実は井澗にも試してみたい新薬があったのだ。


三日後、井澗は弓削と一緒に、三宅が拘留されている警視庁を訪ねた。

まず、羽山《はやま》という若い刑事と横溝《よこみぞ》という古株に引き合わされた。年齢《とし》の離れたふたりの刑事はともに弓削には敬語で話した。キャリア組の弓削は、五十は超えていると見える横溝よりも警官としての位は上らしい。弓削が横溝に対して敬語を使っているのは、人生の先輩への敬意だと思われた。一方の羽山は、横溝がトイレで席を外すと、いきなりタメ口で弓削に話しはじめた。

「こいつ、小中と同級生なんだ」と弓削が説明した。

「どんな小学生でした」と井澗は羽山に聞いた。

「弓削ですか。変わったやつでしたよ」

「やっぱり」

「それに泣き虫だったよな、お前」

そう言って羽山はいたずらっぽく笑った。

「そんなことないよ」

「飼育してたウサギが死んだ時、びーびー泣いたじゃないか」

「そんな話をここでバラすな」

横溝が戻ってくると羽山は急にかしこまり、「じゃあ、三宅を連れてきます」と言って出て行った。

井澗と弓削は横溝に案内されて取調室に入った。

羽山が、看守と一緒に、三宅を連れてきた。

「こんにちは」と井澗が三宅に声をかけた。

はあ、と三宅は要領を得ない声を出した。もっとも警戒をしている風でもなかった。この弛緩《しかん》した態度はたぶん自分が女だからだろう、と井澗は解釈した。

「私は医者です。今日はお薬を注射します。これは健康上別に害はありませんし、痛みを感じることもないので、安心してくださいね」

横溝が三宅の背後に回り両肩に手を置き、羽山が三宅のシャツの袖を捲《まく》り上げて前腕をアルコール綿で拭いた。

井澗は、革の鞄から、注射器のパックを取り出し開封した。すでに新型自白剤アドミエチル＝リゼルグ3、五ミリグラムが注入されている。注射器を構えて近づいた。三宅はおとなしく座っている。

井澗の手が三宅の細い腕を取った。針が皮膚を貫き、液体が静脈に流し込まれた。それは血液循環経路を経て脳内を巡り、まもなくしかるべき部位に影響を与えるはずだ。

自白剤を使うというのは大脳皮質を麻痺させるだけであって、そうして引き出した言葉などしょせん寝言だと判断する向きもある。しかし、警戒心のバイアスを司《つかさど》る部位の活動を抑え、楽天的な気分を促進するそれを活性化させつつ、大脳皮質の麻痺を適切な値に保てば、かなり信憑性のある証言を引き出すことができる。このような技術は井澗の得意とするところだった。

腕時計を見ていた井澗は顔を上げ、羽山に向かってうなずいた。

若い刑事は椅子を引いて三宅の向かいに腰を下ろした。

「なあ、三宅、最初にマスターベーションしたのはいつだ」

「十二」

三宅の答えは早かった。

「童貞を捨てたのは」

「三十二」

「どこで誰と」

「歌舞伎町のソープ」

これは自白剤が効いているかどうかをチェックする質問である。答えるのに心理的抵抗のある質問を投げて、その反応、特に返ってくるまでの時間を計る。三十二歳でのロストバージンはあまり言いたくない事実だろう。それを言い淀むことなく打ち明けるのなら、効いているとみていい。もっとも、なにか他にないのかと言いたくなるような質問ではあった。井澗がうなずくと、これを見た横溝が目配せでゴーサインを羽山に転送した。

「で、お前は鷹栖のどこが気に入らなかったんだ」

沈黙があった。それはかなり長く、黙秘しているのか言葉を探しているのか判然としなかった。しびれを切らした羽山がまた口を開いた。

「刺したんだよな、お前は鷹栖を」

「刺しました」

「なぜだ」

「止めようと思ったんです」

「ふむ。で、なにを」

「止めないと駄目になります、なにもかも」

「だからなにを止めたかったんだ」

三宅は、机の上に乗せた自分の拳を見た。それは震えていた。

「そう教えてもらったんです」

「よし、いいぞ。誰にだ」

三宅は黙った。ここは待ったほうがいい、と井澗は思ったが、

「誰だ、おい」と羽山は答えを求めた。

三宅は拳を見つめたまま答えない。

「教団か。そうなんだろ」

拳の震えが激しくなる。よくないな。そう思った瞬間、三宅が立った。まあ、落ち着けよと笑いかける横溝を無視し、激しく前進した。その先に窓があった。初夏の風を入れようとそれは開いていた。三宅が跳んだ。四角い枠の外へ三宅の半身が飛び出た時、間一髪、弓削がその腰に飛びついた。外壁に張りつきながら、頭を下にしてもがく三宅を、男三人がかりで引き上げた。しかし、その後も、取調室の床でのたうちながら三宅は低くうなり続けていた。

不首尾に終わったこの一件の反省会をしようと、NCSCに戻る途中、井潤は喫茶店に弓削を誘った。

「とにかく、誰かに命令されたということだけは白状したんだから、一歩前進したとも言えるよ」

なぐさめるつもりで弓削はそう言ってくれたのだろう。けれど、とうてい納得はいかなかった。

「薬が効きすぎた、量が多かったなんてことは考えられないかな?」とも弓削は言った。

井潤は首を振った。それはまずない。精神現象に関しては、薬物との因果関係が曖昧になるのは確かだが、投薬がもたらす影響や変化はいぜんよりもずっと厳密に予測できるようになっている。

「もう一度やってみるか。効果がなかったわけじゃないんだし」

井潤は返事をしなかった。アドミエチル=リゼルグ3の分子構造をすこしアレンジしてもう一度投与してみるというのはありかもしれないが、気が乗らなかった。彼女はアイスティーのストローを噛みながら考え、しばらくしてまた口を開いた。

「こういう言い方で理解してもらえるかどうかわからないんだけれど、私が手がける仕事とは畑がちがうんじゃないかな」

弓削は曖昧な笑いを口元に浮かべ、アップルタイザーを直接瓶から飲みながらこちらを見て、先を促した。

「私は〝脳の人〟だよね。脳をチューンアップして精神を強靭《きょうじん》にするのが私の専門なの。だけど、今回は脳から
じゃなくて心から攻めていったほうが賢明だと思うよ」

「えーっと、脳と心ってどうちがうんだっけ」

「それに関してはいろんな議論がされているんだけど――」

「ああ、なんか前に聞いたような」

「そう。なんどか話してるよね。脳の活動と心の現象の関係については、脳の物理的な働きと平行して心的現象が生じるって立場を私は取っている」

「ああ、思い出した。去年、新宿《しんじゅく》のおでん屋でこの話になってずいぶん冷たい女だなって俺が言ったんだ」

「言った。冷たいとかそういう問題じゃないって私は言い返した。弓削君はまた、じゃあ大和魂はどうなるんだ、とかわけのわからないことを言って、それでとうとう喧嘩になっちゃった」

「だけど、それって脳＝《イコール》心だって言ってない？」

「言ってるに近いかな。それが私の立場なの。心は脳のニューロンの発火に伴って起こる脳内現象だってこと。冷たい女でごめんなさい」

弓削がすこし顔をしかめてさみしそうな顔をした時、井澗は自分が二歳年上なのを意識した。

「でも、今回はこの方面からのアプローチはいったん忘れたほうがいいと思うんだ」

「どうして」

「今日、三宅を見て、心にロックがかかっているんじゃないかって思った。だから、無理矢理こじあけようとすると、今日みたいなことが起こる」

「それってつまり、マインドコントロールされているってこと？」

「その通り」と井澗はうなずいた。「心がコントロールされていると表現するのがマインドコントロール、脳で言えば洗脳だね。とにかく、三宅は無意識に強い暗示を掛けられ、それに従って行動をしている。――そんな仮説を立てたほうがいいと思う」

「なるほど、あいつは一真行にいたんだし、検討に値する考えだ」と弓削はうなずいて、「けれど、どうしてそれがジャンルちがいってことになるんだ」

「いま私たちのセクションがやっているのは戦場の兵士の精神をビルドアップすることなの。戦場でダメージを受けた精神を再構成する方面までは手が回っていない。これはアメリカでも同じで、私たちの同業者はPTSDになった兵士の面倒はみない。みるとしてもかなりラジカルな手法を使う」

「ラジカルな手ってなんだよ」

「まあ、よしておくよ」

「どうして」

「また冷たいって言われそうだもの」

「たとえ冷たくても、井潤への俺の愛は変わらないよ」

「黙れ」

弓削はまたニヤニヤしながら見つめてくる。そして、ふと、

「そうか、アメリカの脳科学者がPTSDの治療に関心がないのは、向こうには心理カウンセラーがうじゃうじゃいるからだな」とつぶやいた。

「それはあるかもしれない。でも日本にもいないわけじゃないんだから、そういう人に三宅を診てもらったほうがいい、これが私の提案です」

「カウンセラーって言ったって色々あるだろう。誰に見せるべきなのか見当がつかないよ」

「宗教団体の犯罪が問題視されたときに、洗脳解除のスペシャリストが要請されて、なん人かが警察に協力していたと思う。調べてみれば」

「じゃあ、羽山に調べさせるよ。逆に井潤から推薦できる人間っているの？」

井潤は首を振った。本当はその分野の先達をひとり名前だけは知っていたが、口にしなかった。ふたりはいつもの通り割り勘で勘定をすませ、店を出た。弓削は「カウンセラーの件を根回ししてく

る」と言って桜田門のほうへ歩き出し、初夏の日差しの中で手を振った。

井潤紗理奈は弓削啓史が嫌いだった。

高校三年のクラス分けからずっと男だらけの理系集団の中で生きてきた井潤は、男から言い寄られることにいつのまにか慣れっこになった。輪郭の整った小さな瓜実顔《うりざねがお》と柔和で繊細な目鼻だちが安心感を与えるのか、まるで子供に接するように、鷹揚《おうよう》な迫り方をしてくる男たちが多く、それがまた癪《しゃく》に障った。弓削の態度はそれらとはまた毛色がちがっていたけれど、軽薄なお調子者という印象で、NCSCに移ってすぐに口説いてきたので、気に入らないのは同じだった。最初に言い寄られたのは、NCSC結成直後の親睦会の席だった。

「俺、井潤さんのことすごくいいなと思っているんですけれど、井潤さんは俺のことどう思いますか」

そんなこと訊かれても困る、まだあなたの名前も知らないし、と睨みつけたが、相手は平気で、そうですか、そうですよね、弓削です弓削啓史です、ささ、どうぞ一杯、などと言いながら井潤のグラスにビールを注ぐと、じゃあどうぞよろしくお願いします、と言い残し、警察庁から来た連中がひしめく男ばかりのテロ対策セクションの一座へ戻っていった。

その後で、この奇妙な男の噂を耳にした。会議の時に「それは武士道精神からしてできかねます」などと言って上司から叱責を受けたとか、「憂国の士としては」などときな臭い前口上を述べることがあると聞いた時には、馬鹿だな、と判断して、なるべく近づかないようにしようと決めた。東大法学部卒の文学青年という情報を得たときも、減点ポイントと見なした。どうせ愛読書は三島由紀夫かなにかだろう、ひょっとして『古事記』だったりして、などと勝手な妄想を膨らませ、あんな軽薄児は御免蒙《ごめんこうむ》ると断定した。ところが、ある出来事がきっかけとなって、弓削と井潤は食事をしたり映画に行ったりする仲になったのである。

さて、自白剤による自供が失敗に終わった翌週、井潤のもうひとつの勤務地である秩父山中の研究所まで、弓削がやってきた。実験結果をまとめるのに没頭していた井潤は、一時間ほど待ってもらわなければならなかった。そして、一区切りつけて井潤が応接室を覗くと、弓削はソファーに身体《からだ》を伸ばして寝ていた。肩を揺すって起こすと、ほとんど寝てないんだ、と言い訳した。

「そんなに忙しいのなら、例の刺殺事件なんかに首突っ込まなければいいのに」

コーヒーを出してやりながら井潤は言った。

「いや、テロ対策のほうは割とヒマだ。だから徹夜して本を読んでいた。ガッサーン・カナファーニー。パレスチナ難民の小説家だ。いやあ、土地を奪われるってのは、ほんとキビシイなあ」

「あきれた。それで昼間寝てるわけ？　サボりじゃない」

まあそう言うなよ、と言って弓削は書類を一枚テーブルに置いた。

「前にアドバイスをもらった洗脳解除のスペシャリストだ」

井潤はその紙を手に取った。

「その人は一真行元信者の洗脳を解いた人物として有名らしい。実績を鑑《かんが》みて、相談することになったみたいだ」

そこには自分が口にしようとしてよした名前があった。山咲岳志《やまさきたけし》。スタンフォード大学で心理学を学び、和歌山県の山中に診療所を構えている。この分野では第一人者と目されている人物である。

「どう思う」

妥当な人選だと認めざるを得なかったので、

「いいんじゃない」と井潤は言った。

「なるべく早くこの先生に会って現状を説明し、協力を要請しようと思うんだけど」

「協力ってどういうもの？」

「三宅の心のロックを外してもらう」

井潤は持ってきた自分のタンブラーに口をつけた。

「それで、ロックを解除した扉の向こうに、地雷かなんかが埋まっていればそれを除去してもらう。あの日のあいつの行動をふり返ると、触れてはいけない領域に踏み込むとなにかが爆発するように仕込まれている気がする」

なかなか勘がいい、と井潤は感心した。

「で、そのあとで俺たちがもう一度取り調べを行う」

「いいんじゃないかな」

「で、急で悪いんだけれど、山咲先生のところに一緒に行ってくれないか」

「私が？　どうして」

「もちろん専門家がいるとなにかと心強いからさ。うちのボスからそちらのセクションには協力申請を出す」

ＮＣＳＣには、各セクションは垣根を取り払って積極的に連携するべし、という基本方針がある。しかし、それぞれのセクションが研究している事項は、トップシークレットに類するものなので、その情報をよそに出すことをたがいに警戒し、連携の奨励は表向きの方針にとどまり形骸化《けいがいか》していた。ＮＣＳＣのサーバーには各セクションの書類がアップロードされていて、ＮＣＳＣメンバーであれば閲覧できるはずなのだが、ほとんどのフォルダーには専用パスワードが設定され、プロジェクトの関係者以外は閲覧できないようになっている。

ともあれ、弓削が協力申請書を提出しさえすれば、各セクションの連携の希有《けう》な例となるので受理されることはまちがいない。

「できれば遠慮したいな」と井潤は言った。

弓削は、冗談めかして大げさに落胆するいつものポーズをとらないで、黙ってコーヒーを飲んだ。そして、小さな声で、忙しいのかと訊いた。そう忙しいんだと答えてもよかったが、井潤は別の答えを戻した。

「いや、畑ちがいだから」

「どういう具合に？」

「私にとって心ってものは脳とちがってとても曖昧でとらえどころのないものなの。それを言葉の力で解きほぐしていくなんてのは正直言って手品に近い。一緒に行っても助言なんかできないと思うよ」

「手品？」

「そう手品」

そんなことないと思うけどなあ、と相手はさしたる根拠もなく粘った。いてくれるだけでいいんだ。世界遺産の熊野古道の近くだよ。那智《なち》の滝《たき》も見られるしさ、などと口を尖《とが》らせて、いつものお馬鹿な調子に戻って言った。

本当に畑ちがいなんだと井潤はくり返した。と同時に、協力要請が正式にあれば行かなければならなくなると覚悟はした。けれど、「なら諦めるよ」と弓削は引き下がった。

「でも、帰ってきたら向こうのようすは聞かせて」と井潤は言った。

彼女なりのフォローのつもりだった。

2　埋め込まれたアンカー

ジュースをもらったあと、うとうとしたと思ったら、もうすぐ着陸だぞと隣の席の羽山に肩を揺すられ、しょぼしょぼした目をこすった弓削は、窓の外へ視線を投げた。

海が見えた。海の碧《あお》に波頭《なみがしら》が不規則な白い模様を添えている。海岸線の近くまで濃緑の山が迫り、その山並みはどこまでも途切れることなく峰を重ねていた。なるほど和歌山というだけあって山ばかりだ。

それにしても、井潤に同行を断られたのは予想外だった、と丸窓の外に視線を投げながら弓削は思った。ふたりの間にはある種の友情があると彼は勝手に信じていた。だから、仕事上で井潤が助けてくれと言えば、いざ鎌倉と駆けつけるつもりはあったし、似たような思いは井潤も持っているものと当て込んでいた。それが今回、要領を得ない理由で断られたので、弓削は納得がいかなかった。井潤が持ち出した「ジャンルがちがう」という喩《たと》えも、喩えであるだけに、不明瞭さがつきまとった。

空港を出ると、南紀白浜《なんきしらはま》の日差しは東京よりも強かった。空港の敷地に店を構えているレンタカー屋で軽自動車を借り、弓削がハンドルを握った。カーナビを頼りに、紀伊半島の海岸線を南下した後、山に向かって進路を取った。羽山は「和歌山に行くなら名代《なだい》の店で豚骨味噌ラーメンを」と目論んでいたが、あっというまに鄙《ひな》びた民家がポツポツ並ぶだけの寂しい田舎道になった。初夏の光に照らされた野山の美しさに見とれながらも、

「こりゃ空港でなんか腹に入れておけばよかったな。お前が空港のレストランにうまいものなしなんて贅沢《ぜいたく》言うからだぞ」と弓削はぼやいた。

「俺のせいにするなって、――お、あれを見ろよ」

羽山に促され窓の外へと視線を送ると、『一真行　ひとつに向かって』という立て看板が見えたと思ったら、後方に遠ざかっていった。犯人の三宅がいた一真行は、渋谷交差点LSD散布事件を起こした後に教祖の袴田真三《はかまだしんぞう》が逮捕され、警察の強制捜査によって、ほとんど解体された。しかし、その残党はこの和歌山の山奥に拠点を移して、細々と修行だか活動だかを続けている。

やがて、狭い国道からは振り仰いでみなければならないくらいの急斜面に、へばりつくようにして建っている木造の大きな平屋の建物が見えた。どうやら、あれが一真行の教団施設らしい。

「山咲先生がいま手がけている患者はほとんどがあそこの元信者らしいぜ」と羽山が言った。

「へえ、教団の施設の近くで、その脱会を商売にするなんてなかなか過激だな」

さらに道は狭くなり、「これでも国道かよ」と羽山が苦笑した。道に沿って並ぶ木々に視界を遮《さえぎ》られ、うねうねと道なりに進み、やがて谷間《たにあい》の小さな村落に行き当たった。ぽつぽつと点在する古い家屋の間の細い道を進む。ハンドルを切る。大きな古民家が見えてきた。周辺のほかの住まいよりもひとまわり大きく、そして、その佇《たたず》まいは〝都会の趣向を存分に凝《こ》らした田舎〟とでもいうべき風情《ふぜい》を漂わせていた。

カーナビが目的地への到着を知らせ、羽山と弓削は車を降りた。

玄関の前で、ふたりと同じ年齢《とし》格好の男が、尻を地面につけて座り、和犬の頭を撫でていた。

「こんにちは、ワンネスの山咲先生いらっしゃいますか」と羽山が明るく声をかけた。

男は返事もせずにのそっと立ち上がり、引き戸を開けて中に入った。後ろ手で閉めた木戸の横には〈ワンネス 応用心理研究所〉という木の看板がかかっていた。

男の代わりに弓削がしゃがんで犬の首のあたりを撫ではじめた。犬はおとなしく撫でられていたが首にはカラーが巻かれていない。犬小屋も見当たらない。どうやら飼い犬ではなさそうだ。

扉が開いて、六十前後とおぼしき首の長いほっそりした紳士がサンダルを突っかけて現れて、山咲ですと名乗った。まず羽山が自己紹介し、弓削も名前だけを告げた。

「遠路はるばるこんな田舎まで、まあどうぞお上がりください」

長身をかがめて山咲は式台にスリッパを並べた。弓削と羽山は敷居をまたいで、山咲の背中を追った。

通されたリビングは板の間で、黒く太い柱や、高い天井に渡された太い梁《はり》の木組みは信州あたりの別荘のようだった。内装は和風で古風に、それでいてモダンにしつらえられてあった。

「どうも冷房が身体に合わないので、申し訳ないんですが」

山咲はそう言ってソファーを勧めた。羽山と並んで腰掛けると、開け放された高い窓から風が入って来て、窓枠からぶら下がるガラスの風鈴をチリンチリンと鳴らした。

「ねえ、麦茶もらえるかな」山咲は奥に声をかけた。

助手の方ですか、と弓削がなんとはなしに訊いた。

まあ助手というほどのものじゃないんですが、と山咲は扇子を揺らした。さっきの男が、麦茶が入ったグラスを三つ盆に載せて運んできて、来客と主人の間にある一枚板の卓《テーブル》に置いた。

「先生はこちらのご出身でしょうか」

そうではないと知っていながら弓削は尋ねた。

「いやちがいます。ちょうどアメリカから戻って来て、このあたりで活動拠点を探していた時、ちょうど掘り出し物の物件があると聞いて、ここを買ったんですよ」

「ここいらのどこがお気に召したのですか」

「まあ、海外にいると妙に日本の田舎が恋しくなってね。それにもともと僕は山の中が好きなんですよ」と笑った。

山なら信州だって、東北にだっていくらだってあるだろう、日本はどこもかしこも山だらけだと弓削が思っていると、「ところで、三宅の件ですが」と羽山が切り出した。

「送っていただいた資料は拝見しました」と山咲が言った。

「すみません、素人が勝手な憶測まで書いて」と羽山が弓削に代わって頭を下げてくれた。

「いや、そう見当外れな推理ではないんですが……」

「ということは」と羽山が身を乗り出した。「マインドコントロールによって心にロックがかかり、どんなハードな尋問にも耐えられるということはあるのでしょうか」

「あり得ますね。今回がそのようなケースに該当するかどうかは実際に本人を診てみないことにはわかりませんが」

「そこを無理矢理こじ開けるとどうなるんですか」

「まあ、通常は開かないんですが、前回は薬品を投与して、強引に進んだわけですよね。正直、このやり方は感心しません。非常に危険だと思います」

弓削は井潤のためになにか言ってやらねばと思ったが、どんな弁護をこしらえていいかわからず黙っていた。

「まあ、思ったような結果が出せなかったので、そこは面目ないとしか申し上げられないのですが」と羽山は取り繕うような笑いを浮かべた。「自白剤の投与がなぜうまくいかなかったのかをご説明願えませんか。できるだけわかりやすくお願いできれば幸いです」

「じゃあ、すこし乱暴なくらいにわかりやすくしましょう」

山咲は扇子を揺らしながら解説をはじめた。

「人間である限り、マインドコントロールを受ける可能性ってものは常にある。誰にだってある。我々はマインドコントロールから完全に安全であることは不可能だ、とりあえずそう考えてください」

こんな風に断定されては、「はい」とうなずかざるを得ない。

「たとえば、ヤクザ映画を見た観客が映画館から出たときに歩き方が変わっているなんてのも、軽いマインドコントロールにかかっていると言っていいんです」

弓削は、生まれてこの方、ヤクザ映画なんか見たことなかったが、まあそんなものだろうと思い、またうなずいた。

「もちろんこの程度ならすぐに解けてしまいますがね。一晩寝ればおしまいです」

そう言って、山咲は揺らしていた扇子を止めると、ぱちんと閉じた。

「けれど、このような暗示によってもたらされた空想の世界も、深い刷り込みが行われ、さらにLSDなどの薬物を使うと、ものすごくリアルに体験されるようになる。我々が現実と呼んでいる世界なんかよりもむしろ現実感が増すわけです」

山咲は畳んだ扇子を目の高さで横にすると、

「そんな時に、ある種のプログラムを心の奥底に埋め込んでやるんです」

「プログラムを埋め込む？」と確認を求めて羽山がくり返した。

山咲はうなずき、横にした扇子をそのままゆっくり下げた。やがて扇子が卓に行き着くと、そのままそこに寝かせた。

「こいつをアンカーと呼びます」

山咲は卓の上の扇子を指差した。

「それはどういうものなんですか」と羽山が尋ねた。

「臨場体験を呼び起こすプログラムだと理解してください。端的に言えば恐怖体験です」

ふたりの刑事の視線は卓上の扇子に注がれた。扇子は、弓削の目に、恐怖体験の記号のように映り出した。

「たとえば、尋問していて、これはあと一息だと思って厳しく追及すると、その質問が合図となってアンカーが発動する」

そう言うと山咲はまた扇子を取った。そして、もういちど目の高さまで持ち上げて、

「すると、埋め込まれた恐怖が生々しくあふれてくるわけです」

ぱっと扇子をまた広げて見せた。

「こうなると質問に答えるどころじゃなくなります」

「つまり、いざとなったら恐怖体験があふれだす、そういうプログラムが三宅の中に仕込まれていて、そのプログラムを始動させるスウィッチを、我々はそれと知らずに押していたというわけですか」

弓削が、山咲の説に従って、自分たちの不首尾の理由を解読した。

「おそらく」

山咲はふたたび扇子を揺らしはじめた。

弓削は麦茶のグラスに手を添えてしばらく考えていたが、いま聞いた〝アンカー説〟から当て推量をもうひとつこしらえて、ぶつけてみた。

「そのようなアンカーが三宅に埋め込まれているとしたら、鷹栖祐二を殺害した動機を尋ねること自体が不毛である。なぜならば、殺害は三宅の意志というよりもむしろ、埋め込まれたアンカーが発動した結果、つまりは洗脳プログラムの仕業、もっと端的に言えば、『殺せ』と誰かに命じられたからだ。——このように考えることはできますか」

山咲は扇子を使う手を緩め、

「ええ、できるでしょうね」

だとしたら、疑うべきは一真行ということになる。実際、この団体がかつて薬物を使って信者を洗脳していたことは事実なのだから、まず追うべきはこの線だ。しかし、あそこまで徹底的に叩かれて、解散寸前まで追い込まれた教団が、こんな大胆な行為に及んでなにをしようとしているのか、その目的がかいもく見当つかなかった。

「一真行は確かに反社会的集団ではありますが、これまで殺人には手を染めていませんよね」

同じことを考えていた羽山が、別の不審点を口にした。確かにこれまではそうだ。しかし、ただそれだけだ。

「先生はなん人もの一真行の元信者を診療しておられますが、そんな命令の痕跡《こんせき》のようなものを心の中に見つけた者はおりますか？」

「いいえ」と山咲は首を振った。

「では、仮に三宅の心に殺害せよというアンカーが埋め込まれて、それがなんらかのきっかけで発動し、三宅があのような凶行に及んだとします」

「まあ、仮説としてお聞きしましょうか」

「お願いします。その場合、先生が診断すれば、三宅の心の中にアンカーの痕跡を見つけることができるのでしょうか」

「それができなければ、洗脳解除はできません」

山咲はそう言って、また扇子を使った。

弓削の胸中を複雑な思いがどんよりと渦巻いた。この推察が正解だとしたらやっかいである。なぜなら、アンカーによる命令のもとで、三宅があの犯行に及んだと確定されれば、不起訴になる可能性が大だからだ。仮に起訴したとしても、三宅に法的責任を問えるかどうかは、かなりあやしい。

「では誰がそのアンカーを埋めたのかは確定できるのでしょうか」

山咲は薄い笑いを口元に浮かべると、「そこに署名があるわけではないので」と言って麦茶のグラスに手を伸ばした。

「誰がそれを埋めたかまではわかりません。ただ、ある程度の推測はできます」

「あくまでも状況証拠、ということになりますか」

「そちらが日頃使っている言い方だとそうなりますね」

弓削は黙り込んだ。状況証拠があるにはあるが、結論づけるには弱いものである場合、「疑わしきは罰せず」の原則を盾に取られ、無罪放免になる可能性が高い。それを避けるためには、疑わしいと思った時点で、被疑者を心理的に追い込んで自白させ、グレーをクロにしてから裁判所に送り出す。これが日本の警察のやり方である。しかし、今回はそれができない。このアンカーこそ被疑者を殺人へ駆り立てた元凶なのだが、アンカーが埋め込まれてしまえば、本人は自白したくてもできなくなるのだ。

横で羽山が首をかしげている。確かにややこしい話だ。弓削は要点を素早く整理した。山咲の推論によれば――、

① 三宅に埋め込まれたアンカーが原因となって、殺人という結果がもたらされた。
② しかし、それを本人に確認することはできない。アンカーが埋め込まれているということを本人は自覚していない。
③ だから、自白に追い込んでも無駄。強引に吐かせようとするとまたアンカーが作動してこれを妨げる。
④ アンカーに操られた三宅に法的責任を問えるかどうかも疑わしい。殺人の原因は、三宅自身にではなく、アンカーにこそあるのだと主張されると、法廷での戦いはかなり厳しいものになる。
⑤ 故に、三宅にアンカーを埋め込んだ者を犯人として特定する必要がある。
⑥ しかし、なんらかの方法でアンカーを探ってみても、誰が埋め込んだアンカーなのかははっきりとはわからない（アンカーには署名はない）。
⑦ こうなったら自白に追い込むしかない。
⑧ ②に戻る。

「困りましたね」思わず弓削はつぶやいた。

山咲が口元を緩めた。見透かしたような笑いだった。

「くどいようですが、ヘタに心理的なプレッシャーをかけるとトリガーが引かれて、アンカーが発動しますからね」

注意します、と弓削が答えた。

「それから、もし私が三宅を診る場合ですが、最低一ヶ月、彼をここに留め置くことになりますよ」

「留め置くとは……」

羽山が訊いた。

「治療の途中で東京に連れ帰られては困るということです。妙なノイズが入るとせっかく解けかけた洗脳がもとに戻ってしまうので」

「それは絶対条件ですか」

「絶対条件です、私が診るならば」

「しかし、先生、三宅は殺人犯です。殺人犯をこんなところに寝泊まりさせるというわけにも……」

「ええ、私も殺人犯は診たことがないので、その辺は慎重に行きたいところですが。——三宅は留置所ではどんなようすですか」

「大人しくしてます。取り調べの時に反抗的な態度を取るわけでもありません」

「じゃあ、ここの先に〝ふるさと〟という老人ホームがあります。鍵のかかる部屋があるので、そこに寝起きさせればいいんじゃないかな」

「その鍵は、外から施錠して中からは開けられない仕様でしょうか」

「そうです。認知症による徘徊を防止するために何部屋か作ったらしいんですが、ここは牢獄か、火事になったらどうするんだという非難があって、いまは使われてないらしい。私が口を利けば、使わせてもらえるはずです。とりあえず見てこられたらどうでしょう」

ふたりの刑事は顔を見合わせ、山咲に向かってうなずいた。

「おい板倉《いたくら》君」と山咲がまた奥に声を張った。

さっきの助手がのそっと出てきて、ひょいと頭を下げた。

「ふるさとまで刑事さんを案内して差し上げてくれ」

男はまたひょいと頭を下げて玄関に向かった。

ワンネス　応用心理研究所（ようするに山咲邸のことだ）を出て、ふたりの刑事は〝ふるさと〟という名の老人ホームに向かった。

板倉という助手の後ろを歩きながら、弓削はさきほど頭の中で整理した要点を羽山に説明した。

「三宅は洗脳され、『鷹栖祐二を殺害せよ』というアンカーを埋め込まれ、実行した可能性がある。もし本当に洗脳されていた場合、三宅に刑事責任を問えるかどうかは、やがて問題となってくるだろうが、いまはとりあえず横に置こう。三宅が動機を追及されて答えられなかったのは、三宅の側に切実な動機となるものがそもそもなく、洗脳による命令に従ってなかば無意識におこなっていたからだ、山咲先生の論で行けばそう推論することは可能だ。では、三宅を洗脳した者は誰か。問題はここだ」

「素直に連想すると一真行じゃないか？」

「まず疑うべきはそこだろうな」

「けれど、一真行はどうして鷹栖祐二を殺害したんだろうか」

「現時点では謎だ。そっちの捜査では鷹栖との接点はなにも出てないのか」

「いまのところは――。けれど、そこいらへんを調べている者にまた確認してみるよ」

弓削はおやと思った。どこかに姿を消したと思っていたさっきの犬が、いつのまにか板倉の右足すぐ横を、猟師に付き従う猟犬みたいに歩いていた。その主人と従者の歩の運びが妙に気が合っているように感じられて、弓削はおかしかった。

下枝《しずえ》にまで葉が豊かに広がる杉木立の間を進んで行くと、気分がよかった。高枝《たかえだ》が存分に受け取る日光や、幹の高みを染めている木漏れ日を眺め、やっぱり井澗もくればよかったのに、と同行を拒まれたことが、弓削の胸にわだかまった。それとも、仕事にかこつけて旅行に誘ったとでも受け取られたのか。そんなことは断じてないのだと否定しつつも、こんな緑の涼しい幽暗な木陰の道を一緒に歩ければ楽しいのにな、と思っていることは確かだぞ、と気がついてひとりで照れ笑いを浮かべた。すると、突然、羽山が素《す》っ頓狂《とんきょう》な声を出し、弓削は我に返った。

「ここがそうなのか」

　思わず歩みを止めて見入っている羽山の視線のその先には、辺鄙《へんぴ》な土地に似合わない白亜の大きな洋館が、古い杉の木陰にその威容を誇っていた。まさかここがお目当ての老人ホームじゃないだろうな、と思って立っていると、すこし前を行く助手の男がふり返り、目の前の屋敷を指さしてから、玄関口の二重扉を押して、犬と一緒に入って行った。

　立派なのは外見ばかりではなかった。まず、正面ロビーは、大きな高窓から外光がふんだんに降り注ぎ、高い天井にはエレガントなシャンデリアが輝いている。フロアのそこかしこに上質な革製ソファーが置かれ、身を埋《うず》めた老人が、壁にかかった大きなテレビで昼下がりのワイドショーを見て、口元を弛緩させていた。フロアの奥には四人掛けや八人掛けのテーブルが点綴《てんてつ》し、そこで後期高齢者ら数組が麻雀牌《マージャンパイ》を並べていた。周辺には職員らが立っていて、牌を床に落としでもしようものなら、まるで高級レストランのウェイターのように即座に駆けつけてくれる、そんな雰囲気を醸し出しつつ、周囲に気を配っていた。

　まるで高級ホテル暮らしだ。きっと、入居者は都市部から来た富裕層だ。老人ホーム〝ふるさと〟は、高級リゾートマンション風にアレンジされた、金満家専用施設にちがいない。だけど、軽井沢や八ヶ岳などがこんな豪華施設にはふさわしいのではないか。長野県の冬はご老体には寒すぎるのか。けれど、それならそれで、和歌山県なら太平洋が見渡せる白浜や串本のような沿岸部のほうが、この豪華さと相性がいい気もする。しかしまあ高齢ともなると、こういう鄙《ひな》びた幽玄な場所をむしろ好むのかな。たしかに、木々の間に涼しげな濃緑の霊気が漂っているように感じられ、老人には似つかわしい気もする。そんなことを考えていると、向こうから五十がらみの男がやってきて、

「東京から来られた刑事さんやね」と声をかけてきた。「ついさっきに山咲先生から電話もろて。ここで館長やらしてもろてます有本《ありもと》です、どうぞよろしゅう」

羽山が「ええ、実は」とこちらの胸算用を打ち明けると、

「はいはい、それも聞いとりますさかい、とりあえずお部屋のほう見てくれはりますか？」と先に案内に立った。

奥に進み、雀卓の横を通ったときに老人達の会話が耳に入った。

「あそこのアキちゃんなんか、嫁はんのこと自分の女房みたいにゆうわだ」

「そがいなことばっかりしやると、いまにエラいことになって、なんもかももじけてしまうど」

イントネーションは関西風だが、大阪弁とはちょっとちがう。わだなんて語尾が妙だし、もじけるってなんだ。この土地の言葉にちがいないだろうが、となると卓を囲んでいたあの四人は、都市の富裕層がここに移り住んだというわけではなさそうだ。

奥へ進み、入居者の個室が並ぶ廊下を歩いた。部屋のひとつが扉を開けたままになっていたので、弓削は中を盗み見た。

十五畳はあるのではと思われるほど広かった。杉の濃い緑を映す大きな窓を背に、フォークギターを抱えたじいさんがひとり用のソファーに座って、テレビ画面の講師からアルペジオを教わっていた。

「マーチンだったな」

通り過ぎた後、羽山が隣で低くささやいた。

「え、なんだって」

「ギターだよ。ありゃあアメリカの一流ブランドだ。それにしては教わっているレベルが初歩の初歩だったから、昔取った杵柄《きねづか》って感じでもないみたいだ。金がそれなりに自由になる年齢《とし》になったんで、青春時代に憧れた名器を手に入れたんだろうよ」

「結構な金持ちが集まってるってわけか」

ドアを開け放しにしている部屋がもうひとつあったので、こちらにも一瞥をくれると、婆さんが煎《せん》餅《べい》をくわえてテレビゲームをやっていた。老後の相手はテレビが務めてくれるみたいだ。

「こちらです」

突き当たりの部屋を指さしてから有本はマスターキーを取り出し、鍵穴に挿した。シリンダー錠が回り、分厚い扉が開いた。

中は八畳ほどの洋間だった。セミダブルベッドとテレビとソファーとナイトテーブルまであった。外から施錠でき、中からは解錠できないということのほかは、ホテルとなんら変わりないように見える。

羽山がカメラを取り出し、室内のようすを収めた。最初は静止画像で撮り、さらに動画でも撮影した。

「外から鍵をかけてしまうとトイレは？」弓削が尋ねた。

「もちろんこの部屋にございます」

有本が部屋の奥の扉を開けると、バスルームが現れた。バスタブは肌触りのよさそうなホーロー素材で、横に長くゆったり延びていた。シャワーヘッドや水栓はデザイン的にも目に麗《うるわ》しいもので、洗面台の鏡も大きく、隅々まで明るくクリアで曇りがなかった。

「なんで犯罪者を一流ホテルに泊めなきゃいけないんだよ」

不自然なまでの豪華さに、羽山が口を尖らせた。

「ただ、もしここに泊めはるんやったら、テレビは見せられへんさかい、取り外しといてくれて山咲先生から言《ゆ》われてます」と有本が言った。

俗世間のノイズを遮断するためだろう。そういえば、逃亡を警戒して、ベッドのヘッドボードの格子に手錠でつなぐようなことはしないでくださいよ、とも言われた。そういう緊張は間違いなくアンカーの解除を妨げ、ひょっとするとトリガーにもなり、アンカーを発動させかねませんので、とも説明された。まあ、ここのヘッドボードには格子なんてないのだけれど。

羽山は、椅子を持ってきてその上に立ち、天井に手を添えると通風孔の蓋《ふた》を押し上げた。三宅のこれまでの態度からして逃亡する畏《おそ》れはないと踏んでいるのだが、万が一に備えて、屋根裏のダクトをチェックしているのである。

「これはまず無理だな」

椅子から降りてきて、羽山が言った。弓削が有本に向き直った。

「この部屋は徘徊の恐れのある入居者用だそうですが、室内の様子はモニターできるのですか」

「ええ、一応あれが監視カメラになっとります」

有本は天井の四隅に取り付けられた小さなレンズを指差した。

「その映像はどこへ送られるのでしょう」

「エントランスの受付、それとわれわれ職員が寝泊まりする部屋でも見られます」

なるほど、と羽山は言った。けれど、宿直の職員を追い出してそこに刑事が陣取るわけにはいかない。

「ほな、タブレットかなんかで確認してもらうのはどないでっしゃろ。カメラの映像やったら無線で飛ばせますさかい」

　この提案に乗らない理由はなかった。

「我々もここに泊まらなければならないので、その期間は一部屋用意していただけますか」

　羽山はまるでここが宿泊施設のような訊き方をした。

「ええ、たぶんそうなるよって、あんじょうしたってって先生から伺《うこご》うとります。こちらへどうぞ」

　刑事ふたりは、廊下を挟んで向かいの、ベッド二台が入れられたツインルームに案内された。

「入居者の親族やお知り合いが見えられたときに泊まるところがないと困る言《ゆ》うてこしらえたんですわ。使《つこ》たってください」

「でも、実際にそのようなご親族が来られたら、ここは使えないってことになりませんか」と羽山がいちおう確認する。

「いや、他にもぎょうさん似たような部屋はあるよってに心配は要《い》らしまへん」

　それはありがたいと言って、一泊の値段を訊くとカプセルホテルのような安値だった。予算的にも問題はない。ではこの線でいこうということになり、念のためにもういちど館内全体を見て回った。そして、あらためてその豪華さに驚いた。

　立派な大浴場があった。しかも、温泉である。近くの山あいから湯を引いているとのことだった。

　食堂も清潔で贅沢なつくりだった。椅子や卓は木製のがっしりしたものが使われ、分厚いテーブルクロスが掛けられていた。カウンターで注文して、トレイに白飯とおかずと汁物を載せて席に運んで食べるビュッフェ形式ではなく、係員がテーブルまで注文を取りに来て、配膳してくれるのだそうだ。

　ほかにカラオケルームがあり、卓球台があり、ジムがあり、コンビニのように行き届いた品揃えの売店もあった。ふたりは食堂に戻り、数あるメニューの中から、和歌山名物の豚骨味噌ラーメンを注文した。かなり高水準の味で、ラーメンにうるさい羽山の舌も満足させた。まちがいなく老後のパラダイスだった。

支払いをすませ、有本に礼を言ってふるさとを出て、ワンネス、つまり山咲邸まで戻った。

玄関口で「ごめんくださーい」と声を張ると、奥から、「あがってくださーい」と返ってきた。敷居を跨《また》いで、先ほどのリビングのソファーに座って待っていると、山咲がスイカを盆に載せて現われ、早生種なのでまだ甘くないかもしれないけど、と断ってからテーブルに置いた。スライスされた紅い果実が並んで、その横に食塩の小瓶が添えてあった。

「どうでした。いけそうですか」

一片を手にかぶりついて、山咲は訊いた。

「はい、東京に戻ってから上に確認を取りますが、おそらく」

「それはよかった。ま、どうぞ、食べてください」

ありがとうございます、とふたりの刑事も手を伸ばした。日照りの中を歩いてきたので、冷えたスイカはありがたい。果肉は口の中で瞬く間に溶けて甘い液となって喉を潤した。

「ところで、話は前後しますが、おそらく先生にご協力いただきたいと正式にお願いする形になるかと思います。で、その時には——」

水を向けるように羽山は山咲を見た。山咲は種を盆の上に吐き出して、

「ええ、私でよければぜひ。私も三宅には興味がありますので」

羽山はほっとしたように紅い切片を食《は》んだ。弓削は、山咲が三宅に示している興味は一体どんなものだろうかと考えながら、今年はじめて食べるスイカに塩を振った。

ふたりの刑事は三和土《たたき》で靴に足を入れ、また連絡しますと頭を下げて、ワンネスの玄関を出た。前庭の玉砂利を踏んでレンタカーに乗り込み、羽山がハンドルを握った。

車はつづら折りの山道をうねうねと下り、たいがい下ったところで、弓削がふり返ると、傾いた日が山肌を覆う木々を橙色《だいだいいろ》に照らしていた。そのオレンジ色の光はどこか神々《こうごう》しかった。

海岸線に出ると、太平洋上に浮かぶ太陽は海へと傾きだしている。東京までのフライトはもうなかった。弓削が助手席から手頃な宿に電話を入れて、今夜は白浜に一泊することにした。

こぢんまりとした温泉旅館に到着したのは夕暮れ時だった。八畳の和室に荷物を置くと、ふたりはすぐ風呂に入った。熟した太陽が海に沈むのを、湯船から見ることができたのは幸運だった。

「山咲先生ってもっといかめしい感じの人かと思ったら、意外とフランクだったよな」

隣で顎《こわもて》まで浸かっていた羽山がふと漏らした。

「なぜ強面だって決めつけてたんだ」

弓削は湯を顔にかけて訊き返した。

「そうだなあ、洗脳解除っていえば、なんか気合いで、喝っ！　悪霊退散！　みたいなのをイメージして、いかめしい感じで想像しちゃってたんだ」

「そいつは映画の『エクソシスト』に近いな」

「ああ、そういえばそうだ」

「だけど、あの映画でも悪魔祓《ばら》いの神父はふだんはごくごく控えめな性格だったぜ。それに山咲先生はこの方面じゃ第一人者なんだろ」

羽山はうなずいた。

「一真行の元信者の洗脳解除にかけては、ダントツの実績がある。それから諸々の新宗教にハマってしまった連中の憑き物《もの》を落とすのでも評判いいみたいだ」

憑《つ》き物と言えばそれは動物などの霊を指すのでちょっとおかしいのだが、言わんとするところはわかった。

「実際、お前がさんざん恫喝《どうかつ》しても落ちなかったのを降参させようってんだから、そんなに単純な戦術でもないんだろうよ」

「恫喝ばかりしてたわけじゃないぜ。人情系の横溝さんと組んで〝北風と太陽〟路線で攻めてたんだ」

「その程度ならやっぱり単純なのさ」

弓削はそう言って湯船を出た。

洗い場で濡らした髪をシャンプーで泡立て、さっき羽山が口にした〝憑き物を落とす〟という言葉を反芻《はんすう》した。それは、なにか都合の悪いものを洗い落とす、そんな言葉づかいだ。

都合の悪いものってなんだろうか。例えば信仰。信仰とはなにか。不合理なもの、科学的に説明のつかないものを信じたいから信じる、あるいは信じるべきだと思って信じることだ。これだって、社会に齟齬《そご》を来《きた》さない程度にやっているのなら大目に見てもらえるだろう。一服の清涼剤として大いに結構というわけだ。けれど、この社会に異議など唱え出そうものなら途端に、〝憑き物〟として扱われる。

弓削は泡だらけの髪に入れていた指を抜き、カランをひねった。シャワーヘッドから噴き出る湯で髪をすすいだ。タイルに落ちた白い泡が排水溝に流れていく。しかし、それでいいのか。限界ぎりぎりまで信仰の行動範囲を狭め、手なずけることで、安全で合理的な市民社会を守ることが、人々の幸福につながるだろうか。いや、そもそも人間は〝信じる〟という行為と手を切ることができるのか？

「お前は昔からよくそんな風に悩むよな」

羽山は鰹《かつお》の刺身に箸をつけて微笑した。

　いまふたりの刑事は部屋に運ばれた食台を前に座っている。話題が宗教や信仰に及び、弓削が先のような胸の内を打ち明けた時、羽山は笑ってそう言った。それから、

「けれど、そのあたりが落としどころだと思うぞ」とつけ足した。

「ん？　それはどういう意味だ」と弓削が訊き返す。

「物事には程度ってものがあるってことさ。自分の母親が妙な水を霊水だと言ってとんでもない値段で買ってみろ。蓼《たで》食う虫も好き好きなんて言ってられないだろ。俺は絶対に止めるよ。母親にとってどんなにありがたいものだとしても、俺は許さないね」

「じゃあ、安けりゃどうなんだ。中身はただの水道水かもしれんがミネラルウォーター並みの値段だとしたら」

「そこだよ。その程度なら、鰯《いわし》の頭も信心からってことにする。つまり容認するわけさ」

　新鮮な魚介を味わいながら、井潤ならどう反応するだろう、と弓削は考えた。羽山と近い意見を口にするだろう。そして、その舌鋒《ぜっぽう》は羽山とは比較にならないほど鋭いだろう。信仰なんてものは理性的な人間に進化し損ねた者がすがりつく歪んだ世界観に過ぎない、くらいのことは言うだろう。それこそ程度ってものを知らない勢いで。

「さて」と羽山があらたまった。「山咲先生が引き受けてくれるのはありがたいけれど、問題は先方が提示した報酬額だ。ちょっと高すぎるな」

「心配するな」と弓削は言った。「ＮＣＳＣと警視庁との共同捜査事件ってことにして、金はうちから引っ張ってくるさ」

「そんなことができるのか」羽山は目を丸くした。

「予算が余っているからな。ちょっとがめつくぶんどりすぎたので使わないといけないんだ。いまうちのセクションはこれという案件がないから、お前から相談を受けたときは面倒だなと思ったけれど、今はかかわりたいくらいなんだよ」

「それはありがたいけど、どうやってこの件をNCSCに関連づけるんだよ」

「簡単さ。洗脳なんてのも軍事戦略として研究しなけりゃいけない事項だ。防衛省だって当然やってるさ。そこにNCSCが絡むのは全然おかしくない」

羽山は感心したように小さくため息をついた後、目で先を促した。

「それに実際、万が一捕虜になってなんとか帰還した兵士がいた場合は、向こうで洗脳されたかどうかも調べなきゃならない。国に帰ってきてテロなんか起こされたらたまったもんじゃないからな。だから、本件をNCSCに絡めるのはまず問題ない。ただ、NCSCの中で別のセクションが、それは俺たちの管轄だ、と横槍を入れてくる可能性はある」

「それって、防衛省の面子《メンツ》が中心になって構成されているセクションか」

「そうだ。だけどまあ大丈夫だろう。洗脳によるホームグロウン・テロリズムの阻止こそが急務だ、そもそも洗脳こそ公安の管轄だ、――なんて吹きまくって軍服の連中には渡さないようにするさ」

なるほど、と羽山は感心したようにうなずいてから、

「それにしてもややこしい組織だな」とつけ足した。

NCSCはさまざまな研究セクションが横並びに配置されているだけでなく、それぞれがさまざまな省庁出身者による混合部隊となっている。そして各チェアマンがどこの省庁出身かによって、そのセクションのイニシアティブを握るのがどの省庁になるかが決まる。セクション間の連携を掲げなが

らも、NCSC内に複雑な軋轢《あつれき》が生じるゆえんである。

弓削の所属するテロ対策セクションは、警察庁出身者がチェアマンを務め、主要メンバーのほとんどが公安出身者だ。サイバー攻撃などを防ぐカウンターインテリジェンスと、ホームグロウン・テロリズムという国内の反日思想家ならびに反体制派のテロ防止策の研究と策定に努めている。弓削の担当は主として後者だが、こちらは昨今あまり元気がない。

発足当初は、弓削らのテロ対はお隣りの群衆研究セクションと鎬《しのぎ》を削って忙しかった。群衆研究セクションは、デモ対策や世論対策が専門であり、チェアマンには文科省出身者を置いているが、この群研《ぐんけん》も警察の縄張りである。否《いや》が応でも競争心に火がついた。

そもそも、テロ対と群研の鍔迫《つばぜ》り合いはNCSC発足がきっかけだった。現内閣が自衛隊を自衛軍と改め、NCSCを設置して安全保障の産業化を目論んだことに対して、官邸前で反戦を唱える大規模なデモが毎週金曜日に行われるようになった。そしてテロ対策と群衆研究の両セクションはこのデモを観察し、今後の動向についてレポートを提出した。テロ対策セクションは、やがてこのデモは自然と沈静化するだろうと見通したのに対して、群衆研究セクションは、学生リーダーの人気やメディアでの露出などから、さらに大規模化すると強い調子で予測した。

デモは衰微した。テロ対のレポートをまとめたのは弓削だった。ライバルの鼻を明かした形となって、チェアマンから褒められた。もっともこの時、弓削の心中には得意とはまったく別の感情が育っていたのだが。

サイバー犯罪研究セクションも、活動領域の一部がテロ対とクロスオーバーしているが、ここは完全に防衛省の牙城だ。サイバー攻撃や、インフラ施設などへのハッキングを防止する研究や技術開発をおこなっている。

金融システム安全保障セクションは、政府の意向を汲んで動く投機筋を使って、相手国の債権を先物市場で暴落させてボロボロにするという、地味で目立たなくはあるが、深刻なダメージを負わせられる攻撃を研究している。もっともこれはアメリカやイギリスの十八番《おはこ》なので、実状としては、攻撃目標にされないための研究にとどまっているのだけれど。

食糧安全保障セクションは農林水産省で、食糧の確保、戦争状態になったときや、国際情勢が急変したときの食の安全を研究している。ミドリムシのカヌレを開発した間宮はここの技術者だ。

間宮とよくつるんでいる坂上が在籍するエネルギー安全保障セクションは、中東地域にある産油国の政情不安、福島第一原子力発電所事故の反省などを踏まえ、「脱化石燃料」を旗印《はたじるし》に、太陽光発電をはじめとする自然エネルギーの国内生産の実現を目指している。

井潤紗理奈がいる兵器研究開発セクションは、ＮＣＳの中でもとりわけ軍事色が濃く、各省庁の勢力が入り乱れ、群雄割拠しているところだ。この部署の予算はでかい。火薬の代わりに電気と磁気を用いて発砲するレールガン、高層大気で核爆発させ、電磁パルスによって電子装置を機能不全にしてしまうＥＭＰ爆弾。警護に気づかれることなく要人に近づき頸動脈に猛毒を注入する超超小型ドローン、また戦場に兵士が行くことなく、人間では到底不可能な過酷な任務を遂行するロボット。そして、いま述べたような物ではなく心、つまり戦場の過酷な環境に耐えて合理的で的確な判断を下し、劣悪な状況でも大胆さと勇気を失わない頑強な精神、これを開発することを目標とする至上兵士プロジェクトチームに井潤は在籍していた。

海外での大規模な軍事作戦は繰り広げられていなかったが、自衛軍と米軍との共同軍事演習は日増しに活発化し、精鋭部隊は米軍の指揮下で各国に散らばって軍事作戦に従事していた。

人質となったジャーナリストの救出。テロリストの殺害。過激派組織のアジトへの奇襲。戦闘地域での兵站《へいたん》活動。危険区域での文民警護。戦闘空域での制空活動。敵ミサイル基地へのサイバー攻撃。戦艦・潜水艦によるアジア圏一帯の制海活動。

憲法第九条はまだ存置されていた。しかし、死んでいた。公式に廃止を宣言されなくても憲法は死ぬことがある。ワイマール憲法がヒトラーによる全権委任法によって殺されたように。

ともあれ、実戦としての戦争が起こるにせよ起こらないにせよ、恒常的に戦争体制であることが国の経済を活気づかせる時代に全世界が突入しつつあった。冷戦が終わり、東西の壁が崩れ、モノと情報と金と人が行き交い、後進国と呼ばれていた国々が〝発展の階段〟を駆け上がるピッチを上げ、世界が均質になりつつあるいま、資本主義の先頭集団は、奇妙な戦争を仕掛けはじめ、自国の産業を前へ前へと推し進めはじめた。

もはや、物作りでは立ちゆかなくなった日本は、じりじりと順位を下げながらもなんとか先頭集団にへばりつき、この恒常的な戦争体制に好機を見いだそうと、新しい技術開発を目論んでいる。就職氷河期は続き、自衛軍の入軍希望者は年々増えていた。学生時代は国会前のデモに参加し、しかし就活が難航したまま卒業し、心機一転自衛軍に入ろうとして、デモを監視撮影していたドローンの映像で顔認証され、不合格になった者もいた。

そして死者の出ない戦争状態こそが、疲弊した日本経済を活性化させる唯一の方法であることが、日増しにリアルになりつつあるのだった。

テーブルの上に置いたスマートフォンがチンと鳴った。ＳＮＳ経由でメッセージが届いた合図だ。目に入ったのは画像だった。斜光を受ける山林や山道、海に傾いていく夏の太陽、最後に鰹の刺身が盛り付けられた大皿。

〈鰹がうまい。明日帰る〉

井澗はスマホの上で親指二本を忙しく動かした。

〈こちらは金目鯛の煮付け〉

送信。

そして、人影まばらな研究所の食堂で、夕飯の続きをすますと、また実験室に戻った。

モニター室のパソコンで、〝山咲岳志〟と検索エンジンに打ち込んだら、ウィキペディアのページがあった。一九六一年生まれの六十一歳。東京都出身。大学で宗教学を修めた後に、精神医学を学び直し、スタンフォード大学に留学している。肩書きは、精神医学博士、思想家、作家とある。

著書が一冊、『精神医学とスピリチュアリティ』。

このふたつを股にかけるのは面倒だし、個人的には危険だと考えている。ややこしいゾーンにいる人だな、と思った。

経営するワンネスは精神医療機関を名乗っているけれど、町のメンタルクリニック程度の規模しかないみたいだ。それにしても、あのあたりは、心療内科の看板を掲げて経営が成り立つようなところではない。山咲がそこでワンネスを開業したのは、一真行の移転先だったからにちがいない。治療を介して調査研究を行い、その成果を世間に問うつもりで開業したのだろう、と井澗は推察した。

山咲岳志は一真行やカルト宗教の元信者らのPTSD、つまり心的外傷後ストレス障害の治療で業界では定評があったが、五年前にその名が広く知られるきっかけとなった事件が起きた。そしてそれはNCSCの発足と少なからず関係があった。

シリアでイスラム過激派組織の人質になっていた邦人ジャーナリストの秋山《あきやま》さんを、自衛軍と米軍が合同作戦によって救出した。この成功は、完全に米軍指揮下によるものだったが、アメリカは日本の世論操作を狙って、自衛軍に花を持たせることにした。現地からの映像には、秋山さんが両腕を自衛軍軍人に抱えられ、敵アジトの地下牢獄から連れ出されるようすが映し出された。これを多くの日本人が目撃したことによって、自衛軍、ならびに平和安全法制整備法や国際平和支援法に対する世論の風向きが決定的に変わり、一年六ヶ月後にNCSCが発足したのである。

　しかし、救出された秋山さんの記憶は、拷問によるショックで消えていた。また、無理に思い出させようとすればPTSDを発症させる恐れがある、と警告する専門家もいた。このとき、安全かつ鮮明に記憶を回復させたのが山咲岳志であった。これをきっかけに山咲は、軍事公安関係者の間で知られる存在になった。

　ウィキペディアには山咲主宰のワンネスの住所は掲載されていなかった。ただ、まちがいなくあそこだ、と井澗は確信し、ブラウザを閉じた。そして、スマホを取り上げ、まず杉並に住んでいる母親に、誕生祝いのメッセージを送った。プレゼントの高級ハンドクリームとマッサージチェアは、大手通販サイトから今日届くようにしてあった。

　そしてもう一件、弓削宛にこう書いた。

〈とこぶしも美味しいから食べるといいよ〉

　送信するとすぐに電源を落とし、マカクザルの脳とホルモンと情動に関する実験データを一心不乱に読みはじめた。

　そのまま朝まで実験室に籠もっていた井澗は、いったんマンションに戻り、シャワーを浴びて一眠りした後、永田《ながた》町《ちょう》用のスーツに着替えてからコーヒーを淹れた。残り物の野菜を刻んでフレンチドレッシングをかけたサラダを、駅前のパン屋で求めたバタールと一緒に食べた。こうして朝食とも昼食ともつかない食事を済ませてから部屋を出た。

NCSCに着くと、コーヒーを詰めたタンブラーとバッグを自分の席に置いて、今日は井潤のほうからテロ対策セクションのブロックへ歩いて行った。

朝の便で東京に舞い戻っていた弓削は、パソコンの画面に向かって英文のサイトを読んでいた。そばに立った井潤に気づくと顔を上げ、いつものように「いま来たのか」と言った。

「お土産をもらいに来たんだよ」

「えっ、そんなもの買って来てないぞ、出張だし」

「ふーん。冷たいね」

「冷たい？　俺が井潤に。冗談言っちゃいけない」

「でも、秘かに期待してたんだけどな」

「え、そうなの？　それは思いもよらなかったな。いや、もともと、警察にはそういう慣習はないんだ。だって、犯人を追いかけて北海道に行って、たらば蟹と一緒に戻って来ちゃあ、お前一体なにしに行ったんだって話になるだろ」

と真面目に焦っているのが、井潤にはおかしかった。

「で、どうだったの和歌山」

弓削は、ちょっと考えて「田舎だった」と言った。なんだその感想は、と思いながら井潤は、

「ほかには」と訊いた。

「い、いとこぶしはあのあたりではナガレコって言うらしい。仲居《なかい》さんに訊いたらそう教えてくれた」

「美味しかった？」

「いや、食えなかった」

「山咲先生は？」

「いい人っぽくはあった」

「どういう風に」

「スイカを出してくれた」

「それで受けてくれそうなの？」

「たぶん」

さっきから形ばかりの薄い返事しかよこさないのは、ややこしい考えごとに没頭していたんだな、と井潤は判断し、

「あっそ、じゃあね」と言って自分の席に戻ろうとした。

「ちょっと待ってよ」と弓削がこれを引き留めた。「正式に決まったらこちらからまた相談するから」

「なにを？」と訊き返すと、弓削がちょっと困った顔をしたので、「それは決まったときにわかるってわけね」と言って歩き出し、自分の席に戻った。

これからはじまる会議の書類を整理していると、弓削がやって来て、井潤のデスクに手をついてかがみ込み、耳元で低くつぶやいた。

「いま、警視庁の羽山から連絡があって、犯人の三宅を和歌山に移送することが決まった」
二、三日はかかると踏んでいた井潤にとって、この決定は予想以上に早かった。
「じゃあ、本件はテロ対の扱いになったってわけね」

「そういうこと。超スピード決裁だ」

たぶん、防衛省が絡んでくるのを嫌って、警察庁が仕切るテロ対と警視庁の現場が素早く連携したのだろう。

「そこで蒸し返すようでちょっと気が引けるんだけど――」

「和歌山までつきあえってこと?」

「そうだ。井潤がよければ正式に俺の上司から栗田《くりた》さんに依頼する」

「別に私がよくなたって、命令とあらば行かなきゃいけないでしょ」

「でも無理矢理ってのは俺もやなんだよ」

「今日は遅くまで?」

「八時半には上がれると思う」

「じゃあ私これから会議だから、続きは吉左右《きっそう》で」

そう言って井潤は書類を手に立ち上がった。


吉左右は、若い夫婦がやっているちんまりした小料理屋だ。都心の新宿もしくは池袋から秩父の山中まで達する西武《せいぶ》鉄道沿線のひばりヶ丘《おか》駅の近くにある。井潤と弓削のふたりは西武線沿線に部屋を借りていた。弓削は、西武新宿駅と新大久保駅までともに歩いて五分とかからない百人町のアパートに住み、井潤が部屋を借りているマンションは飯能駅の入間川のほとりに建っていた。行きつけの吉左右はふたつの駅のちょうど真ん中あたりだ。間を取った格好にはなっていたが、弓削にしてみれば自分の寝ぐらを後にして下《くだ》り、飲んだ後はまた上《のぼ》りに乗って帰宅するという無駄をするわけだから、これは井潤に都合を合わせた店選びである。

井潤が入っていくと、主人は「あ、奥の座敷です」と教えてくれた。

先に着いていた弓削は、空豆の塩ゆでを肴《さかな》にビールを飲んでいた。

おまたせと井潤が言い、俺の方が一本早かったなと空豆を剝きながら弓削が言った。たいして待ってないことを、こんな風に伝えてくるのが弓削らしい。

まだなにも注文していないと言うので、井潤はとりあえずコップだけもらって、ビールで乾杯し、それからふたりでメニューを広げた。

こんな風になんども会っているふたりは、特定の男女の関係のように見えた。そして、確かにふたりはつきあってはいた。けれど、ともねしたことはなかった。

ときどき弓削が、はるばる研究所のある秩父まで来て、駅前ホテル内の居酒屋で待ち合わせして飲むこともあり、そんな時にはふたりとも上りに乗って互いの家路につくのだが、井潤のマンションのある駅の手前で、弓削は夜道を送っていくことを口実に、一緒に降りたそうなそぶりを見せることがある。しかし、それを察したときには、井潤は車両に弓削をひとり残してすばやく降りてしまう。ただ、井潤のほうは、弓削のアパートに一度あがったことがあった。

それはうららかな春の休日だった。井潤は高校時代の女ともだち二名と久しぶりに会い、都内のコリアンタウンで韓国料理を楽しんでいた。韓国ドラマ通の友人が選んだ店の料理は女たちの舌を満足させ、会は和《なご》やかに終わるはずだった。ところが、デザートを楽しんでいるとき、遠くから耳障りな怒号が聞こえてきた。

――在日特権を許すな！　朝鮮人を叩き出せ叩き出せ、たーたーきーだーせー！　在日韓国朝鮮人は半島に送り返せ！　韓国人の親も糞《くそ》なら子供も糞だ。ゴキブリだ。ゴキブリ以下だ。差別を盾に犯罪を繰り返す在日朝鮮人、在日朝鮮人を朝鮮半島に強制送還しなくてはならない！　朝鮮人の反日分子を殺せ！　殺して殺して殺しまくれ。

レジカウンターで支払いをしていると、その罵声《ばせい》は、さらに耳障りなものになった。店を出て、韓国料理屋や物産店やコスメショップが軒を連ねる細い通りを抜け、大通りに出た時、騒音を発していた集団に出くわした。

日章旗や旭日旗をはためかせ、不吉な威圧感を発散させながら、彼らは歩を進めていた。この不気味な隊列を警察機動隊が護衛するように取り囲んでいるのは、舗道から「帰れ帰れ」と罵声を浴びせる一群があるからだろうか。井潤らはその人垣の外に立ってこの様子を呆然と見つめていた。

唸《うな》るようにして拡声器から吐き出された憎悪の言葉は、動物の咆哮《ほうこう》のようで、また言葉を持つ人間特有の陰湿な悪意に充ちていた。市民が市民に対してあからさまな憎しみと殺意を向ける光景は、日本の現実とは思えなかった。

こんな場所からはさっさと退散するに限ると思ってはみたものの、駅へと続く舗道もまた「お前たちこそ帰れ！」と叫ぶ群衆がひしめき合い、簡単には身動きが取れない。その時、聞き覚えのある声が井潤の耳を驚かせた。

「いい加減にしろよ、こらあ！　日本の恥め！　自分の不幸を弱者になすりつけるな！　差別を娯楽にするんじゃねえ！」

見ると弓削が中指を隊列に突き立てて叫んでいる。井潤は思わず、警官にしては華奢《きゃしゃ》な背中をどんと叩いた。

「あ、井潤さん、どうしたんですか、こんなところで」

振り向いた弓削の顔には怒りの代わりに驚きが張り付いた。

「こっちの台詞《せりふ》よ。なにやってるの」

「あれ、見てたんですか、ちょっと恥ずかしいなあ」

「あなたは桜田門の人じゃない。駄目よ下手なことしちゃあ」

「いや、あまりうるさいんで住民として抗議をと」

「え。てことはこの近くに住んでるの」

「すぐそこです。かたづいてないけど寄っていきますか？」

「いやです。なに言ってんの」

「そうですか、じゃあお茶でもどうですか」

これを見ていた友人が「紗理奈、私たちはここで」と手を振った。気を利かせたつもりらしい。

「ちょっと待って、ちがうから」と釈明する隙も与えずに、「じゃあ楽しんでね」なんて妙な別れの挨拶と笑顔を残して雑踏の中へ消えた。

「行っちゃいましたね」

弓削は愉快そうに笑った。さっきまでデモ隊に向かって牙を剝いていた人間とは別人である。

「じゃあ、われわれも行きましょうか、今日はいい天気だ」

春を謳歌する鳥のような明るい声である。ちゃっかり〝われわれ〟なんて一緒に束ねられ、井潤としては心外である。

「この辺はお茶するにはろくな店がないので、ちょっと歩いてもらっていいですか」

弓削はそう言って、井潤がいましがた出てきた路地の二つ横に入った。

「もういいの？」と井潤は訊いた。

「なにがです」

「デモ」

「止めといてなに言ってるんですか。まあ、今日のところはあれで勘弁してやるってことですよ。それに井潤さんにここで会った幸運を逃がすわけにはいかないでしょう」

また調子のいいこと言ってるなと思いつつも、つきあうことにした。

「ここがいいでしょう」と民家を改造したカフェに連れ込まれた。

「弓削君って右翼じゃなかったの」

飲み物が運ばれてから尋ねると、相手はストローをくわえたまま不思議そうな眼をこちらに向けた。

「そういう噂をちょっと耳にしたから」と井潤は補足した。

「ええ、まあそうだと思いますけど」

「ということは、さっきは右翼を右翼が攻撃してたってわけ？」

「それはちがいますよ」と弓削は心外そうに言った。「ああいう連中を右翼とは呼びません」

「じゃあ、なんなの」

「社会に対する憎悪を、都合のいい対象を見つけてそこにぶつけているだけですよ。流動化し情報化した社会がああいう極端な行動に走る集団を生んだという側面もあるので、あいつらも可哀想なんですが、ターゲットにされる人たちはもっと気の毒ですからね。そもそも俺の考えでは、欧米列強の侵略から国柄《くにがら》を護るためにアジアの連帯を主張するのが右翼の本流です。あんなくだらないこと吠えてるやつは右翼じゃありません」

「でも、弓削君は公務員だよ。取材のカメラだって回ってたし、もうちょっと考えたほうがいいんじゃない」

「まあ、そうかもしれませんが、あれくらいはいいんじゃないですかね。それに、せっかく久しぶりにギターの練習をと思っていたら、あんな汚《き》ったない声張り上げるから頭にきたんですよ」

「右翼なのにギターなんて弾くんだ」

「いけませんか」

「ロックは反体制でしょ」

「いや、俺が弾くのはエレキじゃなくて、ナイロン弦のアコースティックのほうです」

「てことはフラメンコ？」

「いや、クラシック」

「嘘だあ」

「嘘じゃありません。なんならいまから聴きに来ますか」

「だから、それはいや」

「そうですか。じゃあ日をあらためて。ケーキはどうでしょう」

「ケーキはもらうよ」

しかし、それからあれこれと話していると、不思議なことに、好感と好奇心が入り交じった感情を目の前の男に抱くようになった。頭がいいとは言えないけれど思っていたほど馬鹿ではない。女を攻略しようとする男が醸し出す、上から被せてくるような威圧感も感じられない。それにと井潤はこんなことまで思った。――顔だって悪いほうではない。

気がつくと井潤は弓削の部屋にいた。

そのアパートはラブホテルと電子専門学校と韓国料理屋がひしめくごみごみした通りの一画に建っていた。イスラム教徒御用達の雑貨店の二階に三つある中の南向きの角部屋が弓削の住処《すみか》だった。六畳と三畳の和室に風呂はなく、シャワーがついていた。

窓辺に小さな文机《ふみづくえ》が置かれ、その周りには本の山。装丁の色合いが文系ぽい。おしゃれタウンの小洒落《こじゃれ》た書店の本棚から抜いて無造作に積み上げたみたいで、読むのはもっぱら科学書という井潤は洒落臭《しゃらくさ》いと思った。そして、三島由紀夫の文庫本を見つけて笑い、『武士道』なんてタイトルにギョッとした。ぱらぱらめくってみると、あちこち線が引いてある。気味悪くなって元に戻した。『古事記』は見当たらなかった。

弓削は調弦をすますと、それでは井澗さんに愛を込めてとか余計なことを言って、文机に尻を乗せ、ギター用にアレンジされたバッハの無伴奏チェロソナタを弾いた。アパートの砂壁にもたれて井澗は聴いた。腕前を審査できるほどの耳は持ってなかったが、紡ぎ出された音は演奏者とちがい、生真面目な印象を井澗に与えた。

弾き終わった後、畳の部屋だと音が吸われちゃうな、とひとり言のように言って、弓削はそそくさとギターをケースに戻した。遅ればせながら井澗は拍手をした。

「すみません、拍手なんかもらえるようなシロモノじゃないんですが、でも井澗さんからだとうれしいなあ。もっと練習しておきます」

などと言って弓削は頭を下げた。

あの頃はまだ彼は私のことを〝さんづけ〟で呼んで敬語も使っていた、と井澗は思い出した。それからふたりは、映画を見たり、お茶をしたり、飾らない店で飲食を重ねた。考え方は相当にちがうのに不思議と気があって、打ち解け合い、弓削はさんづけをやめて井澗と呼ぶようになった。けれども紗理奈とファーストネームで呼ぶことはない。

「ところで弓削君」

あれこれ注文したあとメニューを閉じて井澗は言った。

「山咲先生は自白剤がうまく働かなかった理由についてなにか仰《おつしや》ってた」

弓削は、すこし言いにくそうに、自白剤の使用について否定的な山咲の意見を伝えた。

「それで」と井澗は空豆の皿に指を伸ばし、「被疑者の三宅が口を割らないことについては?」と訊いた。

弓削は、教わったアンカーとトリガーという語を用いて説明した。

「アンカーはプログラムで、そのプログラムを発動させるきっかけとなるのがトリガーってことだね。で、そのプログラムをデ・プログラムする、つまり地雷撤去みたいに安全に解除してしまわないと危険だと仰るわけね」

「はい、そうです」

教師の前の中学生のように弓削は神妙に構えている。

「で、どうやってやるの？」

指でつまんだ空豆を口に持っていきながら井潤は訊いた。

「それは俺にはわからないよ」

「だよね。そこが私には手品みたいに感じるところなんだ」

「どうして」

「たぶん、比喩で仰ったんだと思うけれども、うさんくさい気もする」

「うさんくさい？」

意外な顔をして弓削がその言葉をなぞった。

「だってちっとも科学的じゃないじゃない」

「そうなのか」

「うん、もっとも私にしてみれば、フロイトの精神分析なんてのも科学じゃないんだけど」

「科学ではないかもしれないが技術ではある」

命題を読み上げるように弓削は言って、

「だって、結果が出ているんだからさあ」とちょっと甘えたようにつけ足した。

井澗は、「まあ、いいわ」と同意した。

「言葉を駆使した技術だということは認めてもいい。手品もひとつの技術だしね」

鯵《あじ》の煮付けと夏野菜の天ぷらが運ばれてきた。弓削の箸が皿に向かって、この議論はいったん切り上げようという合図に見えた。吉左右はやっぱり美味《うま》いもん出すなあなどと言って弓削は箸を動かしている。そうしてしばらくしてから、「そこで相談なんだけど」と井澗のコップにビールを注ぎながら弓削があらたまった。

「確かに、山咲先生の話はわかったようなわからないようなところがある。けれど、この手の技術は、俺たちテロ対策セクションも注目していかなきゃならない。それに井澗の研究とも関係があるよね」

「ある、大いに」

「だから、山咲さんの技術が井澗の眼にどう映るのかを知りたいんだ。この前はジャンルがちがうからって拒否られたわけだけど、他ジャンルからの視点ってのはむしろ必要なんじゃないかな」

なるほど、と井澗はうなずいた。

「で、今日はちゃんと聞こうと思ってさ」

「なにを」

「行きたくない理由がほかにあるんじゃないか」

「……うん、ないわけじゃない」

「教えてくれよ」

「実は和歌山は私が生まれ育ったところなの」

えっ、と弓削は声を上げた。

「O女子高卒だって聞いたぜ」

「養女なんだ。私のいまの戸籍上の母親は血縁関係では叔母なの」

「聞いてなかったな」

「そういう話題にならなかったから。とにかく、幼い頃は和歌山の山間部の小さな村で暮らした」

弓削は黙って鯵の煮付けを箸で崩した。

「弓削君、山咲先生から名刺もらった？」

弓削がうなずき、井潤は手を伸ばした。そして、渡された名刺を見て、「やっぱり」と言った。

「ここはね、私がもと暮らしてた家なのよ」

弓削は口を半開きにして驚いたまま、井潤が手にしている名刺を見た。

「実家ってことか」

「もとはね」と井潤は言った。「屋敷は父が死んですぐに処分したから。もし私が結婚して夫と喧嘩したときに一時的に身を寄せる場所を実家と呼ぶのなら、私の実家は杉並だよ」

「山咲先生のことは知っていたのか」

「なんとなくね。心理学の先生が買ってくれたことは聞かされてたし、先生が有名になったときに、この人ひょっとしてとは思ってた。写真で見たらちょっと父親に似てるんでビミョーな気持ちになったけど」

「父上が亡くなったのは」

「私がまだ小学生のときに」

「死因は」

「心筋梗塞」

「母上はどうしたの」

「父子家庭だったの。母は私を産んですぐ亡くなったから」

「井潤って名字は」

「高校入学の時に変えた。その前までは真砂紗理奈《まさごさりな》」

いつのまにか手の中のコップは空になっていた。弓削が瓶を取って注いでくれた。

「それで、野暮な質問かもしれないけれど、和歌山に行きたくない理由は」

「うーん、それはなかなかに複雑なんだけど、私の父親っていうのがちょっと変わった人でね。まあ、大学院まで文化人類学をやってたみたいで、それで戻ってきて、ああいうところで教師やってたような人なので、ちょっと周りとは毛色がちがってたのよ」

「たとえば？」と弓削は訊いた。

「たとえば。そうだな、一真行の施設ができたときは、のんびりしていた村の空気がピリピリした。問題含みの団体だったし、人口が少ない村にかなりの人数が急に入ってきたからね。修行者の服を着た彼らは、村の人には不気味に映ったんだと思う。保守的でよそ者が苦手な土地柄だから。行ったからわかると思うけど、すんごい田舎だったでしょ」

弓削は「まあね」とだけ言って、ちょうど運ばれてきた飛驒牛を「どれどれ」と頬張った。

「それで、あの教団は子供を学校にやらないって方針を取っていてね。教団の施設内に学習室を作って、教義に即した教育を受けさせると主張した。また、いじめから守ることを理由にしているって父から聞いた。確かに、ありうることだったし、村の親のほとんどが、自分の子供を一真行の子供と交わらせたくないって思っていたから、教団と村との溝は深まるばかりだった。そんなときに、うちの父親は暇を見つけては教団の施設に行って、話をしたりしはじめたのよ」

「へえ。施設内によく入れたな」

「まあ、それが父の不思議なところでね、『実は私も仏教に興味がありまして』とかなんとか言って勝手に入っていくんだけれど、不思議と追い返されたりしないの。それで世間話をしたりしていた」

「文化人類学のフィールドワークで培《つちか》った力かな」

「かもしれない。でも私は、父ってもともとそういう人だったんじゃないかって思うんだけど」

「そういう人って？」

「人の心にいつの間にかすっと入っちゃうような」

「その説明、科学的じゃないね」と弓削は笑った。

確かにそうね、と茄子《なす》を天つゆにつけて、井潤も認めた。

「でも、そうやって一真行の人たちといつの間にかうちとけて、彼らのほうもすこしずつ村とコミュニケイションを取るようになって、村の共同作業なんかにも参加するようになったの」

「へえ、そりゃすごいや。きっとお父さんは土地の名士だったんだろうな」

「……でね、話を戻すと、やっぱりそこに行くのは父を思い出してつらいのよ」

井潤は父親が好きだった。しかし、父と自分は似ていないという自覚があった。きっと自分は母似で、それ故に父が好きなのかもしれないとも考えた。

研究者としての道をぷいと捨てて田舎の教師に収まった父だったが、人文系や社会科学の新刊本が出ると、取り寄せて熱心に読んでいた。小説も読んだし、映画を見るのも好きだったので、自宅には大きなテレビが置いてあった。

一方、娘は育つにつれ、文系の学問などいずれ自然科学が呑み込むだろうという考えに傾斜し、自分が知覚している現実や現象と格闘することが先決だという態度を若いうちから固めていた。

父は科学に強い関心を持つ娘の聡明さを喜んではいたが、同時に心配もしていたようだ。時々、一緒に居間で映画を見ないかと誘ったりしたが、娘は逃げた。

「父は、もうちょっと女の子らしく育って欲しかったのかもしれない」

「そうかな」と弓削は反論した。

「心配していたのだとしたら、もっと深いところでなんじゃないかな」

「どういう意味？」

「科学的な眼だけで世界を見ていると見えないものがあるってことさ。それだと人間としてはなにかが足りないと俺は思うな」

井潤はむっとした。ずいぶんと失礼な物言いじゃないか。第一、父のことを知らないくせに、父の名を借りて言いたいことを言うなんて卑怯《ひきょう》だ。そもそも井潤にとっては、文系の教養など、呪術的な世界でまどろんでいる夢見人の寝言のようなものだ。

いつものように井潤の反論がはじまった。

科学時代の現代を反映し、進んで鋭く攻めるのは井潤だったが、退いて守ることにかけては弓削もなかなかしぶとかった。とにかく、このような言葉の応酬を介して、ふたりは恋愛感情の前に友情を育てていったのである。

喋り疲れて、最後に締めの茶漬けをまるで老夫婦のようにさらさらとかき込んでいるときに、井潤は言った。

「じゃあ、弓削君のほうから出しといて」

「なにを」

「うちのセクションへの協力要請の申請書だよ」

3　父と似た人

弓削が書いた申請書は受理された。羽山と横溝の刑事ふたりが三宅を和歌山まで連行し、弓削と井澗がこれに同行する手筈《てはず》になった。

一週間後、井澗は浜松町で弓削と落ち合い、三宅を連行中のふたりの刑事と羽田で合流し、約一時間後には南紀白浜空港に降り立った。

空港からは、県警が用意してくれていた車二台に分かれて乗った。先頭を走る車の後部座席には、若い弓削と羽山が犯人の三宅を挟むようにして座った。三宅の逃亡を阻止するためのフォーメーションだろう。井澗は後続の車の後部座席にベテランの横溝と一緒に収まった。

川沿いの山道を上り、つづら折りが眼下に見下ろせるようになると、幼い頃の記憶《きおく》がよみがえり、井澗は懐かしさを感じずにはいられなかった。けれど、彼女は反射的にその郷愁を拒絶した。そしてその直後、こんどはそうした自分を観察した。懐かしさはそれとして素直に受け取っておけばよさそうなものなのに、なぜ自分はこの土地に惹かれることを嫌がるのだろうか。

車は急勾配の坂にさしかかった。ここを登るのがつらいと父に訴え、電動自転車を買ってもらったことを思いだし、これはやはり父のせいだ、父がまだここにいるようで気後れするのだと思ったあとで、私としたことが囚われてるじゃない、と苦笑した。

坂を登るにつれて鮮やかになる思い出は、様変わりした生家が姿を現したときに、急に濁った。大胆な改装によって田舎くさい古めかしさが洗い流された屋敷が、彼女を混乱させた。

車が停まると、県警の刑事がまず下りて前の車両に向かった。そして、羽山と入れちがいに後部座席に座った。運転席にいた刑事も後ろに移動し、県警の刑事ふたりが被疑者の三宅を挟んで座り、逃走できない構えを取った。この間に東京組の警官三人はトランクから荷物を降ろしていた。

羽山が先頭に立ち、「ごめんください」と声を張り、玄関で来訪を告げると、奥の方から、「どうぞお上がりください」と返ってきた。一行は靴を脱いでぞろぞろと上がった。最後に靴を脱いだ井澗は、三和土《たたき》に脱ぎ散らかした靴を見てどうしようかなと思ったが、自分のぶんだけを戸口に向けて揃えた。

中に進むと、予想どおり、インテリアもまたずいぶんと手が入っていた。

「すみません、いま助手が出ているので、茶も出せなくて」

現れた山咲はソファーに腰を下ろすと、新顔のふたりを見て、山咲ですと軽く頭を下げた。羽山が自分の上司として横溝を、弓削が同僚として井澗を紹介し、紹介されたふたりは山咲に名刺を差し出した。

「ブレイン・エンジニア」

井澗の名刺に刷られた肩書きをつぶやくと、山咲は怪訝《けげん》な顔つきになった。

「我々だけでは先生の仰ることが充分理解できるか心許ないので、彼女に来てもらいました」と弓削が説明した。

「理解を得られればいいのですが」

山咲は遠慮がちに言って名刺をしまったが、井潤は、脳神経外科医に解説などされてはたまらないというニュアンスを読み取った。

「で、三宅は——」と山咲は言った。

「庭に停めた車におります」と羽山が答えた。

「ひとりで？」

「県警の刑事ふたりと一緒です。三宅を先生に引き合わせるタイミングは、先生から指示があってからと言われましたので、待機させています」

なるほどと山咲はつぶやいた。

「その後、三宅になにか変化はありましたか。反抗的な態度を取ることが多くなったとか」

「いや、そのようなことはまったく」と羽山は首を振った。

「そうですか」と言って山咲は思案顔になった。

その時、玄関のほうで戸が開《あ》く音がして足音が近づいてきたと思ったら、三十くらいの男がのそっと顔を出した。

「先日はどうも。またお邪魔してます」と弓削が笑いかけると、男はなぜかすこしおどおどしたようすで頭を下げた。

「遅かったな」と山咲は男に言った。

男は謝りもせずに「はあ」とだけ言って突っ立っている。山咲のほうは別に気にする様子もなく、また羽山に向き直り、「じゃあ、会ってみましょうか」と言った。そして、突っ立ったままの男に、「庭に車が停まっていただろう。その中に待機している人がいるから、どうぞ中にお入りくださいと言って来なさい」と言った。

男が無言で玄関の方へ姿を消すと、「助手の板倉です」と井澗と横溝に紹介し、「もとは一真行の信者でした。信者といっても自分から入信したわけじゃなくて、生まれ育ったのが教団施設内という、いわゆる宗教二世のハードなやつですね」と注釈を加えた。

では、板倉さんにも脱洗脳の処置を施されたのですか、と弓削が尋ねると、いやあれは洗脳されるだけの頭がもともとないので、と冗談にしてしまってから、なのでいまでも施設とここを行ったり来たりしているようですが、好きにさせてます、などと言って山咲は余裕を見せた。

また板倉が現れると、続いて、刑事たちに連れられた三宅が入ってきた。その手には手錠がかけられている。山咲は立ち上がって三宅を見た。温かく相手を射すくめるまなざしには、両者の関係を決定づける包容力と力強さが充ちていた。勝負あったな、と井澗は感じた。

「手錠をはずしてあげてください」

羽山は立ち上がり、鍵穴に鍵を挿しながら振り向いて、「これで大丈夫です。お世話になりました」と県警の刑事に謝意を表した。

ふたりが出て行くと、山咲は立ったままで三宅に、

「長旅で疲れただろう」と声をかけた。

「いえ」と三宅は答えた。

「じゃあ、すこし話そうか。先にトイレに行ってくるといい」

そう言って山咲が三宅を奥へと促したので、刑事らは立ち上がり、井澗も立った。

廊下を行くとダイニングキッチンが見えた。シンクも壁も天井も棚も新しくなっている。このキッチンの、廊下をへだてて、向かいの壁に嵌《は》め込まれた扉の前で、山咲は立ち止まった。昔ここは父の書斎だった。

「突き当たりの右がトイレだ。行ってきなさい」

山咲は三宅の背中を押した。板倉が付き添い、羽山がこれを追う。

山咲が父の書斎だった部屋の扉を開けた。

「これから三宅と話します。二時間くらい」

「二人きりでですか」

初老の刑事、横溝の顔が曇った。

「板倉をつけます。ああみえて腕っ節は強いほうです」

横溝は困ったような笑みを浮かべた。

「できたら、三名のうち一名だけでも中に入れてもらえませんかね」

三宅が殺人犯であることを考えると、横溝の屈託はもっともだ。しかし、山咲は首を振った。

「とにかく緊張を解くことが先決です。扉はここだけですので、向かいのダイニングキッチンで待機して見張っていてください」

しかし、と横溝は渋った。弓削が妥協案を出した。

「では、いちおう中を確認させていただいてもよろしいでしょうか」

山咲はどうぞという風に手のひらを上に向けて室内を示した。失礼しますと言って弓削が中に入って行った。

「まあ、大丈夫でしょう」

出てきた弓削が横溝にうなずいたとき、三宅もトイレから戻った。

先に三宅を部屋に入れて山咲が続き、最後に板倉が入って内側から扉を閉めた。シリンダー錠が廻るひんやりした音を聞いた四名は、長いテーブルに座って、ダイニングキッチンから部屋の扉を見つめた。

「どんな具合でした」とふいに横溝が弓削を見た。「中のようすは？」

「革張りのリクライニングチェアーがオットマン付きで二脚。それとハーマンミラーのアーロンチェアが一脚。これはたぶん助手用ですね。ずいぶん高いところに窓があったけれど、あそこからの逃亡は無理でしょう」と言って弓削はちらと井潤を見た。

その高窓は、本棚がすべての壁と窓を塞ぐことを予期し、光を採り入れるためにこしらえたものだった。休みの日に、高いところから差し込む光の中に座って、父はよく本を読んでいた。そういえば、父の蔵書はどうしたっけ。

扉が開いて板倉が出てきた。ダイニングキッチンに入ってくると、食器棚の湯呑み茶碗をひとつずつ両手で摑み、テーブルに置くと、水を薬缶《やかん》に汲んで火にかけた。そして急須の中に茶葉を入れたあと、皆と一緒にテーブルに着いて、湯が沸くのを待った。

板倉の突然の参入に、会話がはばかられるような空気が生まれ、沈黙が座を支配した。すると不意に板倉が井潤のほうを向いた。

「お薬使いましたね」

井潤は不意を突かれたような気持ちになった。なんのことだろうかと迷ったが、自白剤のことだな、とすぐに思い当たって、

「使いました」と答えた。

「もうキレイになってるんですか？」と板倉はまた訊いた。

「はい、脳にはもうその影響は残っていないはずです」

「のう？」

「脳、ブレインです。——もういいんじゃないかしら」

井潤が立ち上がってコンロの火を消した。日本茶はすこし冷ましてからの方が美味しいからと言って、薬缶を持ち上げ、ふたつの茶碗に湯を注いだ。

「山咲先生には大丈夫です、とお伝えください」

と言いながら井潤は茶碗の湯を急須に移し、それから茶葉が湯に染み出していくのを待った。

じっと井潤を見ていた板倉はこんどは急に羽山を見た。

「のど渇きました？」

不意を突かれて驚いた羽山は、

「あ、いや大丈夫です」と遠慮がちに言った。

板倉はこれを無視するように、冷蔵庫から麦茶のボトルを取り出し、テーブルの上に置いた。そしてグラスをひとつ羽山の前に突き出すと、いましがた井潤が茶を注いだ湯呑み茶碗をふたつ盆に載せて、向かいの部屋に消えて行った。

「おかしな奴だな」横溝がふっと息を漏らすように笑った。

折角なので、と羽山はボトルを摑んでグラスに注ぎ一気に飲んだ。これを見て自分も喉の渇きを覚えたのか、弓削が全員ぶんのグラスを食器棚から取り出してテーブルに並べ、麦茶を注ぎはじめた。

「ちょっと足りないんですかね」

ひとくち飲んで横溝がつぶやいた。助手の知能について言っているのは明らかだった。

「確かに、最初会った時からどこか鈍いような印象は受けましたね」と羽山が言い、「一真行で変な薬を与えられておかしくなったかな」と曖昧に笑って井潤を見た。

井潤は無視を決め込み、麦茶を飲んだ。

一時間ほどして向かいの扉が開いた。山咲が湯呑み茶碗片手にダイニングキッチンにやって来て座ると、一同を見渡した。

「これから、もうすこし詳しく調べたいので、三宅を外に連れ出します」

「どちらですか」驚いた様子で横溝が訊き返した。

「なにこの近所です」

誰もなにも言わなかった。刑事にとってはとうてい歓迎できないアイディアではあるが拒否することもできない。

「我々だけにして欲しいのですが、それは無理でしょうね」と山咲は確認した。

横溝は口元をゆがめ、頭を下げた。「それはご勘弁願えますか」

「まあ、そちらの立場もあるでしょうから」と山咲は鷹揚《おうよう》に笑って、「靴は持ってこられましたか」と尋ねた。

「はい、靴だけは」と横溝は言った。

山咲からは前もって、運動に適した靴を持参しろと言われていた。また、スーツではなく動きやすいウェアが望ましいとも助言されていたので、NCSCのふたりは最初からジーンズにスニーカーという出で立ちである。一方の刑事ふたりはやはりスーツを着用していた。

「じゃあ、履き替えて参りましょう。手荷物はこちらに置いていってください」と山咲は言った。

一行は玄関に移動した。先頭に立った井潤は、脱ぎ散らかされた靴の群れの中で一足のスニーカーだけが揃えられている不調和をまた見るものと思っていたが、上がり框《がまち》に立つと、すべての靴が玄関戸に向けてきれいに揃えられていた。

はて。自分のあとにここを通った者は、ひとりしか思い浮かばない。では、あの板倉という助手は、一足だけ取り澄ましたように揃えられたスニーカーをどう思ったろう。なんとも思わず、玄関では靴は揃えろよと教えられた通り、いつもの習慣に従っただけなのか。まあ、そうだろうと思うことにして、井澗は外に出た。

「では参りましょう」と山咲は三宅の背中に手を当てた。「私は三宅君と一緒に歩きますので、皆さんはすこし離れてついてきてください」

「離れるってどのくらいですか」

「五メートルほど」

山咲は歩き出した。その後を三メートルほど開けて、助手が付き従った。

「もういいだろう」

遠ざかる後ろ影を見ていた弓削が玉砂利を鳴らして踏み出し、残りの三名も動いた。

県道に出てすこし上り、脇道に入ると、舗装されていない完全な山路《やまじ》になった。小道に迫る木立の、その梢にさかんに茂った葉が強い日差しを遮ってくれるので、県道を歩くよりずいぶん楽だ。先頭のふたりは緩慢なペースを保っている。斜度もさほどではないから、息が上がることはない。会話も無理なくできる負荷で進んでいく。ただ、先頭でふたりが交わす会話の内容は、これを追う井澗たちの耳には届かない。

「これがヒルクライム・カウンセリングってやつか。カウチに寝かせて、そのようすを別室で見学させてくれれば楽なのにな」

隣を歩きながら弓削が笑った。

ヒルクライム・カウンセリング。山道を歩行しながらの心理療法を山咲がそう名付け、目覚ましい成果を挙げていることは、井澗も和歌山に来る前に調べて知り、弓削にも伝えておいた。

だが、この手法はさほど広まっているわけではない。理由としては主にふたつ語られている。ひとつは、診療所を相当な田舎に置かねばならない。もうひとつは、試みてみたもののあまり芳《かんば》しい成果が挙がらなかったという報告が数多くあり、これは山咲にのみ可能な属人的な手法なのではという説である。心理カウンセリングの技術は、ある程度体系化されてはいるが、最終的にはカウンセラーの人格的な力がものを言う。山咲の個性と山道を歩行して診療するという奇抜な手法とが、幸運にもマッチした特殊なケースがヒルクライム・カウンセリングであって、ほかの者が真似《まね》してもなかなか結果が出せないのだと説明されている。

さっき三宅と出会ったときも、上から押さえ込みつつ鷹揚に手をさしのべる、そんな複雑な空気を山咲はその場に醸成した。だが、体系化し情報として伝授することの難しいこのような技術は、井潤にとってはやはり〝手品〟だった。

ふいに、父を思い出した。人格的な力がものを言うのは教育の現場もそうだ。父は人気のある教師だった。ものをよく知っているとか、教え方がうまいとか、そんなことを超えた魅力があったと井潤は思っている。

「大丈夫ですか」

井潤は我に返った。

「ここは任せてくださって結構ですよ」

羽山が横溝に声をかけている。見ると、初老の刑事の額からはさかんに汗が噴き出ている。

「いや、このくらいどうってことないさ」と横溝は強がった。

しかし、その表情には生気が乏しかった。弓削がこのベテラン刑事に身体《からだ》を寄せて、

「ここは私もいることですし、戻って休んでください。ここからどれだけ歩くかも聞いてませんし、

聞きに行くわけにもいきません。ペースも向こうに合わせなきゃならないんで」

「そうですか、面目ないですが……」

と言いつつも、横溝は足を休めなかったので、弓削がその肩に手を置いて引き留めた。井澗も立ち止まった。羽山はちらとふり返ったが、山咲との五メートルをキープすべく先へ進んだ。

「ひとりで戻れますか」と弓削が訊いた。

「大丈夫です。いや申し訳ない」と横溝はうなだれた。

突然、前を歩いていた助手の板倉が踵《きびす》を返し、羽山と入れ違いにやって来て、横溝の手になにか握らせた。鍵だった。

「薬箱は冷蔵庫の上。中に救心」

それだけ言いおいて、また羽山を追い越し、山咲の後ろについた。横溝はため息をつくと鍵をポケットに入れ、山路を下っていった。その背中を見送って、井澗と弓削はまた歩き出し、ピッチを上げてすぐ羽山に追いついた。しばらく、この行列はなにごともなくゆっくり山道を登っていった。

つづら折りの樹木に囲まれた細い道を歩いていると、酔ったような、目眩《めまい》にも似た感覚が呼び覚まされ、忘れていた思い出の断片が木漏れ日の中におぼろに浮かび上がった。

この道を、父は屋外授業と称して、学校の児童を連れて歩いたことがあった。たしか、もうすこし行けば、山頂だ。そこにはわずかばかりの平地があり、あたりの山並みが一望できるはずだ。一度、父はそこで、みなにスケッチをさせた。教員が極端に少ない過疎の村なので、絵の心得がないにもかかわらず、父は美術の授業も持たされていた。

「山と木しかないよって描《か》きにくいわ」と児童のひとりがこぼした。

「木も色々や。一本一本ちがうさかい、よお見て描《か》かなあかんで。木にも心がある思《おも》て描《か》くとええ」

父は心構えだけを口走った。こらえ性のない児童が緑の絵の具を画用紙の上に直接絞り出し、これを筆で乱暴に伸ばして、深緑を一面に塗りたくった絵を見たときには、困ったような顔になったが、「まあ、元気がよくて結構だ」と笑った。

突然、先頭が止まった。

そして、おもむろに山咲は三宅と助手を引き連れてこちらに下ってきた。

「ここらで引き返します」

あと十分も歩けば山頂なのに、と井潤はいぶかしんだ。だが、こちらに降りてくる山咲と三宅の背後には金網のフェンスがあった。道をふさぐように立つ観音開きの門には南京錠がかかっていた。板が留められており、〈危険ですので絶対に立ち入らないでください〉と書かれている。

弓削は金網越しに向こうを見て、「熊でも出るのかな」とつぶやいた。

「台風なんかで山肌が不安定になると、道が閉鎖されることがあったから、それかな」

そう言って井潤はさして気にとめなかった。

しばらく下って、つづら折りをまがってすぐ先頭の山咲が立ち止まった。そして杉木立の高いところへその指をさし向けた。隣に立っていた三宅が山咲の指のその先へと視線を送ったかと思うと突如、呻《うめ》くような声を上げた。いまにも泣きそうな顔になり、身体《からだ》が小刻みに震えだしたのが遠目にも見えた。

ふたりの刑事が顔を見合わせ動こうとした時、すこし前に立っている助手が手のひらをこちらに向けた。五メートルの距離を保てのメッセージだと汲み取り、ふたりはとどまった。

井潤もまた、三宅が見ている梢の先を見た。夏の葉が生い茂り、そこから漏れ出る光の束が幾筋も落ちていた。美しいとは思ったが変わったものはなにもない。

視線を降ろすと、山咲が三宅の肩に手を置くのが見えた。さあ行こうとでも言うように肩を押され、三宅は歩き出した。

弓削が身体を寄せてきて「なんだあれは」と言った。「発作でも出たのか」

そして、意見を求めるようにこちらを見た。井潤は黙っていた。

「どう思う」と弓削はまた訊いた。「このやり方、俺にはさっぱりわかんないんだけれど」

さあね、と井潤は首をかしげた。

「低負荷で長時間の運動は脳内でセロトニンを分泌させるから、精神を安定させることは確かよね」

「でも、三宅はぶったまげてたぜ」

そうだね、と相槌《あいづち》だけ返して、井潤は、父に与えられた下山時の注意を思い出し、歩幅を狭く調整して、靴裏全体を地面につけるようにしながら、急なカーブを曲がった。

「それに、こういううねうねとした道を歩くと、どこかで変性意識状態になりやすいから」

「変性意識状態ってのは」

「どのくらい簡単に説明して欲しい？」

「小学生レベルでお願いします」

「ぼーっとしちゃうってことよ」

「よくわかりました」

「だから、こういう風に歩いている時には、言葉による暗示も利きやすくなることは確かだと思う。あとは、山咲先生の説明を聞こうよ」

〈ワンネス　応用心理研究所〉の看板が掛かった玄関の戸を開けた山咲が、横溝の乱れた靴を直して、自分のものも揃えたので、羽山と弓削もこんどは気を配った。これを見た井澗はやきもきせずにすんでほっとした。

「大丈夫かな」リビングに移動しながら山咲が言う。

一番年長の刑事がリタイヤしたことは、国道に出た折に助手から聞いたようだった。

その横溝はリビングのソファーに身を沈めて休んでいたが、一行が入ってくると、背中を伸ばして、しゃんとした。

「具合はどうですか」と山咲が尋ねた。

「もう大丈夫です。すみませんが、救急箱からお薬いただきました」

「無理は禁物です。カウンセリングに立ち会って身体を壊されたとあってはうちの評判にも響くので」

山咲は冗談とも本気とも取れることをさらりと言ってから、三宅をカウンセリングルームに引き取らせるように助手に指示し、三宅には「冷たいものをもらってすこし休むといい」と言い添えた。

「さて、と」

山咲は五人になると一同に向き直った。

「確かに、埋め込まれてますね」

「アンカーが、ですか」羽山が確認した。

「ええ、ここに連れて来たのはよい判断だったと思います」

「どのくらいでそのアンカーは除去できるのでしょうか」

「まだわからないんですが、さほど時間はかからないと見ています」

「もうすこし具体的には？」

「一月《ひとつき》」

井潤はかなり早いと思ったが、警官たちはずいぶん長いと感じていることが、彼らの物腰から読み取れた。

「先生がアンカーを撤去したら、つまり洗脳プログラムを解除したら、我々は取り調べを再開できますか？」と羽山が訊いた。

「まあ大丈夫でしょう」

「今日の時点で、なにかわかったことは？」この質問は弓削の口から発せられた。

山咲はテーブルの上にあった扇子を取って、自分の首筋に風を送りはじめた。その表情からは言うべきかどうかの戸惑いが見て取れた。結局、山咲は口を開いた。

「彼はここに一度来たことがあるそうです」

一同は驚き、

「ここって、先生を訪ねてきたということですか」と弓削が確認した。

山咲はうなずいた。

「そのことを先生は覚えておいでですか」と弓削はまた訊いた。

「いや、実は、ちょうど私が留守だったようで、そのまま帰ったらしいんです」

「しかし、なぜ先生のところを訪ねたのでしょう」

「それは明日からじっくり聞かせてもらいます」

この答えに弓削は満足しなかった。

「先生が脱洗脳のスペシャリストであることを考えると、自分が洗脳されていると知って、それを解いてもらおうとやって来たのでしょうか」

山咲は苦笑しながら首を振った。

「自分がマインドコントロール下に置かれていることを自覚し、それを解除しに来る者などまずいません。今回のように、周囲の者に連れられてくる者ばかりです」

「ですけれど、前回は三宅はひとりでここにきたんですよね」と弓削は食い下がった。

「そうです」

「だとしたら、来訪の目的は？」

ですからそれは追々《おいおい》訊きますが、と山咲は断ってから、

「ここに自発的に来る者の動機は大半が脱会後のむなしさですね」と言った。

むなしさ、とその言葉を吟味するように弓削がつぶやいた。

「一真行が信者を引きつけた最も大きな力は、言葉による教義ではないんですよ。だいたい、教義なんてものは理屈として通っていたとしても、なるほどとは思うかもしれないが、人はそう簡単に自分のすべてを捧げる気にはなれないものです」

山咲が手にした扇子がゆったりと揺れた。

「それはわかります」と弓削が言った。

弓削の同意がおざなりのものでないと直感し、井潤はちょっとまずいなと思った。山咲が口を開いた。

「私は、一真行を、前期と後期に分けています。渋谷に本部を置いていた渋谷期、そして例の事件で教祖の袴田真三が逮捕され、本部をここに移してからが紀州期です。三宅が籍を置いていたのは前期の渋谷期ですね」

「どうちがうんですか」と羽山が訊いた。

「体験の強烈さがまるでちがいますね」

「では、渋谷期と紀州期ではどちらの体験が強烈なんですか」

誘導されるがまま、羽山は質問を連ねた。

「圧倒的に渋谷期。紀州期の信者の宗教体験は、渋谷期に比べればかなり淡いものでしょう。ただ、教義に関しては、渋谷期はズブズブでとっちらかってますが、紀州期のほうはそれなりにしっかりしています。これは、教団を引き継いだ滑川《なめかわ》という男、彼は教祖ではなく祖師《そし》と名乗ってますが、こいつに仏教についての知識があるからですね」

ゆるくてズブズブのほうが強烈なんですか、と羽山は訊いたが、山咲はうなずいただけで、それ以上の説明を加えようとはせず、黙って扇子を揺らしていた。

話を戻しますが、と弓削が口を挟んだ。

「脱会後のむなしさを抱えて元信者はここにやってくると先生は仰いました」

「ええ」と山咲はうなずいた。

「一真行で三宅が味わった強烈な体験、言葉を超えて心を支配したなにか、その穴埋めを求めて来たということでしょうか」

山咲は薄く笑ってうなずいた。

「ということは、ここを訪れたときの三宅は、一真行の教義はもう信じていなかったし、一真行のマインドコントロール下にはなかった。けれど、彼の身体と心には、一真行が与えた強烈ななにかが刻まれていた」

山咲はかすかな笑みとともにまたうなずいた。その笑いに、なかなか勘がいいなという評価を井澗は感じ取った。

「その強烈ななにかとは？」

羽山が視線を弓削に送った。そして、こんどは弓削がその視線を山咲にパスした。

「神秘体験ですよ」と山咲が言った。

「ということは……」

「たぶんＬＳＤを使って作られた体験です」

井潤は渋谷交差点ＬＳＤ散布事件を思い出した。一真行に反社会的集団の烙印《らくいん》が押されたのはこの事件からだった。これをきっかけに多くの信者が脱退した。残った者は新しいリーダーとともに、和歌山県のこの村に教団施設を移すことになった。奇妙な服を着た人が大量に押し寄せてきたのは、ちょうど井潤がものごころつくかつかないかのころだ。

けったいな薬でも撒かれたらどないすんねん。そんなことを言いながら大人たちが険しい顔をして話し合っていたのをうっすら覚えている。

「三宅はＬＳＤの禁断症状に苦しんでいたのでしょうか」と羽山が訊いた。

「それはちょっとちがうのです」と山咲は言った。「不況といえども現代社会は物質的には昔よりずっと豊かになりました。しかし、私たちが生きている社会はほとんど企業に乗っ取られたかたちになっていて、そして企業活動は人々に精神世界の豊かさを与えてくれるわけではない。こういう社会や人生に疑問を持つ人が、どんな形にせよ強烈な神秘体験をいったん経験してしまえば、現実というものがいかに貧しいものであるかを実感せざるを得ない」

山咲の社会批評はともかく、確かにＬＳＤによる幻覚作用は強烈だ。壁のしみが人の顔に見えたり、極彩色の映像が明滅し、さらには音に触れるというような通常では味わうことのできない異常な心境に引き込まれ、悲観から楽観へ気分が高揚していく。これを修行によって到達した境地だよと説明されたら、世俗社会のポジションなどどうでもよくなるだろうし、また、たとえ薬物によってもたらされたものだと知っても、その体験は忘れられないものになるだろう。

「となると、なかなか社会復帰も難しい。しかし、一真行はもうほとんど解体している。彼らには戻るところもないということが切実な問題となってきます。そういった行き場のない元信者は一真行に戻るか、それとも私のところに来るかどちらかに――」

「なるほど。よくわかります」と弓削はうなずいた。

わかる、と相手に調子を合わせて言ってるのならどうってことないが、心から実感してるのなら問題だ。スジのいい山咲の弟子になってやしないか、と井潤は心配した。だが、彼女の不安をよそに弓削は続けた。

「先生が心配されるのは、世の中に戻れないそうした人間がまた一真行に戻ってしまうことですね」

「いや、紀州期に入ってからの一真行は、そのような強烈な体験を求めて戻ってくる人間にとっては、あまりにもおだやかで真っ当なんですよ。だから、こういう連中は入信してもすぐに出てしまいます。そして、また宗教ホッパーとなっていろんな団体を渡り歩くことになる。それはそれで問題なんですがね」

「一真行に戻ろうとする元信者や、また一真行から出て行き場のない人間を社会に戻すために、先生はここに診療所を建てたわけですか」

「まあ、戻すべき社会なんてものがあるのかどうか、そこは僕もわからないのですが」

山咲は口を歪めて笑った。

助手が入ってきた。透明で涼しげな液体を満たしたグラスを載せた盆と一緒である。喉が渇いていた五人はサイダーのグラスに手を伸ばした。

喉を潤してから井潤は口を開いた。

「それで、強烈な神秘体験に呪縛されている人間をどうやって解放させるのですか」

「僕の場合は、同じような体験を味わわせてやります。これには残酷な面もあるんですが」

井潤の顔が曇った。

「もちろん、ＬＳＤなんか使いませんよ」と山咲は先を制するように言った。「変性意識状態を言葉の力で作り出すんです」

「言葉だけで？　そんなこと可能なんでしょうか」と井潤は訊いた。

変性意識状態へ被験者を誘導することは井潤にもできる。渋谷期の一真行と同じように薬物を使ってだ。もちろん、もっと安全に、もっとおだやかに、ではあるけれど。

「本来は宗教というのは、修行のカリキュラムと教祖の言葉を合わせて、この状態を作り出すわけですが、渋谷期の一真行の教祖袴田はそこまで練達してなかったんです。だから薬を使った。私はあくまでも言葉と身体的な動きを使います」

「今日もそれを」と井潤は確認した。

山咲はうなずき「ええ、すこし」と笑った。

「なにを見せたんですか？」前のめりになって弓削が訊いた。

「テングです」

〃テング〃という音から〃天狗〃と変換し、井潤はようやくその意味を覚った。

「天狗が止まっているよ、と言って木のてっぺんを指差したんです」

嬉しそうに弓削が笑い、その声は井潤を苛立《いらだ》たせた。さらに弓削が尋ねる。

「彼は天狗を知覚したんですか」

「ええ、そのようです」

「すごい」

井潤はここで割って入った。

「先生が施したのは、わかりやすい言葉を使わせてもらえば――」とまで口にしてからすこし迷い、

「催眠術ですね」と結局言った。

「ええ。日本ではかなりいかがわしい響きがあるので、僕はあまり使わないようにしているのですが。そういうことです」

「ミルトン・エリクソン派でしょうか」

井潤は大御所の名前を挙げた。催眠療法を扱う医師の多くはこの系列に属する。

「いや私の師匠に当たる人はもっと独自のやり方をします。もっとも、最初は私もエリクソン流の方法を試してみたんですが、向いていなかったようです」

だとしたら、その師匠という人物は日本人ではないなと井潤は推察した。おそらくスタンフォード大学で習得した技術だろう。

ちょいと失礼します、と立ち上がった横溝がよろけた。トイレをお借りします、と青い顔をして出て行った。心配した羽山が見に行ったので、ソファーに残ったのは山咲と弓削と井潤の三名になった。

「催眠術というのは確実にかかるのですか」と弓削が訊いた。

「さあ」と山咲は笑った後で「試してみますか」と弓削を見た。

「ぜひ」と弓削は言った。

山咲は部屋の隅に視線をやった。そこには助手の板倉が盆を抱えて丸椅子に座っていた。板倉は立ち上がり、ソファーの背後に回った。

「準備が充分でないので助手に手伝ってもらいます。いいですか」

弓削はうなずいた。井澗は黙っていた。

「さあ、目を閉じてください」

弓削が目を閉じるのを横目で見て井澗も閉じた。拒絶したい気持ちもあったが、それもフェアではないと思ったからだ。瞼《まぶた》の向こうにぼんやり光を感じた。肩に手が置かれるのがわかった。

「山深い山道をあなたはひとりで歩いています。先ほど歩いた道です」

あまり意固地になるのも良くないなと思い、井澗はあの山道を脳裏に思い描いた。

「うねうねとした道を登っている。だんだんあなたは喉が渇いてきました」

喉は渇いていない、さっきサイダーを飲んだもの、と井澗は思った。

「ところが、急に行き止まりになった。金網の門は閉ざされて、鍵がかかっている。ここから先は立ち入り禁止だと書かれています」

助手の手が肩から離れるのがわかった。

「けれど、この先をすこし行くと、すぐに下りになって、きれいな谷川があります。さあ、そんな門など乗り越えて行ってみましょう」

目を開けてください、と耳元で聞こえたのは助手の声だった。井澗は目を開けた。

目の前に山咲がいた。元のリビングに井澗は帰ってきた。

「さあ、あなたは渓流《りつぜん》のほとりまで降りてきました。きれいな水です。顔を洗ってみましょう」

井澗は横を見て慄然とした。弓削は前屈《まえかが》みになり、目の前の空気を両手で掬《すく》って顔にかけている。

完全に術中にはまっていた。まんまとしてやられたのだ。井澗は悔しかった。

一時期、ネアンデルタール人は我々の祖先であるホモ・サピエンスと共存していた。しかし、なぜか前者は絶滅し、後者のみが生き残った。これは「交替劇」と呼ばれ、人類学を中心とする学際的な研究課題となっている。そして、これについて、ホモ・サピエンスとネアンデルタール人の脳機能、認知能力こそが、両種のその後の運命を決定づけた原因であったと唱える説がある。

　われわれホモ・サピエンスは、木を見たら見たなり、山を見たら見たなりに理解することはない。樹木には精霊が、山には神が宿ると考える。こうしたアニミズムの思考は歴史上どの地域でも見られる。つまり人間の本性だと見なすことができる。

　そして、ホモ・サピエンスのアナロジーの力が、精霊信仰を経て宗教を生み出し、抽象的な思考を可能にし、莫大な知識を人類にもたらした。ホモ・サピエンスが比喩を用いるようになった時、知の領域が爆発的に拡大し、彼らを「交替劇」の勝者にしたというわけである。

　この説はおそらく正しい、と井潤は考えている。

　しかし、その一方で、比喩的能力、類推する力、つまり、ちがうものを同じものだと見なす力を脳が持つということは、我々が常に洗脳の脅威にさらされていることを意味する。

　だから、研究者としては、催眠術にかかる人間を知性が足りないなどと評するつもりはない。けれど個人的には、相棒がやすやすとかかったことは忌々しかった。もう、しっかりしてよ、と言いたい気持ちを抑えられなかった。

「だってさあ」と弓削は不平らしくつぶやいた。「喉がめちゃくちゃ渇いて、そしてまさしく目の前にキラキラと小川が流れているんだぜ。はっきり見えたんだよ。思わず――」

「もういい」井潤は遮った。

『フランダースの犬』を見たらいいまでも号泣してしまうこの男には、なにごとにも敏感に感動してしまう傾向がある。いつもならからかって笑ってやるのだが、今回はそこがすこし気がかりだった。

離席していた羽山が戻ってきた。

「どうだった横溝さん」と弓削が訊いた。

「県警に頼んで空港まで送ってもらった。夕方の便に乗せて帰ってもらうよ。実はあの人、ちょっと心臓が悪いんだ」

「気の毒だな、ここの温泉につかるの楽しみにしてたのに」

弓削はそう羽山に言った後、井潤に向き直り、

「な、すごいだろホテル並みだろ」

と自慢するように食堂の真ん中で両手を広げた。山吹邸を辞してから、宿泊先だと聞かされていた〝ふるさと〟に連れてこられた井潤は、

「そうね」と同意した。

確かに豪華だ。運ばれてきたアイスコーヒーの味もホテルのラウンジで出されるものに引けを取らないし、グラスも高級品のアウラを放っている。もはや、「やりすぎ」のレベルだ。

「ところでマズいことになったぞ」

神妙な顔つきになった羽山に井潤と弓削は目で先を促した。

「部屋がないらしい」

井潤は驚いた。ここに来てなんてことを、と警視庁の事務能力を疑った。

羽山の口から〝ふるさと〟側の釈明を聞かされた。今夜に限って、入居者に会いに来た訪問客の多くが宿泊を希望し、ツインの部屋ひとつしか用意できないのだそうだ。

「東京から電話を入れたときには、大丈夫だと聞いたから安心してたんだよなあ」と言って羽山は自

分のミスではないことを匂わせた。「エキストラベッドを入れてもらって三人ひとつの部屋ってわけにもいかないよな」

弓削は「いくいく」と言ってニヤニヤしている。井澗が睨むと笑うのをやめ首をすくめた。

「それで、山咲先生に相談したら、井澗さんはうちに泊まったらどうかって案をくれた」

「うちってのは」

「ワンネス、つまり先生のお宅だよ。部屋はいくつか空いてるんだそうだ。食事は朝食だけしか出せないけれど、よろしかったらどうぞ、だってさ」

「それはどうかなあ」

弓削はどこかわざとらしく腕組みした。

「私はそれでかまわない」と井澗は言った。

弓削が羽山に向き直った。

「お前が山咲邸で寝ろよ」

「それは三人一緒にツインで寝るよりマズいだろ」

と羽山が言うと、弓削はこんどは井澗のほうを向いて、

「大丈夫ですから」とていねいにあらたまった。

「なにが」

「欲しがりません勝つまでは。——なのです」

井澗はテーブルの上のメニューを取って弓削の頭をポカリと叩いた。

弓削が羽山を連れてふるさとの大浴場に入ると、露天風呂までついていた。

幼なじみの男ふたりは、山腹の険しいところから突き出すように作られた湯船から、山間に沈む夕日を眺めた。日は山と空を赤く染め、一日の名残をとどめながら、山の向こうに落ちていこうとしている。

「しかし、大丈夫かね、井澗は」

夕日に顔をテカらせて弓削がつぶやいた。

「なにが心配なんだよ」

顎まで湯に浸かった羽山が大儀そうに口を開いた。湯が口の中に入ってきそうである。

「あの催眠術で、井澗が性奴隷にされちゃったらどうしようかと思って」

羽山は湯を掬うと自分の顔にかけて「お前さ」と言った。

「ガキの頃から学校の成績も抜群だったし、家柄もいいんだけど、なんか言うことがアホだよな」

「だけど、あのえげつない技を体験したらそんなこと言ってられねえぞ」

鮮やかな小川の煌《きら》めきを思いだしながら、弓削は言った。

「ま、確かに、山咲先生の技術は海外からも注目されているらしいよな」

そう言って羽山は周りを見渡し、近くに入浴客がいないか確かめた。

「三宅のアンカーの除去は時間の問題なんだとさ。ふたりきりになったときに聞いたんだ」

ならばそこでなにか手掛かりが見つかるかも、と思いながら弓削は、

「被害者の鷹栖についてはその後なにかわかったか」と前から気になっていた方面に話題を向けた。

「それがさ、これといって怪しげなところがないんだよ。優秀なエリートサラリーマンってことだけが念押しされるばかりで」

鷹栖祐二。四十六歳。独身。アジア開発投資銀行勤務。仕事上での一真行との接点は見いだせない。

反社会的勢力との間にトラブルもなし。そもそも海外勤務が長く、日本でほとんど活動していないので恨みを買うこともないはずだ、勤務態度や仕事ぶりも申し分なし、刺される原因など思いつかない、と上司や同僚は口を揃えて言うらしい。

風呂から上がってあてがわれた部屋に行くと、ベッドの上であぐらを掻いてスマホで音楽を聴いていた井澗は開口一番「遅い」と言った。

「『異常なし』って報告するのが先だぞ」

弓削がそう言うと、井澗はスマートフォンの液晶画面を向けた。三宅がベッドに所在なげに寝転んでいるのを、天井から狙ったカメラが捉えている。

「ありがとうございました」と羽山は言った。

「じゃあ、私もお風呂いただいたら、先生の家に行きます。あとの監視は本職でやってください」

井澗はそう言ってベッドから降り、小さなバッグを肩にかけて、入り口のドアを押した。

お疲れ様でした、と男ふたりはねぎらいの言葉をかけた。

ドアが閉まる音を聞いてから、弓削は先ほどまで井澗がいたベッドに身を投げ、女が夏蒲団につけていった窪《くぼ》みからぬくもりを感じとろうとした。

「イェール大学から、国連勤務。その後は国際開発金融機関に転職か。嫌味なくらい完璧なキャリアだな」

ベッドにうつ伏せになったまま弓削が言った。話題は、刺殺された鷹栖に戻っていた。

「そうそう、国連ってのがすごいな」

羽山が隣のベッドから緑茶のペットボトルを投げてよこした。

「どうすごいと思う?」

「とにかくデカい」

「そこか」

「でもって、なんか善人ぽいよな、国連ってのは」

「それは甘い。国連なんて多国籍企業や各国の情報戦の場だ。当然、利権争いもハンパないぜ」

うつ伏せのままで弓削が言った。

「そうなのか。で、イェール大に入学したのが二十六歳だ。これはかなり遅いんじゃないか」

「学費を貯めてたんだろう。アメリカの大学はやたらと高いからな」

弓削はむくりと身を起こし、ノートパソコンをベッドに引き上げると、捜査資料を開いた。

「でもなんか妙だな、日本の大学からイェール大学に留学したんだとばかり思ってたんだが、アメリカのシケたコミュニティ・カレッジで学んでいる」

「えっと、それはなにを意味するんだ」

「この履歴を素直に読めば、渡米して低いレベルからコツコツ勉強して、トップクラスの大学に入ったってことになる」

「そのどこが気になるんだよ」

「普通じゃ考えられないからさ。日本プロ野球界での実績を評価されてヤンキースなんかに移籍するんじゃなくて、アメリカの高校のヘボ野球部に入部して、そこで実績を積んでからメジャーリーグ入りしたようなもんだ」

「ほとんど奇跡だな」と羽山は感心した。

「きっとめちゃくちゃ頑張ったんだ。アメリカの大学は日本とちがって入学さえすれば卒業は簡単ってわけでもないし。また国連の高級官僚なんかそうおいそれとはなれないぞ」

「でも殺されちまった」

そうだった、こいつは殺されたんだ、と弓削は思い出した。

「親御さんもさぞ悔しかっただろうな、自慢の息子だったろうに」と弓削はぼつりとつぶやいた。

「報道陣に囲まれて大変だったろう」

「だけど、そういうことでもないみたいだぜ」

羽山が弓削の感傷に水を差した。

「そいつの親がどこにいるのかさっぱりわかんねえんだってさ。マスコミもさんざん嗅ぎ回ったらしいが、なにもつかめなかったそうだ」

弓削はパソコンを膝の上から脇によけると、肘枕をして横になった。

「だから外資系なのか」

「ん？　どういうことだ」

「日本の企業って、やれ保証人だとかいろいろうるさいんだよ。新入社員の保証人はたいてい親がなる。それ以外にもうひとり保証人をつけろって言われることも珍しくないしな」

「外国はちがうのか」

「職種にもよるだろうけど、日本ほどでないことは確かだ。大抵のところはイェール出てれば関係ねーだろ」

「つまり、保証人をつけられないから外資系を目指したってことか」

弓削はそうだともちがうとも言わず、青山のバーで刺し殺された金融マンの履歴を見つめていた。

鷹栖祐二は日本で通信制大学の学位を取得していた。ここに入学するのは、定年退職後にできた余暇を利用してもう一度学び直そうとする知的老人と相場が決まっている。若者が将来を見据え、アカデミックなバックグラウンドを築くには不利なところだ。さらに、渡米してすぐ通ったのはコミュニティ・カレッジ。乱暴に言ってしまえば、〝留学経験あり〟という箔《はく》をつけるのが狙いの学校だ。しかし、そのあと急にイェールという超難関校に入り、卒業後は、国連、その後は国際開発金融機関へと輝かしいキャリアを築いていく。どうも妙な経歴だ。ただ、犯罪が匂い立つようなものではない。そこがまた妙である。

弓削は手枕を崩して仰向けになった。そして三宅の監視を羽山に任せて二時間ほど眠った。

樹木の輪郭が闇に溶け、やがて漆黒に塗り込められた。井澗がいる二階の部屋から漏れる灯りは、県道をへだてた杉木立までは届かない。

振り向いて、むかし勉強部屋として使っていた和室を見た。部屋の隅に、さっき山咲が運んでくれた夏蒲団がたたまれてある。幼い頃の彼女は、畳敷きを田舎くさいと感じて嫌がるおませな少女だったけれど、いまはい草の匂いをかぎながらゴロゴロするのもいいなと思う大人の女になった。

客間として使える部屋がいくつかあるのでどれかを使ってください、と山咲に言われた時、全部見てもいいですか、と言って案内してもらった。

廊下を歩き、部屋から部屋へと巡るにつれて、様変わりした装いの向こうに、昔なじんだ家が透けて見えてきた。一新された表層とそれでも残った構造とを同時に味わうのは愉快だった。

山咲先生の仕事部屋を見せて欲しいと言うと、彼は奥の和室の襖《ふすま》を引いた。かつて客間として使っていた八畳間には広い座卓が裏庭に向かって置かれ、卓上とその周りにも本が所狭しと平積みされていた。その背表紙の並びに父の本棚によく見かけたものがちらほら交じっていた。ジュリアン・ジェインズの『神々の沈黙　意識の誕生と文明の興亡』もあった。この本の背は父の本棚でもよく目についた。

結局、かつて自分の勉強部屋だった和室を選んだ。もはや机も本箱もないがらんとした六畳間で、井潤は畳んだ布団を背もたれにして、就寝前の読書にいそしもうとタブレットを取り出し、電子書籍のライブラリの中からさっき見かけた『神々の沈黙』を開いた。

この妙な本の内容については、まだ幼かった井潤は父と話す機会を持たなかったが、大学で脳を専攻した折に梗概《こうがい》を知り、つい最近、懐かしさも手伝って購入して、暇を見つけては読んでいる。面白く、そしていかにも父や山咲が好きそうなお話だ。

古代人は、脳の右半球で「神々の声」を受信し、そして、左半球でこれを聞いたというのである。しかし、このような「二分心」という脳の構造は、あることをきっかけに崩れ、崩れることによって「意識」が誕生した、と著者は主張する。

著者の推論の導き方は眉唾《まゆつば》もので、立証はあまりにも杜撰《ずさん》だ、と井潤は思った。もちろん古代を対象とした研究なので、実験と観察を綿密に重ねる自然科学の手法が取れないことは認めるにしても、遺跡のレリーフだけにその証拠を求めるのはあまりに心許ない。

井潤の心の中にはある思いが漠然と育っていた。父と山咲は似ているのではないか。そんな予感めいた気持ちは、本書を拾い読みした後、さらに強まった。少なくとも、ふたりの関心は似ているかもしれない。いや、似ているにちがいない。

喉の渇きを覚え、キッチンに降りて冷蔵庫を開けた。ふるさとの売店で買って冷やしておいたミネラルウォーターを取った。

「どうですか、部屋は。くつろげますか」

ふいにキッチンに現れた山咲はそう言って戸棚を開けた。はい、とてもと井潤は答えた。山咲はスコッチのボトルを取り出して、

「僕はこれからすこし寝酒をやりますが、どうですか」

井潤は迷った。そして、

「折角ですから」と言った。

とろみのある琥珀色の液体がロックグラスに注がれた。氷をもらい、いましがた取り出したミネラルウォーターを足して水割りにした。

「ま、とりあえず」

山咲はグラスを掲げた。井潤もこれに応えてグラスを合わせた。

「和歌山ははじめてですか」

当たり障りのない話題のつもりなのだろう、山咲はこんな風に若い女性との会話をはじめたが、それは井潤が酒の力を借りて喋ってしまいたいことでもあった。

「いえ」とまず言った。

「そうですか。関西出身ですか」

「はい」

「じゃあ、行ったのは白浜かな。それとも高野山《こうやさん》」

「そこも行きました」

「じゃあ、那智の滝は」

「行きました。遠足で」

山咲は不可解な顔つきになった。那智の滝は名所ではあるが、アクセスがよいとは言えず、日帰り

の遠足で訪れる学校は少ない。

「私は和歌山で生まれたんです」

「えっ」意外の感が山咲の顔に表れた。「まったく訛《なま》りがないのでわからなかったな」と自身も東京言葉で言った。

「和歌山はどちらですか」

「ここです」

「ここ、といいますと」

山咲はそう言ってグラスを舐めた。

「この家で生まれて小六《しょうろく》まで住んでました」

「……嘘だろ」

「この裏庭に無花果《イチジク》の木がありませんでしたか」

「あった」と山咲は言った。「ずいぶん虫がたかってたんで、切ってしまった。悪いことしたね」

「いえ、もう先生のお宅なので」

「でもこれは奇遇だな、君が真砂先生の娘さんだったとはね」

こんどは井潤がはっとして顔を上げた。

「父をご存じなんですか」

「いや、直接は知らないけれど、大学は同じで、僕らには共通の知人がいた。お父さんは確か文化人類学を研究しておられたよね」

「そうです」

そうかあ、と感慨深げに山咲はまたグラスに口をつけた。

「けれど、辞めてここで教員をされていた理由は知っている？」

「まだそういう話題を話し合う年齢ではなかったので」と井潤は言った。

そうだろうね、と山咲はうなずいた。

「細かいことはわからないが、アカデミズムの世界に嫌気がさしたらしいんだ」

そうだったのかという思いと、やっぱりという思いが相半《あいなか》ばした。

「僕の場合もそうだった。アメリカから帰ってくると、日本の学界が窮屈で鬱陶《うっとう》しいものに思えてね。ちょうどそのころ、神戸の父親が死んでちょっとまとまった金を残してくれたんで、すこし学界から離れて、勝手に勉強してやれと思ったんだ。結局、離脱したままになってずっと勝手にやってるわけだけど」

「でも、文系の研究は書斎があればできるので」と井潤は注釈をつけた。

それは、自分が故郷に戻らないのは、自分の研究にはいろいろと設備が必要だからだという言い訳にもなっていた。ただ山咲がそこまで気がつくはずもなく、

「ああそうか、君は理系だったね。そちらは実験室やそれを維持する費用がかさんで大変だ」とあっさり同意してくれた上で、

「で、一真行がここに教団施設を移したときに、信者を研究したいと思った僕は、大学での地位を捨てて活動拠点をこっちに移すことを計画し、宗教学をやっていた多田《ただ》って学友に相談した。こいつは奈良出身でね、このあたりにもなんどかフィールドワークで来たこともあったから相談相手としてはうってつけだったってわけだ。けれど多田は、ここらに独身者が借りられるようなアパートなんかないだろうって言うんだ。そんなことないさと思って来てみたら、本当にそうだった」と言って笑った。

井潤もつき合って口元をほころばせた。

「海べりまで降りれば貸部屋もあると聞いたので、そこから通おうかなとも思ったんだが、一度この人に相談してみろ、話を通しておいたからって多田が地元の名士を教えてくれた。それが真砂先生だ。宗教学と文化人類学は言ってみれば〝ご近所さん〟だから、多田と真砂先生は学生時代から互いを知っていたというわけだ」

それはあり得ると井潤は思った。

「ところが、会いに行く一週間前に真砂さんは急逝されてしまった。それで、いったんすべてを振り出しに戻して考えなければと思っていたときに、多田から連絡があって、この屋敷を買う気はないかと持ちかけられた。最初はずいぶん藪から棒な話だと思ったよ。けれど、多田から聞いた言葉をそのまま信じるならば、真砂先生は、僕をここに住まわせようと思っていたようだ。娘さんが進学すれば、ここから通える高校は一校もないので、おのずと家を出ることになる。そうなると独りで住むには広すぎるしさみしくもあったので、僕のようなのを下宿人として置くのはちょうどいいと仰ってたらしい」

井潤は、父親と似た年齢《とし》格好の男ふたりがこの家で暮らすのを想像して、ちょっとぞっとしないと思った。

「だから、これも縁だと思って決心した。さっきも言ったようにある程度は資金もあったから、思い切って投資するつもりで」

お買い上げ有り難うございました、とでも言おうかと思ったがよして、

「山咲先生はどうして一真行に興味をお持ちになられたんですか」と尋ねた。

「興味というとちょっとちがう気がするな」

井潤は黙ってその先を待った。

「ほっとけない気がしてね」

そうですか、とだけ言って井潤はグラスの縁を舐めた。

父がよく口癖のように言っていた言葉だった。ほっとけないだろ。そういうわけにもいかんだろ。そうつぶやいて父は一真行の施設の中に入っていった。教団が発行しているブックレットも持ち帰って読んでいた。それがキッチンのテーブルなどに置いてあると井潤は気味が悪いと思い、実際にそんな言葉を口にした。黙って捨てたこともあった。

「紗理奈は科学が好きみたいやけど、そういう考えは科学的やないな」

そんな風にたしなめられたこともある。

いまの井潤なら一席ぶってやれるのだが、小学生だった彼女にはぷいと脹《ふく》れて煎餅《せんべい》をかじることしかできなかった。

山咲が立ち上がった。戸棚を開けてアルミの丸い缶を出して、蓋を取ると、スプーンで中のミックスナッツをふた匙《さじ》すくって小皿に開けた。チーズを切ってもいいけれど、めんどくさいやと言って摘まみ、「ところで」と井潤を見た。

「真砂先生の死後、あなたは親戚の家に引き取られたと聞いたけれど」

「はい、叔母の家に」

「そう。で、高校は?」

「東京です」

「学部はどこへ?」

「医学部」

「それからは?」

「厚労省で医系技官をやっていました。辞めようとも思ったのですが」

「それはまたどうして」

「まったく自分の存在意義を感じられなかったので」

医療の現場を脅《おびや》かす官僚制にほとほと嫌気がさし、そしてそれを自分の力ではなんともできないと知った時、井潤は厚労省を去ろうと思った。そんな矢先、新しい組織ができるのでそこに行ってみないか、と上司から異動話を持ちかけられた。大学時代の井潤の研究に注目しての人事だと説明されて、そこにも魅力を感じ、新しい運命の風にさらわれるような気分で、ＮＣＳＣに移った。

「で、いまはどういうことをしているの。名刺にはすごい肩書きが刷ってあったけれど」

ブレイン・エンジニア。確かにいかめしい。そして実際、井潤は相当なことをやっていた。

「自衛軍の兵士をより屈強な者にするために、精神をビルドアップする課題に取り組んでいます」

「――兵士の精神をビルドアップする」チャプターを読み上げるような調子で山咲は言った。「もうすこし具体的に言うと」

「たとえば戦場での恐怖心を取り除きます」

山咲は黙ってナッツを摘まんだ。

「そして罪悪感の抑制も」と井潤が続けた。

「具体的にはどのように？　つまり、脳のどの部位に働きかけるのかな」

「主としては大脳辺縁系《だいのうへんえんけい》、特に扁桃体《へんとうたい》です。帯状回《たいじょうかい》もアジャストします」

「つまり、サウンドエンジニアが、五キロヘルツ以上の高音をちょっと持ち上げて、五十以下の重低音はぐっと絞ろうなんて言いながら、つまみを回したりフェーダーを上下させて音を作っていくように、側坐核《そくざかく》をすこし上げて、扁桃体のここはもうちょい下げてってな具合に、脳のあっちこっちの部位をいじって、理想的な殺人マシーンになるよう適正値を探っていくわけだ」

「まさしく。仰る通りです」

意に介さぬ風を装いながら井澗はうなずいた。ここで困ったような笑みを浮かべるわけにはいかないのだ。

「――外科手術は？」

「薬品の投与という形を取る方針です。将来はわかりませんが」

「本人の同意の上で行われるんですか」

「両方が検討されています。キャンプ地や訓練施設で兵士に配給される食料に混ぜる方法と、ひとりひとりの個体の特性に合わせて調合し、個別に飲んでもらうというやり方も」

山咲はため息をついた。「そのほかには」

「色々ありますが、戦場から帰ってきた兵士のＰＴＳＤの対処は、研究課題として挙がっています」

「どういうことかな」

山咲は警戒心を露《あら》わにした。ＰＴＳＤのケアは一般的には臨床心理士の活動領域である。山咲にしてみれば、自分のフィールドに不気味な影がちらついていることになるからだろう。

「症状が深刻な場合、つまり人が過去の記憶を乗り越えることが困難な場合、あるいはあまりに時間がかかるような場合とお考えください」

「そんなことは戦場では山ほどあるだろう。爆撃でふっとんだ仲間の首が自分の足元に転がったり、自分の腕がもげたり」

「はい、そういうことです」

「それで」

「記憶そのものを消してしまいます」

山咲はため息をついた。

「ついに日本もそこまでやるようになったか」

「しかし、実際に戦争に使われるかどうかは私にはわかりません。むしろそうならないことを願ってます」

「では、なんのための研究だと？」

「いまや戦争は巨大な公共事業です。死者が出ない戦争で培《つちか》われた技術は別の方向にも役立てることが可能です。実際、兵士に精神的な負担をかけない為に、遠隔操作の武器が他のセクションで開発されていますが、この技術は自動運転に応用されはじめています。また、私の担当分野では、記憶を消す技術は、あまりにつらい体験の記憶から逃れられない方の治療法になるのではないかと思っています。また、戦闘の為のブレイン・エンジニアリングは困難に直面してもそれを乗り越えようと努力する人格を形成することに役立つのではと期待してます」

「でも、さっきあなたが言った、投薬でつらい記憶を消すってのは治療と言えるだろうか」

「治療か人格改造かは世の中が決めることだと思います」

「世の中の意志決定を促すものはなんだと思う」

すぐ心に浮かび、口にすることはためらった答を、

「市場だよ」と山咲の口から聞かされた。

ええ、と井潤はうなずいた。

「市場に倫理を求められるだろうか」

こんどは黙った。

「申し訳ないが、僕はあなたがやっていることにはとうてい賛成できないな」山咲は口元を緩めた。「そういう方向に勢いがついて、社会が斜面を転がっていくことにはね」

「でも、それで社会が活性化し、多くの方が幸福になれるとしても、反対されますか」

「反対だね」

「理由はなんでしょう」

山咲は黙ってグラスをオモチャにしていたが、やがて口を開いた。

「じゃあ、真砂先生が生きていていまのあなたを見たら、どうだろう」

井潤は軽い衝撃を受けつつ、

「きっと悲しむでしょうね」と言った。

情緒的に攻略されるともろいところが井潤にはあった。父をダシに使われたというよりも本当に父が咎《とが》めている気がして、急に酔いが回った。そして、濡れた情緒が彼女の心を浸した。

「父は山咲先生に似てますから」

山咲はすこし驚いたような顔つきになって、

「どういう点が？」と聞き返した。

「未開だとか、野性の思考だとか、そんなものにばかり夢中になって、私がやっていることをちっとも認めてくれないんですよ」

「僕は文化人類学者じゃないよ」

「山咲先生だって、集団的無意識とか神話だとか、なんの根拠もないけれどやたらとロマンチックなものが好きなんでしょう」

ほとんど叫ぶように言うと、悲しくなってきた。いま吐き出した言葉は、山咲がユング派だと決めつけた上での根拠のない批判にすぎない。わかってはいたけれど、やるせなさがそう言わせた。

「ちょっと酔ったね」やさしい声音《こわね》に戻って山咲が言った。

「はい」

ふたりは空にしたグラスを流しに置き、それぞれの寝床に引き取った。


翌朝、二階から降りていくと、懐かしい匂いが流れてきた。

「おはよう。茶粥をつくったので食べてください」

台所に立っていた山咲が背中を向けたまま言った。

「先生、お粥《かい》さん食べるんですか」

「食べるよ。最初は辟易《へきえき》してたんだけど、そのうちだんだん好きになってね」

ほうじ茶で炊き込んだ茶色い粥〝お粥《かい》さん〟は紀州で広く食されている庶民の軽食だ。塩で味つけしたり、香の物と一緒に食べるのが一般的だが、井潤は小学校高学年になると年寄りくさいと言って嫌い、ひとりでトーストを焼いて食べていた。

「でも私もいまは懐かしくなって、休日の朝食に作って食べたりします」

奥からのっそり助手の板倉が現れ、居候《いそうろう》のようにごく自然に、茶粥の鍋が置かれた食卓に着いた。三人は、てんでに鍋から自分の茶碗に粥をよそい、塩昆布でかき込んだ。山咲も助手もなにも話さない。板倉が無口なのはそういう性質《たち》だからだろうか、山咲の口が重いのは、昨夜《ゆうべ》の件がわだかまっているからなのかもしれない。

板倉と一緒に食器を片づけた頃合を見計らったように、弓削と羽山が三宅を連れてやって来た。じゃあ行きましょう、と山咲は腰を上げて玄関に向かった。井潤もスニーカーを履いて庭へ出た。板倉も一緒である。一行はまた昨日と同じコースで山に登った。

先頭の山咲と三宅はつづら折りを登りながら話していた。その後ろに板倉がつき、さらにすこし下がって井潤と弓削と羽山がこれに続く、という昨日と同じ形だった。例の金網のフェンスで折り返し、こんどは下る。この約九十分の行程がヒルクライム・カウンセリングの一単位のようだ。

山から下りると山咲邸の庭に県警の車が停まっていて、車内で待機していた男たちが降りてきた。監視を続行するため警視庁から補充された刑事らと彼らを送ってきた県警の警官である。ここから先は、警視庁に任せ、NCSの井潤と弓削は、東京に戻るため、県警の車に乗せてもらい、空港に向かった。


「どうだった？　生まれ育った村や家は」

離陸した飛行機の丸窓から下界を眺めていると、隣席から弓削が声をかけてきた。

「懐かしくはあった」と井潤は答えた。

「山咲先生は？」

「嫌いじゃない」

「好きってわけではないんだ」

「そうね、向こうは大してこちらを好きじゃないみたいだから、あんまり好きだと収支が合わなくなる」

「いまのは冗談だよな」

井潤は薄く笑った。

「収支なら俺のほうで合わせてくれよ」

弓削はまた甘えたことを言う。

「嫌いじゃないよ、弓削君も」

「嫌いじゃない程度だとこっちの収支が合わないだろ」

「そっちの支出を抑えてバランス取るべきでは？」

　フライトアテンダントがワゴンを押してやって来て、ジュースを配った。

「でも、どうして山咲先生に好かれてないってわかるんだ」

「昨晩ふたりで飲んで話したから」

「なんだって」と驚いた弓削が「催眠術とかかけられなかっただろうな」などと変なことを訊いてきたので、

「自分の心配しなよ。なんだあの体《てい》たらくは」とはねつけると、バツが悪そうに首をすくめた。

「とにかく、山咲先生は私の研究が気に入らないみたい」

「というかＮＣＳＣが嫌いなんだろ」

「たぶん、そうね」

「まあ、そういうことは色々と言われるよ、俺たちは。戦争への地ならしをしているとか、殺人を産業にしてるとか。自衛軍はまだひとりも殺してないどころか、一発も発砲してないっていうのに」

「でも、殺しに加担してないとは言い切れないでしょ。日本が後方支援して、米軍がイスラム過激派のアジトを爆撃したことはなんどかあった。誤爆もあったっていうから、報道されてないけど、たぶん民間人が巻き添えになっている」

「だからこそ、日本はちゃんと独立国家でなきゃいけないんだ」

　弓削は、さらに重武装して、アメリカに従属する安全保障体制にピリオドを打つべきだ、というつもの主張をはじめた。

「軍隊を持っていなかったのがむしろ不自然だったんだ。国家に軍隊という暴力装置が必要なのは自明だから、現状が憲法違反なら改正すべきだ。もちろんそのためには、前の大戦で非常な迷惑をかけた近隣諸国に理解を求めなければならない。そのための外交が遅れていることこそ問題だと俺は思うね」

この意見はもう飽きるほど聞いている。そのことは弓削もわかっていながら、腹立ちのあまりやめられないのだろう。

「軍を持つのは戦争のためじゃない。戦争を起こさないためだ。軍隊ができればすぐに平和でなくなるという理屈はおかしい。それに、国民が幸せになるにはどうすればいいかってことも考えなきゃいけない。平和だけで一国の幸せが実現できるのなら、日本人は戦後ずっと幸せなはずで、心の隙を突いて洗脳するような一真行なんて団体も生まれなかったはずだ。だけど、心の空《むな》しさを持てあますなんてのはまだ贅沢な悩みだったのかもしれない。その後の日本の経済成長はどんどん鈍化していまは貧困が切実な問題になっている。昔じゃ考えられないよ。むしろ、戦争一歩手前のプレ戦争状態が経済をなんとかもち直させようとしていることこそ評価してもらいたいな」

「それは私も昨夜《ゆうべ》、山咲先生に言ったわ」

「だろ。NCSCが関連する産業をみんなカウントしたら結構な数字になるんだぜ」

「それは言わなかった」

「どうして。言ってやりゃあいいじゃないか」

「だって、もっと嫌われて収支が合わなくなるもの」

「いいじゃないか、合わなくたって」

「よくない」
「どうして」
「私が嫌いじゃないからよ」

4　はずれないアンカー

三宅のアンカー除去については、和歌山からの報告待ちとなった。

その手持ち無沙汰の間に、弓削は、被害者の鷹栖祐二が気になりだした。あの風変わりな経歴が妙に引っかかる。勤務態度がまじめで、仕事上のトラブルもなかったというだけでは納得がいかない。ひょっとしたら被害者の側にも刺されるべき理由があったのでは、と疑いだした。相棒の羽山は犯人の三宅に張り付いて和歌山なので、弓削は横溝を警視庁に訪ねた。体調のほうはいかがですかと気遣って、いえもう大丈夫ですという返事をもらってから本題に入った。

「鷹栖祐二のほうでなにか新しい情報は摑めましたか？」

横溝はバツの悪そうな照れ笑いを浮かべた。

「いや、確かにガイシャのほうも洗わなければならないんですが」

そう言って、茶を飲むと、また困ったような笑いを口元に漂わせた。

「忙しくて？」と弓削が尋ねると、

「というか難しくて」と苦笑した。

「難しい？　なにがでしょうか？」

「鷹栖が勤務していた銀行は、本店は香港にあって日本には支店がないんですよ」

「香港には誰か行かせたんですか」

「いちおう英語のできるのが話を聞いてきたそうです。勤務態度はまじめで、仕事上のトラブルもなかったということは、そこで確認しました」

「しかし、横溝さん、現役バリバリのプレイヤーが仕事上のトラブルが一切ないというのもおかしな話ですよ」

「……それはそうとも言えますが」

「鷹栖の仕事の内容はどういったものでしたか」

「それが……よくわからんのです」

「わからんというのは」

「アジア開発投資銀行っていうくらいだからこれは銀行だなと私なんかは思うわけです」

「まあ一応そうですね。国際開発金融機関ですが」

「恥ずかしながら、それがそもそもわからないんです」と横溝は顔を歪めた。「銀行ならば、本店があって支店があるでしょう。で、時々店にヤクザが来て嫌がらせしたり、営業がそのスジの者とトラブるってのはよくあるし、これはすぐに『ああ、この手だな』って私らにも見当がつくんです」

「カタギだと思って融資したら、実はヤクザだったってやつですね」

「はい、まさしく。あとは、業務終了間際を狙って店にやって来て、振り込みの時になんだかんだと難癖つけたり騒いだりして、わざと手続きを遅らせた挙げ句、大事な決済の金だったのにどうしてくれるんだってすごむなんてのはよくありますね」

弓削は顔の前で手を振った。

「横溝さん、この金融機関にそんなセコい難癖をつけることはできないんですよ」

「はあ。そうなんですか」

「中小企業が融資を受けたりすることも、決済の金を取引先に振り込むようなことにも使えない。もちろん、個人が預金したり、住宅ローンを借りたりすることとも無縁です。まず、そういう銀行のイメージを頭の中から追い出してください」

「はあ。じゃあその国際開発金融機関ってのはなんなのですか」

「国際的な融資を調整する機関だと思ってくれれば結構です」

横溝は顔をしかめた。ピンとこないらしい。

「この手のものとしては世界銀行やＩＭＦが有名ですが、ここはアメリカやヨーロッパの連中に完全に牛耳られています。アジアでもっと自由に投資活動をやれるようにという目論見《もくろみ》で作られたのがこのアジア開発投資銀行です」

はあ、と横溝はまた言った。

「その自由にやりたいと言っているのは誰なんですか」

「この銀行の設立にあたっての旗振り役の国です。この場合は中国。だからアジア開発投資銀行の総裁は中国人で、本部は香港にあるというわけです。そこから加盟国に向けて金を投下する。もちろん中国にとって都合のいいように」

「はあ、でもその加盟国ってのがまたどういう役割なのか……」

「話を簡単にするために親と子に分けて説明しますね。さっきの旗振り役と呼んだ、金をうなるほど持っている中国は〝親〟。これに対して、銀行から融資を受けたい開発途上国が〝子〟です。で、このアジア開発投資銀行は一番多く出資した〝親〟と、チョロッと出した〝子〟で構成されている。開発途上国を支援するという名目で、投資を求めてうずうずしている金を〝親〟がまとめて、開発途上国の〝子〟に投下し、そこで行われる大規模な開発事業に〝親〟の国の企業を絡ませていくわけです」

ようやく横溝は、はあはあ言わなくなった。

「で、本店は香港ですが、鷹栖祐二は日本で活動していた。つまり取引先は日本にあったということです。ここからなにか情報を取りましたか」

「ええ、日本での取引先というのはほぼ一社だけなんですが」

「どこですか」

「ゴルトベルク&カンパニーです」

アメリカ最大手の投資会社だ。弓削はうつむいてしばらく考え、やがて顔を上げ「横溝さん」と呼びかけた。

「僕と一緒にもう一度聞き込みに行きませんか、ゴルトベルクに」

ゴルトベルク&カンパニーの東京駐在所は、六本木に聳《そび》える高層ビルの中にあった。受付で来意を告げると、廊下に沿ってずらりと並ぶ応接室のひとつに通された。入ってすぐ正面に見える広い窓が外光をたっぷり招き入れている。そこから見下ろした市街地のせせこましく密集する建物や家が、ここがいかに高所であるかを告げるとともに、この会社が鷹のように上空に滞空し下界の獲物を狙っているような印象を与えた。

コーヒーを出されたあと、二十分ほど待たされ、やっと現れた若いスタッフが、

「アジア開発投資銀行の鷹栖さんのことでと伺っておりますが、鷹栖さんとやりとりしていた者で日

本語ができるのがあいにくいま不在にしております」などといきなり言った。

「今日この時間に伺うと伝えていたはずですが、急用でしょうかね。であればご連絡をいただければ無駄足を踏まずにすんだのですが」

「それが……日本語のことまでは聞いておりませんと……」

弓削はかちんときた。

「それは手前どもがわざわざ確認するべきことでしょうか」

「当社の業務は基本的に英語でおこなっているもので」

「そのような英語の強制は御社の範囲なら結構ですが、ここは日本であり、私どもは日本国民に仕える公務員です。ゴルトベルク&カンパニーの社員ではありません。日本語のできる者が対応すべきかどうかは、御社が私どもに確認するべきだと思いますが」

弓削の語気が荒くなってきたので若いスタッフはすこし腰が引けたようになった。

「その担当だった方はいつお戻りですか」と弓削が追及する。

「それが、本日はスケジュールの見通しが立っておりませんで」と言って、その後を濁した。

「確認していただけますか」と弓削が言った。

少々お待ちくださいと言って、若いスタッフは部屋を出た。

「前に来たときもこれをやられました」と横溝が言った。

「そうですか」と弓削は白いプラスチックのカップを収めた黒いホルダーの把手を摘まんで、「むかつきますね」と言ってから口元に運んだ。

まもなく、さきほどのスタッフが戻り、同じ事情をくり返した。

「わかりました」と弓削は言った。「じゃあ英語で結構です。鷹栖さんの仕事の内容がわかる人をすぐに連れてきてください」

　若いスタッフは意外そうな顔をして突っ立っていた。

　弓削は英語に切り替えた。

「あなたは我々が英語ができないという前提でいままで話していましたね」

「いえ、そんなことは申しておりません」と相手は日本語で言った。

「英語ができないと想定した日本人に向かって、日本語で応接できないと言うのは、なるべく相手をしたくないという意味だと理解しました」

　弓削の英語はネイティブのように滑らかではなかったが、文法的にはしっかりしたものだった。

「誤解です」と相手は両手を振って否定した。

「とにかく、英語でいい。ここは日本なので日本語で話してもらいたいのですが、こちらも協力を求めている手前、今日は妥協しましょう。担当者をここに連れてこい、いますぐにだ！」

　最後はかなり語気が荒くなった。若いスタッフは少々お待ちくださいと言って消えた。コーヒーを飲み干して待っていると、こんどは五十がらみの男が現れ、「すみません、いや、いまちょうど戻りました」と日本語で言い訳して腰を下ろした。

　ファイナンシャル・アドバイザー。差し出された名刺にはそんな肩書きが読めた。

「鷹栖さんはうちの社員ではありませんので、あまりお話しすることもないのですが」

　寺尾《てらお》純一《じゅんいち》は嫌味とも取れるようなことを言った。

「どういうお取引をされていたかをお聞かせ願えればと」

「取引がコンプリートしたものはまだないんです」

「といいますと」

「つまり、鷹栖さんはあゝいう人ですので、扱っておられたプランをお聞かせいただいて、うちができることを相談させてもらっていたのですが、突然あゝいう形で亡くなられて……」

弓削はかすかに顔を曇らせた。鷹栖がどんな仕事に関わっていたかを聴き取りに来た警官に「ああいう人」と表現するのは「なにも答えたくない」という意思表示じゃないか。すこし度が過ぎている、と弓削は思った。

「最近ではどんなプランについて話されましたか」

「勘弁してください」と相手は笑った。「それは、我々にとっては極秘情報なので」

「飯の種というわけですか」

「そういうことです。我々のビジネスは情報戦ですから」

その口ぶりには得意があった。

「鷹栖さんと最後にお会いになったのは？」

「前に聞き取り調査に来た刑事さんにも申し上げましたが、事件の当日です。ここを出て、宿泊しているホテルに戻る途中のバーであゝいうことに……」

「その最後のミーティングではどんなお話を？」

「ですから、それぱかりは――」

寺尾は笑った。その笑いが言外に「わかってないな、あんた」と語っていた。

「鷹栖さんの名刺はお持ちでしょうか」

「デスクに戻ればあると思いますが」

「見せていただけますか」

相手はため息をついて腰を上げ、出て行くと五分ほどして戻り、その指に挟んだ紙片を弓削のほう

に突き出した。どうもと言って名刺を受け取った時、寺尾は、

「コピーや写真はお控えください」と釘を刺した。

なぜ、と問い質そうとした弓削は、もらった名刺を一瞥すると、「お手数かけました」とすぐ寺尾に戻し、

「個人的に鷹栖さんと食事したり飲んだりしたことは？」と尋ねた。

「一度もありません。こちらから誘ったこともあったのですが」

「わかりました。お世話になりました」

弓削は腰を上げた。

「お役に立てませんで」

寺尾は入り口のスモークガラスの扉を開けた。

「いえいえ、大変参考になりましたよ」

捨て台詞のようにそう言って、弓削は部屋を出た。


高層階から地上に降りると、「コーヒーでも」と弓削は横溝を誘った。古参の刑事は「ぜひ」と頭を下げた。一番近くの外資系の店を避け、裏通りの商業ビルの二階にある喫茶店でふたりは向かい合った。

「仕事がらみでの殺害という線は捨てられませんね」

ウェイトレスがアイスコーヒーを置いて去った後で弓削が言うと、おしぼりで拭われた横溝の顔には、不可解な表情が残った。

「どうしてそう思われるんです」

弓削はボールペンを胸ポケットから抜くと、備えつけのナプキンを卓の上にいちまい広げ、ペンを走らせた。

——Senior Development Specialist

「これが鷹栖祐二のアジ銀での肩書きです」

「といわれてもさっぱり」

横溝は首をかしげた。

「シニア・ディベロップメント・スペシャリスト。おそらく鷹栖の仕事はアジア各国に眠る投資のネタを見つけることです。ネタを見つけたら、そのネタに絡ませる企業をピックアップして調整し事業開発にこぎつける、これがやつの仕事です」

「たとえば」

「たとえば、そうだなあ、まあ日本が重武装して、沖縄から米軍に出て行ってもらうとするじゃないですか」

「そんな話があるんですか」

横溝が驚いたように訊いてきた。

「いや、これは俺の願望を含んだ話です」と弓削は笑った。「で、そうなると基地の跡地はどうするんだって問題が残る。実際、軍用地を購入して、国から借地料をもらってその利回りで食っている人だっている。そういう人はただ出て行かれても困るわけです」

「ほお」

「で、鷹栖みたいなのは、じゃあ、米軍が立ち退いたら、そこに、そうだなあ、ディズニーランドみたいなでっかいレジャー施設を作る計画を立てて、中国の建築会社に施工事業を請け負わせる。ついでにそいつを証券化して売っちまおうというようなことを考えたりするんじゃないですかね。で、そういう証券をゴルトベルクみたいな投資会社に声をかけて大口の顧客に販売させる、こういう連係プレーを組み立てるわけです」

横溝は感心したように、なるほどと言った。

「いや、適当に言ってるだけですが」

「いやいや、わかる気がします。けれど、その線で行けば、鷹栖の仕事と一真行や三宅とのラインはどうなるんでしょう」

感心するついでに横溝は推理を丸投げしてきた。確かに、職種から考えると、鷹栖が仕事がらみで一真行とこじれていたとは想像しにくい。組織や活動の規模もちがいすぎる。また、鷹栖の役割はいわば、表舞台に出ることのないフィクサーなので、個人的に知り合いでもない限り、接触さえ難しいはずだ。

「一真行や三宅と鷹栖とをつなげるには、中継点がまだいくつか必要ですね」と弓削は認めた。「けれど、山咲先生が首尾よくアンカーを撤去してくれたら、また三宅を取り調べられます。こんどは羽山君や横溝さんも遠慮なく突っ込んで行けるので、事情聴取からなにか出てくるでしょう。ま、待ちましょうよ。そしてこんどは香港の本社にでも突撃しますか」

そう言って弓削はアイスコーヒーを飲み干した。

一月《ひとつき》後、三宅を東京に戻すことになったという連絡が横溝からあった。三宅を連れて和歌山から帰ってきた羽山からすぐ弓削に電話があり、いやもう、暇で暇でしょうがなかったよ、と愚痴《ぐち》を聞かされた。続いて羽山は、訊きもしないのに、和歌山での日常業務を報告した。

ふるさとの食堂で三宅に朝食を食わせてから、ワンネスに連れて行き、それからすぐ朝のヒルクライム・カウンセリングに同行する。そのあとは三宅と山咲が話すのをすこし離れたところから見ているのだそうだ。場所は、カウンセリングルームだったり、リビングだったり、裏庭だったりするらしい。そのあと昼飯になる。これは山咲が作って、三宅と一緒にダイニングキッチンで食べる。最初は、安全面から羽山らは反対していたが、結局、押し切られた。ふたりが素麺《そうめん》なんかを食っているのを、遠巻きに見ているわけである。刑事らは交替でふるさとの食堂に走り、なにかかき込んでまたワンネスに戻ってくる。午後になると、先生らはまたすこし話し、それからカウンセリングルームのカウチやリビングのソファーなんかでそれぞれ昼寝する。刑事たちは、まさか昼寝をお呼ばれするわけにもいかず、この時もじっと監視しているわけだが、寝てる人間をただ見てるというのはそうとうに辛いものがあるらしく、また眠気にも襲われ、マジでキツかったぜ、と羽山はこぼした。昼寝から目を覚ますと、山咲は一時間ばかり書き物をしたり読書したりして、それからまた三宅を呼んでふたりで話す。庭先で軽くキャッチボールをすることもある。山咲と三宅が夕飯を食ってからは、三宅をふるさとにつれて戻り、豪華な監禁部屋に閉じ込めると、とりあえずほっとするんだと嘆いた。

——先生のお使いで、車で一時間もかかるスーパーに買い物に行かされたりしてたんだぜ、俺はいったいなにやってんだと思ったよ。

「だけど、スケジュール聞いてると、先生自身が買い出しに行くのは無理だな」

——でもさあ、刑事よりも犯人のほうが待遇がいいってのはたまんないよ。もう夕飯と温泉しか楽しみがなくてさあ。

「それで、アンカーは撤去できたのかよ」

——ああ、先生の言葉を信じるのなら。

「で、いまは独房に入れてるのか」

――ああ、そうしてくれって言われてるからな。明日から取り調べ再開だ。来るか？

もちろん行くよ。そう言って弓削は電話を切った。


あくる日、三宅の取り調べに立ち会うため、弓削は警視庁に足を運んだ。

「今日からはまた俺が相手だ。よろしくな」

三宅と向かい合った羽山が言った。

「お前は先月、青山のバー『クレッシェンド』で鷹栖祐二を刺したよな」

「刺した」

「殺すつもりで刺したのか」

「殺すつもりだった」

「なぜだ」

「自分でもなぜ殺したのかはわからない。いや、わかってはいるんだけど、うまく言葉にできない。ただ、これは許せないという気持ちがどうしようもないくらい強くなったので刺した。殺すつもりで思いきり刺した」

後ろで聞いていた弓削はこの供述に引っかかった。けれど羽山の尋問はそちらへは向かわなかった。

「許せないのは鷹栖のことか」

「ああ、鷹栖はもちろん許せない。大悪党だ」

「これまでお前は鷹栖と会ったことがあるのか」

「ない」

「じゃあ、なぜ鷹栖が悪党だって思ったんだ」

三宅は腕組みをして、じっと机の上の一点を見つめた。黙秘ではなく、思い出そうとしているように見えた。

「誰かにそう教わったのか」と羽山が言った。

「そうだな、そんな気もする」

「誰だ、それは」

「誰だろう。思い出せない」

「おいおい、お前は鷹栖を刺し殺したんだぞ」

「ああ」

「そんな大それたことをお前にやらせたやつを覚えてないってことはないだろう」

「だから俺だって一所懸命思い出そうとしているんだ。だけど、思い出せないんだからしょうがないだろ」

「それはまた妙だな」

羽山は笑った。

「ああ」と三宅は曖昧に同意した。

羽山はため息をついて「なあ三宅」と話しかけた。

「ひょっとして、鷹栖を殺せってそそのかしたのは一真行の誰かじゃないのか?」

三宅はふいに上げた顔を横に振った。

「ちがうのか」

「一真行は嫌いだ」

「でも入信してたじゃないか」

「あいつらも嘘つきだ」

「どこが嘘だって言うんだ」

「あいつらがやったことはまやかしだ。贋物《にせもの》だよ」

よくないな。弓削は直感し、立ち上がって椅子の背もたれを摑んで前進した。そして、羽山の隣にそれを置くと、腰を下ろし、

「一真行に入信したのはいつですか」となるべくおだやかに尋ねた。

「大学四年」

「動機はなんだったのでしょうか？」

三宅は机上の一点を見つめて言った。

「生きがいを探していました」

この答えは、弓削にはあまりに不意だった。

生きがい。それは幸福の変名か。それとも生きる意味だろうか。しかし、生きる意味をなんとか見つけ出し、よし生きるぞということなどできるのか。そんなことを井潤に言われたことがあった。

「私の意見としては、不可能だと思うな」

映画を見た後に入ったタイ料理屋で、トムヤムクンを取り分けながら井潤は言った。

「そういうものを探したければ、毎日を生きる中で探していくしかないんじゃないの。そう簡単には見つからないとは思うけど。しょうがないよ」

そう言って女は、頬から鎖骨あたりまで流れる髪を耳にかけながら、紅いスープを掬って紅い唇でそれを飲んだ。

「けれど、そういうものが見つかったら、ちゃんと死ねる気がするけどな」

と弓削はすこし不満げに言ったあと、スープの中の海老をつまみ上げてかぶりついた。

「なにそれ、また国家とかへんなこと言わないでよ」

「言いたいな」と言うと、「いやねえ」と笑われた。あれはまだ寒い春先の夜だったなと思いだしてから、

「見つかったか」と目の前の三宅に向かって弓削は訊いた。「生きがいは？」

三宅はうつむいた。

「贋物だったってわけか」と横から羽山が笑い交じりに口を挟んだ。「ところで三宅さんよ、さっき、いいこれは許せないという気持ちがどうしようもなく強まったって言ったよな」

三宅はうなずいた。

「その許せないこれってなんだ？」

「よくないことです」

「どういう風に？　鷹栖はなぜ悪党なんだ」

「あんなことをしてはいけないから」

「あんなことってのは？」

「取り返しがつかないこと」

「どう取り返しがつかないんだ」

三宅はうつむいて目をつぶった。やがてその額《ひたい》に汗がにじみ出した。

「大丈夫か」

弓削が声をかけた。三宅は手のひらを弓削に向けた。待て、集中させろの意味だと解して待機した。

やがて、震える三宅の唇が開かれ、か細い声が漏れた。

「グリーンコール」

「グリーンコール、それはなんだ」

「いけないことだ」

「だから、どういけないってんだ！」

三宅が白目を剝《む》いて床に崩れたのは、羽山が机を叩いて身を乗り出したのとほぼ同時だった。


「なんだよ、地雷撤去《アンカー》されてないじゃんか」

三宅に手当てを施し、独房に戻した後の取調室で、羽山が愚痴をこぼした。

「舌はなめらかになっているし、なるべく出せるものは吐き出しちまおうって態度にはなってるけどな。とにかく今日の取り調べでほぼ確定できたことを整理しよう。ちょっと書き留めてくれないか」

弓削がそう言うと、羽山はノートを取り出して、ボールペンをノックした。弓削は天井の隅を見つめながら、思いつくままに言葉を吐き出した。

「三宅は鷹栖祐二を謀殺した。じゅうぶん殺意が認められる殺しだ。動機はまだ曖昧なままだが、あいつが鷹栖を悪人だと思っていることは確かだ。金品を狙ったものでもないし、個人的な復讐でもない。義憤にかられてやったというのが近い。けれど、その内容はよくわからない」

「聞いたことねえよ、そんな犯罪」

動かしていたペンを止め、顔を上げた羽山が呆れた声を出した。

「けれど、鷹栖が悪人で、〝取り返しのつかないこと〟をしているって三宅に教えた者がいる。そして、そいつは一真行の人間ではない」

「かといって、どこの誰かもまったくわからない、か」羽山が不満げに後を足した。

「で、〝取り返しのつかないこと〟についての唯一のヒントがグリーンコールだ」

グリーンコールと鸚鵡《おうむ》返しに羽山が言って、「どういう意味だろ」と首をかしげた。

「とりあえず、調べてみよう」


NCSCに戻ってすぐ『グリーンコール』を検索した。まず出てきたのは、合唱クラブだった。次に看護師のブログが出た。ある病院は院内緊急コールをグリーンコールと呼んでいるらしい。このほかには、某エコロジーショップの「グリーンコール　私たちに一番大切なもの」というヘッドラインが目に留まった。

『私たちの生命は植物の恵みなしにはあり得ません。生命の源とも言える太陽エネルギーを、私たちは植物を通して、さまざまな形で受け取り、生命活動を維持しています。しかし、産業革命以降、私たちは開拓という名目で、山を切り崩し、樹木を伐採し、コンクリートの要塞を作り続けてきました。木の温かさよりも、鉄の硬質さを求め……』

「なるほどエコか」と弓削がつぶやいた。

サイトを見ると、自然保護についてのニュースがあり、東南アジアや南米の熱帯雨林保護のための募金のページがあった。ほかにはヨガ教室の案内、取扱商品の通販のページ。女性的にデザインされたそのウェブサイトには、過激な主張は見受けられない。けれど、ニューエイジ的なエコロジーは宗教と接点を持つことがある。どちらも暴走する資本主義や企業活動に警告を発し、現代社会に批判的である傾向が強い。

弓削は井澗に電話をかけた。今日の取り調べが不首尾に終わったことを告げたあとで、

「ところでグリーンコールって聞いたことないか」

井澗は弓削よりずっと英語が得意である。

――なあに、それ。

「じゃあ、グリーンコールって聞くと、なにを想像する」

――なんかピンとこないなあ、和製英語じゃないの。

「かもしれない」

――キャベツが関係あるのかな。

「キャベツ？　……どうして」

――ドイツ語でキャベツはコールでしょ。

「でもグリーンは英語じゃないか」

――緑のドイツ語はグリュンよ。聞きまちがいの可能性だってあるんじゃない。

「なるほど。でもキャベツが緑なのは当たり前だろ」

――そうね。でも安心できていいじゃない。このあいだミドリムシが原料の緑のカヌレを食べさせられたけど、あんまりおいしくなかった。やっぱりカヌレは茶色でなきゃね。

こりゃ駄目だと思って弓削は電話を切った。


翌日、羽山を連れて、有楽町のテナントビルに「グリーンコール」を訪ねた。アロマオイルだの、生成《きな》りのシャツだの、鯨の鳴き声を収録したCDなどの〝癒やし系〟アイテムが並ぶ、張り合いがないほど無害なエコショップだった。女店主にすこし話を聞いただけでこれはシロだと判断し、熱帯雨林保護の募金箱に千円札を入れて退散した。

日比谷公園を突っ切りながら、グリーンコールってなんだと考えたがわからない。桜田門の手前で羽山のスマホが鳴った。山咲からの伝言を伝えるものだった。

「とりあえず、いったん中止してくれってさ」

スマホをポケットにしまいながら羽山が言った。昨日の取り調べの顚末《てんまつ》を知らせると、山咲はそう指示してきたのだそうだ。ただ、よせとだけ言われても困る。

「それで、会って話したいそうだ。明日、先生は、講演だか対談だが、とにかく仕事で大阪に出るらしい。ホテルで会えないかと言ってきたんだが、お前も行けるか。土曜日だけど」

実は、実家に顔を出せ、と兄に言われていた。

五つ上の兄は先祖が残してくれた会社で役員をやっている。この兄が、栄養が偏って身体をこわしたら元も子もないぞとか、たまには母親に顔を見せてやれとか、もっともらしいことをときどき口にして弟を実家に呼びよせる。そうして、ときどき世間話に交えて、NCSC内の情報を取ろうとする。もっとも、弓削がはぐらかすと、さほど貪欲《どんよく》には追及してこない。

「ああいくよ、もちろん」と弓削は返事した。

桜田門の前で羽山と別れ、弓削は官邸に足を向けた。

デモ隊の声が徐々に大きくなり耳に届いてきた。思い思いのプラカードを掲げた群衆は、ブレイクビーツに乗せてスローガンを連呼する若者らに導かれ、官邸へと動いていた。スピーカーから流れるリズムに、手持ちのドラムやアンプ内蔵のギターで加わる者もいる。群れは、大きくは秩序を保ったまま、下流域の河川のようにゆったりと流れている。

群れから上に突き出たプラカードが揺れていた。

――NCSCは解体しろ！

――止めてやる、俺たちが！

――もういちど平和へ舵《かじ》を切ろう！

――戦争反対！　ＮＣＳＣ解体！

――許すな、佐野政治！

――九条守れ！

このプラカードの林の上に、ＮＣＳＣが開発したドローンが何機も滞空していた。ドローンに搭載された高性能カメラは参加者の顔を克明に記録し、その動画データは警察のサーバーに送られて保管される。これらの映像資料は巨大なデータベースと結びつき、デモ参加者の身元を割り出して、反政府派の名簿を日々更新している。

ＮＣＳＣの装甲車が停まっていた。弓削は「じゃあまた明日」と羽山に別れを告げ、装甲車に乗り込んだ。車内の壁面には小型モニターがびっしり並び、ドローンから送られてきた映像が映し出されている。

「どうだ」

モニターの前に座っているテロ対策セクションの同僚に声をかけた。

「今日はまた少ないな、先週の八掛けくらいかな」とバナナを剥きながら片桐《かたぎり》は言った。

「まあ、そんなものだろう」

「まずいなあ、この調子だと、年末には全盛期の三分の一に縮小してるぞ、俺たち仕事がなくなるじゃないか」

片桐が冗談めかしてそう言い、弓削も付き合うように笑った。

このデモは、著名な知識人や言論人、さらに広告代理店もバックアップし、大きな潮流になった。

けれど、学生はやがて卒業する。代表を務めていた四年生は在学中に平和運動に関する本を書き、卒業後は就職せずに言論人としてのポジションを得た。しかし、組織の運営を支えていた他の学生は、デモを率いていたことで、就職活動で苦戦を強いられた。すくなくとも、そういう噂が流れた。噂は、学生が萎縮《いしゅく》することを狙って、どこかが捏造《ねつぞう》して流したものだとも言われた。しかし、この噂は、ノリと盛り上がり、俺はここにいるというアイデンティティの充実、ついでに出会いなんかも求め、軽い気持ちでデモに参加していた学生らに冷水を浴びせかけた。

「ちょっと、ここに寄ってくれ」と弓削がプラカードの林を映し出している画面の上に指を置いて言った。

片桐がスティックを操作してそこにズームすると、一枚のプラカードがアップになった。そこにはこう書かれていた。

――なにしろ平和が好きなもので。

片桐が笑い、弓削も笑いの交じったため息を吐き出した。そして、「止めてやる、俺たちが！」「絶対に負けられない戦いがあるんだ！」などの威勢のいいのが多く揺れていた時期を懐かしく思い返し、さみしい思いに駆られさえした。

明くる日、弓削は羽山と一緒に大阪の梅田《うめだ》にあるホテルのティーラウンジで山咲と対面した。

「呼びつけたみたいで申し訳なかったね」注文が終わると山咲は言った。

「いえ、和歌山よりは近いので」

「でも、飛行機に乗ってしまえばそんなにちがわないよ」

「確かに。――大阪は講演会ですか」

「いや、討論会のパネラーのひとりとして呼ばれたんだ。会場はこのホテルの宴会場なので、よろしければ覗いていってください」

ありがとうございます、とふたりは頭を下げた。

「まず、素朴な疑問なのですが、なぜ三宅はこの段階でも殺害の動機を語れないのでしょう」

取り調べの映像をタブレット端末で見せ終わると、羽山はいきなり核心を突いた。

「そうですね、まずわかることから考えていきましょうか」

山咲は焦る刑事を落ち着かせるような調子で余裕を見せた。

「三宅は誰かに命令され、その命令に呼応して鷹栖を刺した、これはまちがいないようです」

たしかに、そこが明確になったのは成果と呼んでいいかもしれない。

「だけど、誰が命令したのかはわからないと言っています」と抗弁するように羽山が言った。

「ですね。それに、なぜ鷹栖を殺すべきだと思ったのかについても、答えられていない」

「わからない理由についても要領を得ないですね」

確かに、と言って山咲は腕組みして黙り込んだ。

「先生、このままだと、ただ命令を受けたことがわかっただけで、誰が、なぜという肝心な部分がごっそり抜け落ちているので、警察は手も足も出ません」

羽山は不満の滲《にじ》む口ぶりでそう言った。和歌山にまで連れて行ってこれだと割に合わないという憾《うら》みがあるのだろう。

「それに、誰かの命令で刺して、それが誰の指示だったかも覚えてないなんて、常識的に考えると、あり得ないと思うんですが」

山咲はうなずいて、確かにそうですねと前置きして、

「非常に複雑な暗示をかけられているのかもしれません」

弓削と羽山は黙って続きを待った。

「三宅は殺害命令を受けた自覚があり、そして殺害の理由についてもその通りだと実感した。その実感を甦らせたところまで、アンカーは除去できているんだと思います。ただ、なにがその実感をもたらしたのかというプロセスについては、なに者かによってプロテクトをかけられている、そしてそこを掘り起こそうとすると、別のアンカーが発動してしまう。そういう理屈は成り立ちます」

「えっ、ということは、まだアンカーは埋め込まれていると」焦ったように羽山が尋ねた。

「じっくり調べてみたつもりだったんですが、深いところに埋まっていたのを見落とした可能性もあります。アンカーはひとつとは限りませんから」

羽山はなんの反応も示さずにコーヒーカップを持ち上げた。弓削は羽山の気持ちを察した。この手のたとえ話を使われたら、言い訳などいくらでもできる。そう思っているのだろう。羽山の中で山咲に対する信頼が揺らぎだしたのを弓削は感知した。羽山は突然、こんどは別の方向から大胆な質問を発した。

「念の為に聞きますが、先生や我々にそう思わせておいて、実はみんな三宅の猿芝居だってことは？」

山咲は視線を上に泳がせて、ホテルの高い天井のシャンデリアを見つめたまま、

「まずないでしょうね」と言った。

「じゃあやっぱり一真行ですか」

こんどは視線がゆっくり下降し、羽山に注がれた。そして山咲はこう言った。

「ここまで巧みな洗脳は一真行には無理だと思います」

うとうとしていたら肩をつついて起こされた。隣の羽山が窓の外を指さしている。夕陽に照らされ美しく威厳に満ちて輝く富士が見えた。

「お前、富士山好きだからな、起こしてやった」

ありがとう、と弓削は礼を言い、前座席の背もたれのポケットに突っ込んでおいた緑茶のペットボトルを摑んで、ひとくち飲んだ。

「あのさ、素朴な質問というか疑問なんだけど」と羽山が言った。

「お前はいつも素朴だよ、気持ちいいくらいにな」

「じゃあ、言わせてもらおうか」

弓削は指でピストルを形作って、「シュート」と言った。

「洗脳を解除できるってことは、洗脳することもできるってことなのかな」

羽山が言いたいことは明白だった。

「山咲先生のことか」

羽山はうなずいた。「お前は、そう思ったことないか。実際、三宅はあのワンネスを訪問してるっていうじゃないか。山咲先生は会えなかったと言ってたけど、実は会ったのかもしれないぞ」

「まず、お前の推理で納得できない点を挙げるぞ」

「ああ、頼む」

「もし仮にだ、山咲先生が洗脳したんだとしたら、一真行のほうに疑惑が向くよう仕向けるはずだ。けれど、先生は一真行の線を否定した。それで、お前も先生を疑い出したってわけだ。だけど、どうして自分に捜査の矛先が向くようなことをわざわざ言わなきゃならないんだ」

「だから、いまお前が言ったような具合にこちらが考えると踏んでいるからだよ」

「ほほお、お前にしては凝《こ》ってるな。素朴じゃないぞ」と弓削は笑った。「つまり、自分に疑いがかかるような発言をわざわざしております、だから自分はシロですよって言外のメッセージを発しているってことか」

「イエス。なにせ暗示のスペシャリストだ。そのくらいはお茶の子さいさいさ」

車内販売のワゴンが通ったので、呼び止めた。羽山もつきあうというので、バニラのアイスクリームをふたつ求めた。

「山咲先生と被害者の鷹栖の接点がないかどうかを洗っておいたほうがよくないか、あくまでも念の為だけど」

弓削は、うわっすんごく硬いや、などと言ってアイスクリームの肌に平べったいプラスチックの匙を突き刺そうとしながら、

「山咲先生と鷹栖か……共通点と言えば、どちらもアメリカ留学経験があるな」

「そうだよ、鷹栖はイェール大学でＭＢＡを取得している」

「イェールの所在地はコネチカット州だったな」

「よく知ってるな」

「従兄弟が行ったんだ」

さすが名家の子だなと、羽山は前の座席の背もたれから出したテーブルにカップを置くと、胸ポケットから手帳を取り出した。

「山咲先生はスタンフォード大学だ」

それは遠いぞ、と弓削は言った。

「スタンフォードはカリフォルニアだ。東の端から西の端まで、飛行機で八時間ってところだろ。時差があるくらい離れてるぜ」

弓削が窓の外を見て、これが羽山の当てずっぽうを退ける合図となって、このやりとりは落ち着いた。ただ弓削も、そんな推量に誘われる羽山の気持ちは理解していた。

そのうち車窓の外に広がる景色がだんだん都会じみてきて、弓削に本駒込の実家を思い出させた。顔を見せて年寄りを喜ばせろという兄の小言が聞こえた。定刻通り東京駅に着けば、夕餉《ゆうげ》の席には間に合うなと思った。ただ、さきほどの羽山の意見についてじっくり考える時間を取りたいという思いもあった。


弓削を乗せた東海道新幹線が多摩川の高架橋を渡ったころ、井潤は荒川のはるか上流に架かる橋の上で自転車を漕いでいた。

西武秩父駅で下車すると、知り合いのカフェの駐輪場からクロスバイクを引っ張り出して、川に向かってこぢんまりとした家並みを縫うように走ること約十分。秩父公園橋を渡ると、このあたりは急に山めいてくる。山めくなんて日本語はないのだけれど、ここまでくると山に来たという感慨がいつも湧くので、そんな造語で弓削に伝えると、「山めく、か。うん言い得て妙だな」と感心してくれた。さらにもうすこし緩やかな坂を登って左に折れたあたり、アミューズメント施設の展望台のそばにNCSCの研究所は建っている。

休日の土曜日のこんな時間に井潤が秩父にいるのは、今日は心待ちにしていたあるものの搬入日だからである。井潤がドアを開けると、あれこれ注文をつけて、最新型をさらに改良したfMRIがちょうどセッティングを終えたところだった。

メーカーの技師から基本操作を教わっていると、弓削から電話があった。大阪から戻って東京駅からかけているんだという。「どうしてる?」と聞かれたので、状況を伝えると、「仕事なんだ」とその声に落胆を滲ませた。「じゃあ来れば」と誘ってみると、「行く」と急に快活になった。まさか来るとは思わなかったので、驚いた。

マニュアルをおさらいしていると、約二時間後に、着いたとショートメールが来たので玄関まで迎えに出た。永田町のNCSCのIDカードでは、研究所のオートロックは外れない。開いたゲートの向こうに、小さなバッグを下げてスーツを着た弓削が立っていた。

「なんだこれは」

fMRI室に連れて行くと、弓削は、白く大きな蚕《かいこ》の繭《まゆ》を縦にしたようなカプセルを見上げ、驚いたように言った。

「買ってもらった」

「洋服じゃないんだから」と呆れている。「CTスキャンを縦に起こしましたって感じだな。あれはベッドに寝て、ドラムの中に入っていくんだけど」

「そう。これはCTではないんだけど、縦にしたところがポイントなの」

「しかし、デカいな、こりゃ」

「これまで作られた中では一番大きい。コクーンってニックネームをつけてあげた」

fMRIという装置には、被験者にとってみれば、仰向けに寝かされ閉塞感のあるドラムの中で頭部を固定されるという不自然な体勢を強いられるので、自然な状態でいるときの感情を脳活動としてモニターしにくいという難点があった。

一度は小型化を打診してみた井澗だったが、製造メーカーからはネガティブな反応しか返ってこない。そこで、逆に大型化を提案してみた。ｆＭＲＩを縦に巨大化し、その繭の中に被験者に入ってもらう。頭部だけは固定しなければならないとしても、ほかはなるべく自然な体勢で活動してもらってそれを観察するというのが井澗の狙いだった。

それならば作れそうです、と言われたので、さらにＮＣＳＣ用にさまざまな機能をリクエストし、企画書を書いたところ、予算が下りた。

「どう、試してみる？」

「俺が？」

「ほかに誰が？」

弓削は苦笑して上着を脱いだ。

「ＣＴは放射線を使うんだけど、こっちは磁力と電波なんだ」と井澗は解説した。

「それはどういう意味」

「だから安心だよってこと。じゃあ、身につけている金属類はみんな取ってくれるかな」

弓削がスマホと財布とアパートの鍵をそばにあった籠《かご》に入れ、ベルトも外してその上に置くと、井澗はコクーンのハッチを開け、「どうぞ」と中へ手を差し延べた。

内部には、座り心地がよさそうな革の椅子が一脚。そこに座ってもらい、ゴーグル状の超高解像度ディスプレイを装着させ、マイク付のカナル式イヤホンを弓削の耳に突っ込み、頭部はスキャナーユニットに固定してから、ハッチを閉めた。

それからモニター室に移動して、いくつものつまみやフィーダやモニターが埋め込まれた制御盤《コンソール》の前に座った。手前には、コクーンから送られてくる情報を映し出すモニター・ディスプレイや、これらを記録し、整理するハードウェアがいくつも並んでいる。正面奥の大きな窓越しに、聳え立つコクーンが見えた。

「井潤です。聞こえますか」

〈聞こえるよ。ただ、真っ暗でおっかないな〉

「じゃあすこし明るくしよう」

井潤は、コクーン内の照度をすこし上げてからスキャニングを開始した。

コクーンは、血中の、酸素を持ったヘモグロビンと、酸素を神経細胞に与えたあとの還元ヘモグロビンの分布状態を探りはじめた。井潤の前には、三枚の大きなモニター・ディスプレイがある。コクーンからデータが届き、まず左のディスプレイにきれいな脳撮像が現れた。瞬きの回数も脈拍も血圧もカウンターに表示されている。井潤は、中央のディスプレイに、ベータ版のアプリケーション〈ホムンクルス〉を立ち上げ、このデータを読み取らせた。

「じゃあ、はじめます」と井潤は言った。「いまから映画を一本流すからずっと見ていてくれる？」

「え、映画をまるまる一本見るの」

「そうです。好きなジャンルだから大丈夫」

「じゃあポップコーンくれよ」

無視し、井潤はふたたび照明を落とし、映像再生ボタンを押した。弓削の視界では香港のカンフー映画の上映がはじまったはずだ。古い日本映画の股旅《またたび》ものを下敷きにした武侠アクションである。井潤の右手にあるディスプレイに、弓削が見ている映画の映像がやや遅れて現れ、壁に埋め込まれたモニタースピーカーから音声も流れ出した。

スキャニングした情報がコクーン内で処理され、モニター室に脳撮像として現れるまでに遅延が発生する。この遅延に呼吸を合わせるように、映画の映像も、井潤が見ているモニターには、やや遅れて再生される。こうして映画と脳活動のデータを時系列で同期させ、中央ディスプレイに立ち上げたアプリケーション〈ホムンクルス〉のタイムライン上に、映画鑑賞中の被験者の脳活動を記録していく。映画の進行につれて、脳活動が示す様相、映像や音や物語に脳がどう反応しているかを、データ化して保存していくわけである。

「なんだよ古いやつじゃんこれ」などと最初は乗り気でなさそうだった弓削も、次第にその世界にのめり込んでいくのが〈ホムンクルス〉の画面で確認できた。

ならず者たちの理不尽な嫌がらせに耐えるシーンや、堪忍袋の緒が切れた主人公が反撃を決意するシーン、さらにアクションシーンでの主人公が見舞った一撃や、くらった打撃に対して、弓削の脳は活発に反応した。前運動野と下頭頂小葉において著しい活性化が見られ、ミラーニューロンが発火し、完全に映像世界にのめり込んでいた。クライマックスの格闘シーンでこれらは見事に勢いづいた。

〈いやあ、なかなか面白かった〉

映画が終わり、弓削の声が聞こえた。

「私も面白かった。楽しんでいる様子が手に取るようにわかったので」

〈俺、ここで待っていればいいのかな〉

「ごめん、あとちょっとだけつきあって」

井潤は自分もゴーグル式ディスプレイを装着した。こうすれば、コクーン内の被験者と同じ映像が体験できる。井潤はあるフォルダーを開き、コクーン用に発注したデモ映像のファイルをクリックした。

目の前に広がったのはおびただしい瓦礫《がれき》の山だった。

ヒュン！　と空気を切り裂く音がして、視野の隅で銃弾がはじけた。弓削が思わず叫び声を上げる。

それから銃弾は、ひっきりなしに飛んで来た。爆撃機の機影が手前から奥へ進んで消えたと思ったら、奥の建物から激しい噴煙があがり、やや遅れて轟音が届いた。

立ちこめる噴煙の中から、パラパラと人影が現れた。ライフルを構えた兵士たちだ。こちらに猛進しながら撃ってくる。飛んできた銃弾がすぐ間近ではじけた。銃撃音とともに向こうへ幾筋も延びる弾道が、向こうからこちらへ迫るものと交差した。

やがて敵兵は表情がわかるまでに近づき（アジア人だった）、あと少しというところまで接近してきた時に、胸や頭を撃ち抜かれ、目の前でばたばたと倒れた。

井澗は映像を止めた。ゴーグルを外し、コクーンの明かりをつけ、

「いま行くからそのままでいて」とマイクに向かって言った。

「なにが起こったのかと思ったぜ」

弓削は汗をぬぐいながら出てきた。井澗はその肩を叩いて、

「お疲れ様」

「最後に映ったあれはなんだ」

「戦場のシミュレーション映像。まだデモだけれど。バーチャルに戦場空間を作り上げて、兵士の精神状態をこれでモニターするの。もちろんゲームでだけど、被験者にも敵を撃ってもらったりもする」

「恐ろしいことやってるなあ」と弓削はため息交じりに漏らした。

「いまの弓削君のデータ、保存させてもらうから、モニター室で待っててくれる」

コンソールに向かって作業していると、背中で弓削の声がした。

「それが俺の脳のデータなの」

「そうだよ」

「ということは、映画を見たときの興奮がそこに現れているわけ？」

「そうそう。なかなか素直に反応しててかわいかったよ」

素直どころではない。特に、敵兵が被弾したときのミラーニューロンの発火が異常に激しいのが気になった。こんな脳を頭に乗せてよく刑事が務まっていたなと感心した。これじゃあ犯人にまで同情して身が持たないだろう。

「やだなあ。エロ動画とか見たらどうなっちゃうんだろう」

無視することにして、

「それより、大阪はどうだった」と尋ねた。

「そうだ、思い出した。それで井潤の意見を聞きたくてさ。あれ、もうこんな時間じゃないか」

井潤もうっかりしていた。研究室に入ると時間の感覚が狂ってしまうことがよくある。終電を逃し、研究所内の自販機で買ったカップラーメンで空腹を紛らわし、カウチで横になることも珍しくないので、ロッカールームには歯ブラシや洗顔セットが置いてある。今日もコクーンの性能に興奮し、弓削を実験台にして遊んでしまったので、これからデータを保存してすぐ出たとしても、最終にギリギリ間に合うかどうかだ。

その話だけど時間がかかるなら、と井潤は前置きし、いやそんなにはかからないと思うけど、と言おうとした弓削の声にかぶせて、

「うちで話す？」と訊いた。

弓削のほうを窺《うかが》うと、意外な展開に言葉を失っているようだ。

「買い置きの食材なんて冷凍ピザくらいしかないし、家の近くには二十四時間営業のスーパーなんて気の利いたものはないから、コンビニでサラダとチキンを買うくらいの、物足りない晩ご飯になっちゃうけどね」

そう言って井潤はデータを整理しはじめた。


「それはあんまり考えられないなあ。こら、そこ覗くな」

カウンターキッチンで、コンビニで買ったサラダを皿に盛りつけていた井潤は、科学の専門書ばかりが並ぶ本棚を見ていた弓削に言った。

「別に覗かれて困るようなものは並んでないだろ」

「弓削君ちとちがってうちの本棚は色気がないから。はいこれ」

井潤がカウンター越しに皿を差し出すと、弓削は受け取ってダイニングテーブルに置いた。

「だけど、やっぱりレディの部屋って感じだな。それに広々してるし、いいじゃないか」

弓削は席に着くと、インテリアを見回して、皿の上のピザを一切れつまんだ。

井潤もコーラのボトルを両手に持って来て座った。

「さすがにここまで引っ込むと、家賃もぐんと下がってくれるよ」

一本を弓削に手渡すと、自分のぶんのキャップを捻《ひね》った。

「でも、考えられないわけじゃないよな。その能力の一端は垣間見せてもらったし」とピザをほおばりながら弓削が話題を戻す。「ほら、ヒルクライム・カウンセリングの最中に三宅に天狗を見せたって言ってただろ」

「弓削君もまんまとやられちゃったもんね」と言いながら井潤はサラダにフォークを突き刺した。

「でも、それはそうだけど、山咲先生はこれまで犯人の三宅と接点がなかったわけでしょ」

「ああ、先生の留守中にワンネスを訪ねはしたらしいんだけど――」

「すれちがいになって会えなかったんだよね。いくらなんでも、会ってもいない人に催眠術かけて、アンカーだのトリガーだのを仕掛けるのは無理だと思うな」

「そこは俺も理解している」

「じゃあ疑う理由はなに？」

「山咲先生が疑わしいリストから一真行を排除した。一真行にはそこまでの技術はないって言うんだよ」

「なにそれ。一真行が外れて、消去法で山咲先生なわけ」

井潤は手にしたフォークを弓削に向けて憤慨した。

「ねえ、弓削君。まず、山咲先生が犯人だとしたら、先生が進んで一真行を容疑者リストから外すってことがまず理屈に合わないじゃない。どういう推理してるのよ」

「だから、俺も羽山にはそう説明したんだ。けれど、ああいう能力がある人間ってのはそんなにいるはずもないからさ。一真行がなしだと、俺が知る限り、該当するのは先生ひとりになっちゃうんだ。まあそれこそ消去法なわけだけど」

「一真行ははずさないほうがいいと思う」井潤が声を落として言った。

「もちろん、完全にははずさないよ」

「じゃあ、百歩譲って、先生を被疑者の裏リストに入れるとしようか。そこから先の駒の進め方はどうなるの？　殺された鷹栖祐二と山咲先生との関係についてはどう考えればいい？」

「そこはこれから詰めるんだよ」

「だけどそれって、先生がやったという画《え》を先に描《か》いて、空いてるところのピースを後から探して埋めていくってことじゃない」

「そうなんだ。刑事ってのはそういうことをやりがちなんだよ。でも、この段階で、その画《え》が真実を写していると信じているわけでもないんだ。まあ、ある種の思考実験をしていると考えて欲しい。――冷凍の割にはうまいな、これ」

「じゃあ、これも食べなよ」

「井澗の目からは、先生がやっていることってどう見える?」

「それは、前に話したじゃない」

「聞いた。手品みたいだって言ってたな。でも、それは治療の話、つまり洗脳解除の話だった。逆に洗脳しちゃうってどうすれば可能になるんだろうか」

井澗はふんとうなずいて「確かにね」と言った。「同じに思えるよ、洗脳もその解除も」

「そこだよ」と弓削はチキンに手を伸ばした。「つまり、解除ができれば洗脳もできるってことになるんだよな」

「その点については、イエスね、詳しいメカニズムはわからないけれど」

弓削はチキンにかぶりついて続きを待った。

「先生はカウンセリングの時に山に登るでしょ。あれは一種のヨガだよね。たぶん、登っているときに呼吸法も指示しているんだと思う。路は狭くてくねくねしているし、ゆったりした動きの調気体操は変性意識状態を引き起こす。そこに抽象的な思想を織り交ぜていけば、洗脳は可能だと思うけれど」

「だけど、そんなことで、自分の都合のいい思想を刷り込むことまでできるのか」

「警察だって、被疑者と外部との接触を遮断して、独房に放り込んだりするよね。それって変性意識状態を引き起こすことを知っててやってるんでしょ。やってないことさえやったと自白させられるって知っててやってるんだよ」

弓削は、困ったような顔をしたが、否定はせずに、

「でも、先生はそういう無粋な暴力を使わないで、もっと洗練された手口で相手の心に介入していくわけだろ。それはどうして可能なんだろうか」

「それはね、洗脳された人たちに先生がちょっと共感しているからだと思う。父親もそうだったけれど、山咲先生はああいう宗教に入信してしまうような人たちの気持ちがわかるんだよ」

井潤はピザをつまみ上げながら言った。

「うーん、だけど、わかるとどうだっていうんだ」

「相手の心にうまく寄り添えるんじゃないかな。私は前にそれは手品だって表現したけど、だからこそさ、脳を情報処理システムとして捉えている私にはいまのところは手品としか見えない。詳しいプロセスはよくわからないけど、実際にそういうことはできるんだなとしか言えないよ」

共感ねえ、と言って弓削はフライドチキンをハモニカのように両手で持って肉に歯を立てた。

「でも、その共感って路線で理解していくとだよ、先生は殺す側の気持ちもわかるってことになるよな」

井潤は飲んでいたコーラのボトルを置いた。反論してあげなくちゃ、先生のために、という気持ちが湧き、理屈を探した。いま弓削が口にした疑惑は井潤の論に乗っかったものだ。そこで彼女は、自分でも意外な角度から、この推測に揺さぶりをかけた。

「そういう気持ちは私もわかるよ」

弓削はほとんど骨だけになったフライドチキンをハモニカにして持ったまま、不思議そうな顔をこちらに向けていたが、

「井潤は山咲先生に甘いなあ」とぼやくように言った。

「そうかしら」と井潤はピザを頬張り肩をすくめた。

彼女自身、弓削の質問に誠実に答えていないことを自覚していた。

「シャーベット食べる？」

立ち上がり、テーブルの上をかたづけて、冷凍庫から取り出したカップを手に、井潤はテレビの前に行こうと誘った。

ベッドの上のクッションを床に置いて、新しい海外の連続ドラマがはじまったので一緒にどう、と提案した。弓削はちょっと困惑した顔をしてから、いいね、と言った。朝まで長いドラマの導入部につきあわせ、そのまま始発に乗せてしまおうというこちらの魂胆を察して落胆している。するとこんどはすこし可哀想になった。一話だけ見て、ベッドに誘ってやってもいいかな、と考えた。

踏ん切りのつかない気持ちのまま、井潤がリモコンをテレビに向け、動画配信サービスに繋げようとした時、彼女の手が摑まれた。井潤は身を固くして、引き寄せられるのを待った。こうして家に上げたのだからしょうがないと諦めた。しかし、弓削の視線はテレビに釘付けになったまま動かない。

深夜のニュースが流れていた。

〈今夜七時半ころ、グローバル・ペトロリアムの日本支社長・胡大維《フー・ダーウエイ》さんが銀座の百貨店でショッピング中に来店中の客に刺され、近くの病院に搬送され、まもなく死亡しました。さらに、午後十時ころ、来日中のワールド・リソース・テクノロジーの取締役グレゴリー・ウォーカーさんがホテルから出たところを待ち伏せしていた男に腹部を刺され、搬送された病院で死亡が確認されました。警察

ではふたつの事件の関連を調べています〉

弓削は立ち上がって、ダイニングテーブルの椅子にかけた上着のポケットに手を突っ込んでスマホを取り出し、いけない、切ったままだったとつぶやいた。

着信が数件あったようだった。深夜二時を回っていたからだろうか、弓削は折り返さずに、スマホの上で親指を忙しく動かしはじめた。井潤は、携帯用のキーボードを貸してやった。すぐに弓削はこれをスマホに同期させ、ときおり匙を口に運びながらキーを叩いた。見ながら井潤もシャーベットを舐めた。

口の中は甘くなったが、味気なく散漫な気分になった。井潤はコーヒーを淹れた。そして、またダイニングテーブルに戻ってふたりで飲んだ。

弓削はスマホで情報を収集しながら、ずっと黙りこくっていた。いまニュースで流れた二つの刺殺事件と三宅の件との関連を弓削が気にかけていることは疑いようがなかった。フォローしてやるかと思い、井潤もノートパソコンを立ち上げ、先程ニュースで流れた事件を調べてみた。

東京でほぼ時を同じくして、外資系企業の重役がふたり刺されて死んだ。

被害者のひとりは胡大維《フー・ダーウェイ》、グローバル・ペトロリアムという北京に本社を置く石油の精製と販売を手がける会社の日本支社長だ。支社を出て、銀座の百貨店でスーツをあつらえていたときに、野中《のなか》栄一《えいいち》という男に刺し殺された。

グレゴリー・ウォーカーは、電力会社ワールド・リソース・テクノロジーの副社長として商談のため来日中だった。ホテルを出たところをタクシーに乗る直前、突進してきた男の凶刃《きょうじん》に倒れた。犯人の名は道下宏《みちしたひろし》。凶行に及んだどちらも逃げようとはせず、その場で取り押さえられた。

二件は三宅による鷹栖殺害と同じ腐臭を放っていて、弓削が考え込むのも無理はない。

まず、三件とも刺殺である。また、行き当たりばったりの通り魔的なものでなく、狙いを定めての犯行のようだ。さらに、警察に捕まることを覚悟していたかのような態度も共通している。

ターゲットとなった三人は外資系企業に籍を置き、長期に亘《わた》り海外で活動してきたビジネスマンだ。もちろん、胡《フー》やウォーカーは、ビジネスマンとしての地位は鷹栖祐二よりもはるかに高い。しかし、鷹栖だって末端の事務員というわけではない。

ただ、三つの企業、国際開発金融機関と電力会社、そして石油会社の結びつきは即座に見出すことが難しい。もっとも、電力と石油は、火力発電という点で関連がある。胡大維《フー・ダーウェイ》とグレゴリー・ウォーカーが接点を持っていたかどうかを警察は徹底的に洗うだろう。そこまで考え、口をついて出そうになった「もしかしてテロ?」という言葉を井潤は飲み込んだ。

「いや、やっぱりあやしいぞ」

じっと考えていた弓削が突然かぶりを振ってそう言った。

それってどれくらいの確からしさで言ってるの、と言問《こと》うまなざしを井潤は弓削に向けた。

弓削はふと目を上げて井潤を見た。井潤はその目に宿る深刻な輝きにたじろいだ。

「羽山のメールによると、ふたりの犯人は一真行の元信者らしい」

弓削はそう言ったあとシャーベットのスプーンをくわえたまま、黙っていた。


暗いうちに井潤の部屋を出て、上りの始発に乗った。日曜だということもあり、乗り込んだ車両に弓削のほかに乗客はなかった。目を閉じて腕組みし、もういちど三件の殺人について思慮を巡らせた。

犯行はすべて一真行元信者の手によるものだった。

しかし、一真行元教祖は現在も服役中で、その精神状態が危惧されており、いまは日常会話でさえまともにできないほどだ。そして、現一真行の祖師は、過去からの完全な脱却を強調し、渋谷期と紀州期に明確な一線を引こうとしている。

しかし、渋谷期にせよ紀州期にせよ、一真行の教義には不穏な影がちらついている。それは救済だ。もちろん宗教が救済を唱えるのは特別なことではない、仏教もそうだし、キリスト教やイスラム教も救済を唱えている。けれど、そんな宗教は導かれる者とそうでない者の間に差別を作る。この特性が独善性を生み、暴力に転化することがある。歴史書を紐解けば明白だ。けれど、メジャー宗教は次第に変わってゆく社会と折り合いをつけ、長い年月を生き延びてきた。メジャー宗教に比べれば成熟度が足りない一真行が、わけのわからない救済を建前にぶっちぎれ、凶行に及んだという読みは捨てきれない。

そんな一真行に惹かれる気持ちが山咲先生にはわかるんだ、と井澗は言った。俺にだってわかるぞ、と弓削は思った。しかし、救済を求めるにしても、それはなにからの救済なのだろうか、とつい考えてしまう。

とりあえずこの国には切迫した飢餓はないし、いまや社会保障は宗教ではなく政治が担うべき仕事だ。いま宗教はもっと奥深い難題からの救済を求められている。だが、切迫した悪、極めなければならない善、乗り越えなければならない死、というような問題をしっかり受け止める思想構造を一真行が備えているとは思えない。渋谷期に薬物を使って引き起こした神秘体験は、修行をスキップしたドーピング、あるいは裏口入学みたいなものだ。お手軽すぎるぞと、こんどは憤慨した。もっとも、紀州期の祖師は仏教の素養が豊かなので、教義もしっかりしていると山咲先生は解説していたけれど。

新宿百人町のアパートに戻ると、シャワーを浴びて、玄関も窓も開けっ放しにしたまま、パンツ一枚で、すこし眠った。羽山からの電話で起こされ、午後二時に会うことになった。こちらから出向くつもりだったが、羽山のほうが来るという。署では言いにくいことがあるのだなと思い、布団を上げると、近所の韓国料理屋の冷麵で腹ごしらえをして、部屋に戻って待った。

羽山はひとりでやって来た。横溝さんはと訊くと、昨日の犯人の取り調べに張りついていると言った。お前はいいのかと訊くと、まあいいんだと言って、暑くてかなわないから、シャワーを使わせてくれと、裸になってシャワー室に入った。

「クーラーなしでよくやってられるな」

弓削が貸してやったTシャツとトランクス姿になった羽山は、扇風機の頭に手を回し、首振りのスウィッチを入れた。弓削はちゃぶ台の上に麦茶のボトルとグラスを置き、「勝手にやってくれ」と勧めた。

「それで、昨日の犯人ふたりは共謀してたのか」

「いや、本人たちがいうには、そういうことはないそうだ」

「じゃあ、ふたりは見知った仲ではあるのか」

羽山は首を振って手帳を取り出した。

「そいつもいまのところはノーだ。ふたりともに出家して、一真行の施設で暮らした事実はある。けれど、その時期は重なってはいないんだな」

——野中栄一　五十歳 独身。東京都出身。大学の入学とほぼ同時に渋谷期一真行に入信。半年後に退学し出家。渋谷の教団施設内で過ごす。新しいリーダーの滑川とともに和歌山に移ったが、一年後に信仰を捨てて教団施設を出る。その後は、都内の飲食店などを中心に職を転々としていた。

——道下宏　三十五歳 独身。静岡県出身。高校卒業後、地元で大手楽器メーカーに勤務していたが、震災時に気仙沼でボランティアを経験。同じ現場にボランティアに来ていた一真行の信者から勧誘を受け、入信。二十五歳から三十一歳までを和歌山の教団施設で過ごすが、四年前に脱会。施設を出て、大阪のカラオケボックスの従業員をやっていた。

「ふたりは和歌山の教団施設にいたにはいたが、在籍の時期が重なっていない」と羽山は説明した。「それぞれに確認したが、お互いに相手を知らないと言っている。同時に同じような事件を起こした者がいたことに驚いてるそうだ」

「で、問題は動機だけれど」

「そこなんだが、ふたりともに、刺した理由はわからない。そのくせ胡大維《フー・ダーウェイ》もグレゴリー・ウォーカーも殺されて当然だという態度だ。天誅を下したつもりでいるんだよ。つまり三宅と同じなんだ」

弓削は畳の上にごろりと仰向けになった。古くさい蛍光灯がぶら下がる天井を見上げ、「そりゃまいったな」とつぶやいた。

「素直に考えれば洗脳されているってことだぜ、そりゃあ」

「誰に？」

羽山からこの質問が出るのは予期していた。質問という形で言おうとすることもわかっていた。

「だけどさ、たとえ山咲先生が三人の心の中にアンカーを埋め込んで、なんらかの合図をトリガーにして、次々とこの三人を殺害したとしてだ――」

そこまで言って弓削は腕枕をして、顔を羽山の方に向けた。

「――それを俺たちはどうやって立証するんだ」

羽山の瞳が見開かれた。

「それはまあ……」と言いよどんだので、

「となると自白だな。追い込んで吐かせるしかない」と弓削が先を受け持った。「けど羽山、山咲先生は国から依頼されて仕事をしている身だぞ。その御仁を、この程度の材料で、重要参考人として拘束して絞り上げるなんてできるのか」

沈黙が答えの代わりだった。

スマホが鳴った。羽山が、脱ぎ捨てたズボンのポケットからスマホを抜き取り、着信画面を確認すると、それをかざして画面に浮き出た発信者名を弓削に向けた。

「山咲岳志」とあった。

ちゃぶ台の上にスマホを置き、スピーカーフォンにしてから応答ボタンを押し、

「もしもし山咲先生、お電話ありがとうございます」と羽山は打って変わって明るい声を出した。

〈ああ、いまお電話よろしいでしょうか〉向こうの声は沈んでいた。

「はい、大丈夫です」

〈昨日の事件、元一真行信者二名が都内で起こした刺殺事件のことですが、そのことで、遅かれ早かれ私に連絡がくるだろうと思い、先にこちらから差し上げた次第です〉

「ええ、また先生にご協力をお願いすることもあろうかとは思いますが、その時はまた――」

〈いや、そうではなくてですね、ああ、そうか、まだ二人の経歴について捜査がそこまで進んでいないわけですね〉

「と仰いますのは」

羽山と弓削は眼を見合わせた。

〈いずれわかることなので先に言ってしまいます。昨日の事件の犯人の野中栄一と道下宏は私の元患者です〉

沈黙を破った時、羽山の声は若干うわずっていた。

「そうですか。その元患者というのはどういう意味でしょうか」

〈二人ともに、脱洗脳の処置を行いました〉

「それでは、先生が脱洗脳を行った後に今回の犯行におよんだということに……」

〈そうなります。そこで、私からのお願いです。彼らふたりが、詳しい期間に関してはあとでメールでお送りしますが、私の脱洗脳カリキュラムの後に、一真行やその他の宗教団体に接触をしていないかどうかを調べていただけませんか。宗教団体に限らずスピリチュアルやニューエイジの団体も含めて調査をお願いします〉

「わかりました。それから、頂戴した電話で申し訳ないのですが、ひとつ質問させていただいてよろしいでしょうか」

どうぞ、と山咲は言った。

「昨日から今日までふたりを取り調べしてみて、どうも今回のふたつは三宅のケースに似ているんですね」

〈というのは、どのように？〉

「つまり、犯行の事実は素直に認める。そして自分が犯した犯罪も相当な理由があるように感じている。しかし、その動機がなんなのかということになるとさっぱり要領を得ないんです」

ちゃぶ台に置いたスマホの小さなスピーカーからチンチンという涼しげな音がした。弓削は、あのリビングの窓の外に吊された風鈴が風に鳴る光景を思い描いた。

山咲が沈黙を破った。

〈であれば、あまりハードに問い詰めるのは危険でしょう。いまのところはそこまでしか申し上げら

れませんが……〉

「先生、単刀直入にお訊きしますが、このふたりの犯行は、また誰かの洗脳によって意識の奥深くにアンカーが埋め込まれ、それが作動することによって実行されたものだ、そんな可能性はありますか」

〈まずはそこを疑うべきでしょうね〉

「では先生、このような芸当ができる団体でも個人でも、ご存じでしたら教えていただきたいのですが」

〈それは当然訊かれると覚悟して考えてはみたものの、さっぱり見当がつかなかったのです〉

羽山は礼を言って電話を切った。

弓削はむくりと起き上がり、文机のノートパソコンに手を伸ばした。机の上にちょこんと置かれた小さなスピーカーから、波の音が流れてきた。怪訝な顔をする羽山に、ジャマイカの波の音だ、夏はこいつで涼をとるんだ、と言って弓削は笑い、羽山を呆れさせた。

「俺がさっき言った、山咲先生が洗脳したとしても果たしてそれは証明できるのか、洗脳なんかやってませんと言われたらおしまいじゃないか、という問題はいったん棚上げにしよう」

羽山はうなずいた。

「その前に、まず、俺たちが山咲先生を疑うことの妥当性を検証する。先生は疑うに足る被疑者かどうか、だ」

「いいね」

「これは思うに二つの層からなっている。まずレイヤーA。ここまでで色々と出てきた材料から考えると、山咲先生を疑ってかかるべきだろうと思う」

「俺もそう思うんだけれど、そうすると山咲先生の動機はなんになるんだ」と羽山は言った。

「それはわからない。たぶんそれはクロだと確定してから本人の口から聞くしかないだろうな。ただ、大阪で先生と会った時、先生が出ている公開討論会を覗きに行っただろ。あの時の先生は、保守系の論者に対して、物腰は柔らかいものの、かなり厳しい批判を加えていたよな」

「そうだったっけ。えっと先生はなんて言ってたんだ」

寝てたな、と弓削は笑った。寝ちゃいないけど、眠かったことは確かだ、と羽山はおかしな言い訳をした。

「討論会の題は『いま自由を考える』だった。先生は、自由という名で企業が社会のすべてを支配しつつあると言ったんだ。人の営みはすべて市場価値に換算され、人と人とのつながりが希薄になり、個々に生きる人の精神を不安が覆い、人はむき出しの死と向き合わなければならなくなる、なんてことを言っていた。対論の評論家から、仰ることはわかりますが、山咲先生は共産主義を復活させたいんですか、なんてからかわれたりしていたよ」

そう弓削が解説を施すと、ほおと羽山は感心したようにうなずいた。

「大げさに、また大ざっぱに言ってしまえば、先生は反体制派だ。そして、グローバル・ペトロリアムやワールド・リソース・テクノロジーや、アジア開発投資銀行なんかを気にくわないと思っている。これはまちがいない」

なるほどね、と羽山は空になったグラスに麦茶を注いだ。

「それから、山咲先生は、新宗教からの信者の脱会を助ける活動をしつつ、やっぱり新しい宗教が必要だと思っているんじゃないかな」

「うむ？　そいつは危険思想なのか」

「どうかな。でも、俺だってそう思っているぜ」

ここは井潤ともよく議論になった。宗教が果たす役割は終わっているのに、終わりそこなっていることが問題なのだ、というのが井潤の主張である。

「宗教は、星占いの程度まで縮小されるべきだし、きっとそうなるよ」と井潤は言い、新宗教が起こす問題は、その過渡期で起きている些末《さまつ》なできごとだ、と注釈する。それに対する弓削の反論はさきほど紹介した山咲の主張と重なるところがあった。いや弓削自身、自分の考えに引き寄せて山咲の思想を解説しているような気もしていた。

「要するに弓削君は、人間には宗教が必要だって言いたいんでしょ。いいよ、百歩譲ってそこは認めてあげる。でも、必要と真実は別よね。科学をやっている人間としては、そこは譲れないな」

それは科学者の思い上がりじゃないのかと弓削が言い、そういう悪口は言われ慣れてるからちっとも応えない、と井潤も憎まれ口を叩き、大抵は双方がこの話題に疲れて、どちらともなく当たり障りのないほうへ話頭を向けることになる。

「いいか、いまいったのがレイヤーAだ」と麦茶を注ぎ足している羽山に向かって弓削は言った。

「この層だけで見ると、先生は疑わしい。洗脳の技術を持っているし、犯人の二名は先生がかつて脱洗脳の処置を施した元信者だ。そして、脱洗脳ができるってことは洗脳だってできる。そう井潤が教えてくれた。さらに先生は、現代社会に対して批判的な意見を持っていて、大企業が嫌いだ。この線で話をまとめれば、先生は洗脳を使ったテロを敢行したってことになる」

「まあ、ユルユルだけど仮説としてはアリだよな」

「じゃあ次にレイヤーBに行こう。これは直感レベルの話だ。だから理屈としては弱い。けれど、俺はどうもこっちのほうが真実だと思う」

そう前置きしてから弓削は、さて、どう表現したものかと思案し、もうあからさまに言ってしまおうと思った。

「あの先生はやらないだろって気がするんだ。社会が悪いと告発することと、世直しのために殺すのとは次元がちがうからな。それに、大企業の重役をひとりやふたり殺したくらいじゃなにも変えられないだろ。先生みたいなインテリは当然そんなことくらいわかってるはずだ」

首振りにセットされた扇風機の風が、黙りこくった羽山の短い髪を撫でては通り過ぎ、また撫でた。

「つまり、論理的なレイヤーAのアクセルに対して、直感的なレイヤーBはブレーキだ。正直に言えばブレーキを踏みたい。だけど、警察としては先生がクロかどうかをまず洗わなくちゃならない」

そりゃそうだよな、と羽山が笑った。

「そこで、さっきいったん棚上げした問題が復活する。『先生がやったんじゃないんですか』『いえ、やってません』ってなった時、俺たちに向こうをオトす材料があるかってことだ」

「確かにレイヤーAで攻めるにしては、手持ちの駒が不足してるな」

「話にならないレベルだ」

「鋸《のこぎり》で脳みそを開けてみたら洗脳の痕跡が指紋みたいにぺたっと張り付いていてくれてりゃいいんだけどなあ」

そうだなと、弓削はごろんと横になった。

「まあ、やれるかどうか相談してみよう」

ひとりになった部屋で時計を見ると、三時半をすこし回っていた。弓削は扇風機の首を固定し、風を独り占めした。波の音はモニタースピーカーから流れていた。開けっ放しの窓から、通りを行く豆腐売りの喇叭《らっぱ》の音が聞こえた。目を閉じると、海辺で豆腐屋が曳き売りしているようにも聞こえる。

さてどうするかな、と弓削は考えた。事件のことは忘れて、このままこの部屋でのんべんだらりと文庫本でも読んで過ごすのも悪くないのだが……。

弓削はスマホを取り上げて、ＳＮＳで井澗に今日の予定を尋ねた。すぐに返事が来た。今は部屋にいるが、これから映画を見に行くという。鑑賞後に会えないかと訊くと、そのあとは特に予定はないからかまわないけれど、あまり夜遅くなるのは避けたいとのことだった。大丈夫だ、そんなに時間はかからないと送信し、映画館で待ち合わせることになった。館名と作品名を教えてもらい、終映時刻を調べて、すこし眠った。

5 コクーン

井潤が郊外のシネコンの小さな劇場を出て下に降りていくと、売店のフロアで弓削が待っていた。夕飯時だったので、食べながら話すことになり、映画館に隣接するファミリーレストランに入った。

井潤がいま見てきたのは、女性型アンドロイドに恋する孤独な中年男性を描いたSF映画だった。弓削も見たと言うので、あのアンドロイドは本当に精神を持っているのか、持っているように見えるだけなのかについて、感想を交換した。どちらともいえない、とめずらしくふたりの意見が一致したのを井潤は意外に感じた。ここで議論が白熱して本題に入るのが遅くならないよう、弓削が遠慮したのかも、と疑いもした。

「実は昨日の犯人は山咲先生が診ていた患者だった」

井潤は驚いた。驚く自分を目の前の弓削が心配そうに見ていた。井潤は「それで」と言った。

「こうなると、先生に話を聞かざるを得なくなる、それはわかるよね」

もちろん、そうなるだろうということは井潤も理解できた。

「で、逆に先生をさっさとシロにしちゃう方法はないかなと思って」

「どういうこと」

「いま、ここで仮に、仮にだよ、警察が先生がクロだって仮定して、追及したとして」

「そのクロってのはどういうストーリーなの」

「ああ、それを話したほうがいいかな」

「そりゃそうでしょ」

「言わなくてもわかると思うけど」

「でも一応」

「わかった。けど、怒るなよ」

「どうして私が怒るの」

「そりゃあ井潤が先生を好きだからだよ」

「嫌いじゃないって言っただけよ」

「じゃあ、もう端的に言うぞ。先生が三人を洗脳し、三つの殺人事件を起こしたって説だ」

阿波尾鶏《あわおどり》のステーキが運ばれてきて、井潤はナイフとフォークを取った。

「予想はしてたけど、怒るっていうよりも呆れるに近いね」

肉にナイフを入れながら井潤は言った。

「まあ、とりあえず聞いてくれ」

「聞くよ、もちろん」

「でも、実際に洗脳してた場合、捜査上、やっかいな問題が浮上する。『やってない』と言われたらおしまいだってことだ」

「確かに洗脳したという物的証拠を提出するのは難しいよ」

「そうだ。いくらあの屋敷を家捜ししても、洗脳の証拠は出てこないだろうから」

「じゃあ、クロって立証するのは無理ってことね」

「そうだ。だけど、かといってシロにならないことが問題だ。どこかで真犯人が見つかるか、強烈な反証が上がってこない限り、疑惑は解けない。ずーっとグレーの状態が続く」

「推定無罪の原則ではグレーはシロでしょ？」

「建前上は。けど、警察にも意地がある」

井潤は鈍い圧迫を感じ、そしてやり過ごした。銀だらの西京焼きの膳が置かれ、弓削が箸を取った。

「そこで井潤に相談があるんだけど、捜索する場所の発想を変えてみたいんだ。見つかったら先生はクロだ。そこでなにも発見できなければ先生はかなりシロに近づくと俺は思う」

「探すべき場所というのは」半ば答えを予測しつつも、井潤は尋ねた。

弓削は左手で自分の頭を指差した。「ここだ」

「昨日俺が入ったコクーンってマシンに新しい犯人のふたりを入れる」

たちまち井潤はそのアイディアに引き込まれた。

「但し、椅子は取っ払って、傾斜をつけたトレッドミルの上で歩いてもらう。これは可能かな」

可能だと井潤は応えた。実はそんな使い方もするかもしれないと思い、すでに機能は実装ずみである。

「カンフー映画の代わりに、和歌山のあの山道の動画を映す。そしてトレッドミルの上を歩かせる。それから先生にはモニター室からマイクでコクーンに話しかけてもらう」

弓削の狙いは明白だった。ヒルクライム・カウンセリングをコクーンの中で再現し、その脳活動をモニタリングするつもりだ。そして、井潤にとってそれは魅力的な提案だった。

「で、なにを知りたいの」

好奇心を覚《さと》られないよう、井澗は冷静を装った。

「先生にはこちらが用意した質問をしてもらう。先生の声で質問された野中や道下がどのように反応するかを見たいんだ」

「もうちょっと詳しく言うと？」

「二つのスペックを見たい。興奮と共感だ」

いいところを衝いてきたなと井澗は感心した。ますます好奇心が刺激され、頭の中でこの案を勝手にアレンジしはじめた。最初から山咲にコクーン内の被験者とやりとりさせずに、途中から加わってもらったほうが、その落差を検証することができる。つづら折りの映像に応じて、トレッドミルも方向を変えられるようにしてみよう。映像だけでなく、音声もあの山道で収録したものを流したほうがいい。

「どうかな」

弓削に声をかけられ、我に返った。

「どうって……」

「これはNCSCで井澗がやっている研究とも関連があるんじゃないのかな」

井澗はうなずいた。「書くもの持っている？」

弓削は手帳を取り出した。

「映像の手配はそっちがやってくれるの」

「ああ、たぶん業者を使うことになると思うけれど」

「じゃあ、あのコースの最後まで撮影してくれるかな。片道でかまわないから行き止まりまで撮影して。いまから、映像の仕様をいうからメモして。4Kの3Dカメラで撮って欲しい。レンズは28ミリで。ワイド画面。なるべく絞りの値は大きく。音声もカメラ付属のものじゃなくて専用のマイクで録ったものを映像と同期して納品させて。これはサラウンドマイクを使って録音するように、あと歩くスピードは三キロをすこし超えるくらいで。カメラは手持ち。ステディカムなんかは使わないで。でもあまり派手に揺れないように気をつけてね。それから念の為に太陽光の方向も考えると、山咲先生のカウンセリングの時刻と同じように、午前中に撮影してくれるのが理想だな」

ボールペンを走らせていた弓削が顔を上げた。

「ひょっとして井潤ノリノリなの？」

「いや、ほかならぬ弓削君の頼みだからね」

と井潤は誤魔化した。

「おお、じゃあ俺は山咲先生に勝ったんだな」

弓削は手帳をボールペンで叩いて喜んだ。

「どうしてよ」

「だって、俺のためなら、〝嫌いじゃない〟山咲先生が窮地に追い込まれても協力してくれるんだろ。〝嫌いじゃない〟以上の評価をもらって嬉しいな」

弓削は笑ったが、井潤は急に気が重くなった。興味をかきたてられ、この実験で裁かれるのが犯人ではなく山咲だということを忘れていた。

デザートを食べてファミレスを出ると、弓削はついでだから最後の回でなにか見ていくと言った。なにを見るのと訊くと、アクションとかホラーとか、くだらなく馬鹿になれるようなものが見たいんだと言って、シネコンのほうへ歩いて行き、途中でいちどふり返り、じゃあ頼むなと手を振った。単純そうで複雑な男だなと井潤は彼の後ろ姿を眺めた。

マンションに戻ると、テレビをつけて昨日の事件の続報を確認した。新たな情報は公表されていなかった。ふたりの犯人が新宗教の元信者であることも、また同じ人物からカウンセリングを受けていたことも伏せられたままだった。

あくる日、井潤は永田町のNCSC本部のほうに出勤した。テロ対のブロックに弓削の姿はない。桜田門に出かけたよ、と弓削の隣席の同僚が教えてくれた。さては警視庁で昨夜のプランを説明しているな、と推察した。

自分の席に戻ると、上司の滝本《たきもと》に呼ばれた。実は警察がうちに協力して欲しいそうなんだが、と伝えてきた。どうやら首尾よく捜査本部を説き伏せたらしい。根回しの手際はいいんだな、と感心した。

「しかし、コクーンなんて搬入したばかりの最新機器を桜田門はどうして知ったんだろう」

滝本は首をひねっていたが井潤は、

「コクーンを使ってなにを？」とすっとぼけた。

「どうやら先日の刺殺事件がらみでの捜査らしい。よろしく頼むと言ってきてるんだが」

怪訝な色を表情に湛《たた》えている滝本に井潤は、

「できる限り対応します」と答えた。

昼になり、近くのイタリアンで昼食を摂ってNCSCに戻る時、通りで「井潤」と呼ぶ声がして足を止めた。内閣府庁舎への緩斜面をゆっくり登って来る弓削の姿が、夏の日差しの中で揺れていた。追いつくと弓削は「ランチか」と汗を拭った。井潤はうなずいて「そっちは」と聞き返した。弓削は手に提げていたサンドウィッチ専門店のビニール袋を見せて歩きだし、

「山咲先生にも連絡した」と横に並んだ井潤に言った。

「先生はなんて？」

「『取り調べに際して先生にもぜひ協力してもらいたい』みたいな言い方を羽山がしたんで、すんなり承諾してくれたよ」

井澗はひそかにため息を漏らした。「取り調べに協力」をそのまま受け取り、実は取り調べられるのは自分だと気づかないでいるのが気の毒だった。

「まあ、協力を拒んでも無駄だろう。力尽くでも引っ張り出すだろうから」

この言い方も彼女の気を滅入らせた。

「さっきまで警視庁にいたんだけど、思った以上に大事件になってた。どんな手を使ってでも早く解決しろって逆にハッパをかけられたよ」

「でも早期解決ってのもおかしいじゃない。犯人はもう捕まっているのに」

「そうなんだ。ただ、動機がはっきりしないので、念の為にこういう手法を試したいって提案したら、逆に早くやれって急かされた。本来ならここはじっくりいくべきところなんだがな。井澗に言われたあの山道の映像の予算も即決で下りた。大阪の映像制作会社のクルーがもう和歌山に向かっている。明日の午前十時から撮影開始だ。夜には映像ファイルが送られてくるから、ＮＣＳＣのサーバーにアップするよ」


席に戻って書類を整理していると、上司の滝本がこんどは井澗のところまでやって来た。彼の顔から先ほどの怪訝な色は消えて、真剣な表情に変わっていた。三日後の木曜日の午後一時から、コクーンを使っての取り調べを行うので、明日から研究所に詰めてくれ、と滝本は言った。助手をつけてくれますかと訊くと、研究所全体でバックアップするという返事があった。井澗は研究所では最年少の研究者だ。ここまで過敏に反応するのはなぜ、と胸に疑心が兆《きざ》した。

机の上から弓削に内線を入れた。

〈なんだ井潤か〉

「私で悪かったわね」

〈いや、嬉しい誤算だよ。さっきから味気ない業務連絡の電話ばかりひっきりなしにかかってきてたからな。砂漠でオアシスを発見した気分〉

「木曜日なんだって？」

〈そうだ。よろしく頼む〉

弓削の声は緊張を含んでいた。

「先生は前泊するの？」

〈いや、和歌山県警が南紀白浜空港発の午前の便に乗せるので、羽田に着いたのを羽山と横溝さんがピックアップする予定だ〉

「今回の弓削君の立ち位置は？」

〈現場の総指揮を執ることになった〉

それは緊張もするだろう。

「で、いまはなにを」

〈色々やることがありすぎて……。一番気がかりなのは、山咲先生から野中栄一と道下宏にしてもらう質問のリストづくりだ。これは今晩自宅でじっくりやるよ〉

「頑張ってね。それで、さっき道で会った時、警視庁に行ったら、思った以上に大事件になってたって言ってたよね」

〈ああ、まあ、殺しだから大事件にはちがいないが、それにしてもとは思ったよ〉

「うちもちょっと大変なことになってる。研究所を挙げて協力するって」

ふーん、と真剣味を帯びた唸り声を上げてから弓削は黙った。なにかひっかかるものがあるのかと思ったが、数秒後には、快活な声に戻って、

「そりゃなんとしてでも成果を出さないとな」と励まされた。


この日、井澗が出勤する一時間近くも前に、弓削は自分の席にカバンを置くとすぐ桜田門に向かった。

警視庁の本庁舎に入るとすぐ、公安にいたときに世話になった米田《よねだ》先輩に捕まった。米田は弓削を会議室に連れ込むと、「山咲について持ってる情報を全部よこせ」と迫った。出し惜しみする必要も感じなかったので、気前よく提供した。そのついでに、実はこういう取り調べをやってみたいんですがとペラ一枚の概要を出して打ち明けると、米田は「よし、それはすぐ手配してやる」と言った。

放免されて、こんどは捜査一課に顔を出すと、羽山が飛んできて「結構な大問題になってるぞ」と耳打ちした。「なにがだ」と訊き返すと、ふたつの事件の関連性を捜査して早急に答えを出せと大変なプレッシャーがかかっていると言う。

「その後もガイシャ二名の接点は見つからないのか」と弓削は尋ねた。

フロアの隅のデスクに座っていた横溝が弓削を見つけてやって来た。羽山は敬語に切り替え、「ええ、まだなにも挙がっておりません」と答えた。

横溝は、警視正、ゴルトベルク訪問の際にはお世話になりましたと挨拶した後、

「ガイシャ二名はともに大企業の重役どうしなので、財界のパーティで同席しているなんてことはあ

りそうなんですが、そんなものさえいまのところはまだ……。それにしても関連性なんてものを調べるのは結構時間がかかるものなんですが、やたらとせっつくんですよ」と愚痴をこぼした。

被害者が外国人だということもあるのでしょう、世界で一番治安のいい都市だと宣伝していますからね、と弓削は受け流し、実はこういう取り調べを考えたのですがどう思われますか、と尋ねると、横溝は、コクーン案についてはなにもコメントせずに、とにかくこのまま手をこまねいているわけにもいきませんので、と曖昧に笑ってから、それで、私たちはなにをすれば、と指示を仰いできた。山咲先生に協力を要請し上京を促してください。それから犯人二名のNCSC研究所への移送の許可と実行をお願いします、と弓削は言った。最後に羽山にメモをいちまい渡して、どこか関西の映像制作会社を捕まえて、この山道の映像を撮影させ、明日までにネット経由でこちらに届くように発注してくれと頼んだ。

NCSCのデスクに戻ると、電話が鳴って、公安の元上司から、今回の取り調べに関してはお前が総指揮を執れと言われた。そのあと、テロ対の現在《いま》の上司が席まで来て、「聞いたか」と言うので、「指揮のことなら聞きました」と答えると、「ではしっかりやってくれ」と言われた。「兵器研究開発セクションにいる井澗の貸し出しと、研究所にあるコクーンという装置の使用についてご助力いただけますか」と尋ねると、「わかった。すぐに兵研のチェアマンと会って許可をもらおう」と言った。

それから、あちこちから確認の電話がひっきりなしにかかってきた。細々《こまごま》とした連絡と雑務に追われ、質問リストの作成に集中できないと判断した弓削は、定時になると腰を上げ、NCSCを出て、百人町のアパートに籠もった。

開け放した二階の窓からは夏風がよく通った。窓に向かって置いた文机《ふみづくえ》の前で、アイスコーヒーのグラスを持って胡坐《あぐら》をかくと、しだいに気持ちは落ち着いた。

山咲が被疑者にする質問は、山咲岳志が実際に言いそうなことがよい。実験の趣旨から、弓削はそう判断した。大阪の公開討論会における山咲の発言を思い出しながら、質問をつくり、次第に穏当なものから過激なものにヒートアップするよう並べ替えた。

書き並べてみたリストを眺めていると、これは山咲の質問なのか、それとも自分の言葉なのかが曖昧になった。

「あぶないあぶない」

弓削は独り言《ひとりごと》ちた。そして、俺は公務員にあるまじき反体制分子なのかもしれない、と笑った。


火曜日、当日の人員配置について打ち合わせるため、弓削は警視庁に足を運んだ。

会議には米田先輩の公安部と横溝・羽山らの捜査一課、さらには研究所の管理部長を含めた計二十名が出席した。

当初の予定が一部変更になっていた。被疑者である野中と道下を研究所へ移送するのは捜査一課が、協力者である山咲（実は被験者でもあるが）の移送については、和歌山から白浜までは県警が、羽田から研究所までは公安が担当することになっていた。どうやら当日のオペレーションは公安と一課の混成チームでおこなうようだ。

研究所に到着後の進行についても確認された。弓削は、移送は午前中のなるべく早い時間におこなって欲しい、また、物々しい警備体制が被疑者の目に入らないような工夫も必要だ、と伝えた。被疑者を研究所に連れて行ったあとは、しばらく放置してリラックスさせたいのですが、手頃なスペースはありますかと管理部長に尋ねると、でしたら屋上のテラスが最適でしょうと言われ、弓削も思い出した。井潤を訪ねて行ったときに一度、そこから武甲山《ぶこうさん》や子持山《こもちやま》を眺めたことがある。もってこいの場所だと考え、となると問題は当日の天候だと思って天気予報を見ると、ほぼまちがいなく晴れと出ていた。

ＮＣＳＣに戻った弓削に夕方、羽山から電話があり、大阪の制作会社から映像が納められたと知らされた。警視庁のサーバーからダウンロードし、ＮＣＳＣのサーバーへとアップして、確認依頼のメールを井潤に送った。返事はすぐに来て、「とりあえず問題なし」とあった。井潤はいま研究所にいて、これからコクーンで再生して再確認するとも書いてあった。

水曜日も早めにアパートに戻り、質問リストのブラッシュアップに励んだ。一息ついて、深夜にコンビニ弁当をぱくついていると、スマホが鳴った。井潤からだった。彼女みずからコクーンに入って映像を見たそうだ。山道の映像はよく撮れていたようで、「一瞬、本当に和歌山のあの道を彷徨《さまよ》っている気がした」という声ははしゃいでさえいるようだった。弓削は、コクーンとモニター室との音声回路の数と経路を井潤に再確認した。「わかっている、そのように配線し直した」と井潤は言った。

「じゃあ明日」

「うん、明日ね」

と言ってふたりは切った。

あくる朝の木曜日、弓削は早目にアパートを出た。ラッシュアワー前の下り車両は空《す》いていた。西武秩父駅近くの牛丼屋に入って朝食を食べていると、スマホがチンと鳴って、いま研究所に着いた、と井潤がショートメールで知らせてきた。弓削は急いでかき込み、タクシーで研究所に向かった。車中で、羽山から着信があり、道下と野中を乗せた車は予定通りに署を出て研究所に向かっています。我々はその後ろを走っています、と報告してきた。羽山が敬語なのは隣りに横溝がいるからだろう。

了解して、切った。

研究所に着くと、刑事たちがふたりすでに入り口で待機していた。受付で名乗ると白衣を着た井澗が迎えに来た。

井澗に案内されて廊下を歩く。〈機能的磁気共鳴画像法実験室〉というプレートのかかった部屋の扉を開かれ、中に入るとフロアの中央に巨大なあの白い繭が聳えていた。

「まあ、そこに座ってコーヒーでも飲めば」

井澗は、研究員数名が機器の点検をしているモニター室に弓削を案内したあと、そう言った。プラスチックの黒いホルダーに収まった白いカップを渡され、コーヒーを飲みながら、ディスプレイに向かっている白衣姿の井澗の背中を、弓削は壁際に据えられたソファーに座って見た。研究員が入れ替わり立ち替わり入ってきて、井澗と言葉を交わした。インフロー効果がどうとか、時間分解能がどうのという会話が聞こえた。井澗はテキパキと指示を出していて、頼もしい。

こんどは横溝から電話があった。いま到着して、これから被疑者ふたりを連れて屋上のテラスに上がるという報告だった。

しばらくすると羽山がモニター室に姿を見せ、ここまでは問題ありませんと言って、出て行く間際に、卓に向かっている井澗に目礼した。

またスマホが鳴った。こんどは米田先輩からだった。山咲が到着したと言うので、弓削は立ち上がり、モニター室を出た。

応接室に入ると、山咲がぽつねんとソファーに座り、壁際には米田とその部下らしき若いのがのっそり立っている。どうも重苦しい雰囲気でよろしくない。

「先生、先日はお世話になりました」椅子を引きながら、弓削は努めて明るい声を出した。

あ、いやと言った後、山咲はくちごもり、

「今日はいったいなにを。ここへ来る途中に車の中で訊いても答えてくれない。着いた先で担当者から説明するとだけ言われてね」

「私がその担当者です。まあ、先生お気楽になさってください。コーヒーでもいかがですか、それともお茶にしますか」

「じゃあ、コーヒーをもらえるかな」

壁際に立っていた米田の部下が部屋を出て行った。これを合図に米田が弓削の隣に座った。

「今回の事件、グローバル・ペトロリアムの胡大維《フー・ダーウェイ》とワールド・リソース・テクノロジーのグレゴリー・ウォーカーを刺殺した犯人は、一真行の元信者で、そして先生の元患者でしたね」と弓削はまず言った。

「それは私の方からご連絡しました」

「ええ、羽山から報告を受けてます。現在、特別対策本部を設けて、いくつかの方向で捜査中なのですが、今回の件はアジア開発投資銀行の鷹栖祐二の件とも類似性があり、その犯人の三宅が洗脳されていたことを鑑みれば、道下や野中も洗脳されている可能性があります」

「たぶんそうでしょうね」と山咲は言った。「それで私に道下と野中を診ろということですか」

弓削は首を振った。山咲の表情に困惑の影が射した。

「我々は三宅の動機を追及し、その過程で先生に協力を求めました。先生は三宅のアンカーを完全には除去できなかったけれど、先生が施した処置のおかげで、誰かが三宅をそそのかし鷹栖を殺害させたということはほぼ確実になりました。しかし、そこから先はまだロックがかかっている」

「それも私が説明しましたよね、大阪で」

「その通りです」

ドアが開き、さっき出て行った部下がコーヒーを手に戻ってきて、山咲の前にそれを置いて下がった。山咲はひとくち飲んで、黙って弓削を見つめた。

「先生、ここはなんとかご理解いただきたいのですが、われわれは職業柄、次のようなことも考えなければならないのです。ひょっとしたら、山咲先生は最後のアンカーをはずせなかったんじゃなくて、はずさずにそのままにしておいたのでは、と」

山咲の口元にゆがんだ笑いが浮かんだ。

「つまり、今回、取り調べを受けるのは道下や野中ではなくて、私なんですね」

「いや、そう深刻に受け取られると困るのですが」

「少なくとも可能性として、警察はそんなことを考えているわけだね」

弓削はうなずいた。

「私が殺《や》らせたんだと。三宅に仕組まれた最後のアンカーを除去したら、三宅の口から私の名前が出るので、あえてそうしなかったんだと」

「もちろん、そんなことは証明不可能です。しかし、逆のことをいまより強く我々が信じられるようになれば、先生にとっても喜ばしいことではないでしょうか」

「というのは？」

「道下と野中のふたりが先生に洗脳されていないことが明らかになれば、先生は捜査対象から外れます」

「それはいったいどうやって」

「そこです。そもそも問題は、先生の脱洗脳行為を我々が目視できないことにあるんです」

「心は見えないから、しょうがないじゃないか」

「ごもっとも。しかし、このことによってやっかいなことが起きています」

「まったくやっかいだよ。そのことで痛くもない腹を探られてるんだから。こっそり別のことをしているのではないかってね」

「はい、そういう疑いが生じているわけです。ですから、これを第三者が観察可能な状態にできないかと考えました」

「どうやって」

「これから被疑者ふたりを最新型のｆＭＲＩに入れます。そして先生と会話をしてもらう」

「なるほど、見えない心を脳機能に変換して可視化しようってわけか」

「仰る通りです」

「しかし、ｆＭＲＩと言ってもわかるのは脳の血流量の変化だけだよ」

「ですが、少なくとも観察は可能です。それにｆＭＲＩはここ数年で飛躍的に精度があがっているようです。ぜひデータ取得にご協力いただければと思うのですが」

「だけど仮に、なにかの加減で、その結果が僕に思わしくないほうに転ぶ可能性だってあるだろう」

「あります。但し、それだけでは先生の自由を奪うことにはなりません。本音を申し上げると、そちらの可能性を潰して先生を解放し、別の方向へ捜査を進めたいんです」

弓削はそう口にしたものの、本当にそうだろうかと自分の言葉を疑っていた。

「まったくとんだ災難だな」

コーヒーを口に運びながら山咲は愚痴をこぼした。すみませんご迷惑をかけます、と言って弓削は手順の詳細を説明しはじめた。

「まあ気軽に行きましょう」

説明を終えて弓削は山咲の顔を見た。そして、スタートは午後からなので、すこし早いのですが、昼飯でも食いませんかと誘った。

山咲を連れて大きな会議室に行くと、入ってすぐの広いテーブルの上に弁当が山のように重ねて載せてあった。魚弁当か肉弁当かの二者択一になっている。めいめいが一種取り、米田先輩とその部下も交えて食った。弓削は向かいに座る山咲との会話が途切れないように気を配った。白浜で食った鰹はたいへんうまかったとか、老人ホームふるさとはとにかく豪華で温泉まであって驚いたとか、先生の助手はなかなか個性的でおもしろいとか、そんな他愛のない会話を繫いで、午後にはじまる取り調べの雰囲気の圏外に誘い出そうとした。山咲もこれにつきあうことにしたらしく、白浜の旅館で出す鰹はあの時期ならうまいでしょうとか、どうしてあんなに豪華な老人ホームがあるのかは僕も不思議なんだとか、あの助手はふるさとでも雑用係として働いているが、老人にはなかなか人気があるのだなどと答え、調子を合わせていた。

ドアが開き、会議室に白衣の一団が入ってきて、彼らもまた弁当を取った。その中に井澗がいた。彼女はこちらにやって来て、山咲先生どうも、と頭を下げた。

「いやあ、あの夜は失礼したね。罰《ばち》が当たったみたいだよ」と山咲は言った。

いえいえそんな、と井澗は言葉を濁し、ｆＭＲＩのデータについては私が解析しますので本日はよろしくお願いします、とだけ言って、白衣の集団に戻っていった。

弓削たちはまたしばらく雑談を続けた。話題が途切れがちになると、となりの米田も助け船を出してくれた。弓削らが毒にも薬にもならない世間話をつないで時間を潰す間に、さまざまな人間が入れ替わり立ち替わり入ってきて、弁当を食って出て行った。積み上がっていた弁当の山は次第に小さくなった。井潤らの白衣チームももういない。米田が腕時計を見て、では、そろそろ参りましょうかと声をかけ、弓削たちも腰を上げた。

〈機能的磁気共鳴画像法実験室〉のプレートがかかった扉の前には、刑事がふたり立哨《りっしょう》していた。弓削が敬礼すると扉が開き、フロア中央に聳え立つコクーンが出迎えた。これを見た山咲がぎょっとした表情になった。モニター室に入ると、すでに井潤は制御盤《コンソール》に向かい、彼女の左隣には白衣を着た助手らしき男が控え、壁際のソファーはやはり白衣を着た年配層の男たちが陣取って、若手外科医の執刀を見守るベテラン医師らのような雰囲気を漂わせていた。

「おふたりはこちらにどうぞ」と井潤は自分の右隣を指さした。「先生は奥へ、弓削さんは私の隣にお願いします」

弓削と山咲が制御盤に向かって横並びに座ると、ではヘッドセットをしてくださいと言われた。マイクつきのヘッドホンが制御盤の上に載っていた。

「これで私の声が中で聞けるのかな」

ヘッドセットについている小さなマイクを口元に寄せながら、山咲が尋ねた。

「はい、コクーン内の被験者のイヤホンに届くようになっています」

井潤は正面の大きな窓ガラス越しに巨大な白い繭を指差した。それを取り囲むように白衣を着た研究員が待機している。山咲はため息を漏らした。

「縦型だ。それに、ずいぶん大きいな」

「ええ、被験者が自然な姿勢を保てるように。それに静音もかなり進歩しました」

「こりゃずいぶんしただろう。景気がよくて結構だ」

嫌味とも受け取れる言葉を断ち切るように弓削がふり返り、「連れてきてください」と声を張った。

部屋の隅で待機していた刑事のひとりが携帯を取り出して耳に当て、「はじめます」と言った。ほどなく、正面のガラス越しに、羽山がひとりの中年男の腕を取って現れるのが見えた。白衣の研究員がコクーンのハッチを開けて先に野中を入れ、自分も続いた。

「中でセッティング中です」と井澗が解説した。

白衣だけがコクーンから出てきてハッチを閉め、モニター室のこちらに向かってOKサインを指で作った。

「それではスキャニングを開始してください」と井澗が言った。

傍らに控えていた助手が手元のスウィッチを押し、「スキャニング、スタート」と言い、「まもなくです」と経過を伝え、そして「出ました」と準備完了を告げた。

ソファーに座っていた白衣集団がのそっと立ち、脳撮像がならぶモニター画面に近づいて来た。

――では、トレッドミルを動かしてください。

井澗はそう言ったあと、弓削の肩をぽんと叩いて合図した。弓削はヘッドセットのマイクを口元に下げて、

「野中栄一さんですね」と声をかけた。

本来ならば、犯行を認めた被疑者に敬称はつけない。けれど、素直な答えを引き出すためには緊張は解いてやったほうがいいらしいので、今回は例外だ。

〈はい〉と沈んだ声が返ってきた。

「弓削といいます。今回の事件の捜査にかかわっている者です」

返事はない。

「あなたは五日前に銀座のM百貨店で胡 大維《フー・ダーウェイ》さんを刺殺しましたね」

〈はい〉

「いまあなたは歩いていますか」

〈はい〉

「どこを」

〈どこって……〉

井澗が手元のボタンを押した。ほどなく、右のディスプレイに山道の映像が現れた。トレッドミルのスピードに合わせて山頂へと進む主観映像が、身体の動きとシンクロし、あの裏山を登っている感覚を呼び覚ますはずだ。

「山道ですね」

〈……あ、ええ〉

「ここを以前歩いたことはありますか」

〈さあ、わかりません。最近は物忘れが激しくなって〉

「では、今日はこの方に来てもらいましたから、話してみてください。思い出せるかもしれませんよ」

弓削が左にいる井澗のほうを見て、自分のヘッドセットのマイクを指差した。

「弓削警視正のマイクをオフにしました」と井澗が言った。

弓削は右にいる山咲に向き直った。

――まずは自己紹介してください。

山咲は、一瞬鋭い目で見返したが、諦めたようにゆっくり口を開いた。

「ああ、野中君、久しぶりだね、山咲です」

〈あ、先生。ご無沙汰しています〉

「どうだ、元気にしてるか、と訊けないのが残念だよ」

〈すみません、お騒がせしてしまって〉

――天候のことなんか聞いてみてください。

「今日はまたいい天気だ」

〈ええ、でもまだこの時間帯ならしのぎやすいですね」

――明日の天気のことも。

「ここのところ日照りが続いているので、そろそろ一雨欲しいところだな」

〈そうですね。けれど、まだしばらく降りそうにないなあ〉

弓削は左隣の井澗に、山咲のマイクを一度オフにしてくれと声をかけた。オフにしましたと返事があった。弓削はヘッドセットのマイクを口元から引き上げ、右に座る山咲に、ここからは自分が言ったままを野中に語りかけてくださいと注文した。山咲は、仏頂面《ぶっちょうづら》ではあったが、まあいいでしょうと承諾した。弓削は質問リストを手元に引き寄せた。さて、ここからは、山咲の声を借りて自分が野中に話しかけることになる。

――最近体調はどうなの？

〈……あまりよくないです〉

――それはまたどうして。

〈なんだか身体が重い日が多いんです〉

――よくないなあ。

〈ええ〉

——部屋に閉じこもってばかりいると、ますます身体を動かすのが億劫《おっくう》になるぞ。

〈それはわかっているんですが……〉

——飯は食っているのか。

〈夜中にスナック菓子ばかり……。ですから、よくないとは思いつつ〉

弓削は山道の映像を映し出すモニター画面をちらと見た。木々の間から光が幾条も差し込んで、幽玄な雰囲気を醸し出している。

——でも、こうして山道を歩いていると気持ちいいな。

〈そうですね、すこしはましです〉

——君とここを歩くのは久しぶりだ。

〈ええ〉

——冷蔵庫にスイカを冷やしてあるから、戻ったら食べようか。

〈本当ですか〉

——ああ、さっきちょっと味見したんだが、今日のはとても甘いんだ。

そう伝えた弓削の口内にスイカの甘みが広がった。

〈それは楽しみだな〉

——もちろん和歌山で採れたものだ。

〈へえ〉

——ところで、スイカってのは、店頭に並んでいるのはほとんど国産品だね。

〈そういえば、輸入品のスイカというのはあまり聞いたことがないですね〉

——農産物はやっぱり国産のものが安心できるだろう。それを考えると貿易の自由化ってのも考えものだな。

〈そうですね。食の安全を損なうし〉

――それに、日本の農家をそうとうに痛めつけるだろう。

〈いったい自由化ってなんの為にあるんですかね〉

――そうは言っても、これからは特にアメリカの大規模農業による農作物がたくさん入って来るのは確実だ。

〈やはり、そうなるんでしょうか〉

――遅かれ早かれ、ね。下手をすると私たちの食卓はアメリカの企業に乗っ取られてしまうんじゃないか。

〈でも、先生、それだけは断固阻止しなくてはならないと僕は思うんです〉

――そうなんだ。それに、企業に乗っ取られているのは食卓だけじゃない。

〈ええ、そうですね〉

――社会全体が、企業の論理で埋め尽くされている。

〈社会もそうですし、人の心もそうなっているんじゃないでしょうか。大手企業がスピリチュアリティのセミナーを社員に受けさせることがあるって聞きましたよ〉

――つまり、精神世界や宗教が企業活動に都合のいい道具になっているってことだな。

〈先生、やはりどこかで歯止めをかけるべきだと思うんです〉

――そうだな。ところで、どうだ、気分は。すこしはよくなったかい。

〈はい、すごくよくなりました〉

――木漏れ日がきれいだな。

〈ええ〉

弓削はいまだと思った。

――ほら、左をご覧、百合が咲いてるよ。

年配の白衣組が、山道の映像を映すディスプレイを覗き込んだ。そこには百合の花などない。

〈本当だ。山百合ですね〉

モニタースピーカーから流れた野中の声に、ほかの白衣組もひっそりと、しかしどこかあわただしく反応した。ひとりが画面を指差して隣になにか耳打ちしているのが、視界の片隅に見えた。オーケー、終わりにしましょうと弓削は言った。

「映像をフェイドアウト、コクーン内の明かりをつけます」と井潤が言った。「弓削警視正のマイクをオンにします。――オンになりました」

弓削はマイクをもう一度口元に寄せた。

「野中さん、弓削です。警察の者です。これから足元のベルトの速度を落としていきますよ」

コクーンからの応答はなかった。

「トレッドミル停止しました。明かりも点いています」と井潤が言った。

「野中さんはいま埼玉県秩父市にある研究施設にいます。――わかりますか」

返事はない。正面の窓ガラスの向こうでは、ハッチを開けて、白衣がひとりコクーンの中に入って行く。しばらくして、野中が白衣に抱えられて出てきた。惚《ほう》けたような顔で足元がおぼつかない。

「ちょっと、急に止めすぎたね」と隣で山咲が言った。その声には憤然とした響きがあった。「まあ大丈夫だろうけど」

「すみません。次は気をつけます」と弓削は言った。「――井潤さんのほうでなにか気になる点はありませんでしたか」

「特にはありません。たしかに先生のおっしゃるように、トレッドミルの減速をもうすこし緩やかにして、コクーン内の照明もゆっくりフェイドインするようにしましょう」

野中が実験室の外に連れ出されていくのを窓ガラス越しに確認して、

「全体としてはよかったと思います」と井潤は締めくくった。

「ありがとうございます。では、もうひとりの被験者・道下宏を連れてきてください」

待機していた警官が、携帯を耳に当て、次の被験者を降ろすよう伝えた。


次のセッションもほぼ同じような調子でつつがなく終了した。弓削はヘッドセットをはずして、ご協力ありがとうございました、と山咲に頭を下げた。山咲は立ち上がり、「まんまとしてやられたって感じかな」と苦い笑いを漏らした。そして、返事をするいとまも与えないまま、そそくさと退室した。井潤がどこか不安そうにこれを見送った。刑事のひとりが山咲を追ってモニター室を出た。入れ違いに米田が入ってきて、弓削の横に立つと、夕刻の便に間に合うので、今日のうちに和歌山に戻してしまうと耳打ちしてまたすぐ出て行った。ずいぶんぞんざいな扱いだな、と弓削はすこし気の毒になった。

引き潮のように人が退出し、ひしめきあっていたモニター室は閑散となった。

井潤とほぼ同年配と思《おぼ》しき若手の女性研究員がひとり、キーボードをせわしなく鳴らしはじめた。収録したデータを整理しているのだろう。この女性の背後にひとりの白衣の紳士がついと立った。そして、制御盤の一番小さいディスプレイを興味深そうにじっと眺めていた。「中尾《なかお》先生」と井潤がこの研究者に声をかけた。「ご紹介が遅れてすみません。こちらはＮＣＳＣでこの事件を担当している弓削さんです。こちらは私の大学時代の師匠で、この研究所の認知科学部門長の中尾教授です」

立ち上がって、弓削ですと頭を下げ、名刺を差し出した。

「いや、今日はたいへん興味深いものを拝見させてもらいましたよ」と中尾教授は人懐っこそうな笑顔を向けた。

どう答えていいのかわからないので、あ、いえ、と口ごもった弓削に中尾教授は、近いうちにまたあらためて、と会釈し、こんどは井潤に向き直って、私でよければよろこんで手伝うからね、と世辞を置いて出て行った。キーボードのカチャカチャが止み、若い女性研究員もバッグを取って退室し、モニター室には弓削と井潤のふたりが残された。

「おつかれさま」とリクライニングチェアーの背もたれを倒し調整卓《コンソール》を背にして、井潤が言った。

「うん」とソファーに腰かけた弓削はうなずいた。「あっと言う間だったけど、疲れたよ」

「それはそうでしょ」

「うまくいったのかな」

井潤はうなずいた。

「撮影してもらった映像がよかったので、効果が上がったと思う」と言ってから「弓削君が作った質問もね」とつけ加えた。

「解析にはどのくらいかかる?」

「まあ、一週間ほどかな」

それは弓削が予想していた期間より長かった。

「でも、そっちはかなり急かされているみたいだし、中尾先生はじめ、協力したいって言ってくれてる先輩がたも多いから、すこしは短縮できるかも」

「それは、井潤の人徳だね」

「いや、みんな興味があるんだよ」

「研究者の皆さんの興味がさほどかき立てられないような結果が出ればいいんだけどな」

井潤はかすかに首を振った。よくない兆候をすでに認めているんだな、と弓削は察知した。

「じゃあ、あと一週間は永田町には来ないんだな」

「うん、明日からはこっちに詰めて解析に集中する。たぶん連絡もしないし、電話も取れないし、メールもろくに返せないと思うけど、愛想なしだと思わないで。それから弓削君はいまのうちに休んでおいたほうがいいよ。解析結果が出たら忙しくなるだろうから」

そうか、すくなくとも真っ白ってわけじゃないんだな、と弓削はもう覚悟を決めた。

退所し、いったん電車でNCSCの本部に戻った。報告書を書いていると上司がやって来て、どんな具合だったんだ、と訊いてきた。無事に終了しました、とだけ答えた。

内閣府庁舎を出て、百人町のアパートに戻り、シャワーを浴びた。部屋着に着替えてサンダルをつっかけ、近所の韓国料理店に入り、スマホでニュースを見ながら、ホルモンを焼いてひとりで食べた。スマホの画面では、ニュース番組にゲストとして出演したデモの若いリーダーが、自衛軍は憲法違反だと語っていた。たしかに現行憲法では、と弓削も同意し、手酌でビールを呑んだ。

立ち寄ったコンビニで買ったアイスキャンデーを舐めながら家路についた。月でも拝もうと視線をめぐらせたが、高層ビルの陰に隠れて見えなかった。

その後の一週間は、手持ち無沙汰の気分にさいなまれて過ごした。

翌日の金曜日に、テロ対のチェアマンに呼ばれ、どういう見通しなのかを訊かれた。「解析結果が出るまではなんとも……」と言葉を濁してやり過ごすしかなかった。土日を挟んで月曜日には、米田先輩がNCSCにやって来た。羽田に向かう車中で山咲が、「弓削さんにだまし討ちに遭ったようなものだ」と憤慨していたと聞かされた。「どういう意味ですか」と聞くと、「そこは面倒なのでよく聞いてなかった」と恍《とぼ》けた。「ひどいじゃないですか」と抗議すると、真顔になって、「気にするな。あれはクロだ」と断定する。弓削は苦笑いとともに受け流そうとしたが、やはり気になって「どうしてそう思うんですか」と尋ねた。

「まだ解析結果が出る前だが、うちのほうで研究所に探りを入れた。少なくとも真っ白ってわけじゃないらしいぜ」

弓削は驚いた。

「この時点で研究所に連絡したんですか」

「ああ、ぼんやり待っているのもなんだからな。そのくらいはやるさ。俺はてっきり、お前もあの子からなにか聞いてるのかと思ったぜ」

弓削は苦り切った。こっちは井澗に、おとなしく待っていろと言い含められ、素直に従っていたのに。

こんどは羽山がやって来て、急に公安が張り切り出して鬱陶しいぜ、とこぼした。「公安畑のお前に言うのはお門違いかも知れないけどな」と羽山はつけ加えた。それにしてもこの両事件について桜田門は落ち着きがなさすぎる、と弓削は思った。

「そうなんだよ、例のグリーンコールってエコショップの店主まで引っ張ってきて事情聴取しろって言われてるんだ」

「そりゃあ無茶だぜ。横溝さんが焦ってるのか？」

「いや、上だ。どのくらい上からなのかはわからないんだが。確かにどこか浮き足立っているというか、焦ってるような気がするなあ」


一方、井潤は実験があった翌日から作業を開始した。まず、コクーンから書き出したセッションデータを、脳活動をモニターし解析する最新アプリ〈ホムンクルス〉が読めるフォーマットに変換するようスタッフに依頼した。

さらに、これはあくまでサンプル数を増やして統計的な信憑性を得るためのものだったが、別の被験者二十名にも参加してもらい、類似のセッションを二日間にわたっておこなった。被験者は山咲と似た思想、言ってみればリベラル保守とでも呼ぶべき考えに傾倒している三十代四十代の人間を、アンケート調査を元に選び出し、コクーンに話しかける山咲の役回りは先輩の男性研究者が受け持った。

そして、フォーマット変換した全データを解析ツールに読み込ませる。そうしてはじき出した結果を、神経科学や心理学、神経内科的知識、磁気共鳴医学、数学、統計学などの知識を総動員して、読み解いていくのである。

この解読は井潤ひとりの手に余った。中尾教授の力添えを得て、外部の専門家を研究所に招き、協力を仰いだ。

こうして頭を悩ませているさなか、解析の見通しを探ろうと外野が連絡してきた。連絡を受けたのは研究所の管理部長で、問い合わせは公安部からだった。かなり強く言われたのか、部長は研究者に進捗状況《しんちょく》を聞いてまわった。井潤にとって、この動きは雑音以外のなにものでもない。弓削に電話し、「いったいどういうこと!?」と抗議しようかと思ったが、本人はこちらの言いつけ通りおとなしくしているのだから、連絡するなといった手前、気が引けた。それに実際、そんなことにかまってられないほど、忙しかった。

時々、山咲のことがふと思い出され、気がつくと、心理的なバイアスが解析に影響しそうになった。はっと気づいた井潤は、もういちどデータに向き直り、冷静に読み解く科学者の態度を取り戻そうとした。

ともあれ、井潤たちデータ解析チームは、討議を重ね、とりあえず妥当と思われる推論を用意した。

NCSCでデータの解析結果を発表する日、同行してくれるはずだった中尾教授が夏風邪に倒れ、井潤はひとりで永田町に向かった。

NCSCのフロアに弓削の姿はなかった。井潤はレポートを抱え、指定された会議室に早めに着いた。それぞれの椅子の前に、用意してきた資料を一部ずつ置いてひとりで待っていると、三々五々男たちが現れて椅子を引き、着座してその資料を捲《めく》りはじめた。大柄で屈強な体軀《たいく》の男たちはどこか殺伐とした気配を漂わせていた。案の定、女は井潤ひとりだった。やがて、羽山と横溝が来て、弓削も現れた。井潤はすこしほっとした。そして最後に井潤の上司の滝本が席に着くと、弓削が「では、はじめさせていただきます」と張りのある声で言った。

「お忙しいところ、お時間を頂戴してありがとうございます。先週NCSC研究所にておこなわれました、被疑者・野中栄一と道下宏、そしてワンネスの山咲岳志氏による、最新型fMRI装置コクーンを使ってのセッションについて、解析結果が出ましたので、これについて検討いたしたいと思います。このセッションは和歌山県東牟婁《ひがしむろ》郡の山道《さんどう》において、山咲岳志氏が独自の療法として行っているヒルクライム・カウンセリングを部分的に再現しつつ、コクーンという最新式のfMRIスキャンを施すという手法で行われました。目的は、被験者の脳の活動を客観的に捉え、観察可能な数値や記号に置き換えることによって、野中・道下の脳内での情報処理システムに山咲岳志氏がなんらかの介入的なアプローチを施し、二件の犯罪に関与した疑いがあるのか、あるいはそのような疑いは払拭されるべきなのかを明らかにしようとしたものです。その解析結果について、まずＮＣＳＣの井澗紗理奈さんからレポートしていただきます」

井澗が発言しようとした時、弓削のとなりの男が手で制して、こう言った。

「公安の米田と申します。ひとつお願いが。実は会議がはじまる前に、ここに置いてあった資料に目を通してみたんですが、内容がかなり専門的で私の頭では理解不能だったんですね。なので、是非ともわかりやすくお願いします」

その声に威圧的なものを感じ、井澗は緊張した。複雑なものを単純化して削り落とした中にこそ肝《かん》所《どころ》があったなんてことはある。だがアマチュアはそこを無視して単純な説明を好む。実は、急遽《きゅうきょ》病欠した中尾教授は素人向けのわかりやすい解説が得意だった。単純へ落とし込みつつ、どこかで複雑へ回帰する道を確保しながら説明するのが上手なのである。井澗は恩師の夏風邪を恨み、口を開いてなんとか笑いを作った。

「なるべくわかりやすくというリクエストは、弓削さんからいつも受けておりますので、大丈夫かと」

緊張した室内から笑いが起きた。弓削が「いつものように小学生レベルでお願いします」と混ぜっ返してくれたので、また笑いが起こり、緊張がすこし解けた。

「小学生レベルでというのはかなりハードルが高いので、できるかどうかわかりませんが、挑戦してみたいと思います。――まず、私たち脳神経科学者は脳内の活動をニューロンの発火に注目して理解しようとします。別の言い方をすれば神経細胞の興奮状態を見ることで脳活動を把握しようというのが脳神経科学です。今回のセッションで、私どもが着目したのはとりわけミラーニューロンという神経細胞でした。これは私の専門分野でもあります。詳しい説明は省きますが、これらは前頭葉下前頭回と頭頂葉角回に分布し、共感や連帯や一体感の感情が高まるときに興奮します。因果関係を逆に捉えれば、ミラーニューロンが発火している時には共感や連帯の感情を感じているということになります」

「その神経細胞の興奮は測定できるのですか」

「ある程度までは」

「ある程度というのは？」

「細胞単位の状態を観測するためには、頭蓋骨を外して脳の深部に電極を刺すのが理想です。もちろん、被験者に非常な負担を強いるこのような実験は、治療目的が明確になっていなければ、許されるものではありません」

しかし、治療目的以外でも実施される日がやがて来るのではないか、と井澗は疑いつつ喋っていた。たとえばこのような捜査目的とか。そして、望ましい人間の創出のために、とか……。

「そこで現在最も活用されているのが、脳血流を観察して、アンサンブルな脳細胞の興奮を測定するｆＭＲＩというマシンで、この最新型がＮＣＳＣの研究所にあるコクーンです。理想的とまではいきませんが、現状では最も正確だと言えます。これが〝ある程度まで〟の説明ですが、よろしいでしょうか」

井澗は一座を見渡した。出席者のひとりがテーブルを指でコツコツと叩いていたので、ピッチを上げることにした。

「先週おこなわれた野中・道下・山咲と同様のセッションを翌日から、他の被験者と質問者で二十組行いました。これらの平均値と野中・道下・山咲セッションの数値を比較したものが、二ページから四ページに記載されております」

紙がめくられる乾いた音が室内に響いた。

「さて、野中・道下の脳活動のパターンは他のセッションとははっきりと異なっていました」

数名がペンを動かした。

「野中・道下・山咲によるセッションでは、ミラーニューロンがしだいに活性化していくようすが確認できました。コクーンで取ったデータをわかりやすくアニメーションにしてきましたのでご覧ください。このデータは野中のものですが、道下もほぼ同じような結果が出ています」

会議室のテーブルの上面にはめ込まれた蓋を指で突《つつ》いてひっくり返し、その下にあったスウィッチを押すと、奥の壁にかかった大型ディスプレイが目を覚ました。持参したタブレット端末を無線で接続し、映像ファイルをタップした。ディスプレイに、ゆっくり回転する脳の立体画像が現れた。

「いまからセッションを短時間に圧縮してお見せします」

井潤がタブレットを人差し指でもう一度叩くと、脳画像の一部がうっすら赤く染まった。

「赤くなっている部分がミラーニューロンの発火です。今スイカの話をしているところです。前頭葉の部分がかなり赤くなっています。……さらに赤くなりました。貿易の自由化と食の安全性に話題が変わったところです。また、一部が特に赤くなりましたね。…………社会が企業に乗っ取られているというトピックでは、内側眼窩《ないそくがんか》前頭皮質《ぜんとうひしつ》に劇的な変化が見られます。かなり強く赤くなっていますね」

テーブルのあちこちで、感嘆の声が低く漏れた。

「いま、急に別のところがまた赤くなったんだが」と米田が言った。

井潤は動画を一時停止した。

「これは、最後、野中が見ている映像では実際には映っていないのに、山咲先生が『百合が咲いているよ』と話しかけたときの脳撮像です。大脳新皮質の頭頂部のいろんな部位が複雑に活性化しています。加えて、眼窩《がんか》前頭皮質《ぜんとうひしつ》が活性化していますね、ここは心地よさの情動体験に密接に関係しています。絵画など芸術作品を見たときにもここが活性化します。おそらく神経細胞が美しさを感受して興奮しているのだと思われます」

「いいですか」と出席者のひとりが手を挙げた。「ということは、実際には映像には映っていない百合の花が野中には——」

「見えていたと思われます」と井潤は後を足した。

羽山が手を挙げた。

「これは井潤さんにお尋ねしていいのかわからないんですが、ありもしないものをどうして見せることができるんですか」

「例えば、事故で失ったはずの腕がまざまざと痛むという現象は古くから報告されています。これなども、ないはずのものがあると知覚されている例です。日本語では『腕が痛い』と言いますが、実際は『私が痛い』わけです。英語だとI feel painです。痛がっているのは私、つまり私の脳ということになります。実際、脳の一部を直接電気的に刺激してやれば、腕や脚に指一本触れなくてもそこに痛みを感じさせることはできるんです。つまり、ないはずの腕の痛みは、同じ刺激が腕から大脳に伝わる刺激伝達経路の途中からはじまったものと考えられます」

「けれど、山咲は被験者の脳に電気ショックを与えたわけじゃないんだろ」

別の出席者が確認するように言った。

「そこは私が詳しく解説できないところです。ただ、脳への刺激は物理的である必要はありません。脳は情報処理システムなので、言葉やイメージによっても同様のことは可能なはずです。共感を呼び起こすミラーニューロンは言語にも深く関わっていると言われています。山咲先生は言葉と共感でそれを行う技術をお持ちなのではないでしょうか。相手と心を共振させ、言葉によって相手の心に介入し、つまり脳に働きかける技術を習得されているのではないかと思います」

弓削と羽山の向かい側に座っているずんぐりした男が「うーん、よくわからないんだが」と口を挟んだ。

「つまりこの時点で山咲は野中をマインドコントロールしているってことか、いや、マインドっていうのは心だから、脳という単語を使えば、洗脳しているってことなのかね」

「私は完全に洗脳状態にある人間の脳をスキャンしたことがないので、それについては確定的なことは申し上げられません。また、洗脳というのは一方が上でもう片方がその下にいて、上が下を完全にコントロールしている状態を指すのだと思いますが、このセッションではそこまでは言えません。深い共感が見られたということだけです」

「じゃあ、言葉を換えようか。井澗さんの個人的な見解でいいので、教えてください」

嫌な予感がした。

「山咲岳志は洗脳技術を充分に持った人間である。このセンテンスは真《しん》か偽《ぎ》か？　どうです」

この迫り方に捜査の方向性が垣間見えた。

「真鍋《まなべ》さん」と弓削が口を挟んだ。「それを井澗さんに答えさせるのはちょっと乱暴じゃないですかね」

「どうしてだ、別に言質《げんち》をとって彼女に責任をおっかぶせようってんじゃないんだ。個人的な見解を聞かせてくださいって頼んでるだけだぞ」

個人的な見解でいいと言いつつも、なにかあったら、専門家の見解として引用される、しかも引用する者の都合のいいように。

「わかってますよ」と弓削は相槌を打った。「でも、やっぱりこの段階で白黒はつけられないんですよ。今回のセッションで野中が洗脳されているとしても、それは誰によってという問題がまだ残るんです」

井潤はうなずき、真鍋は怪訝な顔をした。

「実は、このセッションで山咲が喋っていることはほとんど私が考えた台詞なんです。山咲は口真似するようにそれを喋っているだけなんですよ」

座がしんとした。

「芝居のプロンプターみたいだったよ」と当日そばで見ていた米田が解説した。

ええ、と弓削はうなずいた。

「どうしてそんなややこしいことをするんだ」真鍋は不思議そうに尋ねた。

「それは他のサンプルとの条件を合わせるためですね」代わりに井潤が説明した。「山咲先生が考えておられるようなことを台詞にして、山咲先生本人に喋っていただく。こんどはその台詞を別の話者に喋らせて、共感の度合いを比較するわけです」

真鍋は重く息を吐いた。

「これはまたややこしいな。てことは、どう解釈したらいいいんだ。山咲の声を媒介してるが洗脳しているのは弓削だってことになるのか」

まさか、と誰かがいい、だとしたら山咲は無罪放免だ、手錠は弓削にかけよう、と別の誰かが言った。かすかな笑いがさざ波のように起こったが、すぐに止んだ。こんどは米田が別の解釈を口にした。

「山咲って存在がたいへんに大きいので、山咲の声を通すと弓削だって今回のような芸当を披露することができるってことも考えられるよな」

なるほど。この場合は山咲先生に疑惑は残ることになる。だとしても、媒介者たる先生は有罪だろうか、と井澗は考えた。部屋の中の全員がややこしさに押し黙った。

やがてこの沈黙に耐えかねたように米田が口を開いた。

「ただ、今回の実験結果については、これだけは言えませんかね」と米田は身を乗り出し、井澗を見た。「傀儡《かいらい》説にせよ主体説にせよ、どちらも山咲が絡んでいます。このことと、今回このような顕著な結果が出たことを合わせると、被験者である野中・道下と山咲の間には、いまだに濃密な関係性がある、それだけは確かではないかな」

「濃密な関係性とは」と井澗は訊き返した。

「はっきり言えなくて申し訳ないんですが、実際はっきりしないんだからしかたがない。とにかく、他のサンプルと比べて顕著なちがいが出たことは事実で、しかも共感を感じるときに活性化する脳細胞がエキサイトしているなら、山咲とふたりの間にはなにかあると疑ってしかるべきだと思い、それを僕は〝濃密な関係〟と呼んだのだけれど」

井澗は黙っていた。どうとでも拡大解釈できそうな曖昧さが怖かった。

「まあ、そのくらいは言ってもいいんじゃないですかね」と上司の滝本が笑って井澗を見た。

大きな予算をもらって購入したコクーンを使い、他の部署と連携しようとしたが、いっこうに役立たずで終わったと喧伝《けんでん》されるのを避けたいのだろう。滝本が井澗に向けた笑いは、そのくらいのサービスはしておけ、というサインのようだった。

「もし、もうすこしはっきりと事象を把握したいのなら」と井潤は言った。「パターンを変えて、セッションのサンプルを追加するのはいかがでしょうか」

「たとえばどんな」

「他の被験者をコクーンに入れて、山咲先生が話しかける、弓削さんが話しかける。野中・道下をコクーンに入れて、こんどは直接弓削さんが話しかける。――サンプル数を増やすことによって、野中・道下と山咲先生との関係性がより詳しくわかるのではないかと」

誰も「なるほど」とうなずいてくれないのが井潤には意外だった。

「そこまで山咲先生は協力しないでしょ」米田が言った。

「いや、するかもしれませんよ。山咲先生がシロだとしたら、疑いを晴らそうとするだろうし」と横溝が疑義を呈した。

「そうですかねえ。またハメられると思って逃げますよ、彼は」

と米田は弓削を見て笑った。

「ところで、井潤さん」と真鍋が言った。「サンプルを追加するとして、その結果を出すのにどのくらいかかるかな」

「山咲先生にすぐ協力していただけるとして、今回はサンプル数も増やしたいので」と井潤は考え、「二ヶ月いただければ」と言った。

皆が沈黙した。沈黙は雄弁に語っていた。「そんなには待てない」と。けれど、誰かが、まあ一応検討しましょうと言い、この一言が閉会のきっかけになった。

一同が椅子を鳴らして立ち上がる中、米田と真鍋が、飯に行こうという仕草をして、弓削をさらうようにして連れて行き、それを羽山が不満げに見ていた。弓削と話したかったのだろう。同じような思いでいた井潤は彼に同情した。

自分の机に戻り、研究所に逃げだそうかと迷っていると、滝本がやって来て、次の実験に備えて企画書を準備しておくように、と指示された。井潤はすぐにコクーンの部屋を仮押さえし、予算を組んだ。弓削と話したくて、ぐずぐず残っていたが、待ち人はなかなか帰ってこなかった。

日もとっぷり暮れたころになって、弓削はようやく姿を現した。NCSの出入り口で井潤の姿を認めると、真っ直ぐ歩いてきて、机の横に立ち「回転いかない？」といきなり言った。「行く」と井潤はすぐパソコンをシャットダウンした。

築地まで出よう。弓削はそう提案した。有名チェーンの本店があって、そこは値段もメニューも同じなんだけど美味しいんだと言い張り、地下鉄の構内へ降りて行った。しかし、築地で地上に出て、少々迷った末に、ようやく見つけた目当ての店のカウンターで、赤身を一つ口に放り込んだあと、弓削は「ごめん、ほかの店と変わんないわ」と肩をすくめた。

井潤は呆れ、弓削はまあまあと手で制して笑った。

「どうなりそう？」と井潤があらたまった。

山咲先生のこと？　と弓削が訊き返し、井潤はうなずいた。

「現状じゃあ手を出すわけにはいかないだろうな」

「じゃあ本音を言えば、警視庁はこのまま勝負に出たいわけね」

「まあ、かなり本命視されてたよ」

弓削はカッパ巻きをつまんだ。

井潤は真鍋という公安の刑事を思い出した。言質はとらないと言いつつ、こじ開けられる隙間を探していたのはミエミエだった。

「追加の実験はやりそう？」

「うむ、時間がかかりすぎるとかブチブチ言ってたけど、いまのままじゃあ埒《らち》があかないから、やるしかないって感じだったなあ」

弓削はカウンターに肘をつき、湯呑茶碗に手を掛けて、今日一日の桜田門でのやりとりを思い返しているようだった。

「ねえ、私ワイン飲むけど。どうする？」

「いや、今日はお茶でいいや」

弓削の声はどこかぼんやりしていた。

「こっちに白ワインくださいデカンタで。——ねえ、弓削君はどう思ってるの」

「シロだと思ってるよ。あ、ワインじゃなくて先生のことね。わかってるだろうけど。……じゃあ、俺は中トロもらおうかな。——中トロ」

「どうして」

「まあ、勘だね」

「ふーん」

「でも、よく外れるんだ、これが」

「なによ、しっかりしてよ」

「でも、今回は当たりそうな気がするな」

「じゃあ、信じる」

「へえ、どうして」

「どうしてって言われても……。信じることに理由はいらないんじゃない？」

「それ、サイエンス女子らしくないじゃん」

「言われてみればそうだ。でもいいじゃない、弓削君、信じられてるんだから、ここは当人が文句つけるところじゃないでしょ」

「いや、どうかな」

「なによ、私に信じてもらって不満なわけ」

「まあ、そうだ」

「どうして」

「この場合、信じることの動機がさ、不純なんだよ」

「どういう意味？」

「井潤が先生がシロだと信じるのは、嫌いじゃないからだろ。嫌いじゃない先生が殺人教唆《きょうさ》で挙げられるのがつらい。もしくは、殺人教唆の嫌疑がかかっていてもやっぱり嫌いじゃない。――これがねえ、井潤のファンとしては癪《しゃく》に障るというかなんというか――まあ言ってみれば嫉妬です、はい」

そう言って弓削は、中トロをつまんで口の中にほうり込んだ。

ヌケヌケとよく言うなと思いつつ、弓削の言葉は彼女の胸中を適確に摑んでいた。

「とは言いつつもだ、やっぱり先生はシロだと思う。嫉妬に駆られて恋敵《こいがたき》を挙げるわけにはいかないしな」

「次の実験でいい結果が出てくれればいいんだけど」

「そういう情《なさけ》は禁物だよ」

「でも、たとえそう願っていても、実験結果が別の方向を向いていたらしょうがないじゃない」

「井潤はそう言うかもしれないが、自然科学ってそんなに自然そのものを科学しているわけじゃないと思うな。自然から暴力的に理論を引っ張り出すために使っている実験装置でさえ、自然をうまくモデル化しているつもりでも、どこかで情が混在しているシロモノだと思うね」

この言いぐさが憎たらしかったので、それから一時間ほど、いつも通りに理系女子と文系男子の議論になった。お互いを好ましく思っているのに、ふたりの口からは、若い男女間に陽炎《かげろう》のように揺れる艶やかな言葉のやりとりは聞かれなかった。男と女の関係に踏み込むのをためらっているうちに、ふたりの間には別種の友情が育ち、それが確固たるものになっていったことを、帰りの女性専用車両の窓に流れる街の灯りを見ていた井潤は、すこし後悔した。

飯能のマンションに戻った彼女は、ワインの酔いをシャワーで洗い流してから、ベッドに潜り込み、まだすこし酔いの残る頭で今日一日をふり返った。ともかく、あいつはよくやった。今日の会議でも庇《かば》ってくれたようで、それも加点してやろう。寿司屋に誘ってきたのもねぎらいのつもりだったのかもしれない。礼を言ってもよかったのになんとなく言いそびれた。今日に限っては、どうしようもない押し問答で終わらなくてもよかったのにな。

枕元のスマホが鳴った。着信画面に弓削の名前が光っていた。

「もしもし、今日はありがとうね」

自然と甘い声が出た。

「ごめん」

「……なにが？」

「勘がはずれた」

「ん？　どういうこと……」

「いま、羽山から連絡があった。山咲先生に重要参考人として出頭してもらうことになった」

6　グリーンコール

寿司屋で勘定を払っていると、羽山から電話があり、話したいことがあるので至急会いたい、と言ってきた。できたら桜田門から離れたところがいいと言う。弓削は井澗を地下鉄に乗せて、築地で待つことにした。

遅い時刻に開いている喫茶店が見つからなかったので、適当な小料理屋を選んで入った。ややこしい話の続きだろうから、酒を頼まずにウーロン茶と季節の漬け物をもらって暇を潰していた。

羽山がやってきて「出よう」と言ったので弓削は立ち上がった。その辺をぶらぶらしようと言うので、自販機でコーラを買って、本願寺の構内をうろつくことにした。

羽山が、山咲を重要参考人として取り調べるという警視庁の方針を伝えた。

「強引だということは公安もわかってるんだが、上からそうとうせっつかれてるみたいだ」

「しかし、すったもんだした挙げ句、やっぱりサンプルを追加するしかないって話になったばかりなんだぜ」と弓削は首をかしげた。

「俺が悔しいのは、完全に事件をぶんどられた形になってんだよ」

羽山は妙な方向に話を向けようとしていた。

「山咲の取り調べや、被害者の大企業は公安があたり、俺たちは残りかすを押しつけられて、一真行やグリーンコールを洗うってことになった。とにかく公安と陣取り合戦をやると、勝ち目はないから従うしかないんだけど、あとから入ってきて我が物顔されちゃあ面白くねえ……」

　警視庁内での縄張り争いなどどうでもよかった弓削は、

「ゴルトベルクはどうした」と訊いた。

「ゴルトベルク……なんだそれは」

「最初の被害者の鷹栖祐二が勤務していたアジア開発投資銀行の取引先だ。あいつのプランに沿って金融商品を売る手はずになっていた」

「ああ、外資系の投資銀行だろ。お前がいちど横溝さんと一緒に行ったんだよな」

「胡大維《フー・ダーウェイ》とグレゴリー・ウォーカーが殺される前にな。胡《フー》とウォーカーのふたりがゴルトベルクから共通の証券を購入していないか徹底的に洗え。向こうは情報を出し渋るだろうから、行く前に上のほうから一発かましてもらったほうがいいぞ。国際問題に発展する可能性があるってぐいぐい攻めていけ。協力しないなら日本の駐在所を閉めさせるくらいの勢いでいかないと、あいつら情報出さねえぞ。あいつらにとっちゃ日本なんて草刈り場に過ぎないからな。アメリカ大使館に泣きつくかもしれないから、先手を打って根回ししとくんだ。俺も協力する。ＮＣＳＣに金融システム安全保障セクションってのがあって、そこに平岩《ひらいわ》ってのがいるから相談しろ。お前の名前は伝えておく」

「その金融システム安全保障ってのはなんだ」

「いまの金融のインフラってのは完全にＩＴ化されているんだけど、これはある意味すっごく危険なんだ。銀行や証券会社のシステムには、すでにどこかのマルウェアが埋め込まれている可能性が高い。こういうソフトウェアはふだんは眠っているけれど、有事の際は起きて動き出すように仕組まれている。こいつらがひとたび目を覚まして暴れ出すと、経済活動はめちゃくちゃにされちまう。そうならないように早期に発見して無効化するのが平岩らの仕事だ。逆に、カウンターで敵国に仕込むことも当然研究している。つまり、核兵器みたいに相互確証破壊状態にしなきゃ安全が保たれないんだ。平岩は金融庁出身だから、協力してくれるだろう」

弓削は名刺入れを取り出して、一枚抜いて渡した。

「寺尾純一、俺が会ったゴルトベルクの担当者だ」

「お前は行かないのか」

「行ければな。けれど、たぶん俺は取り調べの応援に駆り出されるだろうよ」

翌日、金融システム安全保障セクションの平岩に根回ししていたら、案の定、NCSCの上司から「重要参考人として連行する山咲の取り調べに協力するように」と言われた。そこまでは予想通りだった。しかし「兵研の井澗君と一緒に」と聞いた時には正直「まずい」と思った。タイミングを見計らったように米田と真鍋がNCSCのフロアに姿を現した。

「問題はどうオトすかなんだが」

会議室のソファーに腰をおろすなり、米田はそう言った。もうクロと決めてかかっている口ぶりだった。

「そのトバロだけ手伝ってくれ」

「今回の実験結果を突きつけるんですか」

「そうだ、なかなか勘がいいな」

米田に肩を叩かれた弓削は、「いや、まったく」と心の中で苦々しくつぶやいた。

「とにかく、この結果をどう思うかを問いただすんだが、お前が考案した実験だからお前がやるのがいいだろう。それとあの子」

「井澗です」

「ああ、あの子にも協力してもらえるかな。というか、してもらうよ」

「井澗です。彼女は井澗といいます」

「わかったよ、そうカリカリすんな。なんだ、ひょっとしてお前らデキてるのか」

それはそれでまた難しい質問だった。

「ま、かわいいよな、あの子。あれであんなえげつない研究してるって言うんだから、侮《あなど》れないよ。けれど、その話はまたこんど聞いてやる」

「いいや、いいですよ、ほっといてください。――それで、重要参考人ってことは任意出頭ですよね。山咲先生はすんなり来たんですか？」

弓削は話題を変えた。

「ああ、先に言っといたんだよ。出頭してくれない場合は、逮捕状取って出直すって」

かなり強硬だな、と弓削は思った。

「山咲先生と、グローバル・ペトロリアムやワールド・リソース・テクノロジーとの接点についてはわからないんですか」

「調べてはいるが、いまのところ手掛かりゼロだ。そもそも接点を持とうにもレベルがちがいすぎるだろ。一方は多国籍企業、山咲のほうは言ってみれば村の開業医だ。こりゃもう山咲の一方的なテロで決まりだよ。あいつの過去の発言を洗っている。結構なことを言ってるぜ」

「調書を作るまでにかかると想定している日程は？」

「わからん。なるべく早くだ」

翌日、研究所から来た井澗を霞ヶ関の地下鉄の出口で拾って、一緒に警視庁に向かった。

「俺が質問するから、そのフォローを頼む」

「フォローってどんなことすればいいの」

「専門的な知識で煙《けむ》に巻こうとしたら、そこは突っ込んでくれ」

「山咲先生はもう着いてるの」

「みたいだな」

井澗の肩が時々弓削の腕に触れた。その感触に誘われて、「嫌いじゃないってのは今日は棚上げにしてくれよな」という冗談を言おうとしたが、趣味が悪い気がして、よした。

入り口で米田が待っていた。米田は一応ていねいに「恐れ入ります、よろしく」と井澗に会釈した。廊下を歩いていると、すれちがった部下に米田は「はじめるぞ。連れてきてくれ」と言った。

取調室には井澗と米田の三人で入った。すでに真鍋が来ていて、でっぷりした身体を大儀そうにパイプ椅子に載せていた。

被疑者の席の前に弓削が座り、井澗には弓削の横にすこし下がって座ってもらった。さらに後ろには、壁を背に米田と真鍋が並んで座った。

真鍋が立ち上がり、マジックミラーのカーテンを開けて鏡に向かって目配せした。その向こうには監督官が座っているはずだ。

若い刑事に連れられ、山咲が入ってきた。その表情には疲労がにじみ出ている。弓削は立ち上がった。

「山咲先生、お忙しいところ恐れ入ります。先日はありがとうございました」

井潤も立ち上がって頭を下げた。山咲はなにも言わなかった。

「先日の実験結果について、先生に伺いたいことがございます。少々お時間いただけますか」

山咲はいいとも悪いとも言わなかった。弓削は山咲の目の前に、実験レポートを置いた。山咲は腕組みをしてその表紙を眺めただけで、取ろうとはしなかった。

「これについて、いくつか先生の見解をお聞きしたいと思います」

山咲は腕組みをしたまま黙りこくっている。

「脳内の神経細胞が、先生の声を聞いたとたんに活性化しはじめ、その後も興奮度合いはどんどん高まっていきます。その神経細胞はミラーニューロンと呼ばれるものですが――」

「正確にはミラーニューロンがあると想定されている脳の部位が活性化しているということです」後ろから井潤が補足した。「ミラーニューロンについてはご説明する必要はないと思われますが」

弓削は山咲の表情を窺った。山咲は皮肉な笑いを口元に浮かべ、

「自衛軍の兵士を冷血漢にするために抑制しているのがそれですよ」と言って井潤を見た。

弓削の視界の片隅で、井潤が険しい目をして山咲を見返した。

「ご理解いただいているようですね」と弓削はうなずき、「この実験結果についてはどう思われますか」と改めて訊いた。

「どう思うと言われても、データが事実ならそうなんでしょうよ」

「心と脳が同一のものかどうかの議論はいったん横に置くとして」とまた井潤が口を出した。

「本当は横に置きたくないんだけれど、まあいいでしょう」

「ありがとうございます」と弓削は言った。「では、これらのデータから、被験者が山咲さんについ

て強い共感を寄せていると考えるのが自然だと思いますが、いかがでしょうか」

「ある立場からはそう言えるでしょうね」

「そして、その立場つまりブレイン・サイエンスはかなりメジャーなものであると認めていただけますか」

「僕の個人的な見解とはかなりの懸隔《けんかく》がありますが、そこは認めざるを得ないでしょう」

と言って山咲は井潤を見た。ありがとうございます、と礼を述べた井潤の声は硬かった。

「けれど、彼らと僕はカウンセリングを通して信頼関係を築いていたのですから、そのような結果になるのは当然と言えるんじゃないですか」

「そこでお聞きしたいのですが」と弓削は割って入った。「多国籍企業のグローバル・ペトロリアムについて山咲先生は個人的にどのような所感を抱いておられますか」

「……どういう意味ですか」

「あるいはワールド・リソース・テクノロジーについて。この二社というよりもこの二社のような企業についてどのような感想をお持ちでしょうか？」

山咲は黙った。

「とてつもない資本力を持った企業が日本に進出していること、日本の各地に投資をしていること。あるいは日本のさまざまな部分が証券化され、金融商品として売られ、かなりの割合で海外の大企業が購入していること、つまり、先生が常日頃仰られている社会が企業に乗っ取られているという現象が、しかも海外資本でおこなわれていることについての素朴な感想を聞かせていただきたいのです」

山咲があちこちでした発言を要約し、問いの形でぶつけたものだった。

「あのねえ、そんな複雑な状況についての素朴な感想なんかあり得ませんよ」

確かにと弓削がうなずいた時、斜め後ろの井澗が「そうでしょうか」と割り込んできた。

「素朴な感情を理論化するために複雑な思考が構築される、言い換えれば、複雑な論理の底には素朴な感情があるのだけれど、論理がそれを覆い隠している、というケースはあり得ますよね」

弓削は井澗の予期せぬ介入に驚いた。そして瞬時に、井澗が敷いたこのレールの上を進もうと判断した。

「山咲先生、感情のシンクロ度が非常に高い状態にある人間関係では、深層にある強い感情が複雑な論理を突き破って横溢《おういつ》し、互いに感応しあうなどということは？」

山咲は返事をしない。

「あくまでも可能性の話です。この道の専門家としてお答えいただけませんか？」

それでも、山咲の口は硬く閉ざされたままだ。

「では、思い切って言いましょう。ご自分でも自覚しないうちに、先生が被験者の感情に強い影響を与えていたし、いまも与えているということは考えられませんか」

「それはどういう意味かな」

山咲はうつむいたまま、顎のあたりを指先で撫でた。

「つまり、自分でも自覚しないうちに、反ワールド・リソース・テクノロジー的、反グローバル・ペトロリアム的な思想を感情として刷り込んでいる、――そういうことです」

山咲は顔を上げ、弓削をきっと見た。

「つまり、知らないうちに、私が彼らを洗脳していたと言いたいわけですか。そして、その結果、彼らが暴走し、殺害したと」

「いや、言いたいわけではありません。その可能性はあり得ますか、という質問です。あくまでも可能性をうかがっているだけです」

山咲は黙った。背後で誰かが立ち上がる気配がして、弓削の横に米田が来た。

「まあ、難しい質問だと思いますので判断を保留していただいて結構です」と山咲に言い、「今日のところはこのへんにしよう」と弓削にうなずいた。

山咲はこのまま勾留される、と弓削は確信した。

山咲が部屋から出されると、取調室のドアが閉まるのを待ってから、米田が弓削の肩をぽんと叩き、「お見事」と言った。そして「井潤さん有難うございました。大変助かりました」と今回はずいぶん丁寧に頭を下げた。ただし、頭を上げた後、弓削のほうを見てニヤリと笑ったのは余計だったが。


弓削は警視庁の入り口で井潤を見送った。この後ふたりでランチがてら所感を交換する約束をしていたが、このまま残れと米田に引き留められたのである。会議室に連れて行かれ、これから一課と合同で強制捜査を実施する、と聞かされた。どこを、と弓削は尋ねた。

「山咲のワンネス、――っていっても自宅なんだな、ここ。それに、もちろん一真行も洗っておく。ただ、本命はあくまでも山咲だ。それで、お前、和歌山に飛んで向こうの公安と合流してくれないか」

わかりました、と答えるしかなかった。

「じゃあ、四時の便に乗れ。予約はしてある。あまり時間がないから急げよ」

「え、今日のいまからですか」

「ああ、お前はちょいと離れた内閣府庁舎にいるからわかんないかもしれないが、この事件に関して俺たちは、一刻でも早く全貌をつまびらかにしろってすんごいプレッシャーをかけられてる。ぼやぼやしちゃあいられないのさ」

「プレッシャーって？　どこから」

米田は顔をしかめた。

「ひょっとしてアメリカ大使館」

こんどは首を振った。

「聞くな。俺もはっきりしたことは知らされてない。とにかく上だ、すんごく上。さあ行ってこい」

警視庁を追い出された弓削は、大通りを渡りながら、マイク付きイヤホンをはめて、スマホで井潤にかけた。井潤は有楽町のカフェで独りでランチを摂っていた。弓削は「よかったら買い物につきあってくれ」と言って、有楽町駅前のショッピングモールに足を向けた。鞄屋で安いボストンバッグを買い、エスカレーターに乗った。見上げると上階のフロアに見覚えのある足が見え、井潤の全身が現われた。

急に和歌山に行かなきゃならなくなった、と言うと井潤は、弓削の提げていたバッグを見て、着替えを買うのだなとすぐ察してくれた。

「時間がないから協力してくれないかな。スニーカーかズック、それとTシャツを適当に三日ぶん選んで欲しい。足のサイズは27。俺は下着とジーンズを買うから」

井潤は「面白い」と言ってTシャツ売り場に向かった。弓削のほうはまず下着とタオルとハンカチを適当に買った。ジーンズの棚の前で、一本抜き、試着室に入った。足を通すと裾上げの必要もなさそうだったので、長身に産んでくれたことを母に感謝した。レジカウンターに向かうと、井潤が待っていて、精算済みのショッピングバッグを「はいこれ」と差し出した。

「いくらだった」

「こんどでいいよ。早く行ったほうがいい。結構ギリだよ」

一階に降りて、出て、すぐ目の前の有楽町駅の改札で井潤に見送られた。山手線に乗り、浜松町でモノレールに乗り換えた。眼下に競馬場をぼんやり眺めていると、スマホがチンと鳴り、SNSで「羽田のコンビニで歯ブラシを買いなさい」と注意してきた。搭乗手続きをすませたあとで、アドバイスに従った。

南紀白浜空港に着くと、県警の公安部から迎えが来ていた。このあいだ来たときとは別の刑事だった。

「どんな具合ですか」

車内で弓削が聞いた。

「さあ、一応、パソコンとハードディスクは押さえたんやけど、なんせパスワードがないと開《あ》かへんよって、いま東京に問い合わせ中ですわ。今日は現場も店じまいしましたんで、まず〝ふるさと〟に行きましょか。詳しいこともそこで説明しますよって。て言《ゆ》うてもなんもあらへんみたいやけど」

「ほかの捜査員も〝ふるさと〟に宿泊ですか？」

「はい、無理言《ゆ》わしてもろて。警察が占拠したみたいになっとるんで、ご老人らのご機嫌取りながらやってますわ」

「〝ふるさと〟って前にも一度泊まったんですが、すごく豪華なんですよね」

「いや、実は私らも今回はじめて行って、吃驚《びっくり》しましたわ、なんやこの御殿は言《ゆ》うて」

「どうしてああいうことが可能なんですか」

「さあ、あそこに入居しているのは、和歌山のじいさんばあさんやよって、そがいに金《かね》持ってるわけでもあらへんのになあ」

これではなんの説明にもなっていない。弓削はスマホを取り出し羽山にかけた。コール音が鳴って、留守番電話がメッセージを残せと返してきた。弓削はそのまま切った。

車は川沿いの細い道を走っていた。暮れてゆく陽の中で、山肌を覆う木々が紅く染まり、そして静かに黒く沈みはじめていた。


井潤が霞が関のNCSCに戻ってきた時、エネルギー安全保障セクションのあたりで何人かが集まり、なにやら盛り上がっていた。通りかかると、坂上に呼び止められた。

「どう、井潤さん、間宮の新作」

「べつに僕の新作ってわけじゃあ」と笑う間宮は、その手に一片の緑のカヌレを摘まんでいた。

「ああ、ミドリムシの――」

「改良して食べやすくなったって言うんだけど、食べてみない？」

遅いランチを済ませてからさほど間《ま》がなかったので、遠慮しようかと思ったが、「じゃあ折角ですから」と井潤が言うと、坂上は喜んだ。

「ほら、井潤さんが食べたいってさ」

坂上は間宮に試作品を取りに行かせ、「あいつが女子の意見を聞きたいって言うから」と言い訳した。紙皿を持って間宮が戻った。その上には、形も大きさも不揃いの緑色の塊がいくつか載っている。一番小さいのを摘まんで口に入れると、妙に甘い。食べやすくするために甘味料を加えたのだろうが、かえって得体のしれない味になっていて逆効果だ。

井潤はあまりの不味《まず》さに顔をしかめた。

「ごめんごめん、実は失敗作なんだって」

坂上は笑った。その無邪気を装ったいけ図々しい笑いに怒りが込み上げ。しかし次の刹那《せつな》、それは驚愕へと転じた。椅子をこちらに回してニヤつく坂上の背後で光るディスプレイに、井潤の視線は釘づけになっていた。NCSCのサーバーが開かれて、〈グリーンコール計画〉というフォルダーがあった。

坂上は井潤の不機嫌を察知したのか、「ごめん、怒った?」と訊いてきた。「怒ってません」と返事をしつつ、井潤は坂上に一瞥もくれなかった。そして、〈グリーンコール計画〉フォルダーからむしり取るように視線を外すと、「ごちそうさまでした」とひとこと残して足早に去った。

自分の席に着くとすぐデスクトップのパワーボタンを押した。バッグからタンブラーを取り出し、アイスコーヒーをひとくち飲んで口の中を清め、パソコンが立ち上がるのをしびれを切らして待った。NCSCの専用サーバーに繋いで、カーソルを検索欄に持っていき、キーボードを叩いた。

〈グリーンコール〉

弓削が言っていた。和歌山から戻された三宅をふたたび尋問した時、三宅が最後に口にしたのがグリーンコールだった、と。

あった！ 〈グリーンコール計画〉。さきほど坂上のディスプレイ上に見つけたフォルダーはこれにちがいない。

クリックするとパスワードの入力欄が現れた。NCSC共通のものを打ち込むと、このフォルダー専用のものを入れるよう要求された。井潤は心の中で舌打ちした。

「井潤さん」

頭上で声がした。見上げると坂上が立っていた。ひどく神妙な顔をしている。

「ごめん、そんなに不味かった？」

「ええ、とても」と言いながら井潤は、検索結果〈グリーンコール〉の画面をさりげなく閉じた。受けると思って仕掛けたいたずらが不評に終わったばつの悪さを露骨に顔に表して、いやあれは軽い冗談のつもりだったんですよ、と坂上は口ごもった。気ままに悪ふざけをしてくるその厚かましさに沸き立つ苛立ちを抑え、井潤は口調を和《やわ》らげた。

「じゃあ、罪滅ぼしになにか美味しいものでも食べさせてください」

きょとんとした坂上に向かって、井潤は続けた。

「ご馳走して穴埋めしてください。大丈夫ですよ。ホテルのレストランでフランス料理を食べさせろとは言いませんから」

望外の幸いにようやく気づいた坂上は「あ、いや、もちろんご馳走させてもらうよ、フレンチでもイタリアンでも」と言って顔を輝かせた。

「井潤さんは弓削君と仲がいいの」

坂上はワイングラスのステムに手を添えたまま言った。

「ええ、まあ。いま仕事でもちょっとかかわっているので」

場所は銀座のイタリアンレストラン。カジュアルな部類に入る店だが、坂上はちゃっかり個室を予約していた。いやらしいなと思ったが、盗み聞きされることのない環境は井潤にとって好都合だった。

「坂上さんは間宮さんとの仕事が多いんですか」

井潤はワインボトルを持ち上げて、坂上のグラスに注いだ。マナーとしては、女性が男性に注ぐのは微妙らしいが、この男の舌を滑らかにすることがなにより重要なのだ。

「あ、ありがとう。まあ、そうだね、ちょっと絡んでいるっていえば絡んでいるかな」

「あのミドリムシのカヌレも」

「あれは農水省の仕事だ。今日は本当にごめん」

「いいんです。おかげでこんな美味しいのいただいていますから」

「弓削君とはよく飲むの」

「仕事の流れで時々は」

「彼のほうがひとつ年下だよね」

「ふたつ。背は向こうが高いんですけど」

坂上は笑わなかった。

「弓削君は警視正か。いいね警察は、キャリア組の出世が早くて」

うるさいな、と井澗は思った。

「でも、彼は紗理奈ちゃんにぞっこんだってのは隠そうともしてないじゃない」

紗理奈ちゃんって誰ですか、と言いたかったが耐えた。

「ああいうのどうなんだろうなあ。多少は気をつけたほうがいいんじゃないかな」

ほっとけ。

「紗理奈ちゃんは厚労省で医療技官やってたんだよね。どうしてNCSCに来ることになったんだっけ」

「まあ、色々あって」

「まあ、色々あるよ人生は、あはは」

追従《ついしょう》の笑いを浮かべ坂上はワインを飲んだ。こういう調子の合わせ方も不愉快だった。井澗はオマール海老の身を殻から剝がすのに手こずりながら、面倒なものを注文してしまったと後悔した。

「坂上さんのいまのメインの仕事はなんですか」

ナイフとフォークを動かしながら、井潤は訊いた。

「いやあ、色々あるけど」

「月に一度の合同会議でもほとんど発表なさらないですものね」

「そのぶん会議が早く終わっていいだろ。ははは」

と笑う坂上の目にフォークを突き立ててやりたかった。

「そのうち、みんなをあっと言わせるようなのを発表するよ」

坂上はまたワインをくいっと飲んだ。

「あっと言うくらいすごいプロジェクトなんですね」

「まあね」

「教えてくれないんですか」

この手の男の脳は女になにかを教えてやる時に、大量のドーパミンを放出することを井潤は知っていた。

「紗理奈ちゃんは、これからの日本ってどうなればいいと思ってる？」

「それは、これからの日本のどの部分ですか？」

「まあ、やっぱり社会の基盤は経済だよ」

またくいっと飲んで、坂上はワインを空けた。

「そうですね」

井潤はボトルを取って坂上のグラスに注いだ。あ、どうもと言って坂上は、ワイングラスのステム

を摘まんで口元にまで持って行き、その姿勢のままで、

「でも、日本はご覧の通りのざまです。へたすりゃ、もうすぐインドネシアにも抜かれるって試算が このあいだ出ていて、僕は慄然としましたよ。インドじゃなくて、インドネシアだからね」などと言い、痛恨の極みだとでもいうようにかぶりを振った。

その中途半端に持ち上げたワインをさっさと飲め。そしてさっさと酔っ払ってしまえ。

「どうすればいいんですか」

「知りたい？」

「ええ」

「教えてあげてもいいけど、長い話になるよ」

「いいですよ」

「じゃあ、もう一軒つきあってくれる？」

「喜んで。でも、本当にちゃんと教えてくれなきゃいやですよ」

かすかに媚態を含んだ声を出して、井潤はワイングラスを口につけながら、げー気持ち悪、と心の中で吐き捨てていた。


さらにバーをはしごして、三杯目のスコッチのグラスに口をつけたあたりで、坂上が落ちた。勿体《もったい》つけて気持ちよさそうにぶっていた政談はそれなりに説得力はあった。しかし、井潤が聞きたいのはその先だ。坂上がグラスの中の丸氷を指先で突《つつ》いてくるくる回しながら、「でもこういう話、紗理奈ちゃんとできると思わなかったなあ」と生温《なまぬる》いため息を漏らした後で、ついに井潤はそれを聞いた。

「それでグリーンコール計画が必要なんですか」

坂上は酔いで充血したしまりのない眼を持ち上げ、驚いた顔をゆっくりとこちらに向けた。

「あれ、紗理奈ちゃん、どうしてそれを知ってるの」

「いやだなあ、さっき話してくれたじゃないですか、忘れたんですか」

「ああ、そうだったっけ。そう、グリーンコール、もうこれしかないんだな」

「私も酔っ払っちゃったから、話がこんがらがっちゃった。もう一回話してくれません？」

「駄目だなあ、紗理奈ちゃんは。じゃあね、特別だからね。いい、日本はもう駄目なの。このままじゃインドに抜かれ、タイにもインドネシアにも抜かれちゃうのよ」

「ですね」

一時間後、井潤は勘定を払った。聞くべきことは聞いたので、気持ちよくカードを出すことができた。すっかりつぶれてしまった坂上をバーテンに頼んでカウンターから降ろし、タクシーに放り込んでもらうと、井潤は地下鉄に飛び乗った。


あくる朝早く、気分転換にNCSCの研究所に行った。気晴らしに休日に出勤するなんて変な話だが、研究に没頭すると気が晴れるのだから、しょうがない。

雑木林の中に立つ研究所にカードキーを使って入る。休日でも誰かはいるものだが、まだ早いので今日はさすがに誰もいない。

機能的磁気共鳴画像法実験室のドアを指紋認証で開け、中に入った。コクーンがそびえ立つ横を抜け、モニター室に入り、制御盤《コンソール》の電源を入れた。椅子に座って、システムの起動を待つ間に、昨日のことを思い出した。

思えばさんざんな日だった。父の面影を重ねて秘かに慕っていた山咲から、ひどい嫌みを言われた。

けれど、その山咲が窮地に立たされている現状については、やはりいい気味だとは思えなかった。このへんがまたややこしい。変な味の遺伝子組み換えのカヌレを食べさせられて、これまで誘いを断ってきたおっさんとディナーの席で向かい合い、オマール海老に手こずり、そのあと二軒もハシゴするハメになってしまったのは、地獄めぐりに近い体験だったと言える。

システムが立ち上がった。三枚のディスプレイに、ホムンクルスのシーケンスと脳撮像、そして山道の映像が現れた。井潤は野中のセッションをホムンクルスのタイムラインでもう一度再生した。

しかし、坂上と比較するのもなんだけど、弓削という男は、最初はお調子者の馬鹿だと思ったが、それほど悪くないのではないか。いや、むしろかなりいいほうかもしれない。そして昨夜《ゆうべ》、情報を収集しようと多大な犠牲を払ったのは、半分はこの事件にかかわった自分のためであったけれど、もう半分は弓削のため、いやもっと正確に言えば、私たちのためだった。だから、今晩にでも電話をかけて教えてやろう、と井潤は思った。

そんな思いを巡らせながら、ホムンクルスのタイムラインを見ていた井潤はおやと身を乗り出した。セッションが終わり、コクーンは停止しているにもかかわらず、ホムンクルスのタイムライン上の山道の映像は回り続けている。セッションは山道の途中で終了したけれど、映像はこの後も続いていたのだ。

行き止まりまでカメラを回し続けろと注文したことを井潤は思い出した。そのくせ、映像が納品された時には、要所要所を再生しコクーンでテスト映写したものの、セッションの長さを考え、最後までは見なかったのだ。

フェンスが開いていた。

井潤は思わず映像に見入った。

行き止まりまでカメラを回し続けろという指示に従って、おそらくたまたま開いていたのだろう、フェンスの向こうへそのまま進んだ。ここを越してしまえばまもなく山頂だ。この先、つづら折りをもうひとつ曲がると、展望が開け、山の頂《いただき》をスパンと横に切って平らにしたような土地に出るはずだ。課外授業で父に連れられ、みんなでスケッチブックを膝に置いて座った、あの場所に。

突然、といった感じで視界が開けた。眼下には、いましがた登ってきた山をへだて、井潤が住む村とは反対側に緑の谷間が広がり、混交林の樹海が生い茂っている——はずだった。

しかし、それらはみな姿を消していた。

ああっ！　井潤は、思わず声を上げた。

竹だ。見たことのない、細く、背の高い、遺伝子組み換え操作がなされたにちがいない奇妙な青い竹がびっしりと、どう猛に生い茂り、幼い頃に馴染んだ谷間《たにあい》の風景を一新させている。井潤は、変わり果てた風景に慄然として目を見開いていた。


一方、老人ホームふるさとのベッドで目覚めた弓削は、顔を洗うと食堂へ行き、県警公安たちとテーブルを囲んで、モーニングコーヒーを飲みながら、押収品のリストを眺めていた。

スマホが鳴った。羽山からだった。

〈わかったぞ〉

出るなりいきなり羽山は言った。

「なにが」

〈昨日ゴルトベルクを洗った。お前が言ったとおり、相手のガードはめっちゃ堅かったけど、NCSCの平岩さんがこじ開けてくれた〉

「それはよかった」

〈胡大維《フー・ダーウェイ》とグレゴリー・ウォーカーが購入していた金融商品をまず洗った〉

弓削は県警刑事の耳をはばかって、立ち上がり食堂を出た。

〈被害者の胡大維《フー・ダーウェイ》とグレゴリー・ウォーカーは同じ金融商品を買っていたよ〉

「それはひとつか」

歩きながら弓削は訊いた。

〈いや、これが膨大にあるんだ。個人で買ったのもあれば、会社名義のものもある。そのほとんどがいろんな証券が混ぜ物になっていて、商品名はちがうんだけど、中に含まれている証券が共通しているものもあるし、それがまたひとつやふたつじゃない。共通の仕方がやたらと複雑なんだ〉

「だろうな」

〈けれど、その中に妙な名前がついてるのがあった。なんだと思う〉

「じらすなよ」

〈『グリーンコール証券』だ〉

弓削は立ち止まった。

「内容は？」

〈それが教えてもらえなかったんだ。限定的な顧客にのみ販売され、その内容は、いくら警察の要請であっても、お教えできない。教えるとしたらアメリカ本店の許可がいるっていうんだ〉

「平岩はそれで引き下がったのか」

〈ああ、平岩さんもそれ以上のごり押しはちょっとまずいと感じたみたいだ〉

辣腕《らつわん》の平岩が踏み込めなかったということは、このラインだけは突破させまいと、死に物狂いでデイフェンスしたんだろう。弓削はその金融商品の正体が猛烈に気になった。

〈けれど、収穫がなかったわけじゃない。この金融商品をプランニングしたのは誰だと思う〉

「……鷹栖。アジア開発投資銀行の鷹栖祐二か」

〈ご名答。ありがとう弓削、持つべきものは竹馬の友だ。これで公安に一泡吹かせてやれるぜ〉

切れた。

弓削は呆然として立っていた。グリーンコール証券を企画した鷹栖祐二が刺され、そしてその顧客である財界人が立て続けに刺された。だとしたら、グリーンコール証券の正体がわかれば、おそらくこの事件の全容が見えてくるはずだ。

じゃらじゃらじゃらじゃら……。硬いものがぶつかる音がした。気がつくと団欒《だんらん》フロアに立っていた。夢遊病者のようにふらふらここまで歩いてきたらしい。壁際の卓では老人たちが麻雀牌をかきまぜている。そのひとりが背にしている壁に、立派な額縁に収まった大きな写真がかかっていた。弓削は写真に向かって踏み出した。ここ〝ふるさと〟の正面玄関前での集合写真だ。入居する老人たちと職員たちが勢揃いしてカメラに向かって微笑んでいる。額縁の下に「ふるさと開園記念」という文字が日付とともに並んでいた。弓削はさらに近づいて、その写真をまじまじと見た。そして、ふり返り、白牌を手に捨てようかどうしようか迷っている老人の肩をそっと叩いた。

「なんや、兄ちゃん」

「これ、おじさんですか」弓削は写真の中で前列に座ってとびっきりの笑顔を見せているひとりを指差した。

「そや。男前やろ」

おじさんと呼ばれて、気をよくした爺さんは破顔した。

「じゃあ、これは誰ですかね」

列の後方の隅に遠慮がちに立っている男を指差した。

「ああ、この人なあ、エラい人みたいやったで」と言って首をかしげた。「この日だけ来《き》とったんやないかな」

向かいの老人が「館長もごっつう気ぃ使《つこ》てたわ」と言った。

最初の男前が、「そや！」と突然、大声を出した。

「どこぞの銀行の人や言《ゆ》うてたで」

「ありがとうございます」

礼を言うと弓削は、写真の中のスーツの男をもういちど見つめた。柔和で優しい笑みをたたえつつ、その目は屈強な意志と忍耐強さを物語っていた。

鷹栖祐二、お前はなぜここにいる。お前はいったいなにを企んでいたんだ！

第二章　鷹栖祐二の生涯

7　カプセルホテル暮らし

這い上がって、寝房《カプセル》内に横たわり、壁に埋め込まれたデジタル時計の日付を見た時、鷹栖祐二は自分が十七歳になっていたことを知った。ここで暮らしはじめてほぼ三年が経った。夜露をしのぐ屋根もなく、公園のベンチで寝ていたころ、奸智《かんち》に長《た》けたところを見込まれ、詐欺の片棒を担ぎながら、このカプセルホテルで寝起きするようになってから……。不良少年に対する処遇としては、異例の厚遇を受けられたのは、それだけの価値がある、と北岡《きたおか》が見込んだからだ。

しかし、この厚遇に自由は含まれていなかった。

「まさかとは思うが足ヌケしようとしてるんなら、一応言っておくぜ。お前に行くところなんかないぞ。お前の経歴で受け入れてくれるのは、それなりの世界だけだ。そして、その方面なら、お前の居所なんて簡単に見つけられるんだ。わかるよな」

つい先日、鷹栖はポケットベルの呼び出しを無視し、会いに行こうとしなかった。これが北岡の逆鱗《げきりん》に触れ、夜中に奇襲をかけられた。寝ているところを寝房《カプセル》から引きずり出され、北岡が座るマッサージチェアーの前で正座して説教を聞く羽目になった。

十七歳か。こんな暮らしもそろそろ終わりにしたい。プラスチックの箱の中で寝そべった鷹栖はテレビをつけた。芸能人のはしゃいだ声がうるさかった。チャンネルを変え続け、ニュース番組が映ったところでリモコンから手を離した。

カメラの視界は、つづら折りとまばらな農家の風景を眼下に収めた後で、ゆっくりと山腹の傾斜面に振り向き、木造の大きな平屋の施設を見上げたかと思うと、どことなく周りの風景とは調和の取れないこの建物を舐めて、マイクを握った女性リポーターを捉えた。

〈三年前、東京渋谷でＬＳＤという幻覚剤を散布した疑いで強制捜査を受けていた宗教団体一真行《いっしんこう》は、新たなリーダー滑川孝則《なめかわたかのり》のもと、ここ和歌山県東牟婁《ひがしむろ》郡に新しい教団施設を建設しました。教団関係者は生まれ変わった証としてここに拠点を移したと説明していますが、地元住民の間には不安が広がっています〉

そうか、宗教か。教団施設の周囲を取り囲む高い壁を見ながら鷹栖は思った。ここならひょっとして……。


あくる日、鷹栖は図書館に出かけた。備え付けのパソコンを使って、一真行という宗教団体を検索し、新聞や雑誌の記事をめくった。翌日も図書館に籠もり、この団体についての知見を広めた。三日目にポケベルが鳴った。鷹栖は公衆電話から北岡の事務所に電話を入れ、面白い詐欺のプランを思いついたので、これをまとめるまで図書館にいると言い訳した。

「俺、家出しているんで利用者カードを作れないから、ここで読むしかないんです」

そう鷹栖は先手を打った。

「そうか、じゃあ楽しみにしてるぜ」

北岡は一応容認した。

それでも、手下がいちど、鷹栖が図書館にいるかどうかを確認しにやって来た。渋谷交差点LSD散布事件を一面に載せた新聞をめくりながら、少年は「けっこういい手口だと思いますよ」などと言って安心させた。

一週間が経った。

いける。そう踏んだ鷹栖は勝負に出た。


むかし万引きしたジャン・ジュネの『泥棒日記』とA4判のノート、とある老人ホームのパンフレットをリュックサックに放り込んで、それを背負うと夜明け前にカプセルホテルを出た。運よく受付にはまだ誰も座っていなかった。

尾行がいないのを確認して、新宿駅から東京駅に出た。北岡は飯も寝床も与えてくれるが、足抜けできないように現金はあまり持たせてくれない。それでも、考案した詐欺の手口で北岡を儲けさせた時、めずらしく褒美《ほうび》として三万円くれたことがあった。それを鷹栖は目減りさせずにだいじに持っていた。目的地までの乗車券と新幹線の自由席特急券を買うと所持金は急に寂しくなったが、たどり着けはするはずだ。

新横浜駅を出ると車両のスピードがぐんと上がり、やがて右手に富士山が見えた。雄大な山容に逃避行の不安が入り交じる。乗務員が車内改札に通路を歩いてきた。手にした切符と座席に座る少年をちらりと見比べたが、黙ってチェックを入れた切符を戻した。

新大阪から紀勢《きせい》本線というローカル線に乗った。大阪のごみごみした住宅街を抜け、やがてコンビナートが並ぶ沿岸が見え、見えたと思えばまた視界は線路沿いに並ぶ木々に閉ざされた。右に左に振り子のように揺れながら、列車は走り、走るにつれて、風景はどんどん田舎じみていく。やがて、松林をへだてて海が見えた。青い波が岩場に白く砕けて美しい。

三時間ほど揺られ、小さな駅で降り、そこから各駅停車に乗り換えてまた数駅ほど乗った。降り立った駅の改札には誰もいない。無人駅だ。下車した乗客は鷹栖ひとり。駅の近くに野ざらしのバス停があった。他にバスを待つ者はいない。喫茶店も自販機もない。駅舎に戻り、堅い木のベンチに座って『泥棒日記』を読みながらバスを待った。

乗り込んだバスの乗客は年寄りばかり。妙なイントネーションで話している。ところどころ意味がわからないが、遠くまで逃げてきた証拠のように思え、かえって慰めになった。道沿いに小さなスーパーがあるバス停で、ひとり乗ってきた。とたんに爺さん婆さんらのお喋りが止んだ。全身白ずくめで、上衣は筒袖の打ち合わせ、ズボンは裾がすぼまったものを着て、背には大きなリュックを背負った西洋人の女である。女はなに食わぬ顔つきで最後尾の横長の席に座った。そばにいた婆さんふたりが泡を食ったように立ち上がり、よろけながらも前の席へと移動した。運転手がマイクを使って、危ないですから走行中は席を立たないでください、とアナウンスした。次の停留所で、鷹栖は席を立って後方へ移動し、女が座る最後列の長い椅子に、すこし間隔をあけて座った。

女はだれとも目を合わさぬように、視線を床に落とし、じっとしていた。

ずいぶんと登った。道沿いに散点する民家もさらにまばらになった。やがてバスは埃っぽい小さな停留所に停まった。

女がリュックを前に抱えて立ち上がった。鷹栖は彼女の背中を追うようにステップを降りた。砂埃を残してバスが行ってしまうと、西洋人の女と鷹栖だけが、田舎道に残された。彼女は少年を見た。

あの、と鷹栖は口を開いた。そして車中でなんども口の中に転がした英語を発語した。

――イッシンコウハ・ドコニ・アリマスカ？

彼女は少年をまじまじと見た。

――ワタシハ・シンジャニ・ナリタイノデス。

彼女が英語でなにか言ったが、鷹栖には聞き取れなかった。ただ、ペアレンツという単語が聞こえた。ワタシニハ・オヤガ・イマセンと鷹栖は英語で答えた。女の英語に、ダイドという音声をなんとか捕まえて、両親は死んだのかという質問だなと見当をつけた。

――ワタシハ・オヤヲ・ステマシタ。ワタシハ・スベテヲ・ステマシタ。ソシテ・ココニキマシタ。

女はじっと少年を見た。鷹栖はポケットの中に突っ込んで引き出した手を、女の手の上に重ねた。一万円とすこしの金がそこに移った。

――コレハ・キシャデス。

喜捨《きしゃ》の英語はわからないので、そのままキシャと発音した。

女はうなずいた。

鷹栖は自分のリュックを前に抱え、地面に置かれた女のリュックを背負った。それはかなり重かった。そして、レッツゴーと促した。

道中で鷹栖は名前を聞かれた。ファーストネームはユージだと英語で答えた。ファミリーネームは捨てたと付け足し、鷹栖は女の名前を聞いた。

「ミシェル」

――ドコカラ・ニホンニ・キマシタカ？

USAからだと女は言った。英語を学びたいと思っていた鷹栖はこれはラッキーだと喜んだ。

一真行の門には報道陣の車が停まって、撮影機材を地面に置いた男たちが、キャンプ用の折りたたみ椅子に座り、ぼんやり煙草《たばこ》をくゆらせていた。鷹栖はミシェルと一緒に一真行の門をくぐった。

敷地内では信者の幼い子供が犬とじゃれ合うように遊んでいた。幼児は鷹栖の顔を見ると、にーっと笑いかけた。

玄関で靴を脱いだ。スリッパがなくミシェルは靴下のまま上がったので鷹栖もそれにならった。長い廊下を行くときに、同じ服を着た坊主頭の若い信者が前からやって来た。ミシェルは彼を呼び止め、鷹栖が背負っていたリュックを引き取らせた。

「御祖師様《おそし》を見かけた？」

なかなか流ちょうな日本語だった。

「いま食堂《じきどう》でお食事されてます」

「比丘《びく》になりたいという子が来ているので、お食事が終わったら、伽藍《がらん》に来ていただけるよう伝えてください。この子はユージ。ユージ、こちらは渡辺《わたなべ》さんよ」

渡辺という坊主頭はすこし驚いたように口をすぼめて鷹栖を見た。そして、親の許しを得ているのかな、未成年ともなると、いまうちは色々と厳しい目で見られているから、とミシェルに確認を求めた。鷹栖は、大丈夫です、親とはもう何年も会っていません、と言った。渡辺は、とりあえずそのまま御祖師様に伝えますと言い残して、長い廊下を反対側に歩いて行った。

広い畳の間に通された。奥には仏画が掲げられてある。極彩色で彩られたやたらと派手な仏様だ。ミシェルは鷹栖に、すこしここで待ちましょうと言って、腰を下ろしあぐらをかいた。鷹栖も尻を畳につけて待った。

年齢《とし》を訊かれ、十七歳だと答えた。美しい年齢だとミシェルは英語で言った。鷹栖は心の中で苦笑して黙っているしかなかった。

ひょろりとした男が渡辺を従えて現れた。鷹栖は北岡に説教を食らうときに倣《なら》って、正座しようとしたが、男はそのままでいいと言った。ユージ、こちらは御祖師様です、御祖師様、こちらはユージです、出家を希望してきています、とミシェルが紹介した。

「どこから来たの？」

「東京です」

「それは遠路はるばる来たね。で、またどうしてここに」

鷹栖は用意してきた答えを口にした。

「救済のためです」

祖師は珍答を聞いたように口元を緩めた。

「その救済というのは君の魂の救済なのかな、それともこの社会、世界の救済だろうか」

「社会の救済です」

自分だけが救われるよりも、みんなが救われると答えた方が正解だろうと鷹栖は考えた。しかし祖師は、困ったな、と苦笑した。

「まあ、いま僕らは教義による社会変革を目指していないんだ。前身の教団の時代に色々とあってね。多少は君も聞いているだろう」

鷹栖は膝の上に手を置いたまま黙っていた。

「それよりも個々人が精神的に変わることで、人類全体が世代を重ねるにつれ、社会も自《おの》ずとよいものに生まれ変わっていく、これが当教団の目下の方針だ」

鷹栖の胸中にふたつの思いが入り交じり、渦巻いた。ひとつは、これからしばらくは、北岡たちの勢力の圏外にある一真行に寝起きして、さらに食《く》い扶持《ぶち》も確保したいという魂胆である。ならば、まずは祖師に気に入られることが大事だ。しかし、どうにも祖師の言い分が腑に落ちなかった鷹栖は持

ち前の好奇心から、

「どのくらいの人数の人の心が変われば、自動的に世界はよくなるのですか」と尋ねた。

「それは大変難しい質問だね。君はどう思う？」

「わかりません。とにかく、ものすごくたくさんの人が一真行の信者になる必要があると思います」

確かにそうだよ、と祖師はうなずいた。後ろに控えていた渡辺がかすかに笑った。

「それと、ひとりひとりが変われば社会の救済ができるのでしょうか。人は自分が変われたことで充分満足してしまわないでしょうか」

「だから、ここで共同作業に勤《いそ》しむんだ。畑を耕したり、仲間と行動し、仲間に対して責任を取る大切さを知るんだ」

「責任を取るのは、仲間だけですか。仲間内の世界ででしょうか」

「いまのところはそうなる。僕らは部派仏教の伝統を引きつごうとしているからね」

部派仏教というのはよくわからなかったが、出家した人間だけを相手にしていたのでは、全員が出家しない限り社会規模の意識改革にはならないだろうし、そもそも全員が出家したら残された社会はどうなってしまうのだろう、そんなことを鷹栖が考えていると、面白い子だな君は、と祖師は言い、となりでミシェルもくすりと笑い、渡辺までもがニコニコした。

「ところでユージ君、高校はどうするんだ。この近くには、高校はないよ。小中学校が合わさった、全校生徒が三十人程度の学校があるだけだ」

「もとから高校は行ってませんが、勉強はできますか？」

「勉強がしたいのか」

「はい」

「じゃあ、なぜ高校に行ってないんだ」

「その前に中学もちゃんと出ていないんです」

「それはまたどうして」

「親が暴力を振るうので、家出をしていたんです。だから十四の時から出家しているんです」

祖師はそれは気の毒にと顔をしかめながら、口元には曖昧な笑みを湛《たた》えた。

「そうか。まあ勉強は君次第だ。信者の中には教員の免許を持っている人間もいるし、物理や歴史の専門家もいる。英語はミシェルに習えばいい。ここには年齢としては小学生も中学生もいるけれど、地元の学校には行かせられないから、ここで教えている。君も午前中は勉強をすればいい。教科書も揃えてある。確か、高校の教科書もあったよな」

あります、と渡辺が言った。

8　宗教サービス産業

カプセルホテルで寝起きしていた時とは打って変わって、早寝早起きの健康的な生活がはじまった。起きるとすぐに掃除と炊事を手伝い、皆と一緒に食事をし、その後、午前中いっぱいは勉強時間に当てる。基本的には自習である。信者の中には教員係がいるので、分からないところは彼らに聞けばよい。因《ちな》みに坊主頭の渡辺は元は社会科の教師で、大学では歴史を学んでいたのだそうだ。

午後は大人たちに交ざって農作業などをする。一真行の教義の勉強は夕刻からだ。正直言って、これは祖師の講話を聞くだけで、退屈だった。要するに、宇宙に遍在する根源的実体である真実は、さまざまな現れ方をするが、根本はひとつなのだということをなんども聞かされた。じゃあ、そのひとつってのはなんだという問いが当然浮かび上がるのだけど、それを摑むのが修行であり覚《さと》りなんだという。ただ、それ以上先へは進まない。

十四歳の時からヤクザの片棒を担いで、詐欺のアイディアをひねり出してきた鷹栖は、これはなかなかうまくできた商売だ、と感心した。目標設定が決して達成できないところにある限りいつまでも修行は必要で、修行する者がいる限り教団の経営は成り立つ、というわけだ。実際、一真行では出家した者は全財産を教団に喜捨することになっているから、鷹栖もここにやって来た時、ポケットに入れてあった一万二千三百四十五円を差し出した。そして、教団が農作で収穫した作物は在家信者にも通販で購入させているのだが、コストの大部分をなす労働力には修行という名目が付され、無償なのだ。

意外だったのは、身体運動をともなう呼吸法や教団独自の瞑想法で、これは気分転換に非常に役にたった。頭がすっきりし、勉強が捗《はかど》るのである。

鷹栖はミシェルを見つけると近寄っていき、英語で話しかけた。彼はとりわけ英語を熱心に学ぼうとした。

二十歳《はたち》になった時、分籍の権利を得た鷹栖は、内縁の夫に息子を殴らせるままにしていた母の戸籍から自分の籍を抜いた。と同時に、大学入学資格検定を受けてみたいと渡辺に打ち明けた。渡辺がそれを祖師に伝えると、受けてみなさいという返事があった。鷹栖が勉学のスジがいいことは一真行の教師チームでは知られていた。

鷹栖は一度、暇をもらって下山し、市街地にある高校で現役の高校生と一緒に大学受験の模擬試験を受けた。結果が届いた時に、それを教団施設の近くに住んでいる真砂《まさご》という教師に見せに行った。真砂はたびたび一真行を訪れて、信者と話をしていく変わり種で、教団のほうも最初は警戒していたが、最近は彼が差し入れる野菜や果物を有り難く受け取っている。

真砂家は一真行からさらに県道を登ったところにあった。玄関ですみませんと声を張ると、小学生のかわいい少女が現れて、父親を呼びに行った。着流しで現れた真砂はよく来たなと言ってあげてくれた。ジュースを飲むかと訊いたあとで、あれ、そちらの教義ではよくなかったっけと後を付けた。

鷹栖はぜひ飲みたいと答えた。女の子がカルピスを出してくれた。模試の結果を見せて、大検を受けたいのだけれど、受かるだろうかと聞いたら、まず大丈夫だと太鼓判を押してくれた。また、分からないところがあれば、学校に来たら教えてやるとも言われた。

果たして、大学検定はなんなく通った。鷹栖をこれからの幹部候補として大学に行かせてはどうかという話を渡辺が祖師にしてくれた。祖師に呼ばれた鷹栖は、学費は出してやる、その気はあるか、と訊かれた。鷹栖は一晩考えて辞退を申し出た。修行中の自分はいま教団から離れたくない。しかし、勉強はしたい。できれば通信制の大学の学費を出してもらえないかと言った。感心だと祖師は褒《ほ》めた。通信制の大学では、主に経済の教科を中心に履修した。鷹栖はよく学び、特にミシェルにまとわりつくようにして英語をみっちり学んだ。

一方、一信者として教団を見てきた鷹栖は、この永遠に続く修行システムはある種の詐欺だという当初の確信をさらに固めるに到った。

宇宙の根源的実体なんてわかるはずがない。極端に言えばわからないでもよい。しかし、目標は消えることがないので、修行は続く。修行が継続する限り、在家信者から金が教団に入り続ける。これが詐欺システムの大枠である。

だとしたら、在家信者に対して、修行のサポートアイテムをもっと効率的に売った方がいいのではないか。例えば、水。〈浄水〉と称して在家信者に販売している水はこのあたりの湧き水を貯めた貯水槽から引いている水に過ぎないことを鷹栖は知ってしまった。それを御祖師様が魂《たま》入れしたものであるとして、在家信者に大変な値段で売っている。これは、むしろもっと安くして大量に売る方がよい。他には数珠《じゅず》。出家信者が手作りした上で御祖師様が一度使ったという触れ込みで売っている数珠はもっと高くてよい。そして出家信者の手作りはやめて、業者から仕入れたものをパッケージを変えて売る方が利ざやは大きくなる。但し、こうなると仕入れの証拠が残るので課税対象として追及される可能性が出てくるが、この対策についてはまた考える。

年に数回、在家信者がこの教団施設を訪ねて解脱《げだつ》に向けてのセミナーを行うのもいい。その時に留意するのは、かならず参加者を健康にして都会に戻すことである。規則正しい生活の中で、煙草や酒を禁じ、毎度の食事には化学調味料を使っていない自然食野菜をたっぷり出す。山のきれいな空気を吸わせ、そして都会の水道水よりはるかにきれいな水、つまり〈浄水〉を飲ませる。その上で、瞑想やヨガを取り入れた呼吸法も施す。当然、大抵の者は健康になる。健康を喜ばない人間はいない。ここぞとばかりにそれは信仰の力ゆえのことだと喧伝する。結果、信者の信仰心は増す。つまり、まず満足を与え、代わりに信仰を得る。そして、修行の段階を細かくグレーディングして、より高いステージに登るよう教材やアイテムを売っていく。

鷹栖は企画書をまとめ、価格設定案も添えて渡辺に渡した。数日後、鷹栖は祖師に呼ばれ、当教団は健康食品の通信販売会社ではないと説教を食らった。それでも、鷹栖は食い下がった。

「しかし、御祖師様、これから人はますます都市に住むようになります。もちろん都市文明を容易に肯定するわけにはいきませんが、この流れは止められないという前提で申し上げたいことがあります」

横で聞いていた渡辺がかすかにうなずいた。

「まあいい。言ってみなさい」

「都市の人間は、孤立した生活空間で生きています。そこから、テレビとかラジオなどで、このような宗教の情報にも触れていきます。実際に僕はテレビのニュースで一真行を知って出家を決意しました」

「それで、なにが言いたい」

「以前の僕のような都市の人間にとって重要なのは、集団的な実践よりも個々人に満足がもたらされることなのです」

「それはそうだろう。入信する時にも話したように、いま我々は大きな社会変革を望んでいない。ひとりひとりの修行を通じて世界を変えることを目指している」

わかってないな、と鷹栖は祖師がもどかしかった。

「いや、私が申し上げたいのは、一真行はもっと個人のニーズに応えていかないと、新しいなにかに取って代わられるのではないかってことです」

「その新しいなにかとはどういうものだ」

「私たち一真行は〝古くて新しい仏教〟だと謳っています。でもこれからは仏教でもなんでもない、けれどどこか宗教ではあるようななにかが、人の心を慰めていく可能性があるんじゃないでしょうか」

「しかし、そんなものが果たして宗教として本当の力を持ち得るのかな」

「確かに仰《おつしや》るとおりです。例えば、死です」

「死?」

「ええ、死は必ず誰にも訪れます。それに対しての備えは誰にでも必要です。つまり需要がある。けれど、人が死を受け入れるためには、死を語る側や、見送る側にそれ相応の厚みがなければなりません。ですから、ここに我々のチャンスがあると考えるべきです」

そう言った当人は、死への懐疑と畏怖《いふ》を梃子《てこ》に金を生むことだけに熱中し、自分の生死の問題について切実に考えたことがなかった。

ビジネスマンのような口を利くね、と祖師は笑った。

「ええ、私の役割はこの山中《さんちゆう》で修行をしつつ、下界の視点を提供することだと思っています。教団が末永く発展していくためには、浮き世に生きる人の心を捉える必要があるのではないでしょうか。お布施は本来心から差し出すものかもしれませんが、実際はそれに見合うだけの満足の対価として支払われるという側面も考えなければなりません」

祖師は黙った。

「つまり、宗教的な集会や講座も、参加者が満足を得られるようプログラムを見直すべきだと思います。満足に応じて参加費を変動させることも必要でしょう。さらに、満足に加え、不安というスペックも加味していく必要があると思います。修行に励むことによって救済されるという教えとは逆の方向性、つまり修行を怠《おこた》ると救済されない、という不安についても語りながらお布施を促していくわけです」

祖師は重いため息をついた。鷹栖はなおも言い募った。

「形骸化した日本の仏教に異を唱え、解脱に向けて修行する原点に立ち返ることは素晴らしいと思います。しかし、それだけを目指すのなら、それはあくまでもエリートの哲学であり、在家信者の制度を取るべきではないと考えます。我々は在家信者に対して宗教サービス業をおこなっているのだ、ともっと強く自覚するべきです。それによってのみ我々は、下界から隔たったこの山中で、宗教的空間と時間を守ることができるのではないでしょうか」

祖師の表情は厳しかった。特に鷹栖が宗教サービス業という言葉を使ったときには、こめかみが震えていたので、さすがにギョッとした。しかし、頭ごなしに叱りつけるようなことはない。実際、一真行は自給自足を目指していたが、実態は在家信者からのお布施によって回っていた。確かに無農薬野菜を作ってこれは教団内で消費し、余った分は信者に買わせていた。ただ、米については、米作をしていないので、買う必要があった。衣服もすべて自分たちで作るというわけにもいかなかった。電気は、信者のひとりがバイオマス発電のシステムを開発し、それで賄《まかな》っていたが、電力が足りなくなってよく停電した。水も村の貯水槽から引かせてもらっていたが、分担金を払った上でのことである。

暖房も必要だった。緯度は本州の最南端に近かったが、山岳地帯に位置するこの場所は冬は冷え込むので、山林を持っていない教団は、ストーブにくべる薪《まき》は購入しなければならなかった。そのための資金は、無農薬野菜の販売か、在家信者からの布施か、修行をサポートするための物品を売ってこしらえるしかなかった。教団がサービスを提供し、それに対して信者から金銭が支払われるという構造は否定しようがない。しかし、誰もあからさまに口にしないところを、鷹栖が露骨に指摘し、さらに次々と改革案を提出した。

祖師の教えは毎月ブックレットにして在家信者に宅配しましょう、これは安定した定期収入になるはずだ。さらに、今後は海外にも布教するべきです。通信制の大学の授業で知ったのだが、西欧には伝統的に東方趣味というものがある。このオリエンタリズムという語は、主に中東文化に対する憧れを意味するようだけれど、いまはさらに東も対象となると考えられる。たとえ彼らが仏教に改宗しなくても、〈お試し〉の体験修行によるビジネスの可能性は充分あるだろう、とまで言って、また祖師の顔を曇らせた。

結果として、鷹栖の提案はすべて、ある程度抑制する方向でアレンジを施された上で、受け入れられた。その後も鷹栖は教団の収支の安定化に貢献するという名目でさまざまな提案書を書き、その中のいくつかが実際大いに役立った。教団の収支状況が改善されると、鷹栖は簿記の一級を取った。さらに二年後に税理士の免許を取得した。

鷹栖が教団の経理を任されるようになった一年後に、国税局から査察官がやってきた。この時に鷹栖が応対し、いくつか注意を受けるだけで事なきを得た。この後、鷹栖の案で教団の財産を地下に隠すことになった。このことを知っている者は祖師と渡辺と鷹栖のみに限られた。

次第に、教団運営において、祖師らはアーチスト、そして鷹栖はプロデューサーという分業体制ができあがっていった。鷹栖は村落共同体との軋轢《あつれき》の緩和にも乗り出し、真砂先生を介して地元の行事や寄り合いにも顔を出すようにしていった。また、運転免許を取得し、教団のバンに乗って地方銀行に融資の相談に出かけることもあった。旅行代理店と組んで瞑想ツアーも企画した。この流れの中で、海外布教に役立てるためと称して、旅行代理店を通じて主にアメリカとヨーロッパの情報を収集し、パスポートも取得した。

このような鷹栖の活動に、祖師は当初「拝金主義が過ぎるな」と嫌味を言っていたが、その度に渡辺が「ひとりくらいはああいうのがいてもいいでしょう」と庇《かば》ってくれた。やがて、祖師もなにも言わなくなった。

ミシェルはいつも鷹栖の出す提案に、暗い顔をして口をつぐんだ。意見を求められると、私は賛成できないと言って首を振った。まるで、祖師の苦言の上にミシェルの意見があるようで鷹栖は気分を損ねた。どことなく聞こえてくる祖師とミシェルが〈不適切な関係〉にあるという噂も彼の心をざわめかせた。

しかし、否定的な意見とは裏腹に、機会を見つけては熱心に英語を学ぼうとする鷹栖をミシェルは可愛がった。

鷹栖は年が二十も離れているミシェルにあこがれを抱いていた。英語を母語としていること、アメリカの国籍を持っていること、さらにボストンに生まれ育って大学に通い、卒業後はニューヨークで国連に勤務していたという輝かしいキャリアもその対象になった。

加えて、彼女の美貌が鷹栖の心を刺激した。大食堂で信者たちがめいめいの盆を持って席に着く時、鷹栖はミシェルの見える位置に腰をおろした。皆で読経をするときに、鷹栖の耳はその合唱の中にミシェルの声を聞き分けた。鷹栖は夜中に起き出すと教団施設の裏手に回り、そこに茂る草むらに白い体液を放出する利那《せつな》、彼女のなまめかしい姿態を思い描いた。

しかし、華々しいキャリアを持つミシェルはなにを好きで、日本のこんな辺鄙《へんぴ》なところでこんな暮らしをしているのだろうという疑問が、年齢《とし》を重ねるにつれ、鷹栖の中で育っていった。

「国連という組織はあまりに巨大で複雑すぎた」とミシェルは言ったが、その説明は鷹栖を納得させるものではなかった。

国連が巨大なのは、働く前からわかっていたはずだ。組織が大きくなれば複雑になるのも当然だろう。それに国際平和という大きな目標を掲げているからこそ国連は巨大組織でなければならないのだ。それに比べれば、人類の救済という負けず劣らずの高い目標を掲げながら、〈浄水〉という名のただの湧き水や無農薬野菜の通信販売に勤しんでいる一真行が、ミシェルにどんな満足を与えられるというのか。

「国連はね、巨大な利権がものすごい勢いで衝突を繰り返しているところよ。そんな現場に身をさらしていると、国際平和なんて遠くに浮かぶ蜃気楼《しんきろう》のような気になってくる」

けれど、大いなる目的地への道が一直線の舗装路のわけがない。ミシェルが退避した理由は鷹栖にとってかえって強い誘惑になった。

「世界を平和にする前に、自分が平穏でいたいという気持ちが抑えられなくなったのよ」とミシェルは言った。

なるほど、それなら一真行の方針と合致する。

「だからいったんエスケープして、長い旅に出た。インドから中国、東南アジアをぐるりと回ってニッポンへ」

「で、日本が気に入った」

「というか、ファーイーストで行き止まり」

ミシェルのくちぶりには自分への揶揄《やゆ》の調子があった。

「仏教への興味は？」

「話すと長くなるけれど、世界を席巻しているのは、一神教の原理じゃないかって思いがあった。国連で激しく蠢《うごめ》いているものの正体も突き詰めていけば、それだと感じたわけ。そこからズレたかったのね。そうすることで世界を見直そうと思っていたんじゃないかな」

鷹栖は首を傾《かし》げた。ミシェルは笑った。

「ごめんごめん、こんな説明の仕方じゃわからないわよね」

わからない、と鷹栖は言った。

「ユージ、この話は知っている？　人間はね、知恵の樹の実を食べてエデンという楽園を追い出された」

「聖書の話でしょ」

ミシェルはうなずいた。

「知恵の樹の実を食べることによって、人間は善と悪というバイナリーな思想を持ってしまった。物事を分けて分類する。これが一神教をバックグラウンドに持つ西洋人の、世界のとらえ方の基本的姿勢なの」

「でも、西洋は発展したじゃないか」

「そうね。切り刻んで名付けることによって世界を捉える科学的な世界観を持った。それで躍進していったわけ」

「それは悪いことじゃないはずだ。だって、キノコだって食べられるものと毒キノコを分けないと死んでしまうだろ」

「たしかにそれはそうなのよ。ただ、そういう世界観が地球上の隅から隅まで広がっていく。それがなんとなく怖かった。その大きな波が届いていない場所に行きたかった」

ふたりは一真行の敷地に置かれたベンチに座って、庭を眺めていた。子供がひとり大きな犬とじゃれ合って、土の上を転げ回っている。マサアキという子は鷹栖がここに来たときにも、ああして犬と遊んでいた。あいつも大きくなったなと鷹栖は思った。マサアキはしきりに犬と話している。お前、なんで俺の舌が赤いかわかるか？　山に登ったときに桑の実を食べたからだ。お前も食べたいか。そうか、食べたいか。じゃあ行くか、いまから。よし行こう。マサアキは犬を連れて、門を出て行った。マサアキが犬に語りかける声が小さくなって、木々の葉のざわめきの中に消えた。

「あの子の世界では犬と人は区別されていないわね。あえて言えばあの子にとっては犬もヒトなのよ」

ミシェルの口ぶりは満足そうだった。馬鹿だからだ、と鷹栖は心の中で吐き捨てた。実際、マサアキはすこしおつむが足りないんじゃないか、と疑っていた。ミシェルが求めていた、東洋的な知のあり方ってのは、まさかこんなものじゃないはずだ。

「一真行を選んだのは？」

ミシェルはちょっと考えて、

「小さくてピュアな感じがしたからかな」と言って、「――馬鹿みたいな理由よね」と後を足した。

確かに、そんなものが理由になるのなら、俺の提案に顔をしかめるはずだ。そう鷹栖は鼻白んだ。

「日本は伝統的な仏教が悲惨なほど形骸化している気がした。それに比べたら、一真行は前身の一真行がやった愚行の反省も踏まえて、真面目にやっているように私の目には映った。和歌山に施設を移すって話も、八咫烏《やたがらす》が飛んでいそうな熊野古道を歩いて感動した私には魅力的に思えた。――こんな風に理由を並べていくと、ユージが言うように、私の個人的な需要にうまくサービスしてくれたから気に入っただけなのかもしれない。厳しさが足りないわね。そろそろ限界かな」

そう言ってミシェルは自嘲気味に笑った。

二人きりになったときの会話はいつも英語だった。鷹栖が英語で難儀するとミシェルはときどき日本語で話そうよと誘ったが、鷹栖は英語での会話を押し通した。おかげで鷹栖の英語力はかなりのレベルに達していた。

鷹栖が通信制の大学をきわめて優秀な成績で卒業し、TOEFLのスコアが百点を超えた一月《ひとつき》後、ミシェルは在家信者として生きると祖師に打ち明けた。祖師はボストンに布教の拠点を作るから、そこの執事という立場で教団組織にとどまって欲しいと慰留したが、彼女の世俗に還る意志は固く、そのポジションはむしろ彼にうってつけだと、鷹栖の名を挙げた。しかし鷹栖は、ミシェルの推薦には皮肉が混じっている、と思った。というのは、鷹栖の度重なる改革で、一真行はますます健全な宗教サービス業者の性格を強め、組織内には、経済システムが、周辺ののどかな村落よりもむしろ強烈に起動しはじめていた。もはやミシェルにはここにいる理由がないことは鷹栖にも理解できた。彼女がここを去る原因は、自分がここでなしとげたことにある、と鷹栖は自覚した。

ジーンズとアノラックに着替え、バックパックを背負って、朝一番のバスに乗り込むミシェルを信者たちが停留所まで見送りに出た。もちろん、鷹栖もみなに交じって、紅く染まりはじめた山のつづら折りをバスが曲がって見えなくなるまでその影を眺めていた。

午後、執務室でぼんやりしていると、ふいに電話が鳴り、鷹栖が取った。ミシェルからだった。執務室の本棚に忘れ物があると言われた。確かにジャック・ロンドン《Jack London》という作家のペーパーバックが残されていた。送り先の住所をメモろうとペンを取った鷹栖の耳にミシェルがささやいた。

「大切な本なの。届けてくれる？」

鷹栖は自分で仮払い伝票を書いて印を押し、金庫から一万円を抜いてポケットに入れた。それを独断で行う権限が鷹栖にはすでにあった。鷹栖は修行衣のままバスに乗った。久しぶりに下界に降りて無人駅から各駅停車に揺られた。白浜駅で降り、そこからはタクシーを使った。タクシーは海に臨む立派な観光ホテルの車寄せにつけた。エントランスエリアの内線電話を取って、教えられた部屋番号を押す。出るとこちらが名乗る前に「上がって来て」という声が聞こえた。

ドアはすでに開け放してあった。後ろ手に閉めると、窓際のひとり掛けのソファーに座っていたミシェルが立ち上がった。向かい合って、鷹栖がジャック・ロンドンを差し出すと、ミシェルは受け取ってすぐそれをベッドの上に投げた。そしてじっと鷹栖を見た。鷹栖は自分がここに来た理由を理解した。そして、ミシェルの腕を取ると引き寄せ、抱きしめ、唇を重ねた。互いの意志の齟齬《そご》がないことが確認されると、唇と舌の動きが激しくなった。いったん身体を離すとミシェルは自分で服を脱ぎはじめた。鷹栖も修行衣のホックを外した。裸になったふたりはベッドに潜り込み、肌を合わせ、交わった。鷹栖はあっという間に果てて、またすぐに回復し、彼女の中に入って動いた。

汗で湿った身体を離して仰向いた時、部屋はほの暗く翳《かげ》り、夕陽が差し込んでいた。足の指先が異物に触れ、手を伸ばすとジャック・ロンドンだった。ベッドの中でもみくちゃにされて、妙な具合にあちこちのページが折れ曲がってしまったペーパーバックが毛布の中から救出された。それを見てミシェルが笑った。

「あげるわ」

鷹栖はナイトテーブルにそれを置き、このホテルに到着したときに抱いた疑問を口にした。

「一真行に入るときに手持ちのお金は全部喜捨《ギフト》したんじゃなかったの？」

ミシェルに与えられた現金はボストンまでの格安航空券がやっと買えるだけだと聞いていた。

「キャッシュはね。トラベラーズチェックはそのまま持っていたから」

なるほどと鷹栖は思った。

「ユージ、あなたいまいくつ？」

鷹栖の背中に顎を乗せてミシェルは訊いた。二十四になったよ、とベッドの上で腹ばいになったまま、鷹栖は答えた。

「七年たったのね。あなたがあそこに来た時はたしか、十七歳だったから」

時は矢のように速く飛ぶ。鷹栖は〈光陰矢のごとし〉を英語で言った。

「一真行に来た時、あなたは救済を求めて来たんだと言ったの。覚えてる？」

はっきり覚えていた。

「あれは本気だったの？」

うつぶせていた身体を返すと、鷹栖はミシェルの青い瞳を見つめ、イエスと言った。

「ただ、僕の救済は祖師が目指しているようなものじゃなかった」

「そうね。あなたと逢ったときに私はそう直感した。ここはこの子が来るべきところじゃないんじゃないかって」

「そしていまも思ってるんだろ」

ミシェルはうなずいた。

「でも、僕はあの時どうしても一真行に身を寄せる必要があった。それまでの人生にピリオドを打たなきゃならなかったんだ」

9　あるところからないところにちょっと移す

「離婚した母親が新しく作った男は性質《たち》が悪くて、よくそいつに殴られてた。それも面白半分に煙草の火を手の甲でもみ消されたりするんだからたまらない。ある日、手加減なしに失神するまで痛めつけられて、このままだと殺されるなと思い、十四歳の夏に家に帰るのをやめた。

学校？　ああ、いちど相談したことがある。大学出たての若い女教師が家庭訪問に来て、僕の顔にできたアザのことを話題にした。そして、まさか家庭内で暴力が振るわれてるなんてことはありませんよねって尋ねた。情夫はその時はわざとらしく驚き、よそ行きの顔でとんでもないなんて誤魔化した。それで、教師が帰るやいなや、それこそ気がちがったみたいに暴れ出した。こっぴどくぶちのめされて、気絶した後もさんざん殴られたり蹴られたりしたから、心底怖くなって、それからはもう学校はあてにしない、二度と家にも戻らないと決めて、友人の家に泊まらせてもらったり、公園のベンチで寝たりしてた。

けれど、東京の気候は年から年中野宿できるようなものじゃない。闇に染みわたる寒気が心底身体に応えはじめたころ、夜をやり過ごす屋根がどうしても欲しくなった。数日間ろくなものを胃袋に入れてなくて、ポケットにはコンビニで菓子パンを買う小銭さえなかった。とにかく、切実に僕は、なにか食って寝床を確保する必要に迫られていたんだ。

　住宅街の立派な一軒家から婆さんが出て来て、家の前に横付けされたタクシーに乗り込むのを見届けてから、僕はその家の窓ガラスを割って、空き巣に入った。台所の窓から身体をくぐらせ、中に入って流しを見ると、洗い物が水に浸けてあった。その食器の量から、独り暮らしだなと判断した。

　台所を出ると、広い和室に抜けた。壁沿いに、大きくて立派な桐の簞笥《たんす》が置かれ、この居間の中央を、一枚板で削り出された重そうな座卓が占めて、これに分厚い紫色の座布団が添えられていた。卓上に載っていた小冊子を見ると、それは老人ホームのパンフレットだった。

　このパンフレットや調度品の趣味から、年寄りの独り暮らしだと僕は見当をつけた。ページをめくると結構な数字が並んでいる。こんなところへ入居を検討しているのなら、それなりの金持ちにちがいないと思った。

　簞笥に近づいて、引き出しを開けると、虫除けの強いにおいがして、和紙に包まれた着物の下から茶封筒が出てきた。中には一万円札で二十枚あった。

　あるところにはあるもんだ、としみじみ思った。半分の十万円を抜いて、尻のポケットにねじ込んだ。そのとき僕は、あるところからないところにちょっと移したんだ、と自覚した。そして、このアイディアは悪くないと考えた。

　以来、これが僕の行動原理になった。**あるところからないところにちょっと移す**、それが可能な時にはためらわず実行する。可能でない場合は、知恵を絞って可能にしていく。そういうことだ。

　ともあれ、桐の簞笥から僕のポケットに移動したこの金のおかげで、その夜は、久しぶりにまともな飯にありつくことができた。次は屋根をどうするかだ。中学生がひとりでビジネスホテルに泊まろうとすれば、補導され、警察に突き出される可能性が高い。留置場に放り込まれるのならいいけれど、あの狂った情夫のいる家に戻されるのだけはなんとしてでも避けたかった。金さえ払えばここなら泊めてもらえるんじゃないかと思い、繁華街にある古ぼけたカプセルホテルを覗いてみた。やる気のなさそうな爺さんが、フロントで手元の小さなテレビを眺めている。五千円札を突き出すと、僕のことなど見もせずに、釣り銭と鍵を投げるように寄越してくれた。

カプセルの中に身体《からだ》を入れると、外気を遮断してくれる密閉の箱が頼もしかった。背中が痛くならない寝床は有り難かったし、寝転ぶとちょうど目の高さに位置するテレビは贅沢品の輝きを放っていた。館内にある大きな風呂に浸かると、身体だけじゃなく、心までほぐれるようだった。知ってるかな？　日本の年寄りはバスタブに深く身を沈めて『あー、極楽極楽』ってつぶやくんだ。実際、この時の僕は、パラダイスとはこのことだなと実感したよ。

けれど、十万円ぽっちじゃ、こんな暮らしはそう長く続けられない。しかたがないから、僕はまた空き巣に入ることにした。けれど、玄関にホームセキュリティのステッカーが貼ってあったり、施錠が完璧で、ガラスを割っても窓が開かないこしらえが施されてあったり、入ったまではいいけれど、肝心の現金が置いてなかったりして、ことごとく不首尾に終わった。また、あちこちで侵入をくりかえしたもんだから、近辺に警官がうろうろしはじめたんだ。金も底をつき出して、僕は焦りだした。そして、焦りが、もう一度あの婆さんの家に押し入ろうと僕に決心させた。桐の箪笥の中の茶封筒に、残してきた十万円がそのまま眠っていることに賭けるような気持ちが固まった。

ところが、その家の前で、中から出てきた婆さんと鉢合わせになっちゃったんだ。僕は目をそらして素知らぬ顔で通り過ぎようとした。けれど、婆さんは『ちょっと』なんて僕を呼び止め、手招きするんだよ。

『どこ行くの。変な子ね。おやつがあるわよ、入りなさい』

変なのはそっちだろと思ったんだけれど、なんとなく誘われるままに、こんどは玄関から上がった。前に侵入したときに割った窓ガラスはきれいに修理されていた。婆さんは急須から湯呑みに茶を注ぎながら、あれこれ僕に話しかけてきた。面白いことに、適当に答えていくと、それなりに自然な会話ができあがっていくんだ。

『学校はどう?』

『まあまあかな』

『成績はどうだったの』

『音楽以外はみんな一番だった』

『あら、それは感心ね。お父さんはあいかわらず忙しいの?』

『毎晩帰ってくるのが遅い、日曜日は大抵寝てる』

『まあ、健太《けんた》が大学出るまでは頑張ってもらわないとね』

つまり、俗な日本語で言えば、ボケてたんだ。英語ではなんて言うんだ、年寄りが息子を自分の夫と間違えたりするのは。耄碌《senile》する?　ちょっと待って、メモっておく。

それで、羊羹《ようかん》とお茶をご馳走になって、帰りがけには、『お母さんには内緒よ』って小さな封筒に入れて一万円小遣いをくれたので僕は驚いた。婆さんの孫になりすましてここで暮らそうかとさえ思ったほどだ。けれどそれはあまりにも危険だな、とカプセルホテルのサウナで考え直していると、隣で汗をダラダラ流して座っているヤクザふたりの会話が耳に入ったんだ。

『アトピーよりもダイエットの方がいいんじゃないか』

とでっぷり太ったボスが言えば、

『ダイエットはよく研究されているから、科学的に効きますって宣伝の嘘がすぐバレちゃうんですよ』

なんて眼鏡の子分がやりとりしてる。どうやらあやしげな健康食品を売りつける計画を練っているらしかった。僕は思い切って声をかけた。

『なにも売らなくても、銀行口座だけ用意してくれれば金は手に入りますよ』

そのヤクザは、そいつは北岡って名前だってあとで知ったんだけど、暗い目で睨みつけてきて、なに聞き耳立ててやがんだこのクソガキがっ！　って凄んだ。そのくせ、僕がすみませんと首をすくめて出ようとしたら、『まて、一応聞かせろ』と引き留めた。でも、これ以上、サウナに入っているとのぼせ上がっちゃいそうだったので、僕は、『とりあえずやってみましょう』って言って、翌日、例の婆さん家《ち》のチャイムを鳴らした。

あらよく来たわね、とまた上げてもらった僕は、進学塾に行きたいんだって、相談を持ちかけた。けれど、授業料が三十万ほどかかる。お父さんやお母さんは、成績がクラスで一番になったら行かせてあげるって言ってたんだけど、僕二番だったのって涙ぐんで見せた。そしたら婆さんは、出してあげるよ、ともう即答だったね。『勉強したいなんてエラいじゃないの』って目頭をハンカチで押さえてた。これは短期決戦に限ると思い、タクシーを呼んでもらって、駅前の支店に婆さんを連れて行き、ＡＴＭで振り込ませた。

『驚いたな、本当に振り込んできやがったぜ』

事務所に行くと北岡が唸るように言った。そして、近くにいたあの眼鏡を捕まえて、

『おい、認知症のジジイやババアの名簿って手に入らないか』

『うーん、それは難しいですよ』

なんてやっているから、

『認知症じゃなくたって、電話をかけて、振り込んでくれ、と言えば振り込むんじゃないですかね』って具合にブラフをかけてみたんだ。

するとね、北岡はがぜん興味を持って身を乗り出してきた。そこで僕は、そのアイディアがうまくいったら、住むところを世話してくれませんかって訊いてみた。北岡は、なんだお前家出してるのか、と言った。ヤクザが家出少年を警察につき出すとも思えなかったので、そうですと答えた。北岡はアパートを世話するのは難しいけど、あのカプセルホテルは俺が仕切ってるから、自由に寝泊まりしていい、飯もお前がそこの食堂で食うくらいなら、面倒見てやるって言った。これで少なくとも僕は、飯と寝床の心配をする必要がなくなった。

さて、僕の台本の一番重要な点は独り暮らしの老人を見つけるってことだ。すべてはここからはじまる。金は持っているけれど、息子夫婦のような相談相手が身近にいないことが肝心だ。そんな老人に息子を装って電話をかけて、会社の金を紛失して困っているとか、痴漢に間違われて示談にしないとまずいんだけど、ことがことだけに、家にも会社にも相談できない、このままだとクビになるって具合に、とにかく親に泣きついて、年寄りがこれは大ごとだってパニクっているうちに、さっさと振り込ませちゃうわけさ。そんなことがうまくいくのかって？　いってなければ、僕は公園のベンチで凍死してたよ。

北岡に重宝されて、僕は手元に置かれた。カプセルホテルで暮らしながら、この手の詐欺の綿密な計画を作って、またそれにすこしずつ改良を加える役割を受け持った。この三年間は、自由にカプセルホテルを使えて、そこの食堂で食べるぶんには、これもフリーだった。〝大猟の日〟には小遣いをもらえた。それで外でご飯を食べたり、映画を見ることもできた。そんな金もないときは、図書館に行って本を読んだりしていた。

良心？　そうだなあ、痛まなかったと言えば嘘になる。けれど、僕は親に愛されたという実感がないままに育ったからね。だから、子供や孫がちょっと困っていると言えばポンポンと金を出す親が不思議でならなかった。いや、もっと言えば、それは素晴らしい行為だと思った。だから、こう考えることにしたんだ。確かに失った金は惜しいだろう。だけど、その金で家族の絆を確認できたんだから、まったくの無駄金ってわけでもない、ってね。詭弁《きべん》と言われればそれまでだけど。

と同時に、**あるところからないところにちょっと移す**のはいいことなんだって実感が、むしろ強まった。実際に詐欺の現場では、北岡みたいな金主《きんしゅ》の下でプレイヤーとして働いていたのは、ほとんどどこにも行き場のない連中だったしね。ちょうど僕がそうだったように。

つまり、**あるところからないところにちょっと移す**、これが僕の救済なんだ。渋谷期の一真行は薬物を使って救済の感覚を植え付けた。それはまがい物だったと祖師は言い、いまの一真行は、勤勉な修行プログラムによって魂の救済を目指すんだって言ってる。それもいいと思う。でもさ、個人が深く瞑想し、覚《さと》りの境地に達してそれが救済になるってのは、才能のある奴とない奴との間に線を引いてしまうんじゃないかな。渋谷期の一真行が人気があったのは、誰でも光を見られたからだよ。誰もがわけへだてなく簡単に救済されたことが魅力だったんだ。もちろん、それはＬＳＤを使ってのものだったんで法律に引っかかり、また祖師は祖師で、違法性うんぬんよりも、そもそもそんな救済はインチキだって言って退ける。で、僕はね、ＬＳＤじゃなくて金《かね》を使った救済をしたいんだ。金は才能のある奴とない奴との間に線を引くことはない。例えば、一時間瞑想してなにも覚られない僕の一時間と、祖師の一時間との間には大きなギャップがある。けれど、金はそうじゃない。一万円もらえれば一万円の救済が施される。ここがいい。もちろん、僕が北岡の下でやったことは違法だ。だけど合法に金を配布するシステムを作れれば、なんの問題もない。とどのつまりは、僕が目指す救済プログラムは個人じゃなくて、社会の救済なんだ。世俗的な救済ってことなんだ。で、そのために、**あるところからないところにちょっと移す**しくみをこしらえるのが僕の修行なんだと心得てるんだよ。

こんな僕をミシェルが軽蔑してるのは知っている。一度言われたことがあるよね、ユージには信じがたいものを信じるっていう意志はあるのかって。正直に言えば、僕は、あの世とか覚りの境地のような、そんな遠い世界には興味がない。ただ人のやさしさは信じたいと思っている。もっといえば人が作ったシステムに宿るやさしさみたいなものをね。そんなものなんかないって言うのなら僕が作ってやるって思っているんだ。簡単に言えば、だれもがあのパンフレットにあった老人ホームに住めるような社会のしくみをね」

無垢《むく》から遠くへだたったところにうち捨てられてしまった青年期をベッドの中で告白した後、鷹栖祐二は、もう一度ミシェルの身体に腕を巻き付けると、彼女を強く抱きしめた。そしてまた上になり、中に入った。この行為がミシェルを愛しているが故のものなのか、がむしゃらにやさしさを求めていたからなのか、自分でもわからなかった。ただ、犯罪で汚れた過去を打ち明けた後で、もういちど、彼女が肉体的に受け入れてくれるかどうかは彼にとって重要だった。それは甘えであり、やさしさの希求であり、救済だった。薄く開いた唇から漏れるミシェルの甘い声を聞くと彼の心は慰められた。

身体を離した時、ヘッドボードに埋め込まれたデジタル時計を見て、いけないもうこんな時間だ、と鷹栖は飛び起き、修行衣を着た。そして、ナイトテーブルからジャック・ロンドンのペーパーバックを取るとポケットに入れた。ミシェルは裸のままベッドの中から鷹栖をじっと見つめていた。

「ユージももうすぐよね」

ミシェルがつぶやいたこの言葉の意味が彼にはよくわかった。しかし、返事はせず、黙って部屋を出た。前から聞きたかった祖師との〈不適切な関係〉については聞きそびれたが、もうそれはどうでもいいと思えた。

ミシェルが残していった寂しい秋はやがて凜とした冬に変わり、山の木々を裸にした。固く冷たい冬が来て、そして寒さが緩み、枝々はまた緑の葉をつけはじめた。緑は勢いを増し、湧き出す汗が修行衣に染《し》み透る炎暑となり、みなが暑い暑いと言っているうちに、やがて暑気もほんのすこし落ち着いた九月となった。

ある日、鷹栖は農作業から離れひとり館内に戻ると、地下室に降りて、金庫に隠していた二千万円を自分のリュックに詰め込んだ。そしてジャック・ロンドン作品集を尻のポケットに入れた。『泥棒日記』は寄贈することにした。どうせ誰も読まないだろうが、この書物のタイトルが置き手紙の代わりのつもりでいた。老人ホームのパンフレットはなぜか連れて行くことにした。鷹栖は壁時計を見た。バスが遅れなければ、ちょうどいいタイミングだ。

門に向かって歩いていると、あのマサアキが犬を横に従えて、こちらをじっと見つめていた。

「出て行くん？」

前を通った時、マサアキは薄ら笑いを浮かべながら話しかけた。

「ああ、出て行く」

鷹栖は歩みを止めないまま答えた。

マサアキは犬を連れてついてきた。

「そこ、どのくらい遠いんやろ？」

行ったことのない鷹栖にも答えようがなかった。心中を読まれているようで薄気味悪くもあった。

しかし、横を歩くマサアキの惚《ほう》けたような表情に気を許し、「ずっと遠くだよ」と返事した。

「遠くやて。遠くに行くんやて」

マサアキは犬に話しかけた。

バスが来た。

「俺は出て行く」

ステップを上りながら、鷹栖はふり返った。

「お前も、たまにはここを出て学校にでも顔出したらどうだ。真砂先生に頼んでみろ」

「真砂……」

「ああ、かわいい女の子もいるぞ、ちょうどお前くらいの年だ。山の中で桑の実を摘むのもいいが一緒に給食食うのも一興だぞ。もっともお前は、知恵がつく樹の実を食ったほうがいいけどな」

扉が閉まった。バスは走り出した。マサアキはじっとこちらを見ていた。

あいつが教団の人間になにか告げ口しても、旅行代理店とヨガツアーの打ち合わせのために田辺《たなべ》市に出ると言ってあるから、しばらくは相手にされないだろう。また、あいつがそういう行いに出るというのも想像しにくかった。

10　もっと遠くへ

小さな駅の前でバスが止まると、降りたのは鷹栖ひとりだった。無人駅のトイレで、持参したジーンズと薄手のセーターに着替えた。大阪行きの上りではなく、下りの各駅停車に乗った。本州最南端の串本を通過して、紀伊半島の東側に回り、新宮《しんぐう》駅で特急に乗り換え、そこから北上して名古屋に出た。

名古屋駅中《えきなか》の公衆電話から目の前のシティホテルに電話をかけ、予約を入れたあと、大通りを渡ってフロントデスクで予約に使った偽名を告げた。現金で前払いし、チェックインした。部屋のソファーに座って、局留め郵便の受け取り伝票を確認した。そして、リュックを下げて、またホテルを出た。名古屋駅近くの郵便局で、局留めにしてもらっていた封書を受け取った。アメリカ領事館からで、中からパスポートが出てきた。ちゃんとF－1のビザが貼られている。鷹栖は小さくため息をついて安堵した。その足で旅行代理店に行き、デトロイト経由のコネチカット州ハートフォード行きの片道チケットを買い、明日のフライトを押さえ、ホテルの部屋に戻って、途中のコンビニで調達した弁当を食べて、寝た。

翌日、コンビニ袋に詰め込んだ修行衣を、弁当の空箱と一緒に、部屋に備え付けられたゴミ箱に捨てて、朝早くチェックアウトした。

名古屋空港へ行き、税関で現金二千万円の機内持ち込みを申請した。案の定、怪訝《けげん》な顔をした係員に、なんのための金かと訊かれた。留学のための学費と生活費だと答え、コミュニティ・カレッジの入学許可証を係員に見せた。日本で銀行口座を作って預金し、アメリカで引き出すのがまともなやり方なのはわかっている。しかし、キャッシュカードの受け取りや〈親展〉と印字された封書が教団に行くことを鷹栖は恐れたのである。

出国手続きが終わって、夕方の搭乗手続きがはじまるまでゲートラウンジの椅子に座り、二千万円が入ったリュックを胸に抱えたまま、なにも食べずにジャック・ロンドンを読んで待ち続けた。『野性の呼び声』『白い牙』を読み継いで、『火を熾《おこ》す』の最後のページを閉じた時、デルタ航空のグランドスタッフがデトロイト経由ハートフォード行きの搭乗案内をはじめた。鷹栖はジャック・ロンドンをリュックの外ポケットにしまい、搭乗券を差し出してゲートをくぐり、ボーディング・ブリッジを抜けて、エコノミークラスの狭い座席に身体を押し込んだ。アフリカ系の客室乗務員がやって来て、座席の下にリュックをしまえと言うのでしかたなくそうしたが、万が一の盗難を恐れて、リュックのベルトには足首を絡ませておいた。

旅客機はやがてゆっくりと動き出し、滑走路に向かった。鷹栖は、機体が突如停止し、屈強な警官らが乗り込んできて乗務員になにごとかをささやき、自分を指さすのでは、という不安に駆り立てられ、機内アナウンスがあるたびに〈事情があり名古屋空港に引き返します〉などと告げられやしないかと怯えた。

滑走路に出ると、エンジンが一層高く唸りだし、機は海へと猛進しはじめた。速度を上げ、やがて機体は宙に浮いた。小さくなって行く街の灯を眼下に見ながら、もっと高く、もっと遠く、もっと速く！　と鷹栖は叫びたかった。

ポーン！　と丸みを帯びてはじける音が機内に響き、カチャカチャとシートベルトを外す音があちこちで起こった。客室乗務員が飲み物を配りはじめると、皆が座席の前のテーブルを倒したので鷹栖もそれに倣った。オレンジジュースを飲んで、白飯の上に肉が載った機内食をうまいと感じるころにはだいぶ落ち着いた。サラダも小さなチョコレートケーキもみんな平らげ、薄いコーヒーをもらって飲んだ。隣の老婦人が客室乗務員に薬を飲むから水が欲しいと言っているのを通訳してやる余裕も出てきた。テーブルを戻し、座席の下からリュックを引っ張り出し、胸に抱えて、その上から毛布を掛けて眠った。


肩を揺すられて目を冷ますと、隣の老婦人が笑いかけていた。その向こうに客室乗務員がワゴンを手に微笑んでいる。二度目の機内食が配られていた。ずいぶん寝てしまったらしい。

「なに言ってるのかわからないのよ、また助けてちょうだい」

「豚肉にするか鶏肉にするか、と聞いているようです」

鷹栖が通訳してやると、老婦人はチキンにすると言った。客室乗務員が「今回も食事の後に薬を飲みますか」と訊いたので、それも訳してやると婦人は「飲みます」と言った。

隣席の老婦人とはこれをきっかけに口を利くようになった。自分の息子が保険屋でいまハートフォードに勤務しているのでしばらくやっかいになりに行くのだと言っていた。その口ぶりから自慢の息子だということが察せられた。

デトロイトのトランジットでも老婦人は鷹栖を離さなかった。機内食は口に合わなかったからと言って、空港に寿司屋を見つけると鷹栖を一緒に連れて行き、握りのセットをご馳走してくれた。

「これからずっとあんな料理が続くと思うと不安だわ」

老婦人は顔をしかめてイクラを箸で摘まんだ。鷹栖にとっては、一真行での粗食になれていたから、機内食は大変なご馳走であった。何年かぶりに口に入れるマグロも美味だった。

名古屋空港を離陸してから二十二時間後、ようやく鷹栖を乗せた機はコネチカット州のブラッドレー国際空港に着陸した。鷹栖はリュックを背負い、老婦人のボストンバッグを手に、一緒に入国審査の列に並んだ。その間に「二ヶ月間、息子に会いに」の英語を老婦人に教えた。

二人とも入国審査はなんなく通過した。鷹栖は、老婦人の大きなトランクをベルトコンベアーから引き上げてカートに乗せた。通関の列では老婦人を前に並ばせて、実は自分は色々と申告がある関係上、税関の通過には相当に時間がかかるにちがいないと説明し、迎えに来ているはずの息子に紹介すると言って聞かない婦人に、息子さんに無事会えたら僕を待たずにそのまま行ってください、と念を押して送り出した。案の定、約二千万円もの現金の持ち込みは怪しまれ、アフリカ系の太った審査官は顎をしゃくって、別室へと鷹栖を連れて行った。

当然、まず、なんの目的の金なのかと聞かれた。学費と生活費だと答えた。鷹栖が出したF－1という就学ビザがついたパスポートとコミュニティ・カレッジの入学許可証を審査官はじっと見つめていた。

彼は、なぜ日本の口座からここのATMで引き出さずに、こんな危険を冒すのかと尋ねた。これも当然の質問である。鷹栖は手数料が惜しいからだと答えた。審査官はまだ不審そうにじろじろと鷹栖の顔を眺め回したあげくの果てに、テーブルの上の受話器を取り上げた。耳に当てている受話器からコール音がか細く聞こえ、やがて審査官は空《むな》しく受話器を戻した。このニューヘイブン・コミュニティ・カレッジとやらに電話を入れてみたが、誰も出ないぞと審査官は疑り深そうに言った。

「日曜日だからでしょう。それに夜の九時を過ぎているし」と鷹栖は言った。

「日本人にしては上手な英語を話すな」

審査官は鷹栖をじっと見つめた。鷹栖はサンキューとだけ言った。

「残念だが、大学に確認が取れるまではここを出すわけにはいかないな」

審査官はそう言って首を振った。


バゲージ・クレイムのベルトコンベアー近くの長椅子でリュックを抱えたまま寝ることになった。かなり寒かった。但し、空港での足止めはある程度覚悟の上だった。

翌朝、長椅子の上で起き上がり、リュックに手を入れて、機内食からキープしておいたパンとバターと小さな袋詰めのピーナッツを取り出し、これを朝飯代わりにした。洗面所で顔を洗い、機内で配られた歯ブラシセットで歯を磨き、さっきまで横になっていた椅子に座って吉報を待った。

十時頃にあの審査官がやって来て、いま、コミュニティ・カレッジに連絡を取っているので、もうすぐわかるから、こっちに来て待っていろとまた別室に連れて行かれた。

「大抵の日本人はこういうところじゃめったに引っかからないんだけどな」と審査官は言った。「旅慣れた連中は日本人の列の後ろに並びたがるんだ。そのほうが流れが速いからさ」

卓上の電話が鳴った。

審査官は、そうかわかったと言って受話器を戻し、もう一度鷹栖を見つめた。

「お前の学生としての登録が確認された」

しかし、行っていいとは言わなかった。彼は背もたれにふんぞり返って腕組みをした。

「いったいここでなにを学ぶつもりだ」

審査官の質問には、日本からわざわざ学びに来るような学校なのかというニュアンスが感じ取れた。これがイェールやハーバードならばそうは疑わないんだけれど、と言外に語っていた。

「経済学」と鷹栖は答えた。「この学校で基礎を勉強してイェール大学に進学したいと思っている」

審査官はつまらない冗談を聞いたとでもいうような薄笑いを口元に浮かべ、

「よし、行っていい。けれど、早めにその金は銀行に入れた方がいいぞ」と言った。

そうするつもりだった。ゲートを出ると鷹栖は空港の公衆電話の電話機の上に五十セントコインを積み上げ、備え付けられた電話帳をめくった。ハートフォードにある銀行にかたっぱしから電話をかけるつもりだった。デトロイト空港でのトランジットの間に、二十万円を米ドルに両替した際、五十セント硬貨を多く交ぜてもらっていたのはこのためだ。

社会保障番号はまだない。けれども、パスポートと国際免許証があり、F－1のビザと大学の入学許可証も提示できる。この条件で口座を開いてくれる支店を探すつもりだった。最初のバンク・オブ・アメリカからオーケーの返事をもらって、多少拍子抜けしたが、気持ちはまだ張り詰めていた。

鷹栖は空港からの順路を聞くと受話器を置き、バスターミナルに向かい、バスに乗った。

銀行の窓口で来意を告げると、別室に通され、パスポートと国際免許証と大学の入学許可証の提示を求められ、確認が取れると口座はあっさり開設された。鷹栖はまずポケットの十ドルを口座に収めた。しかし、日本円の一千九百四十三万円をドル建てで預金したいと言うと、担当した行員はあちこちに電話をかけた挙げ句、札を鑑定する時間が必要だからすぐには無理だと言った。どのくらいかかるのかと訊くと、枚数が多いので二時間ほど必要だと言う。ではその頃にまた来ると言って鷹栖は腰を上げた。

近くをぶらぶらして手頃なダイナーを見つけ、そこでオムレツとフレンチトーストで空腹を充たし、コーヒーを飲みながら、街路樹もなく人通りも少ないみすぼらしい通りを眺めていた。

昼頃になると、しだいに店は混みはじめ賑やかになってきた。鷹栖はひとりで四人掛けのテーブルを占拠しているのが悪い気がして、すこし早かったが、勘定のためにウェイトレスを呼んで、アメリカに来て初めてのチップを払った。

銀行に戻るともうすこし待てと言われ、待合室で三十分ほど座っていたらようやく係員が来て、別室に来いと言われた。通帳というものはないらしく、口座の控えが渡された。これでなんとか最初の難関は突破した。

銀行カードは後日郵送すると言われたので、まだアパートを見つけていない鷹栖は大学の学生課に送ってもらうように住所を残した。そして直《ただ》ちに大学の指定口座へ授業料の振り込み手続きを取った。控えを受け取り、銀行を出た時、ようやくほんのすこしだけ解放感を感じた。

バスに乗って隣に座っているジャンパーを着たおやじの腕時計を見たら十三時半だった。バスは片側三車線もある広い通りをかなりの勢いで走った。五つ目の停留所で降りると、すぐ目の前が目的地のニューヘイブン・コミュニティ・カレッジのはずだ。もっとも、市街地にあるこの大学には広々としたキャンパスも緑の芝生もなく、これが大学だとはにわかに納得しがたい外観だった。手にした地図に目を落とし、なんども確認して、やっぱりここかと見上げた校舎は、古いスーパーマーケットのようで味気ない。

学生課に行って、授業料を納めた証拠として振り込みの控えを見せ、講義実施要綱や校則、学校近辺の地図、そして学生証を受け取った。本来はとっくに送金していなければならなかったのだけれども、日本からの送金記録が残るのを嫌った鷹栖は、この学校の事務局宛に手紙を書いて、必ず新学期がはじまるまでには支払うから猶予をくれと頼み、承諾の返事を和歌山の小さな郵便局の局留めで受け取っていた。入学希望者が引きも切らない一流校ではないのと、通信制大学や鷹栖のＴＯＥＦＬの成績がよかったのが功を奏したのだろう。

　窓口にはアフリカ系の太った女性事務員が座っていた。どこかに適当な下宿はないだろうかと相談した。ニューヘイブン・コミュニティ・カレッジには学生寮はない。事務員は、調べておくので明日また来いと言った。ついでにこの近くで安く泊まれる宿泊施設があれば紹介して欲しいと頼むと、ペンを取って「ここがいいだろう」と書きつけを寄越してくれた。New Haven's Inn《ニューヘイブンズ・イン》と書かれていた。

　校内の公衆電話からかけると、部屋はあるという。大学の名前を伝え、ここから歩けるかと訊いたら、笑い交じりにバスを使えと言われ、バス停のある通りを教えられた。その街路に出ると、確かに数名が、ネイルショップの前のバス停の標識のそばで、退屈そうに突っ立っている。

　乗り込んだバスはダウンタウンを抜け、小さな川を渡り、まもなくもうひとつのこんどは大きな川を渡った。なるほど、この距離はとても歩けないやと鷹栖は苦笑した。なんどか左に右に折れると、道沿いにニューヘイブンズ・インの看板が見えたので、降りた。看板の矢印のほうへ足を向けると、まるで寄宿舎のような印象を与える二階建てが待ち構えていた。

　フロントカウンターには、フランネルのチェック柄の襟シャツを着た愛想のいい男が座っていた。一泊七十ドルで朝食がつくのはたぶん安いほうだろう。一週間分をディポジットし、そして、一週間以内にアパートを見つけるぞ、と鷹栖は決心した。

　部屋に入って鍵をかけると、長旅の疲れと時差と安堵と睡眠不足が一気に押し寄せてきた。裸になってシャワーを浴び、発汗で湿った肌を洗い、歯を磨くと真っ裸のままベッドに潜り込んだ。まだ興奮しているのか、すぐには寝付けなかった。それでも、素肌がシーツに馴染んでくる頃には、意識が混濁しはじめ、訪れたまどろみは底なし沼のような深い眠りに変わった。自意識と外界とのアクセスがすべてシャットダウンされた。鷹栖は正体もなく眠りこけた。こうして鷹栖祐二の渡米最初の一日が終わった。

11　瓦解するビル　梵我一如　火を熾す

カーテンを開けたままの窓からは、朝日が遠慮なく部屋に注ぎ込まれていた。鷹栖はベッドを抜け出し、洗顔すると、腹が減っていることに気がついて、部屋を出た。

日当たりのいい食堂に降りて行くと、宿泊客たちはみな壁に掛かったテレビの周辺に席を取って、どこか陰鬱な表情で朝のニュースを眺めながら、スモーガスボードの朝食をついばんでいた。鷹栖はすこし離れた席の椅子を引いて座った。ウェイトレスがやって来て、コーヒーにするかティーにするかと聞いた。「コーヒーを」と言って立ち上がり、ビュッフェスタイルに並べられた棚から手当たり次第に取って席に戻ると、ライ麦パンにバターを塗りながら今日の計画を練りはじめた。

大学に行って、売店で教科書とノートと筆記具をまず買おう。ノートパソコンも欲しいけれど、これは後日安い中古で手に入れることにしよう。急務なのは、着替えの下着と最低限の衣類の調達だ。ここは和歌山とは比べものにならないほど寒い。冬になるとオーバーコートも必要になるだろう。そしてなにより目下最大の課題はアパートを見つけることだ。

ウェイトレスがコーヒーメーカーのカラフェを手に戻って来た。コーヒーがカップに注がれている時、食堂から濁ったどよめきが湧いて、ウェイトレスの小さな叫び声が重なった。コーヒーはカップから溢れ白いテーブルクロスを汚した。ウェイトレスはあわてて、しきりに謝りながら、卓上のナプキンを茶色い染みの上に何枚も重ねた。

なにごとだろうと思って視線を巡らせると、大きなビルが噴煙を上げている。朝のテレビ番組で映画の紹介でもやっているのかと思ったが、調子よくアングルが切り替わることがなかった。鷹栖は自分の耳を英語モードに切り替えた。テレビの音声が意識に上ってきた。

「なんてことだ！　いま、旅客機がもう一機、突っ込み爆発しました。なんてことだ……。二機目です。……現在、炎上しています」

黒煙を噴き上げているビルはニューヨークのワールドトレードセンターらしい。けれど、なぜ？　鷹栖は自分が見ている映像の意味するところが理解できなかった。もやもやした頭で、サラダやオムレツを頬張っていると、ビルが瓦解しはじめたと思ったら、あっというまに崩れ落ち、食堂は悲痛な叫びで充たされた。

部屋に戻ってテレビをつけてベッドの上でニュースを見た。いや、どの局もニュースしかやっていなかった。パレスチナ解放民主戦線が犯行声明を出したとアナウンサーが告げ、テロリズムという言葉も混じりはじめた。

こんなことがあり得るのかと鷹栖は訝《いぶか》った。アメリカは、攻守においては、常に攻めて行く側だった。勝つにせよ負けるにせよ、常に最先端技術の兵器を携えて自国の領土を遠く離れ、金と物量にものを言わせて攻め込んでいく、それがアメリカの戦い方だと思っていた。前のベトナム戦争では敗北したことになっているが、戦勝国であるはずのベトナムが枯葉剤の大量散布やナパーム弾を使った絨《じゅう》毯《たん》爆撃で蒙《こうむ》った傷は深く、いまも国全体が後遺症に苦しんでいるのに対して、敗戦国であるはずのアメリカは、帰還兵のＰＴＳＤの問題をいったん横におけば、国内には一発の銃弾も撃ち込まれていないのだ。しかしいま、そんな攻めの大国アメリカの中心部にとてつもない一撃が食らわされた。鷹栖がこれから学ぼうとしているアメリカ経済のモニュメントとでもいうべきワールドトレードセンターが砂上の楼閣のように瓦解していく映像が、これでもかこれでもかと言うほど繰り返された。

しばらくして、これはイスラム過激派の犯行だ、とテレビが断じた。それを聞いた鷹栖はここではじめて得心がいった。これは、**あるところからないところに移せ**という虐げられた貧者からのメッセージだ、高層ビルに激突した飛行機はこのメッセージを運ぶ鳥なのだ。自分はアメリカが好きでここに来たわけではない。金融システムを操りながら富を独占するその手腕を盗みに来たのである。そしてここで得た知識で俺は、次は正々堂々と富める者から金をむしり取るだろう。さらに、富める者になった暁には、それをみんなにばらまいてやる。

鷹栖はそんな滅茶苦茶を考えた。そう考えようとした。さらに、ニュースを見続けるうちに、自分はむしろラッキーだったと感じはじめた。もし、日本を発つのがあと一日遅かったら、不自然に大量の現金を持ったアジア人をああも簡単には空港から出してくれなかっただろう。日本に送還されていた可能性だってある。鷹栖はなんとか気力を取り戻し、リュックを背負って部屋をあとにした。

午後から経済原論の授業に出た。まだオリエンテーションの段階だったが、かなり初歩から教えるようである。これなら大丈夫だ。鷹栖が学位を取得した通信制の大学は政府の肝いりで作られた半公立とでもいうべきところで、講師陣のレベルは実は高かった。テレビやラジオの放送で授業を受けるしくみになっているので、講師らも、自分の授業が放送で流れ、さらにアーカイブとして残るということを意識してか、ふだんの授業よりも正確に語り、さらにこれをいい機会とばかりに、一歩踏み込んだところまで論じる者も多いと聞いた。テキストも放送に合わせて書き下ろされたものなので、予習にしろ復習にしろ学びやすい。鷹栖はこの大学でしっかり学び抜群の成績で卒業した。実質的には中学を中退した格好だが、大検に合格し、さらに通信制大学を出ているので、アメリカにやって来たときには一応学士の単位を持っていた。とはいうものの、いままでの授業はすべて日本語で行われていたから、学識はすべて日本語でインプットしたものだった。これを英語でもう一度入力し直す必要があると考えて、比較的やさしいコミュニティ・カレッジから再スタートしようとしたのである。

鷹栖はこの日あとふたつほど授業を受け、授業についていけるだけの学力がすでに自分にあることを確信した。リスニング能力にもほとんど問題がないことがわかった。鷹栖はもう一度学生課に足を向けた。ニューヘイブン・コミュニティ・カレッジは、働きながら通っている人間も多く、学び方や進路や資格取得について学生からの相談を受け付けていた。登録して申し込むと、いまちょうどカウンセラーが空いているから、時間があるなら、廊下の突き当たりの部屋で待てと言われた。

ノックの音がして入って来たのは、当面の宿を紹介してくれた黒人女性だった。

「ハイ、えっとあなたは、ユージ・タカスだったわね。私はドロシー。ニューヘイブンズ・インは気に入った？」

そういってドロシーは抱えていた資料をテーブルに載せてから手を差し出した。とても気に入ったよドロシー、と鷹栖はその手を握った。

「今日は授業に出たの？」

「みっつ出た。経済原論と公共政策論、それと労働経済学」

「そう。どうだった。授業にはついていけそう？」

「大丈夫だと思う」

正直いうと、もの足りないくらいである。

「幸先のいいスタートってわけね。ニューヨークがあんなことになったので、休講するクラスが出ているけれど」

鷹栖は気になっていることを訊いた。

「今回のアタックは宗教が原因なのだろうか」

「さあ、まだわからないけど、その可能性は否定できないわね」

「テレビの解説の多くが、イスラム過激派の犯行だと言っている」

「ええ、それで？」ドロシーは首をかしげた。

「僕はクリスチャンじゃない」

「なんだ、そんなことか。えっと、あなたの宗教はなんだったかしら」

金《かね》だ、と答えようかとも思ったが、それはよして、

「仏教だ」

「ブディズムか。私は仏教についてはヒンドゥー教と同じくらいなにも知らないわ」

「ふたつの宗教は似ている。どちらもルーツはインドのバラモン教にあるから」

「へえ、そうなの。どう似ているの？」

「ヒンドゥー教と仏教は輪廻思想という点で共通しているし、インドのヒンドゥーの中には仏教をヒンドゥー教の一部だと思ってる人もいるくらいだ」

鷹栖は一真行の教団施設で祖師から学んだ知識を披露した。

「じゃあちがいは、なに」

「……そんなこと本当に知りたいの」と鷹栖は訊いた。

「ええ、もちろん」すました顔でドロシーは言った。

「インド哲学にはアートマンという考え方がある」

「アートマン、なんか聞いたことあるわね。それはなに？」

「肉体の根底に潜んでいる本来の自我がアートマンだ。たとえ肉体が滅んでもアートマンは生まれ変わり死に変わりして、あり続ける。つまり輪廻《samsara》をずっと生き続けるわけだ。インドではこのことは苦しみとして捉えられる。もうひとつブラフマンというのがある。これは宇宙の根本原理と理解すればいい。つまりアートマンが私の根本原理で、ブラフマンは宇宙の根本原理だ。私と宇宙、このふたつの根本原理が一致するときに輪廻からスピンアウトして、究極の真理へと向かう。こういう考え方がインドの伝統的な哲学にはある」

　鷹栖は梵我《ぼんが》一如《いちにょ》をなんとか英訳しようと思ったが諦めて、

「輪廻から解脱し、涅槃《ニルヴァーナ》に到るという考え方は仏教と同じだ」と類似点をまず述べた。

「ワオ！　すごく興味深いわね、で、仏教はヒンドゥー教とどうちがうの」

「仏教はこのアートマンの存在を否定するんだ。世界が心の外部に独立して存在するという実在論を排除する。ある意味で西洋哲学の現象学に似ている。そして、さらにここが仏教のややこしいところなんだけれど、自我さえも否定するんだ。自我はない。なのでアートマンなんかない。だけど、〈識〉というある種の認識だけはある。これが大乗仏教の唯識《ゆいしき》思想だ」

「なるほど、でも、涅槃に行くための絶対的な真理だけど、それはどうやって知るわけ」

「シュギョウによって」

「シュギョウ？」ドロシーは顔をしかめて発音を真似た。

「うん。仏教では、真理を会得《えとく》した状態を〈覚り〉と呼ぶ。そしてこの覚りを開くために仏教徒はトレーニングをする。これを日本語ではシュギョウと呼ぶんだ。本当の仏教徒はものすごくシュギョウするんだよ」

「じゃあ、仏教徒は勤勉なんだ。これであなたの日本の大学での成績がエクセレントな理由がわかったわ」

でも、ドロシー、日本の仏教徒は経典など読まないで、題目や念仏を唱えるだけでよくなったんだ、だから仏教徒が勤勉というわけではないんだよ、などと言うと話がどんどん逸《そ》れていきそうなので黙っていた。

「で、その覚りというのはどういう状態を言うの」

「さあ、それは覚らないとわからない」

「ええ？　覚りがなにか知らないままに修行をしているの」

「そう、それが仏教の本質ともいえる。覚りが素晴らしいから修行を続けるのではなく、修行を続けるから覚りが素晴らしいことになる。シュギョウの自己目的化と言ってもいい。仏教において信じるってのはこういうことなんだ」

だから、修行のカリキュラムをきれいに整理して、それにまつわるグッズを企画して販売したり、セミナーを計画したりするのが自分の役割だったんだということもまた、口が裂けても言えなかった。

「すごい、こんなに明快に仏教について説明してくれた人ははじめてよ」

ドロシーはしきりに感心している。

確かに、このあたりは一真行でしつこく教わったので、口を開けば言葉は淀みなく流れ出る。しかし、その意味するところは鷹栖にはまったく理解不能で、内心では、「ふざけんなよ！」と叫んでさえいる。鷹栖が教わったところによれば、覚りとは端的に言えば煩悩《ぼんのう》をなくすことに尽きる。煩悩をなくせば解脱して涅槃にまっしぐらというわけだ。しかし、仏教の教えによれば、そもそも煩悩の原因は「私はここにいる」という迷妄にあるというのだ。おいおい、待ってくれよ。俺は劣悪な家庭環境に育ち、「いまに見ていろ俺だって」という思いを胸になんとか生き延び、一真行の門をくぐった。しかし、門の内側に来た途端、「俺だって」と頑張ることは我執であり、捨て去るべきものだと否定された。それはあまりにも酷ではないか。不純な動機で入信した自分も勝手なのだが……。

「ところで、ドロシー」鷹栖は話題を元に戻した。「下宿は見つかるだろうか。今回のニューヨークでの事件で僕ら外国人に対して、アパートの家主が一斉に警戒を強めるようなことはないのかな」

鷹栖のいるコネチカット州はニューヨークに近い。百五十キロもないくらいだ。

「とにかく、探してみるわ。もうすこし時間をちょうだい」

「わかった」

「国籍よりもあなたが出した条件が相当にハードだから、すぐにというわけにはいかないけれど」

部屋は狭くていい。ベッドと机さえ置ければいいし、湯がでるシャワーがあればバスタブもいらない。家賃は安ければ安いほどいい。できれば五百ドル以内でおさめたい。月々の出費を抑えるためにはルームシェアがいいというのはわかっているけれど、勉強に集中する時間が欲しいので、できればひとりでアパートに住みたい。これが鷹栖が出した条件だった。

「あなたはなにを専攻《メジャー》するんだっけ？　人類学？　心理学？　それとも芸術かな」

「経済学だ」

「あら、意外ね」

「この大学で二年学ぶと短大卒の資格が取れるんだよね。そのあと四年制の大学に編入したいんだけど」と鷹栖は言った。

「ええ、そうやって編入している人はたくさんいる。お勧めは学費の安い州立大学だけど」

「僕はイェール大学に行きたいんだ」

ドロシーは目を丸くして、とても野心的だわねと言ってため息をついた。ただ、諦めたほうが賢明だとは言わなかった。

「ここからイェールに編入した者はいるのだろうか」と鷹栖は訊いた。

「私が知っている限りではノーね」

「ドロシーはいつからここで働いているの」

「一九九二年の開校からいるわ」

ということは歴代編入者はゼロだ。鷹栖は暗澹《あんたん》たる気分になった。

「たぶん、あなたがここからイェールに編入した最初の学生になるわけね。楽しみだわ」とドロシーは笑った。

ただ、イェールは私立なので州立大学とちがって非常に授業料が高いのよ、と警告も足した。それは鷹栖も知ってはいた。たとえ入学できたとしても、学費を納めれば一年間で手持ちの資金はショートする。しかも、F－1ビザの学生は、社会保障番号をもらえない限り、アルバイトもできない。もっとも、そんな時間もないだろうが。

「奨学金を取るつもりだ」と鷹栖は言った。

それは素晴らしい、とドロシーはうなずいた。本気なのか無責任に聞き流しているのかわからない。

「SATという実力テストを定期的に受けた方がいいわ」

ドロシーは手元の資料をめくった。

「どれどれ、イェールは何点取ればいいのかな……。ワオ、七百点以上だって。満点が八百点だからこれはすごいスコアよね。本校はイェール大学に近いので、定期的にイェールの教授を講師に招いて特別セミナーで話をしてもらっているの。はい、これがスケジュール。是非参加しなさい」

それから、ドロシーはイェール大学編入用の履修についてアドバイスをくれた。編入試験ではエッセイを書かされるから英語の力は絶対に必要である。だから、英作文の授業は必ず取れ。将来なにがやりたいかをなるべく明確にしながら履修しろ。数学も絶対に必要だ。そして最後に、履修には関係がないけれど、仏教についての知見は英訳してまとめておいたほうがいい。ひょっとしたらこれはあなたの大きな武器になるかもしれないわ、と付け加えた。

冗談じゃない！　と鷹栖は思った。あんなわけのわからない単語や思想の英訳は自分の英語力じゃとても無理だ。たとえば阿頼耶識《あらやしき》なんてどう訳せばいいんだよ、と鷹栖は焦った。ところがドロシーは、

「これが一番重要なアドバイスよ」真面目な顔つきで言った。

教科書を買いに校内の書店に行った。教科書だけでなく、一般書籍や、ノートや筆記具、マグカップ、Tシャツまで売っていた。経済学と数学の教科書とウェブスターのカレッジ版の辞書を買い込んだ。

バスに乗ってニューヘイブンズ・インに戻り、シラバスを開いて履修の計画を練った。夜になって腹が減ったので、フロントでどこかにスーパーマーケットはないかと訊いたら、前の通りをへだてて向かいにウォルマートがあるという。その通りにはバスで何度も降りているが、そんなものは見たことがなかった。しかし、確かに通りを渡って、その奥へと歩いて行くと、カエデの並木道の奥に巨大なスーパーが見えてきた。ニューヘイブンズ・インも道路からのアプローチがかなり長いけれど、このスーパーもそうとう奥まったところに建っている。とにかくここアメリカはすべてが大ぶりで、こ

のものさしに早く慣れないといけない、と鷹栖は思った。スーパーに入ってサラダとスナックとインスタントラーメンを買って、部屋で湯を沸かして食べ、また、夜遅くまで履修登録の計画を練った。

履修登録の届け日、ニューヘイブンズ・インにドロシーから電話があった。奇跡が起こったと言って興奮している。五百ドルで部屋が見つかったのよ、しかも、チャペルストリートをまっすぐ行ってウェストリバーの近くですって！　けれど鷹栖には、その通りも河川の位置もわからない。問い質《ただ》すと、とにかく大学の前の通りを西に歩いて二十分よ、と叫ぶように言うので、それはいい、と飛んで行った。

学生課に行くとドロシーがメモを渡してくれた。そこにある電話番号にかけて、部屋を借りたいと言った。来れるのならいま来なさい、アパートの前で待っているから、とすこし訛《なま》りのある英語で言われた。住所と地図を頼りに西へ歩いた。救急病院を通り過ぎ、次の三叉路を左に進むと小さなピザ屋があった。それにしてもこの町はピザ屋が多い、イタリア移民が多いのだろうか。ひょっとしたら、大家はイタリア系かなと勝手に想像を膨らませて先を急いでいると、紅い石造りの大きな建物の前に立っていた小柄な男が、鷹栖を見つけて手を振った。鷹栖はとまどった。この人が家主なのか。

「ユージだね。ラシードだ」

紳士は手を差し延べた。その風貌から察するにラシードさんは中東か南アジアの出身のようだった。

「日本から来たんだね」

イエスと言って、鷹栖も相手の出自を尋ねた。

「パキスタンから二十年前に来たんだ。さて、部屋を見てもらおう。このアパートの四階だ」

そういって鍵を手に歩き出した。

「色々と苦労してこの国に馴染んだとたんに、あのニューヨークの事件だ。まったく大変だよ」

「でも、今回の事件はアフガニスタンの過激派の犯行ですよね」

「パキスタンとは関係がないって言うのかい。その通りだよ。けれど、大抵のアメリカ人はアフガニスタンとトルコも、イラクとイランも、カザフスタンとパキスタンも、そのちがいにはまったく無頓着だからな。君も気をつけろ」

「日本人もですか」

「君はデトロイトに行ったことがあるか？」

「いや、トランジットのみです」

「それは行ったうちに入らないな」

鷹栖は、ノー《そうですね》といいながら首を縦に振っていた。

「昔、日本の景気がよかったころ、日本の自動車産業に市場を奪われてデトロイトの工場が閉鎖になって、大量のアメリカ人が職を失ったことがあったのを覚えてるかい。いや、きみの年齢《とし》で日本にいたんじゃ知らないだろうな、日本人にとっちゃ大事件ってわけでもなかったろうし」

それがバブルという、日本が浮かれ躍った狂騒の時代の出来事だったなら、母の情夫の暴力に怯えて友人の家に転がり込んだり、公園のベンチで夜を明かしていたから、アメリカの自動車工の失業など贅沢な悩みだと思ったにちがいない。

エントランスをくぐると大家のラシードさんは残念ながらエレベーターはないんだと言って階段を上がりはじめた。

「それで失業した三人組がストリップバーで飲んでいると、ひとりの日本人の若者が眼に入った。男たちは彼に近づき、恨み言を言って絡んだ挙げ句、ベースボールバットで殴り殺してしまった。もっとも、この話には、殺されたのは日本人じゃなくて中国人だったっていう笑えないオチがつく。どう転んでどう誤解されるか分かったもんじゃない。白人でプロテスタントでなけりゃ、気をつけるに越したことはないのさ」

勉強になりました、と鷹栖は言った。

さあ、ここだよと言ってラシードさんはドアを開けた。暖房代がかかるからもっと狭くてもいいぞと言いたくなるくらいに広々とした部屋だった。

窓辺には、木製のしっかりした机が置かれていた。触ってみると固くて重くガタつきがない。素材はたぶん楢《なら》だ。机の足元にはきれいな絨毯が敷かれていた。パキスタンから持ってきたものだろうか。小柄な日本人には大きすぎるくらいのベッドもある。

「家具なしの部屋だと聞いていたのですが、机やベッドは使ってもいいんですか」

「逆に使ってくれないと面倒だ。冷蔵庫もついている。そのかわりオーブンや洗濯機やキャビネットはないよ」

最高だ。情夫が飲んで暴れる狭い団地の押し入れから、公園の硬いベンチの上、新宿のカプセルホテルの寝房、大勢の比丘たちと雑魚寝《ざこね》する広間を経て、ついに俺はまともな住居を手に入れようとしている！　鷹栖は興奮した。

いますぐ契約しようと思ったが、鷹栖は思いきって四百五十ドルにしてもらえないだろうかと値切った。するとたちまち家主の顔はこわばった。

「冗談じゃない。このあたりの家賃を調べてからものを言いなさい。これでも大学の事務員から、優秀な学生で苦労しているのでと言われたんで、相当にディスカウントしているんだ」

鷹栖はまず礼を言った。そしてオプションを付け足した。

「その代わり家賃を一年間前払いします」

家主はほおと腕組みした。

「半年経ったら、さらに六ヶ月ぶんをディポジットします。ですので、すくなくとも常に半年先までの家賃をラシードさんは前払いで手にすることになります」

それはなかなか悪くない提案だ、大家は言った。

「もし、それでよければいまからすぐにマネーオーダーを作ってお渡しします。部屋もきれいに使わせてもらいます。友人を呼んで騒いだりもしません。もちろんペットを飼うなどということも」

ラシードさんは横目で窓の外を眺めていた。窓の向こうには雑木が茂る緑地帯があり、その隙間から川面が見えた。あれがウェストリバーなのだろう。だとしたら、この窓は西向きだ。西日がきついだろうが、和歌山ならともかく冬の寒さを考えれば、この地では北向きよりはずっと過ごしやすいだろう。ここに住みたい、と鷹栖は切実に思った。

「君は煙草を吸うかね」とラシードさんが訊いた。

鷹栖は首を振った。

「では四百八十で手を打とうじゃないか」

サンキューと言って鷹栖は手を差し出した。ラシードさんはその手を握って、

「大家の心情をよく摑んでるな、君は」とようやく笑った。

「どのへんがアピールしましたか」

「大家稼業も楽じゃないのさ。家賃を入れずに文句ばかり言う者もいてね。それに部屋をひどく汚されて揉《も》めることが多い。よろしい。マネーオーダーと引き替えにすぐ鍵を渡そう」

鷹栖は、通りを引き返し、来たときには通り過ぎた病院の敷地に足を踏み入れた。ここにバンク・オブ・アメリカのATMがあるとラシードさんが教えてくれたのだ。六千ドルを引き出してリュック

に入れてアパートの方角に引き返し、途中の小さな惣菜屋で五千七百六十ドルのマネーオーダーを作って、またアパートまで走った。

マネーオーダーとは、受取手にとって取りっぱぐれのない小切手のようなものだ。アメリカでは大金をキャッシュで支払うことはまれで、小切手を切るのが一般的だが、受取手にとっては、換金しようとしたときに不渡りになるというリスクがある。それを回避したのがこのマネーオーダーという為替手形だ。

扉を開けると、ラシードさんはベッドに腰掛けて待っていた。紙片を渡すと、しげしげとチェックを見て、これがきみのサインか、とつぶやいた。そこには几帳面な楷書で鷹栖祐二と綴られていた。

「なんだかZEN《禅》を感じるな」

冗談だか本気だかわからないことをつぶやいて、ラシードさんはそれをふたつ折りにしてポケットにおさめ、もう一方の手で鍵を差し出した。

「イェールを目指すんだって。しっかり勉強したまえ。時間があったら、イギリス領から独立後のパキスタンとインドの関係も勉強してくれ」

イエスサー、と鷹栖は言った。

こうなったらなるべく早くニューヘイブンズ・インを引き払おう、と鷹栖はアパートを出た。すぐ目の前にバス停があった。やって来たバスに乗り込み、この路線で市の中心地に戻って、日本でもよく見かけたサブウェイというサンドウィッチ店の前から別の路線に乗り換えた。ミル川とクイニピアック川を渡ってニューヘイブンズ・インに戻り、部屋に入ると教科書と着替えの下着と歯ブラシを手早くリュックに詰めた。忘れ物がないかどうかを確認してからフロントへ降り、精算をすませたその時に、カウンターに座るチェックのシャツに尋ねた。

「ここらへんで毛布や台所用品が買えるような大きなスーパーはないだろうか。これからミル川を渡った向こう側に行くんだけれど」

「うーん、そっちのほうはわからないな、逆にクイニピアック川を北に上っていったところに格好の店があるよ。そこだと値段も手頃だし、色々揃っている」

「バスで行けるかな」

「ああ、乗り換えなしで大丈夫だ。問題は帰りだが、そこからはどこへ行くんだい」

鷹栖は大学の名前と住所を言った。

「それなら行きも帰りもDの路線に乗ればいい。行きはスーパーの前に停まって、帰りはそのまま大学の前につけてくれるさ」

その通りだった。ニューヘイブンズ・インの前からバスに乗り込んで三十分ほど揺られ、やたらと横に長い平屋建てが見えたとき、あれだなと思って、バスの窓に張られているロープを引っ張った。「降ります」のサインが出て、バスは停車した。降りると目の前はこれぞスーパーマーケットと呼びたい理想的な大店舗である。

まず、寝袋を買った。あとはベッド用の毛布と枕とシーツにタオルを数種類。送り状に覚えたてのアドレスを記入し、アパートへの宅配を手配した。それからケトルとマグカップにスプーン、そしてインスタントコーヒーとミネラルウォーター、スナックも買った。膨らんだショッピングバッグを提げてスーパーを出てから、またバスに乗る。来た道を引き返し、大小ふたつの川を渡ってコミュニティ・カレッジの前についた。

学生課に寄ってドロシーに下宿が決まったよと礼を言ったら、それはよかったわと喜んでくれた。

コミュニティ・カレッジからアパートに戻る途中に、ピザ屋でハーフサイズを買ったので、両手は持ちきれないほどの荷物でいっぱいになった。階段を上がり、部屋の前でショッピングバッグを置き、鍵穴に鍵を差し込んだ。扉を開けると、斜陽が部屋を琥珀《こはく》色に染め上げていた。

荷物をベッドの上に置いて、コンロをひねると青い炎が立った。ラシードさんが別れ際の挨拶に交えてそう言ったとおり、電気もガスも水道も通しておいてくれた。しばらく鷹栖はある感慨をもってその火を見つめていた。俺が自室でこうして火を熾すまでには実に長い時間が必要だった。鷹栖はミシェルがくれたジャック・ロンドンの作品集の中に入っていた短篇「火を熾す」を思い返した。犬を連れて不慣れな極寒の荒野を渡る途中、主人公は凍死しまいと必死の思いで樹の皮に火をつける。

鷹栖はショッピングバッグからケトルを取り出してすすぎ、水で充たすと、火にかけた。インスタントコーヒーを作り、川の向こうに沈む夕陽を見ながらピザを摘まんで食べた。

ようやくここから俺の人生がはじまるんだ、と鷹栖は思った。ここから俺はまっすぐな道を進んでいく。そして、壮大な計画をじっくり練り上げて、寸分の狂いもなくそれを実行する。**あるところからないところに富をすこし移すシステムを完成させる**、それが俺の人生なのだ。鷹栖はそう思い定めた。

12　猛烈に勉強する　仏教が決め手

猛烈に勉強した。勉強は、鷹栖の願望を実行するための手段であったが、彼は勉強それじたいも面白いと感じる人種でもあった。カリキュラムは経済や金融を中心とする社会科学全般の講義を中心に組んだ。人文系では宗教学も取った。ドロシーのアドバイスにしたがい数学も履修した。当初は英語に手こずったが、通信制大学で微積分をみっちり習ったので、要領がわかってからは、スラスラ解けるようになった。

とにかく英語での授業を大量に聴き、大量に読書し、そして大量にノートを取った。授業は理解することができたし、慣れてくると、わからない箇所は手を挙げて積極的に質問した。ただ、友人は作らないようにした。授業が終わるとすぐアパートに引き返し、途中の小さなスーパーで食材を補給し、部屋に籠もって本を読み、ノートを取った。

鷹栖は取得した知識の相関関係をチャートに起こしはじめた。グローバリゼイションと多文化社会、金融資本主義、資本主義経済の暴走、ショック・ドクトリン、自然の非聖化、脳科学と認識論との関係、哲学と脳科学、合成の誤謬《ごびゅう》、トランス・サイエンス、宗教と哲学、宗教や信仰と国際紛争、民主主義の限界、科学者の社会的責任、外部性などを大きめのカードにして、壁に貼っていった。

月々の支払いの多くが書物に消えた。高価な教科書については、金がない学生のために貸出制度もあるのだが、すべて購入し、食費の支出を引き締めた。

外食はしないと決め、ほとんどの食事はアパートの机の上でラジオを聴きながら摂った。昼は、例えばハム・サンドウィッチを作って持っていき、大学の屋上にある小さな庭園のベンチで、生の人参を囓《かじ》りながら食べた。米を食べたくなり、近くのアジアのスーパーで買ったものを鍋で炊いてみたが、タイ米のようにぱさついてしまい、これで作った握り飯はあまりうまくなかった。残りを油を引いた鍋（煮るのも焼くのも炒めるのもこれひとつで間に合わせた）に放り込んで、玉子と葱《ねぎ》と一緒に炒め、炒飯にするといけた。

アパートで暮らしはじめて二月《ふたつき》ほどたった時、良質なタンパク質を摂取するのに、コストパフォーマンスで圧倒しているのは、スパゲッティだと知った。パンよりも安く、さらに米よりも安く、大抵のスーパーで手に入れられ、ソースを替えれば、味もバリエーションに富む。本を買いすぎた日は、スパゲッティを茹《ゆ》で、塩と胡椒《こしょう》で味付けしたものだけで済ませることがあった。その一方で、暇を見つけて、ソースのレシピを集めた。トマトやバジルを基調としたものや、挽肉《ひきにく》を使ったボロネーゼ、贅沢をしたいときには魚介類を買って来て、ペスカトーレも作った。時には、ニューヘイブンの人が好んで口にするバッファローウィングという、辛味の強いソースを絡めた鶏の手羽揚げを買って来て、付け合わせにして食べることもあった。

当初は節約のため、衣類はほとんど買い足さず、同じものばかりに袖を通していたが、秋が深まってくると、さすがにここに着いた時の格好のままですごすというわけにはいかなくなった。毎週、アパートの近くに大きな蚤《のみ》の市《いち》が立つという話をラシードさんから聞きつけて、ある朝早く、ウェストリバー沿いの大通りを下って行くと、河川敷の広い土地にさまざまな露店が所狭しと並んでいた。

文字通り蚤がたかっていると嫌だなとは思いつつも、安さに惹かれ、毛布や衣服のほとんどをここで手に入れた。古書店のブースで、脈絡なく積み上げられた古本の山の中に、スティグリッツの『ミクロ経済学』を見つけたときには興奮した。底のほうから引っ張り出して、髭面の店主にいくらだと訊いたら、パイプ椅子に大儀そうに身体《からだ》を預けたまま、法外に安い値を言ったので、気が変わらないうちに一ドル札を押しつけて持ち去った。そのほか、小さなラジオもここで手に入れた。パソコンを置いている店もあったが、店主にまったく商品知識がないので、「お買い得だよ」と言われるたびにかえって不安が募り、結局手が出せなかった。

贅沢はできなかったが、栄養のバランスには気を配り、なるべく野菜を多く摂取するよう心がけた。医療費がべらぼうに高いアメリカでは体調を崩しても医者にはかかれない。鷹栖は、異国での健康維持を、一真行で会得した呼吸法と瞑想法、そしてヨガを基調とした体操に頼った。果たして彼は、ニューヘイブンにいる間、風邪ひとつ引かなかった。

冬が来た。突き刺さって痛いほどの寒さに鷹栖は顔をしかめた。戸外の寒さから逃げるようにアパートに飛び込むと、すぐにヒーターをつけ湯を沸かした。そしてインスタントコーヒーを飲みながら本を開き、ペンを取った。寒さと孤独をまぎらわすために日本人のコミュニティと交わることを、鷹栖は嫌がった。異国の中の小さな日本に染まることで、英語力の進歩が阻害されることを恐れたということだけではなかった。鷹栖はこの孤独が意味あるものと感じていた。

ゆっくり容赦《ようしゃ》なく過ぎていく時間とともに、鷹栖の心にふたつの層が形成されていった。アメリカでの経験によって堆積《たいせき》する上層があり、その下には夢の世界のようなよどみがあった。その夢の層がやがて遠く離れた日本と鈍い感覚をもって静かに呼応しはじめる。

俺はアメリカ人ではない、日本人だ。鷹栖はそう思った。その自覚を育てているのは異国の地の孤独だ、と鷹栖は感知した。

一年後、ニューヘイブン・コミュニティ・カレッジは鷹栖の授業料を免除した。また鷹栖はコネチカット州が拠出する奨学金にも申請し、これの受給にも成功した。その金で鷹栖は、念願だった最新型のノートパソコンを買った。

二年目の十月中旬、鷹栖は学内でドロシーに呼び止められた。進路について話をしましょうと言われ、ふたりは面接の日取りを決めた。

その席に、ドロシーは学生課課長を連れてきた。

「ドロシーから君の進路については聞いているが、来年イェールに編入したいという意志はまだ強いのかい」と課長は聞いた。

「はい」

「どうしてイェールなんだ」

「実学に強いからです」

「なるほど。しかし、入学できなかったらどうする」

「その時はまた考えます」

「君の場合、GPAの点数は問題ない。TOEFLやSATの点数もイェールが求める基準値をクリアしている。けれど、課外活動やボランティア活動の面で加点がないのが気になるな」

「このミーティングの趣旨は無理だから諦めろということでしょうか」

「いや、かなり難しいとは思うが不可能だとも言えない。他の学生の励みにもなるのでぜひ頑張って欲しいんだ。ただ、与えられた教科でいい点を取るだけでは難しいと思ったほうがいい」

「では、どうしたらいいんですか。いまさらボランティア活動したって、それはあまりにあからさまですよね」

「そうだな。だとしたら、やっぱり幅広い読書経験だよ。君は社会科学の本はともかくとして、文学は読まないのか」

「あまり読みません」

「どうして」

「暇がないんです」

鷹栖は正直なところを言った。

なるほどと課長はうなずいた。

「ところでドロシーによると、君は仏教についてかなり詳しいそうじゃないか」

「一般の日本人と比べれば詳しいでしょう」

「どうしてその知識を得たんだい」

「専門家に教わりました」

「それは学者に？」

「いえ、修行僧に」

現在の一真行の祖師は、入信する前、東大大学院でインド哲学を学んでいた。渋谷期の教祖にアカデミックな知識を与えていたのは彼のようだ。祖師は団体のトップとしてはカリスマ性に欠けるという難があったが、謙虚で真面目で博識であることは確かであった。

ある日鷹栖が、教団最高ランクの存在である祖師が、覚者《かくしゃ》と名乗らずに、自分も修行僧のひとりと位置づけているのは、教団の値打ちが下がるのでよして欲しい、と進言すると、事実なのだからしかたがないと言われた。また別の日、こんどは、仏像を作ると称して寄付を集めるのはどうかと提案したら、そもそも仏教には仏像など必要ないのだ、とにべもない返事をされた。

そこで鷹栖は、祖師の講話を載せたブックレットを毎月発行して信者に定期購読させてはどうかと持ちかけたら、これについては「それはなかなかいい考えだ」と乗り気になった。

もちろん鷹栖の魂胆は、教義の布教ではなかった。一真行の経営状態を安定させるために定期収入を書籍の販売によって確保しようとしたのである。鷹栖は自ら編集を買って出て、毎月祖師の講義を受講し、それをまとめ、なるべくやさしい文章に起こすつもりだった。鷹栖は祖師に、現代社会の問題点についての雑感と、在家信者がそれをどのように捉えて生活すればいいのかについて話して欲しいと依頼した。すると祖師は、それもいいが、これを機会に、仏教を歴史とともに勉強し直すページを設けるのがいいだろうなどと言い出して、鷹栖をあわてさせた。

祖師はインドのバラモン教から話しはじめた。そして語るうちに熱を帯び、自分でも文献などひっくり返し勉強しはじめた。釈迦自身の教えを記した阿含《あごん》経典の紹介、大乗と小乗の分岐点、北回りで中国に伝播した過程での変容など講話は続き、もう勘弁してくださいと鷹栖はべそをかいた。しかし、渡辺やミシェルや取り巻きの信者が褒めそやすものだから、祖師は調子づき、仏教の教義をカントやショーペンハウアーやフッサールなど西洋哲学と比較して論じるところまで欲を出した。

この一連の話を鷹栖が書き起こすのだが、当然これは大変な難業になった。まず自分なりに理解し咀嚼《そしやく》し、さらにそれを在家信者にもわかる平易な言葉で綴る。またその草稿を祖師に見せて印刷の許可が出るまでなんども推敲《すいこう》を重ねる。ここまでやった鷹栖に人並み以上の知識が身につかないわけがなかった。

「ドロシーも言っていたんだが、案外そこが決め手になるかもしれないぞ。特にエッセイを書くときには」とニューヘイブン・コミュニティ・カレッジの課長は言った。

大学の編入希望者はエッセイを提出する必要がある。そして、合否の判断においてはこれが最後にものを言うと聞いているので、鷹栖にとってこの課題は気がかりだった。しかし、課長が言わんとするところはわかるが、通り一遍の仏教の知識を並べても、それは単なる東洋趣味の好事《こうず》としか受け取ってもらえないのではないか、と疑った。


後日、鷹栖はイェールの入学事務局からエッセイの課題をもらった。

「本学の願書の中では網羅できなかったことについて、自分をアピールしたいことを書きなさい。過去における個人的な体験に根ざしたものでもかまわないし、今後自分の知的な探究心が向かう方向で書いてもよい」

こんなに大きく構えられるとどう打ち込んでいけばいいのかわからないぞ、と鷹栖は頭を抱えた。なんでも自由に書けばいいという体裁はひっかけであって、「個人的な体験を素材として知的に展開し、読み応えのある小論に仕上げろ」と解釈したほうが賢明だと思った。しかし、そんなものはおいそれとは書けない。アパートの窓際においた机で頬づえをつきながら、鷹栖は悩みに悩んだ。

締め切りまであと一週間あまりと数えるころ、鷹栖は経済学の教室でデフレ・スパイラルについての講義を聞いていた。デフレ・スパイラルは低賃金がデフレを進行させて物価が下がり、物価が下がるとますますデフレが進行して、また低賃金が進む。互いが原因と結果になってどんどんデフレが波及していく現象のことだ。つまり単純にどちらが原因でどちらが結果なのかは特定できない「鶏が先か卵が先か」という難題を抱えている。教室でこの話を聞いていた鷹栖は、これは仏教で言うところの〈縁起〉ではないかと思った。そんな考えを引きずったまま、教室を移動すると、次の授業は物理学だった。クォークの解説を聞いているときに、これは中観派《ちゅうがんは》の唯識思想で説明できるんじゃないかと考えた。

　授業が終わると、鷹栖は図書館の席でノートを広げてメモを取りはじめた。そういえば、ユング心理学の集合的無意識というのも阿頼耶識《あらやしき》という仏教独特の深層心理に変換できる気がした。また、祖師の講釈を思い出し、名僧龍樹《りゅうじゅ》の思想は哲学者ヴィトゲンシュタインの言語哲学に匹敵すると言っていたなとペンを走らせた。メモはどんどん膨れあがった。そして鷹栖は思った。よし、これで行こう。

　東洋の伝統的な思想である仏教が西洋近代思想と相似形にあることを小論の主眼に置く。つまり、西洋の専売特許と思われているものは、実は東洋が仏教思想という形ではるか昔に先取りしていた。二千年経ってようやく西洋は東洋に追いついたのだと言うこともできる。しかし、ここで論を閉じてしまうと、アジア人として単に威張っているだけになる。鷹栖は思いきって、中盤にこれまで自分が抱いていた仏教のネガティブな側面を浮き彫りにすることにした。

　仏教は高度な思想を持ちながらそれを知的エリートの哲学という領域に閉じこめてしまった。結果、それは奥義として個々人のものとなり、実社会との関わりを絶ってしまうことになる。後年、社会が不安定になると、大衆を救済しようとする日本独自の仏教が勃興《ぼっこう》してくるのだが、この時、高度で抽象的な思考を断り捨て、アニミズムの伝統に回帰してお茶を濁してしまった感は否めない。つまり、仏教はその高度な知を育《はぐく》みながらも、その知の光で社会を照らすことはなかったのだ。これは、知の発展が社会変革を後押ししてきた西洋とは対照的である。――鷹栖はこのようにブリッジしてから結論を書くことにした。

　いまこそ、高度な東洋と西洋の知が出会う必要がある。そして、この結論には、代表的な東洋の知たる仏教の研鑽《けんさん》を積んだ自分こそがこの任にはふさわしく、さらなる知見を重ねるべく、貴校への編入を希望しているのだということも自然にくみ取れるような構成を予定した。

しかし、いざ書きはじめてみるとこれはとてつもなく難しかった。まず、仏教用語をもう一度確認する必要があったのだが、カレッジの図書館には『岩波仏教辞典』はない。さらに英語で書くというのも至難の業だった。一真行に電話を入れて祖師に聞いてみたいが、まさか二千万円持ち逃げしておいて、戯論寂滅《けろんじゃくめつ》とリアルの関係について質問するわけにもいかない。集中し頭をフル回転させ、『エンサイクロペディア・オブ・ブッディズム』だけを頼りに鷹栖はパソコンのキーを叩き続けた。

書き上げたものをプリントアウトして読んでみると、あまり感心しない。いったんは破棄しようかとさえ思ったが、ただ、どこか自分らしさはある気もして、磨きをかけてみようと手を入れはじめた。何度となく推敲を重ねて、読み返し、また朱を入れ、もうこれ以上は書けないというところまで書いて、キーから指を離した。

それでも不安は消えなかった。おそらく自分はエクリチュールに向いた人間ではないのだろう。自分の本領は行動にある、そのプレイグラウンドに立つためにはイェールへの進学が望ましいというだけだ。だから、もしも落ちたらそのときはまた考えよう。慰めとも居直りともつかないような気持ちで、鷹栖はエッセイを投函した。

しばらくすると面接をしたいという連絡があった。ドロシーにこれを伝えると「合格したのよ！」と絶叫して飛び上がらんばかりに喜んだ。そして「おめでとう！」となんども叫ぶように言って涙ぐんだ。彼女によると、このような面接は最終確認だけの形式的なもののはずだというのである。――いったいなにを確認するのだろう、と鷹栖はすこし気になった。

「例えば、アマチュア・オーケストラで四年間ヴァイオリンを弾いてコンサートマスターをしてましたと申告するわよね。イェールはこのような実績はかなり重視するから。けれど、実際はほとんど参加していないとわかったら、そういう人は最後になって不合格になることはあるみたいよ」

「だけど、僕は実績がないからそんなことは最初から書いてない」

「だからあなたの場合は多様性《ダイバーシティ》を重視して選ばれたんだと思うの」

まあ、そうかもしれない。変な東洋人をひとりくらい入学させてもいいだろうと判断したってことはあり得る。けれど、履歴書に嘘はなるべく書かないようにしたが、まるっきりの本当を書いているわけでもない。故意に書かなかったこともある。ドロシーが「だから嘘偽りのない正直なところを話せば、この面接も問題がないと思うわ」と喜んだときにも、まだ安心できないぞ、と鷹栖は気を引き締めた。

面接の日、スーツを新調して着て行くべきなのだろうかと迷ったが、結局、グレーのセーターの上から赤茶色のブルゾンを羽織って夕刻のシャトルバスに乗った。鷹栖はニューヘイブンに来てはじめてイェール大学の構内に足を踏み入れた。この街は治安がいいとは言えず、大学やアパートから外に出ると、物騒な気配が漂い出し、潤いのない荒れた街の佇《たたず》まいに心が寒くなることがある。しかし、イェール大学の敷地内には、知性による品位と威厳と歴史が満ちて、別天地の感があった。

指定された場所は、学内にある静かなカフェだった。入っていくと、白人の背の高い青年が手を挙げた。白いセーターの上からツイードのジャケットを羽織っていた。

「ユージだね。マイケル・グリーンだ。マイケルでいい」

鷹栖は差し出された大きな手を握ってよろしくと言いながら、面接官にしては若いなと思った。マイケルは博士課程で文学と西洋音楽史を学んでいると自己紹介した。面接官が在校生だと知って、鷹栖は驚いた。

「君のエッセイはとても面白かった。ちょっとフリッチョフ・カプラみたいだね」

互いにコーヒーを注文した後、マイケルはそう言ってくれたが、その人物を知らない鷹栖は、知りませんと言うしかなかった。すると相手は、知らないであれを書いたのか、とかえって驚いていた。

「君はこの仏教の知識をどこで得たのかな」

「十七の時に、とある仏教系の教派へ出家して、そこで」

「なるほど。その前まではなにをしていたんだい」

鷹栖はどこから話すのがいいのかすこし迷った。

「ホームレスだ」

相手は目を丸くした。

「そのいきさつを話してくれないか」

「母子家庭で育った。母親はキャバレーのホステスをしていたんだが、ある客との間にできた子が僕なんだそうだ。これは十歳の時に聞かされた。母はその後何人かの男とつきあったみたいだが、みんな碌《ろく》でもない連中だった。僕が中学に上がった頃の内縁の夫が特にひどくてね、こいつからこっぴどく虐待されたので、怖くて家に帰れなくなり、公園で寝たりしていた。盗みも働いた。その後、日々のパンを得るためにギャングの手先となったんだけど、それも嫌になって、仏門に入ったというわけだ」

よく話してくれた、とマイケルは言った。

「出家したのはなにか回心《コンバージョン》があったからかね」

「仏教がキリスト教のような回心を必要とするのかどうかもわからないのだけれど」と鷹栖は前置きした。「僕はそのような宗教的な強い動機、雷に打たれたような強烈な体験を持って、仏道に帰依《きえ》したわけじゃないんだよ」

「宗教的な動機や体験がなくて信仰に入るものかな。もちろん、もともと信仰心が厚い家庭で育った場合はそうでもないかもしれないが」

「さっき、家出してギャングの手先をしてたって話はしたよね」

「ああ、で、嫌になったんだろう」

「なるべく距離を保とうと思ってたんだけど、そのうち向こうから強引にその距離を潰してくるような態度に出られた」

「それはどうして」

「まあ、僕は悪知恵が働いたので、それを手放すのを嫌がったんだ」

「その知恵はどんな方面に発展させたんだい？」

「あまり言いたくないんだが、ある種の詐欺だね」

「具体的にはなにをしてたのかな」

「詐欺の台本を書いたんだ。台本を上演する際の組織編成なども考案してそのアイディアも渡していた。いま台本って言葉を使ったけど、プロデューサーとプレイヤーと台本書き、という編成を考えたのも僕なんだ。それで、あまりに重宝されたんで、嫌になってきた」

「まあ、そうだろう」

「辞めたかったんだけど、辞めるとまちがいなく報復されると思った。たとえ遠くに逃げたとしても、似たような界隈《かいわい》で暮らしていれば、すぐに足がつくんじゃないかと僕は恐れた。実際にそんな風に脅《おど》しの言葉を投げられていた。けれど、裏街道を避けて歩こうにも、ろくに中学も卒業せず三年間も家出していた不良少年を受け入れてくれそうなまともな場所は、当時の僕には思いつけなかった。そんな時、ある仏教系の宗教団体がずいぶんと鄙《ひな》びたところに施設を移したというニュースを見て、ここなら、連中の目も届かないんじゃないかと思ったんだ。つまりは実際的な理由が強かったってわけさ」

相手の年齢が自分に近いことと、マイケルの気の置けない雰囲気もあって、正直な言葉が自然と口をついて出た。

「では教育は教団施設で受けたのかな」

「そうだ。施設で本を読んで大検を受けた。その後は通信制の大学で学んだ。最終学歴は来年卒業する予定のニューヘイブン・コミュニティ・カレッジになるけれど」

「君の成績は素晴らしい。それから学長の推薦文も大変に君を褒めている」

鷹栖はサンキューと言ったが、コミュニティ・カレッジの成績なんて大して参考にしていないのでは、と勘ぐった。

「で、いまは信仰を捨てているのかな」

「いま教団に所属しているかどうかについては、所属していない、が答えになる」

「どうして、教団を出ることにしたんだ」

「ひとつは才能がないと感じたから」

「信仰についての才能のことかな」

「イエス。さっき言ったように、実際的な理由から入信したからね、すぐに才能の限界が見えた。仏教は実存的な我《われ》を突き詰めて行き、最終的にはその個を解体する思想だ。すくなくとも僕が所属していた教団はそのように仏教を捉えていた」

「なるほど、『我思う、ゆえに我あり』じゃなくて『我思う、されど我なし』ってわけか」

「そうだ。けれど、自分の深みに降りてそのような結論に到る体験を目指す仏教修行者としての才能は自分にないことはすぐにわかった。とにかく僕の頭の中には絶え間なく俗世《ぞくせ》の雑事が湧いてくるんだよ」

「なるほど、他に理由は？」

「ある。それはさっき言ったことと関連する。個人的な内面をめぐる思索よりも、公共や社会に働きかける仕事をしたいと思いはじめたからだ」

かなり都合よく脚色しているが、あながち嘘ではないと鷹栖は思った。

「じゃあ、我が校を志望する理由を聞かせてくれ」

「僕が本当にやりたいことをやるための知識と地位を手に入れるためにはイェールは理想的だ」

「ほう。政治家になるのかい、クリントン夫妻みたいに」

「いや、たぶん実業に進む。僕は人前に出て演説をするなんてのに向いていない」

「そうみたいだな。では君が本当にやりたいことってのを聞かせてくれ」

「**あるところからないところにちょっと移す**プログラムだ」

「……あるところからないところにちょっと移す」

「そう、言い換えれば、どんな連中もそこそこ食える社会を作ることだ」

「別の言葉で言えば、格差是正のための社会変革ってことかな」

「そう言ってもいい」

「なるほど、イェールが理想的だという理由もこれでよくわかった。じゃあ、最後だ。君の推薦状は日本の通信制大学とコミュニティ・カレッジのそれぞれの学長からもらっている。けれど、君の人格形成には仏教の修行過程も欠かせないことは確かだ」

嫌な予感がした。

「君がいた仏教教団にいまから電話をしたい」

そうか。こんな夜に面接がアレンジされたのは時差を考慮したからだ。たぶんいま日本は朝だ。一真行の食堂では皆が茶粥《ちゃがゆ》で朝食をすませたころだろう。

「その教団の誰でもいいから話をしたい」

マイケルは携帯電話を取りだした。

鷹栖は迷った。電話番号は持っていないと言って、この場は誤魔化してしまおうか。けれど、それもまた時間の問題で、いったん疑いを持たれれば、調査はさらに念入りなものになる。鷹栖は卓の上に置かれたマイケルの携帯を取った。国番号を入れて一真行の番号をプッシュする。そしてこう考えた。

祖師さえ近くにいなければなんとかなる。この時間なら祖師は瞑想しているはずだ。瞑想のあいだは電話は取り次がない決まりになっている。そして祖師以外に、マイケルの早口の英語を聞き取れる者はいないだろう。タカスは教団の金を着服して逃げましたよ、あなたは誰ですか、タカスと一緒にいるのですか、そこはドコですか、と英語で問い詰めることのできる者などいない、そう鷹栖は高を括った。ユージ・タカスという単語を聞きとめて、ヒー・イズ・ノット・ヒア・ナウとでも言ってくれればしめたものだ。もうそう思うしかなかった。

コール音が聞こえてきたので、手にした携帯をマイケルに渡した。あの飾り気のない事務所に電話の音が響くのを鷹栖は想像した。できればあの知恵の足りないマサアキというガキが取ってくれることを祈った。

「グッドモーニング。私はマイケル・グリーンというイェール大学で学ぶ学生です。そちらに以前所属していたタカスユージという元信者について聞きたいことがあって電話をしています。………そうです。タカスユージ。タ・カ・ス・ユウ・ジです。実は彼はいま本学への編入を希望している。……そう、イェール大です。アメリカ合衆国コネチカット州の。ついては、彼のこれまでの実績を鑑《かんが》みる上でそちらの教団での彼の活動についてすこし質問したい。まず、彼は確かにそちらの教団に在籍していましたか。…………おお……………なるほど。…………………ええ、ええ。………なるほど。…………うむ、うむ…………………なるほど。………………そうですか、そんなこともあったのですか。………なるほど」

まずい。マイケルの反応から見ると相手はかなりの量の情報を伝えているようだ。これは祖師が出たにちがいない。万事休す。やがてマイケルは、ふんふんと相づちを打って聞くだけになった。そして、最後に「素晴らしい情報をありがとう、君と話せてよかったよ」と言って電話を切った。

マイケルは携帯電話を置くと、ふうと深いため息をつき、コーヒーをひとくち飲んでから鷹栖を見つめた。

「なぜ黙ってたんだ」

鷹栖は沈黙をもって返答とするしかなかった。

「君はボランティアの実績は空欄にしてあった。これは実はOAで多少問題になったらしいが、ちゃんと立派なものがあるじゃないか」

鷹栖はなにを言っているのかわからないので黙っていた。

「君は教団をまとめて、台風で被災した民家の修復工事に参加した、ちがうかな」

ああ、そういえばそうだった、と鷹栖は思い出した。紀伊半島はよく台風に上陸されるのだが、ある年、大型台風に直撃され、あの村でも、民家数軒で屋根瓦が吹き飛ばされるなどの被害が出た。台風の爪痕が県のあちこちに深く残っていて、この山村に修繕業者がやって来るのはずいぶん先になりそうだと聞いた鷹栖は、地域社会から教団が孤立しないほうが得策だという考えもあって、祖師を説き伏せ、大工経験のある信者を交えた数名を引き連れ、修復の手伝いに出かけた。日頃から村人のほとんどは、一真行を嫌っていたが、この時ばかりは、穴の空いた屋根の下で過ごすわけにもいかないというわけで、この支援を受け入れた。一真行が地域の催事などに顔を出すようになったのは、これ以降のことである。

「君はすばらしい信者だった。勉強熱心で、教団の運営面でも多大な貢献をした」

鷹栖は狐につままれたような気持ちになった。

「そう彼女は言っていたよ」

彼女？

「ミシェルから君によろしく言ってくれと言付《ことづ》かった」

ミシェル！　なぜ彼女がそこに。

「彼女は元気そうでしたか」

鷹栖はやっとの思いでそう訊いた。

「ああ、電話を替わればよかったな、失敬。実は彼女も教団を辞めてボストンに帰ったんだが、休暇を取ってイセの神社を訪ねたついでにイッシンコウに寄ったのだと言っていた」

三重の伊勢神宮にお詣《まい》りして、そのあと和歌山の一真行に立ち寄ったのか。ミシェルらしいと鷹栖は思った。いま彼女はなんの仕事をしているのだろう。

「そして君がイェールを選んだ理由は彼女にはとても腑に落ちるらしい。君をイェールの学生として迎えることは大学にとって非常に有意義だと言っていたよ」

握手してマイケルと別れ、アパートの部屋で買って来たバッファローウィングにかじりつきながら考えた。ミシェルは祖師と会ったにちがいない。その時、鷹栖がもういないことも聞いたはずだ。とうぜん二千万円を持ち出したことも話題に上る。折しもコネチカットからその犯人についての問い合わせの電話がある。どう考えても最悪のタイミングだ。しかし、彼女は鷹栖の悪事を告発しなかった。

「あなたはいつ？」

あの白浜のホテルで、彼女はそう言った。まもなく鷹栖が山を下りることを、ミシェルは予見していた。ひょっとしたら、たちの悪いことをしでかすのも見透かしていたのかもしれない。しかし、ミシェルはマイケルにそれを暴露しなかった。なぜだ？

鷹栖は、教団の金に手をつけるにあたって、言い訳をふたつ用意していた。

ひとつ。これは自分が教団に貢献したことに対する報酬である。自分が出したアイディアは教団の運営に大いに貢献した。このことは、提案するたび眉をひそめた祖師を含め、教団幹部の誰もが認めるところだろう。だから、その一部を退職金もしくは餞別《せんべつ》がわりにもらうことは真っ当である。しかし、と鷹栖はまた考える。このようにミシェルが理解してくれたとは考えにくい。

ふたつ目。隠し金庫から札束をリュックに移す時、鷹栖はこう考えた。いずれ返す。それまで借りておくだけだ。どう返すかはわからない。だけど、なんらかの形で、教団に、和歌山に、日本に、必ず、この金以上に価値のあるなにかをもたらしてやる。それならば、個人の修行を重んじながら、長期的または究極的には、社会の救済も否定しない一真行の教義とも一致するから、そこがわかれば祖師もさほど文句は言えないはずだ。そもそも、盗んだ金は鷹栖の入れ知恵で脱税しプールしたものではないか。そして、いまふたたび、ミシェルが自分を見逃す理由があるとしたらこれしかない、と結論づけた。金は持っていけ。そのかわり、しっかり学び、学び得た知識と地位で社会を救済しろ。そうミシェルは言ってくれたのだ。実に手前勝手な見解だが、かまうもんかと鷹栖は思った。

窓際に置いた机に向かい、バッファローウィングを囓り続けた。目の前には、肉をこそげ落とされたチキンの骨の山ができていた。鷹栖はそれをどこか物憂い気持ちで眺めていたが、やがてまとめて生ゴミのバケツに捨てた。

13　国を愛しているか

二週間後、鷹栖は正式に合格通知を受け取り、翌年の九月のはじめにウェストリバー近くのアパートを引き払い、イェール大学構内にある寮に移った。

奨学金ももらえることになり、寮の費用もかなりの部分が免除された。いくぶん経済状態に見通しができた鷹栖は、学生食堂で飯を食える身分になった。大学の食堂は立派だった。味については学生の多くが不満を漏らしていたが、鷹栖には充分なメニューだと感じられた。

立派なのは食堂ばかりではない。図書館は大聖堂と見紛うほどの威容を備え、学生が寝転ぶ青々とした芝生はみごとに刈り整えられて、学生寮もその雄大な構えで鷹栖を圧倒した。学問の府というのはこうまで仰々しくなければならないのだろうか。——などと考えながら、寮のダイニングホールでひとりトレイを前にして口を動かしていると、「ここいいかい」と他の学生がやって来て話しかけられた。こんなことがたびたびあって、ダイニングホールは食事をしながら他の学生と交流を深める場所なのだということもわかってきた。

コミュニティ・カレッジ在籍中は、学生食堂に出入りすることはまずなかった。晴れた日は屋上に出て、雨の日は教室に残り、持参したサンドウィッチや炒飯を食べたり人参を齧ったりしていた。けれどもういまは、こんなときは「もちろん」と答え、君はなんの専攻なのかとか、有機化学実験の授業は〇・五単位しかもらえないのに大変な苦労を強いられると聞いたが本当だろうか、などと会話する余裕もできた。

学友と連れだって、イーストロック公園にちょっとしたハイキングに出かけたり、九十分ほど列車に揺られてニューヨークに芝居を見に行ったりもしはじめた。芸術学科の学生から誘われれば、学内のコンサートホールにモーツァルトを聴きに出向いたり、ハロウィーンにはサムライの格好をして行進するような茶目っ気を見せるまでになった。鷹栖は生まれて初めて酒を飲んだ。二十七歳になっていた。

さらに課外活動にも取り組んだ。模擬国連という組織に入ってその運営にかかわるようになった。活動中には、やはりときどきミシェルのことを思い出した。

もちろん、イェールの授業は厳しく、社交にうつつを抜かしてばかりはいられない。統計学はやたらと複雑で、西洋史は鷹栖が苦手なキリスト教を通じた理解が必要らしかった。有機化学実験は噂通り相当な時間を取られた上に、結果を出すまでかなり手こずった。また、大量のレポートを書かされ、英語を母語としていない鷹栖の小論にも容赦のない批評が加えられた。

第二外国語については中国語を選択した。これは今後の国際情勢を見通しての判断でもあったし、漢字文化圏で生きてきたことや漢文つまり中国古典文学を学んだことの利を得て、英語の不利をリカバーすることを目論んだ、打算の結果でもあった。

もちろん専攻は経済学である。さらに遺伝子工学を加えて二重専攻《ダブルメジャー》とした。これについては寮で同室となったダグラス・スペンサーの影響が大きい。遺伝子組み換え操作をいい悪いで議論してはいけない。これから飢饉《ききん》をなくし全世界の人口に栄養価の高い食物を行き渡らせるには遺伝子工学なしには不可能なのだから、という意見をことあるごとにダグは唱えた。それは君の見解か、それともその方面での一般論かと聞いたら、もちろん両方だと言った。それならばと思い、試しに講義に出てみたら、なかなか興味深かったので、そのまま自分の専攻としたのである。

アメリカに来てから三年が経った。時は流れ、アメリカも日本もそして世界も変化した。鷹栖の内面もさらに変化した。この三年の間にできた鷹栖の心の二層、アメリカの生活で形成された上層と、その下に、とらえどころのない夢のような下層ができていて、この下層が遠く離れた日本社会と呼応していたのだが、その感覚はしだいに鋭敏なものになっていった。そして、それは日本に反応しつつ、上層にも連なっていった。

日本の変化を、鷹栖はとりもなおさず自国の変化として受け止めた。そして自分自身の変化だと自覚した。さらに、アメリカでの経験が作る上層も次第にぶ厚くなり、じわじわと夢の層へと沈みはじめ、鷹栖自身のそして鷹栖が生まれた日本の歴史と、アメリカや西洋の伝統や歴史も、またどんよりと混じり合った。しかも、その混じり具合は、重苦しいうねりを見せ、一刻もとどまることはない。その接点のどこかに狙いをすませて、これこそが俺のいる場所だと宣言することはできそうもないと鷹栖は実感した。ただ、俺は日本人だという自覚だけがいやおうなしに重くなっていくのだった。

ある日のこと、国際政治経済学の教室に鷹栖は座っていた。グローバリゼイションと先進国の産業構造改革についてのこの講義は、教授と学生との率直な応答によって進められていた。

「ユージ、ものづくり大国を誇ってきた日本だけれど、このままでは中国や新興国の安い労働力に押されていくのは君もわかっているね。さてどうしたらいいと思う？」

演壇の上の椅子に座り、足を組んだまま教授が尋ねた。

「狙う市場を替えていくことが大事だと思います」と鷹栖は答えた。「安価な商品ではなく、高付加価値の高級商品を全世界の富裕層に売っていくことでこの過渡期の危機を切り抜けられるのではないかと。もうすぐ自国の製品の品質に飽き足らなくなった中国の富裕層が日本に押し寄せて、日本の家電を買い漁るでしょう」

中国からの留学生のひとりが確かに自分の母親も妹もメイド・イン・ジャパン家電の大ファンだと発言し、鷹栖の説を裏付けた。

「確かに一案だが、それは現状路線を貫くということなんじゃないかな。君の意見は、そのうち市場が変化して、需要が日本に有利に傾くという楽観論に聞こえるが、それでいいのかい」

「価格競争で勝負するのであれば、日本はすべての工場を新興国に移さなければなりません。この路線で大企業はなんとか生き延びられるかもしれませんが、そんな事態になれば、日本の製造業の土台を支えていた中小企業は壊滅するでしょう」

「なるほど、しかし、高付加価値の商品を売って食っていけるのは、日本の中でもほんの一部なんじゃないかね」

鷹栖はうなずいた。

「確かに、それだけでは難しいとは思います」

アメリカはいまやものづくりから手を引き、グローバル化を利用して、金融資本主義の時代を演出している。デリバティブ取引やヘッジファンドを中心として、ものづくりから金融サービスによる〈カネづくり〉資本主義へと構造を変容させるのに必死だ。

「日本はあらたな技術革新によって工業立国としての基盤をもう一度立て直す必要があります」

「技術革新かい。しかし、これまで日本が技術革新でリーダーシップを発揮した例ってなんだろうか」

「例えばウォークマンがそうでしょう。ウォークマンによって音楽の消費のされ方が変わり、その後ｉＰｏｄにつながっているのではないですか」

「確かにウォークマンは革新的だったが、そのほかにはなにがあるかな」

そう教授が尋ね、鷹栖は沈黙した。

「私の思いつく限りではそれだけだよ。ｉＰｏｄを作ったのはアップルだ。ソニーじゃない」

マレーシアから来た留学生が手を挙げた。

「確かに日本は技術革新という点では抜きん出ているとは言えません。けれど、新たな技術を改良して洗練されたものへとアレンジするのはとても上手だと思います」

「車産業がそうだね。確かにアメリカは過去に日本の技術に圧倒された。ＧＭは経営破綻寸前にまで追い詰められ、国有化されるのは時間の問題になっている。では日本は次はどんな技術を改良して自国のお家芸にすればいいのだろうか、その具体的なイメージを思い浮かべてくれ」

人工知能《AI》と誰かが言った。教授は黙ってうなずいた。

「ただ、その際に産業の市場規模と日本の人口も考慮に入れなければならない。日本は小さな島国だが、人口は約一億三千万人だ」

教室がかすかにどよめいた。

「ここで問題だ。人口はある意味で国力を示す指標だろう。けれど、グローバリゼイションの時代に多くの国民を抱える大国はどんな点で有利と言えるだろうか。例えば戦時には人口が多い国は強い。特に持久戦になると断然有利だ。人口の少ないイスラエルが中東戦争に勝てたのは、短期決戦でものにしたということは見逃せない。ところがいまの日本は正式な軍隊も持たない平和国家の代表だ。さらに、自由貿易が制限されていれば、内需で産業を回せるという利点があるが、これもカネ・ヒト・モノが世界を行き交うグローバリゼイションの時代では難しくなる。これから関税障壁はどんどん取り払われ、安い外国製品がじゃんじゃん日本に入ってくるようになるだろう」

教室がしんとした。

「つまり、グローバリゼイションの時代とは大国が必ずしも有利とは言えない時代なんだ。フットワークの軽さという点を取っても、人口の多い国はなかなか産業構造の変革に対して国民のコンセンサスを得にくい。北欧で唯一ユーロを導入し、徹底的な教育改革を施して、林業からIT中心の産業構造へとシフトしたフィンランドの人口は五百万人しかないことも考えてみよう」

鷹栖は驚いた。五百万人といえば、大阪よりも少ないじゃないか。兵庫県と同じくらいだろう。

「では、日本のような大国に住む国民の多くが、その産業に従事して生活できるような技術とはいったいなんだろうか」

誰もが黙った。

「また、そのような技術革新が日本の外で起こった場合、その技術をおいそれと日本に渡すかどうかも考えてくれ。日本がアレンジの技術力に長けていることはもう世界中が知っている。車産業では確かにアメリカは日本の技術力を侮《あなど》っていた。しかし、いまはちがうだろう」

「であれば」と鷹栖は言った。「産業構造を根本的に変えてしまうことを考えてみましょうか」

「いいね。そういう発想も大事だ。で、ユージなにかあるかい」

「原料を輸入して製品を作りそれを世界に売る、という加工貿易中心の産業構造を見直す、というのはどうでしょうか。とはいえ、サービス産業へと産業の重心をシフトするというのも、生産性という点で疑問が残ります」

「それで？」

「日本は原料輸出国になる」

教室がざわつき、その中に笑い声が交じった。

「ほう、それは大胆な案だね」

「新しい技術革新が日本の外で起こったとしましょう。もしそれが新しい原料を産む技術であれば、その産業を日本に引き込む可能性は充分にあると思います」

「なぜだい」

「日本は政情が安定しています。少なくとも独裁政権の新興国は政情が不安定です。いつ革命が起こるかわからない。これがひとつ」

「なるほど」

「もうひとつは四方が海に面していて貿易に向いています。中東内陸部で発見された地下資源が政情不安な他国を通過しないとなかなか海運に到らないで悩んでいるのとちがって、地理的優位性がある」

確かに、と教授は言った。

「そして、さっき言ったように〝技術を受け入れる技術力〟が高いということです。アレンジの能力も含めて」

教授はうなずいた。

「また、例えばその技術をアメリカが開発したとしましょう。そして、その技術がなんらかの危険をもたらすというリスクを含んだものだと仮定しましょう」

「たとえば原子力のように」

たとえば、と鷹栖は復唱した。

「だとしたら、その実験を日本でやることは技術を開発したアメリカにとってもいいでしょう。技術に対する適応力があり、それに――」

鷹栖は言葉を探した。しかし穏当な単語が思いつけず、あけすけなものが口を衝《つ》いて出た。

「アメリカには手なずけやすい」

教授は思わず吹き出した。教室にいる皆がしまりのない笑い声を漏らした。鷹栖は笑わず、心の中で叫んでいた。

過去にアメリカは広島と長崎という市街地のど真ん中で原子力という新しいエネルギーの実験を行った。それによっておびただしい数の命が奪われたのに、日本政府はアメリカに賠償金はおろか謝罪のひとつも求めていないじゃないか！

最後の要因は聞かなかったことにしようと教授は苦笑し、終業のチャイムが鳴った。

「なかなか面白い議論だった。その革新的な技術はどんなものかユージは今後も考えるといい」

ノートをバッグに詰めていると、「ちょっといいかな」と声をかけられた。

「ワンだ。何度か顔は見てるだろう」

あどけなさが残る顔立ちで、背の低いモンゴロイドの学生は言った。中国語訛りの英語だった。

「ああ、確か線形代数の教室にもいたね」と鷹栖は中国語で言った。

「中国語ができるのか」とワンが驚いて発したのが中国語だったので、「いや話せるうちに入らないよ」と英語で修正した。「オーケー」とワンはうなずいた。

「ユージ、フランクに聞くけれど、君は自分の国を愛していないのかい」

予想だにしない質問だった。不意を突かれ、鷹栖は絶句した。

「さっきの君の発言は国を愛しているがゆえのものなのか、それともどうでもいいと思っているから出せた珍案なのか、僕にはわからなかった」

鷹栖は黙っていたが、「君はどうなんだい」と逆に訊き返してようすを見ることにした。

「僕かい。僕はもちろん愛しているよ。確かに気に入らないところは多々あるし、イェールに来てからは自分の国はなんて貧乏くさいんだろうと思うことも多い。けれど、母国ってのは優れているから愛すってものでもないだろう。親を立派だから愛すわけじゃないのと同じでさ」

「その論理ならば、少なくとも僕は親を愛してない。いないのも同然だと思ってるさ。でも立派じゃないからってのとはちがうよ。そう思うに到る不愉快な過去が色々あってね。死んでしまえばいいと思っているんだ」

こんどはワンが不意を突かれたような顔をした。イェール大に留学するくらいだから、たぶん立派な親の寵愛《ちようあい》を受けて育ったのだろう。

「じゃあ君は日本を離れ、国際社会を漂いながら自分の才覚で金を稼いで生きて行く人生を選ぶのかい」

「そうかもしれない。けれど、そういうライフスタイルと祖国を愛する愛さないっていうのはまた別問題だろ」

ワンは神妙な顔をしてうなずいた。

「そうだな。確かに短絡的な質問だったかもしれない。なにせ僕の国は国際社会のほとんどから国として認めてもらってないのでね」

予想していなかった返事に鷹栖はすこしたじろいだ。

「ということは、君の母国《マザーランド》は台湾かい」

ワンはうなずいて、

「因みに日本も台湾を国とは認めてくれないね」

そうだった、と鷹栖は思い出した。

「君の祖先はずっと台湾がルーツなの」

本省人という漢語の英訳が思いつかなかった。

「いや、さきの大戦後に曾祖父《ひいじい》さんが蔣介石《しょうかいせき》と一緒に台湾に移ってきたらしい」

「じゃあ、君の祖国は本来でいえばメインランドの中国になるんじゃないか」

「いや、そんなことはないな。祖父はどう言うかわからないけれど、僕にとっては台湾が故郷だ。君が言うように政治的な主張と個人的なフィーリングはまた別だろう。それにいま言ったのは父親の家系で、母親は内省人《Introspective person》なんだ。だから僕の母親は北京語《マンダリン》と同時に福建語《ホッキエン》も話す」

「なかなか複雑だな」と鷹栖は言った。

「そういう複雑さを抱えた台湾が僕の祖国なんだ。僕個人は別に大陸を取り戻せって叫ぶつもりはない。それに、いまの領土が脅《おびや》かされないなら、メインランドを商売相手にするほうが個々の国民にとっては得るところが大きいかもしれない」

「国交は止められても貿易は止められない、そういう時代だってことかい」

ワンはうなずいた。

「じゃあ、君はどういう風に国を愛するんだい」鷹栖は逆に訊いた。

「やっぱり経済的に豊かになって欲しいよ。貧しいのは不幸につながるからね」

ならもう相当な達成ができているだろう、と鷹栖は思った。日本のほうこそ竜頭蛇尾の未来をどうやって回避すればいいかの悩みは切実なんだ。

「それには僕も賛成するよ」鷹栖は言った。

「だろうね。ただ、僕がしたいのはその次の質問だ。君は日本が金回りがよくなれば、あとはどうなってもいいのかい」

「それはどういう意味かな」

「いいかい、君は経済が潤うのなら国に相当なリスクを取らせるって言ったんだぜ」

「ああ、言った。ただ、もうすこし正確に言うのなら、ほかに方法がなければ、リスクを取ってでも産業構造改革をせざるを得ないってことだ」

「それが伝統や国土を破壊するとしても？」

「破壊されるものにもよるさ。産業構造が変わればなにかは破壊されるだろう。台湾だって農業人口はずいぶん減ってるはずだ。かつての美しい田園風景には半導体や電子部品の工場が建っているんじゃないのかな」

「なるほど、じゃあ君がよしとする破壊ってどんなものなんだい」

「一番の基本は人命を危険にさらさないことだと思う」

「じゃあ、原子力は使えないぜ」

「どうだろう。……原子力技術の危険性とそれがもたらす恩恵については勉強不足だけど、過去にスリーマイル島やチェルノブイリで事故が起こっていることを考えれば、それに似た技術を導入するのはためらわれるな」

「じゃあ、具体的にはいったいどんなリスクならオーケーなんだ」

　鷹栖は真面目に考えてみた。しかし、そんな技術もリスクもそう簡単に思いつくはずがない。

「ワン君、ランチまだだよね」

きょとんとした顔をしたワンに向かって鷹栖は続けた。

「いまから長城《グレートウォール》に麺を食べに行こうと思うんだが、一緒にいかないか」

ワンは首を振った。

「長城じゃなくて趙の店《チャオのレストラン》にしよう」

決まり、と鷹栖は言ってリュックを肩にかけた。

「さっきの君の質問だけど、それは宿題にしてくれ。教授に言われた技術の具体例もそうだけど、正直言っていまは答えられない。別に誤魔化そうとしているわけじゃないんだ。授業で教授に追い詰められてああ答えてはみたけども、本当に思いつかないってのが正直なところなのさ」

そう言うと、ワンは急にしょんぼりして、

「いやそれはそうだ。僕のほうこそ非難するような言い方になって悪かった」

思った通り、素直でいい奴なんだろうと鷹栖は思った。

「でもこれだけは言っておこう。僕は日本を愛しているよ」

たぶんね、と鷹栖は心の中で言い足した。


ワンとは、この日のあと何度か、趙の店《チャオのレストラン》で飲茶《ヤムチャ》をして談笑したけれど、卒業後は台湾に帰ってしまい、その後は会っていない。

鷹栖は教授とワンから出された宿題を提出できないまま、イェール大学を卒業した。卒業後の就職先は、ミシェルが「あまりに巨大で複雑すぎた」と語った国際連合だった。そして、イタリアのローマに引っ越した。国際連合食糧農業機関《Food and Agriculture Organization》、通称ＦＡＯの本部があったからである。

ニューヘイブンのコミュニティ・カレッジ時代には、貯金が減るのを恐れて、市販のソースをからめたスパゲッティをしょっちゅう食べていたが、ローマに来てからは本場のカルボナーラのうまさに感激した。エスプレッソにもハマった。とにかくイタリアの食はうまく、国連がローマに食糧農業機関を置く理由を、なるほどこれだなと舌と胃袋で納得した。

鷹栖の仕事は森林における遺伝子組換えの調査とその促進だった。二重専攻《ダブルメジャー》のうち経済と並んで専攻した遺伝子工学が評価されて採用されたらしかった。このFAOの目標は、世界から飢餓を根絶することだ。そのFAOがローマに本部を置くのは、イタリアが栄養失調の人口比率の高いアフリカ大陸に近いからだろう、ともなく鷹栖は当初の推察を修正した。地中海を渡り、すぐ南のリビアに到達し、内陸部へと南下すれば、チャド、ニジェール、中央アフリカと深刻な飢餓に苦しむ国が並んでいる。多くの職員が、アフリカやインドや南米諸国へ、予防接種を受けて旅立っていった。また、そのような過酷な土地にでかけることを、彼らは誇りにしているのが見て取れた。

一方、鷹栖はローマから北へ飛ぶのがもっぱらだった。バイオテクノロジーによる森林の実験が行われているのが、カナダ、アメリカ、中国、フランスに集中していたからである。トイレットペーパーもないようなホテルやテントに仲間が泊まっている時、鷹栖は技術者やプロジェクトのマネージャーあるいは科学者たちと、エアーコンディショニングの効いた会議室で話し、最新型のワゴン車で実験現場まで移動して、レストランでステーキを食べ、ホテルに戻って寝心地のいいベッドで読書に耽《ふけ》ることができた。

三年が経った。

ローマの古びたバールでワインを飲みながら爺さんたちに交ざって、自転車ロードレースに声援を送るほど、この都での生活に慣れてきた頃だった。生産プロセスへの追加投資という形では吸収できないほど巨大化し、世界を駆け巡っていた資本を取り込んで膨張していた住宅ローンの金融商品が、バブル化してゆき、ついにはじけた。はじけた現場はアメリカだったが、その飛沫《ひまつ》は世界中にいる買い手に飛び散り、さらに日本にも深刻な影響を与えた。急速なドル安・円高が進み、輸出産業に大きなダメージが広がり、長い不況の幕が開いた。

休日、遅く目覚めた鷹栖は、経営が悪化したアメリカ大手投資銀行の救済合併と日本の市況について確認したあと、ベッドの上で開いていたウォール・ストリートジャーナルのサイトを閉じた。まだしばらく日本経済は低迷したままだろうなと暗鬱な気分をもてあましてノートパソコンをシャットダウンし、アパルタメェントを出て、遅い休日のランチに出かけた。石の壁にはめ込まれた木製のドアを押して馴染みのバールに入り、立ち飲みのエスプレッソとサラダとピッコロサイズのペンネとパニーニを注文した。

肩を叩かれた。昼間からワイングラスを手に上機嫌のおやじさんがなにか叫んでいる。そのイタリア語はわからなかったが、指さしているテレビでは、険しいつづら折りの山道を色とりどりのジャージを着た選手たちが自転車を駆って登っていた。イタリア人の特に年配層が熱狂するジロ・デ・イタリア、山また山の過酷な登坂《とはん》コースで知られる自転車レースだ。イタリア人の同僚があまりに熱狂するるので鷹栖も見はじめたが、特に今日のような山岳ステージには興奮させられる。レースになにか大きな動きでもあったのだろうか。

「ジャポネーゼ！」

そうおやじさんは叫んでいた。鷹栖はもういちどテレビを見た。確かに小柄な日本人がヨーロッパの選手らに交じって山岳を登っていた。その表情はかなり辛そうだった。団子状になって進む集団《プロトン》の後方にやっとつけているようだ。

「アレ！」と鷹栖はテレビに向かって叫んだ。

「フォルツァ《頑張れ》！」と隣のおやじさんも言った。

すぐに画面は先頭集団に切り替わった。今大会の話題のひとつとして、レースが落ち着いているつかの間に紹介したのだろう。ともあれ、おやじさんのおかげで見逃さずにすんだ。日本を応援してくれた礼も兼ねてワインを一杯奢《おご》り、鷹栖はバールを出た。ローマの強い日差しに照りつけられ、どこか夢心地の足どりでアパルタメェントに向かった。

俺の心の夢の層が、日本と勝手にやりとりして、上へとせり上がってこようとしている、と鷹栖は感じた。欧米での体験に培養された上層が分厚くなり、さらに下層に根を張りだしたことに抵抗するように、もがき浮上しようとしている。こうして日本を離れていても日本のことは片時も忘れたことはない、などとは到底言えず、世界を駆け巡るマネーを意識しつつ、南欧の半島と北米や中国の大陸を行き来する日々のなかで、日本はすこしずつ遠くなっていく。そもそも祖国には大切にしたい想い出などなく、想い出が醸し出す懐かしさも鷹栖は好まなかった。しかし、日本が彼の生の一部であることだけは疑いようがない。それは身体のようなものとして自覚された。峠の細いつづら折りを集団の後方にへばりついて必死に登っていた日本人選手に、鷹栖は日本を、そして自分を、見た気がした。

三年後、宮城県牡鹿《おしか》半島沖合の日本海溝付近で、太平洋プレートが沈み込み、その反動で北アメリカプレートが激しく軋《きし》み、こすれ合いながら、せり上がった。その激烈な衝撃が、膨大な海水を巨大な高波に変え、東日本沿岸部へと押し出した。洪大《こうだい》な津波は悠々と防波堤を越えて、船舶も家屋も車も人も飲み込んで押し流し、一帯を殲滅《せんめつ》した。

その映像は全世界にテレビやインターネットを通じてなんどもなんども流され、鷹栖もローマのアパルタメェントでこれを見た。しばらくすると、福島第一原子力発電所の冷却機能が停止し、建屋が水素爆発によって吹っ飛んだ。炉心溶融が起こっていることは明白だった。日本政府と電力会社は必死に取り繕ったが、海外メディアの論調は悲観論で塗り固められた。住民がその土地から避難させられているというニュースが入ってきた。日本に支社を置く外資系企業の外国籍の社員が次々と日本を離れて帰国の途についているという話が伝わってきた。ＦＡＯの駐日連絡事務所のスタッフは大丈夫だろうか、とローマ本部で同僚が心配そうにつぶやいた。伝染病とちがい放射線には予防接種は効かない。鷹栖は同僚以上に日本の危機を真剣に危惧した。しかし、日本の危機は鷹栖の危機ではなかった。国際社会の中で勢力をじわりじわりと弱めている日本とは対照的に、鷹栖祐二という日本人に対する需要は上がり続けていた。

翌年、鷹栖はニューヨーク勤務を命じられた。国連本部にはローマ以上に高度な情報が飛び交っていた。それを空気のように自然に吸収している鷹栖には常にいくつかのヘッドハンティングの話が寄せられた。国連は高邁《こうまい》な理想だけで動いているわけではない。国連をはじめとする国際機関にとっては、加盟国はいわば株主である。当然、各国の利害は軋み、ぶつかる。ミシェルの言った通りだった。

グローバル化した国際社会の中では、最初に自分たちにとって都合のいいルールで集団の先頭を走ることが肝心である。強者は自分のペースでレースをコントロールすることができるが、集団の後方を走る者は思いがけない加速や減速に翻弄される。それがまた強者をさらに強者にする。このことはローマに住んでいたころ、自転車ロードレースを見て学んだ。

ニューヨークに移って二年目を迎えたある日、会議が終わり、本部の廊下を歩いていると、ユージと声をかけられた。

「ダグじゃないか、久しぶりだな」

出で立ちが様変わりしていたので一瞬わからなかったが、イェール大学の学生寮で同室だった、同じ教室で遺伝子工学を学んだダグラス・スペンサーだった。ロックバンドのTシャツのコレクターだったダグもいまは高価《たか》そうなスーツを着て、革のブリーフケースを提げ、だいぶ風采がいい。

「卒業式以来だ。ユージは国連職員になったんだな。噂は聞いているよ」

「ダグは院に進んだんだろ」

「修士論文を書いて一区切りつけた。就職していまミズーリ州にいる」

鷹栖は驚いた。ミズーリ州にはダグが職を求めるような企業はひとつしかない。

「アグリビズに勤めているのか」

「ご名答」

遺伝子組み換え農作物の分野では世界最大の企業で特許も数多く取っている。確かにダグの就職先としてはおあつらえ向きだろう。けれど、未成熟な技術を強引に使用している、商取引が悪辣《あくらつ》だ、などの批判も多く、訴訟が絶えない。ところが、訴訟を起こすのはたいてい個人経営の農民なので、巨大資金で持久戦に持ち込まれると、やがて疲弊し、法廷闘争を諦めてしまうのだ。いくら非難と訴訟が続いてもアグリビズはびくともしない。政界ともコネクションが強く、特に共和党に太いパイプを持つ。ベトナム戦争で使われた枯葉剤を作った企業のひとつでもある。鷹栖が所属するFAOにとっては協力を要請すると同時に警戒が必要な企業だった。

「俺は夕方の便でクソ田舎に帰るんだが、折角こうして会えたんだからランチでも一緒にどうだ」

「そうだな。俺はこれからバッファローウィングを食べに行くんだが、つきあうかい」

鷹栖はダグを連れて国連前でタクシーを捕まえグリニッジビレッジに向かった。この程度の距離ならば学生時代は歩いていたなと思いつつ、ワシントンスクエアパークの近くで降り、外装を一面黄色に塗った専門店に入った。学生の時のように狭いテーブルを挟んで、コールスローとオニオンリングをサイドオーダーに、バッファローウィングを掴んで指をべとべとにしながらかぶりついた。

「ローマにいた時は飯はうまかっただろう」とダグは言った。

「確かに。わざわざ美味い店を探す必要がないくらいだった」

「いまはニューヨーク勤務なんだよな」

「そうだ、クイーンズに住んでる。ジャクソンハイツだ」

「治安は？」

「まあ夜間は出歩かないようにしているよ。そちらはどうだ」

「会社があるところはセントルイスからかなり離れている。とにかく車がなければどこへも行けないようなところさ」

「アグリビズではどんな仕事をしているんだ」

「もちろん遺伝子組み換えだが、いまの研究対象は樹木だ」

「ということは農作物を扱っているんじゃないのか」

「ああ、俺がいるのは新しい開発部門でね、そこで我々のチームがものすごい成果を出したんだ」

誘導されているなと鷹栖は感じた。しかし、行きがかり上、へえ、そいつはどんな成果なんだい、と訊かないわけにはいかない。

「ケナフは知っているよな」

もちろん知っている。アフリカ原産の草だ。木質の茎の繊維は綱や布に用いることができるほか、木材パルプの代替物として製紙にすることも可能なので注目を集めていた。種子には油が含まれているので、搾れば食用や灯火用の油や石鹸《せっけん》などの原料にすることができる。搾り滓《かす》は家畜の飼料にもなる。成長がべらぼうに早く、二酸化炭素の吸収力もかなり優秀だ。

「ケナフと竹の遺伝子を掛け合わせてみたら、非常に興味深いものができたんだ」

竹か。確かに竹もケナフと同じように茎が木質だった。成長が早く、繁殖力もやたらと高い。

「先に言っておくが、新しい繊維の原料になったなんて生易しいものじゃないぜ」

にわかに興味をそそられた鷹栖は、バッファローウィングをもうひとつつまみながら、ダグが口を開くのを待った。

「今年、ニュータイプのケナフ竹から新しい燃料を作ることに成功した」

「なるほど」

と相槌を打ちつつ、なんだよバイオマス燃料か、と期待は急激にしぼんだ。環境保全の面からエネルギー政策のひとつとして重要だと言われているバイオマスだが、決め手にはならないというのがもっぱらの評判なのだ。

「まあ、そういう顔をすると思ったよ」

ソースで汚れた指をウェットティッシュで拭きながらダグは笑った。鷹栖が取り繕う言葉を探しているうちに、ダグは革のブリーフケースから一枚の紙をつまみ上げ、鷹栖との間にぶら下げた。これを見た鷹栖は、バッファローウィングをハーモニカのように口につけたまま、息を呑んだ。

「すごいだろ」とダグは言った。

「その数字、本当なのか？」

「嘘を載せてもしょうがないじゃないか」

「だって石炭以上だぞ」

「約一・七倍だ」

ダグはにやりと笑って書類をしまうと、オレンジジュースのグラスを取った。

バイオマスエネルギーの泣き所はエネルギー効率が低いことだ。地球に降り注ぐ太陽光エネルギーを植物がキャッチして光合成を行う。しかし、植物が太陽光を捕捉する太陽エネルギー固定率は〇・五％からせいぜい五％まで。バイオマスエネルギーが石油や石炭に取って代わるなんて原理的にあり得ない、というのが定説なのだ。しかし、この値が劇的に変わってくると話は別だ。アグリビズのことだからまた過激な遺伝子操作を加えて光合成効率を飛躍的に伸ばしたな、と鷹栖は推し量った。

「その燃料は液化しているのか」

ダグは首を振って、ブリーフケースからジップロックに入った深緑の物体を取り出して、テーブルの上に置いた。

鷹栖は手を伸ばし、袋の口を広げて中身を指で摘まむと、自分の目の前にかざした。それはほとんど緑の石、宝石のように見えた。

「緑の石炭《グリーンコール》だ」

翡翠《ひすい》のような石に魅入られそうになりながら、鷹栖はそれをジップロックに戻した。この手のうまい話にはたいてい裏がある。エネルギー出力が高いのはめでたい話だが、燃料に加工する際にエネルギーをやたらと食うなら話にならない。

「ケナフ竹からこいつを作るプロセスを含めた収支はどうなっている」

ダグはにやりと笑ってもう一枚の書類を出した。それを見て鷹栖は、ふむ、これならいけるかもしれないぞと思いつつ、もうひとつバッファローウィングを取った。

「特許はどうなってるんだ」

「出願中だ。まず間違いなくパスするだろう」

鷹栖はチキンにかじりつきながら、頭をフル回転させた。

人家に電灯が点《とも》りはじめて以降、人類のエネルギー消費量は飛躍的に増えた。今後は、新興国の人々だって文明の恩恵を得ようとするだろうから、この傾向に拍車がかかる。歯止めが利かないエネルギー消費量の増大に対して、人類はどう対応すればいいだろう。これまで安定した出力を誇ってきた石油や石炭の資源には限りがある。さらに燃焼の際に排出する二酸化炭素が太陽から放射される熱を大気中に取り込んで地球表面の温度を上昇させ、異常気象を呼び起こし、大きな災害を引き起こしているという意見も無視できなくなりつつある。石油に関しては、産油国の政情が安定しないことも気がかりだ。そして、頼みの原子力は二酸化炭素こそ出さないものの、そこで生まれる放射線はさらに始末が悪い。これまでは漏れることはないので心配ないということになっていたが、福島の事故で放出してしまった。いま、二酸化炭素の排出量削減を旗印に、原発建設を推し進めるのは難しい。しかし、バイオマスエネルギーを使えばゼロエミッションで考えられるから、二酸化炭素の問題はクリアできる。そして、もしそこに書いてある出力が本当ならば、これは革新的な発明になる可能性が高い。

「いろんなこと考えているな」

見透かしたように笑いながらダグは、なんでも聞きたいことを訊いてくれよ、と甘辛ソースのチキンをつまみ上げた。ダグが自分をランチに誘ったのは、この話題を振るためだ。偶然見かけて呼び止めたように振る舞っていたが、ひょっとしたら俺が会議室から出てくるのを待ち伏せしていたのかもしれない。

「いま、どの段階だ」と鷹栖が訊いた。

「燃料のテストはほぼ終わった」

「それはすごいな」

「あとは大規模な実験を提案しているんだが、困ったことに、政府からは環境問題を引き起こしかねないという理由でNGが出た」

「どういう懸念を表明されたんだ」

「いや、具体的になにか言われたわけじゃない。そこがまた癪《しゃく》なんだ。要するに不確定要素が多すぎるってことなんだが、こちらとしては納得がいかない」

わかったと鷹栖はうなずいた。アグリビズは民主党政権と相性が悪い。共和党と組んでいろいろと問題を起こしたアグリビズに現政権が警戒するのは当然だろう。

「次の政権交代まではお預けってわけか」

「冗談じゃない。そんなのんびり構えてられないよ」

「じゃあ、次の候補地はどこだ」

「中国」

「決定したのか」

「いや、これから交渉だ」

「大丈夫か、中国で」

「まあ、とにかく国土が広いからな」

負の遺産を押しつけるという発想なら、ウイグル自治区かチベットあたりだろうか。核廃棄物の処分場も置かれている。しかし、鷹栖が問題視したのはそこではない。

「アグリビズは中国の政権とはパイプが太いのか」

「いや、それが実は弱いんだ」

と言ってダグはコールスローにフォークを突き立てる。鷹栖はレモンスカッシュを飲んで頬杖をついて考えた。

ネゴシエイションの相手として中国は非常にやっかいだ。まず交渉期間が長く、結論をなかなか出してくれない。態度はおしなべて強硬で強引。恫喝《どうかつ》も交渉術のひとつと割り切っているところがある。朝令暮改は日常茶飯時。地道に積み上げてきた交渉が急にひっくり返されたと嘆く者が後を絶たない。加えてこの案件は、政府がらみになるのが避けられないので、いっそう大変だ。ダグはおそらく中国政府との調整の便宜を図らせようと声をかけてきたのだろう。

しかし、この時、鷹栖の心の奥底で蠢《うごめ》いている熱くドロドロしたもの、ニューヨークでの慌《あわ》ただしい生活の中でほとんど意識することはなかったが、それでも鈍く日本と交信し続けていた深層が、一気に上層へとせり上がった。まるで、ふたたび活動しはじめた火山が噴き上げるマグマのように。

一瞬、鷹栖の意識は一真行の教団施設に飛んだ。そこには金庫から札束を摑んでバッグに移している自分の姿があった。鷹栖はあの時の自分の声を聞いた。いずれ返す。それまで借りておくだけだ。どう返すかはわからない。だけど、なんらかの形で、教団に、和歌山に、日本に、必ず、この金以上に価値のあるなにかをもたらしてやる。

続けざまに、昼下がりのローマに瞬間移動した鷹栖は、自転車レースを映しているテレビに向かって、つらそうに登坂《とはん》する日本人選手のために「行け《アレ》！」と声援を送っていた。

「日本はどうだ」

と目の前でフォークを口にくわえているダグに向かって言った途端、こんどは、あの国際政治経済学の教室が甦った。

「その革新的な技術はどんなものかユージは今後も考えるといい」

そう苦笑交じりに言った大学教授に向かって、鷹栖は心の中で叫んだ。

見つけたぞ！　これだ！　この技術だ！

意外そうな顔をしてナプキンで口を拭っているダグの返事も待たず、

「日本は人が住んでいるのはほとんど湾岸部で、内陸部は一部の盆地を除けば、あとは亜熱帯の山岳地帯だ。気候的には問題ないだろ」と鷹栖は具体的な検証に移った。

「いや、むしろ理想的だ」

「それに日本はどこも海に近い。輸出に適している。中国の内陸部を実験場にした場合、船に乗せるまでに相当かかるぞ」

「まあ、そこは心配の種ではあるんだ」

「海に達するまで通過する省がいちいち関税をかけるかもしれない」

ダグの顔が曇るのを見て、鷹栖は本腰を入れて日本をプッシュしはじめた。

「技術力においては日本は問題ないよな」

「まったく」

「政情に関してはどうだ。これから中国はアジア太平洋の安全保障にどんどん口出ししてくる。場合によっては手も出してくるかもしれない。となると当然、アメリカも黙って見ているわけにもいかない。そんなこんなで中国共産党首脳部の機嫌を損ねたら、アメリカに本部を置くアグリビズとの事業はすぐ白紙撤回される」

「脅《おど》かすなよ」

「脅かしちゃいないよ。日本と比べてみようと言っているんだ」

「そりゃ日本のほうが理想的さ。ただ、実験段階ならいいが、将来を見越すと土地が狭い」

「日本の山林のほぼすべてを使ったらどうなる」と鷹栖はとんでもないところまで押して行った。

ダグは黙った。ひょっとしたら相談する相手をまちがえたと歯嚙みしているのかもしれない。けれど、鷹栖はかまわず続けた。

「日本列島をケナフ竹で埋め尽くす。ある意味、日本列島を油田にしてしまうんだ。その上でアメリカと日本とでウインウインのビジネス構造を作る」

ダグは、バッファローウィングを両手の指でつまみ、前歯で骨から肉を引きはがしながら、じっと鷹栖を見つめている。

「いいか、ダグ。これはな、言ってみりゃ日本列島油田化計画だ」

日本列島油田化計画……。ダグはぼんやり復唱した。

「日本がものづくりでリードする時代はまもなく終わる。日本ブランドの高付加価値製品を買ってくれるのはアジアの富裕層だけだ。これで稼げるのは一握りの企業で、それだって規模を縮小しなければならなくなる。政府はせっせと金融緩和をやっているが、いくら銀行が貸したくても、企業側に事業プランがないんだから借りようがない。企業だって政府だって本来は抜本的な改革を考えなければならないことはわかっている。否が応でもわかってくるんだ。確かにそれは痛みを伴う。でも生き残るためには手術が必要だ、それがどんな手術で、この処置によってどうよくなるのかをちゃんと説明してやれば、日本政府はやる可能性がある」

気がつくとふたりはバッファローウィングをすっかり食べ尽くし、目の前のバスケットにはその残骸の骨が山盛りになっていた。店員がやって来て、バスケットを下げ、なにか追加オーダーはないかとボールペンを握った。ふたりはチョコレートソースのアイスクリームを頼んだ。

「イノベーションってやつは不利益を蒙《こうむ》る人間をかならず生む」と鷹栖は言った。「けれど、この技術に関しては、負の副作用が割と少ないと俺は見た。そして、利点を挙げればかなり大きい。さまざまな雇用が生まれ、派生する産業も生まれる。そして、いろんな人間のポケットが金で膨らむようにアレンジする。山の提供者、工場、加工会社、研究所、陸送、海運……。この技術による日本の産業構造の変化は経済的には好意的に受け入れられるだろう」

「じゃあ、さっきユージが言ってた〝痛み〟ってのはなんだ」

「日本の風景は激変する。日本人の精神を培《つちか》っていたのは自然の風景だ。この変化に日本人の心は痛むだろう。とてもとてもとても」

「そこなんだよ。処方箋はあるのかい。アグリビズの担当者としてこんなことを言うのは憚《はばか》られるんだが、俺の故郷のメリーランド一帯がへんてこりんな竹林になるのは嫌だよ」

「ただ、メリーランドの人たちとちがって日本人は昔から竹に親しんできた」

「けれど、ケナフの遺伝子を混合しているから、かなり奇異な姿をしているぜ」

「桜だって、日本人が大好きなソメイヨシノって種は明治時代、つまり近代以降に親しまれるようになったものだ。まあ、確かに慣れるまではグロテスクかもしれないから、最初は人目につかないように、人里からひとつ山を越えたところに植林してしまったほうがいいかもな。その一方で、日本人が郷愁を感じるような暮らしと密接に結びついている里山や水田は国定公園にして保全してしまえばいい。もう使っていない風車をオランダが文化財として保護しているのと同じだよ。となると、農業をやっている人は学芸員になるのかな。それも面白いな」

　言うことがだんだん滅茶苦茶になってきているな、と鷹栖は内心苦笑した。アイスクリームが運ばれてきて、まあひとくちとダグが勧めた。舌と一緒に頭を冷やせということなのだろう。鷹栖はひと匙なめた。

「確かに日本でできれば理想的だ」ダグが話を戻した。

鷹栖はうなずいて、

「むしろ心配なのは御社のこれまでの商法だよ」とダグの注意を自社に向けさせた。

「どういう意味だ」

「アグリビズはこれまでかなりの数の訴訟を起こされている。もちろんそちらにもいろいろ言い分はあるだろうが、俺に言わせれば、そうだな全体的に飴《キャロット》と鞭《スティック》でいえば、飴が足りないんだよ。今回は飴をどれだけ与えられるかが鍵だ。ただ目の前にぶら下げるんじゃないぞ、与えるんだ。痛みを感じられなくなるくらいに」

「それは金《マネー》なのか」

「そうだ、金《マネー》こそ最高に効く麻酔剤だ。これまでは訴えてきたのが個人事業主の農民だったからうまくかわせたんだろうが、国が相手になる可能性もある。ここは慎重に考えるべきだ」

「具体的にはどうやって」

「台本を書いてみるよ」

「台本？」

「ああ、舞台は日本でね。もちろんハッピーエンドにする。実はこういうのは得意なんだ」

「……でも、台本だけだとしょうがないだろ」

「もちろん俺が書くのは上演用の台本だ。公演スケジュールもちゃんと考えるよ」

「君の立場でそんなことができるのか」

「そんなの、立場を変えればすむ話さ」

鷹栖は地下鉄に乗って、ジャクソンハイツのアパートに戻った。

ケトルをコンロにかけ、コーヒーを淹れ、それからマグカップを手にデスクに向かい、ラジオをつけた。ラジオはニューヘイブンの蚤の市で買ったものだ。アメリカを出る時もローマに連れて行き、またニューヨークに連れて戻った。あとはノートパソコンとマグカップとすこしの衣料に書物が鷹栖の所持品のほとんどすべてである。ラジオから流れてくる陽気なレゲエが小さな音で狭い部屋にしんみりと響いた。シングルベッドと机がやっと入るくらいのリビングに、キッチンがついているだけの小さなアパートだ。ダグに家賃を言ったら本当にニューヨークなのかと驚いていた。ローマに住んでいた時も同じように同僚に驚かれたが、鷹栖は机とベッドとコーヒーが沸かせるキッチンがあれば充分だと思える人間だった。

さて。コーヒーをひとくち飲んで頬杖をついた。そうしてグリーンコールを事業展開した時の問題に思いを巡らせはじめた。

やっぱり周辺にも飴が必要だ、と鷹栖は思った。米国企業のアイディアで日本がひとり勝ちするのをアメリカや西洋諸国や中国は許さないだろう。だがこいつらに一方的に利益を食われてはかなわない。だとしたら、全体の金《マネー》を増やす必要がある。それにはなにはともあれ需要だ。とにもかくにも需要がなければ経済は成長しない。では、グリーンコールにまつわるビジネスでさらに需要を作ろうとすればどうすればいいのだろうか。金融資本主義化した現在の資本主義では、蓄積され膨張した資本が、投資先をもとめて虎視眈々《こしたんたん》と狙っている。しかし、グリーンコールの生産プロセスにこの手の資本は引き込みたくない。

鷹栖はラジオのスウィッチを切った。部屋の中を静寂が満たし、遠くでパトカーのサイレンがかすかに聞こえた。鷹栖はもうひとくちコーヒーを飲んだ。

だとすれば金融の手法を使うしかない。金融市場で富を生み出すしくみを作って、それを餌として与えようじゃないか。そいつはいずれ毒薬になるかもしれないが、いまは考えないことにする。

鷹栖はノートパソコンを立ち上げ、猛烈な勢いで台本を書きはじめた。

14　スウィッチは押された

三ヶ月後の秋の初め、鷹栖は国連に退職届を提出し、香港へ飛んだ。空港でタクシーを拾い金鐘《ガムチョン》に向かったが、途中で大規模なデモに出くわし、車が進まなくなった。しかたがないので、歩くことにしたが、九月の香港はまだ蒸し暑く、目的地に着いたときには汗だくになった。

「どうだ、銅鑼湾《コーズウェイベイ》の部屋は。狭くて申し訳ないが、香港は住宅事情がシビアなので我慢してくれ」

アジア開発投資銀行の上司、李啓天《リー・チーテン》は鷹栖を部屋に招き入れると、ソファーを勧めてから言った。

「いえ、まだ見てません」

「空港から直接ここに来たのか」李は驚いている。

イエスと鷹栖はうなずき、ノートパソコンを取り出した。

「部屋を見る時間の余裕がありませんでした。途中でデモにぶつかって歩いたので」

「そうだったのか。デモは若い連中ばかりだっただろう、中国本土に抗議しているんだ」

「どういう抗議なんですか」

「普通選挙のことだったように思ったが、はっきりとは知らないな」

「晴れているのに傘を持っていたり、ゴーグルを頭に乗せている者が目についたのですが」

「警察が催涙弾を撃ち込むからだろう。それより、時差でつらくはないのか」

飛行機ですこし寝ましたから、と言ってノートパソコンの中に収めてあったファイルを開くと、本体を半回転させて、李のほうに画面を向けた。

「これが依頼されていた、インドネシアとタイとカンボジアについて国連で収集した情報を列挙したレポートです。ごくごく簡単ではありますが……」

李がパソコンを引き寄せて読みはじめたので、鷹栖は腰を上げ、香港島の高層ビルの窓辺に立って、眼下の町並みを見下ろした。デモの人海が蠢き、そこから突き出たプラカードが揺れている。その向こうに、緑色にくすんだ水を湛えた港を、小さなフェリーが白い尾を引いて進んでいた。対岸は高層ビルが林立する九龍《クーロン》、そして山野《さんや》が広がり、さらにその先は宏大《こうだい》な中国本土に続く。もはやイギリスによる植民地支配という防波堤はない。大陸から押し寄せる巨大な波は、香港の若者が求める民主主義も言論の自由も飲み込んで、さらにアジア一帯へと広がっていくだろう。その監視拠点がこのアジア開発投資銀行のビルだ。

「非常に興味深い」

背後で李の声がした。

「メールでお送りしようと思ったのですが、中国が主導する国際金融機関に勤務しはじめた国連出身者は監視される可能性があるので見合わせました」

鷹栖はソファーに戻って腰を下ろした。

「どこが監視するというのだね」

「まあ、アメリカでしょう。去年、国家安全保障局に勤務していたエドワード・スノーデンという元職員がすっぱ抜きましたよね。彼の告発を信じるのなら、アメリカ政府は通信大手やインターネット事業者も抱き込んでいますから、僕のメールを覗くなんてやろうと思えば簡単です。あとで銀行内の回線から直接サーバーにアップしましょう」

そういえば、スノーデンがアメリカのジャーナリストに情報を提供したのはここ香港だった。

君には期待しているよ。李啓天《リー・チーテン》にそう言われ、精一杯頑張ります、と鷹栖は北京語で答えた。


その言葉の通り、鷹栖はアジア諸国を飛び回り、東アジアの海上を南北に行き来する新たな「絹の道《シルクロード》」の整備、そして中国人民元の経済圏拡大のために働いた。マネーをばらまき、橋や高速道路の建設、新たな高速鉄道の敷設をリードした。海を埋めて空港を作らせ、海底に光ファイバーを引いて通信網を張り巡らせた。

鷹栖はいつもひとりで行動し、事案の骨格ができると詳細な台本を書いて、あとは下のスタッフに任せ、すぐ次の事案に取りかかった。しかし、このグリーンコールだけは自分ひとりで最後まで掘り進み、貫通させると決めていた。

高度な情報を扱っている自分の通信は盗聴や傍受されている恐れがある。――このことを言い訳に、鷹栖はあまり組織に連絡を取らなかった。そして実際、盗聴の恐れはあったので、滞在先のホテルからメールを出さないことも、行き先をいちいち言わないで飛び回ることも、組織は放っておいてくれた。それになにより、鷹栖は着実に実績を上げていたから。

持たされた法人向けカードで航空券を買い、ホテルを予約し、臨機応変に北へ南へ東へ西へと飛んでいった。空港から空港へホテルからホテルへ、ノートパソコンと小さなバッグだけで移動した。用意してもらった香港島の銅鑼湾《コーズウエイベイ》のマンションには一年の三分の一もいなかった。おかげで航空会社が発行するマイレージはどんどん貯まった。

ニューヨークに出向いて国連時代の昔の仲間から定期的に情報を調達し、それを手土産にして組織を喜ばせ、ウォール街では大手投資銀行の銀行家《バンカー》と接触し、ミズーリ州に飛んで、アグリビズとミーティングを重ねた。バンコクからソウルからニューデリーからハノイからマニラからピンマナからクアラルンプールから頻繁に日本に立ち寄って、経団連の首脳部、経済産業省、農林水産省、国土交通省、文部科学省の高級官僚たち、そして各省庁の大臣、ゴルトベルクの東京駐在所、遺伝子工学の専門家とも接触し、一歩一歩グリーンコール計画の台本を完成に近づけていった。

ほぼ計画が固まると、鷹栖は満を持して金融工学の手法を使いはじめた。飴の量を増やすためだ。**あるところからないところに移す**だけでは足りず、鷹栖は金融工学をつかってなにもないところに価値を作り出そうとした。ゴルトベルクの手によって甘く甘く味付けされた大きな飴を中国とアメリカと日本の要人の目の前にぶら下げた。まず、中国が、ついでアメリカ、最後に日本がこれに食いついた。

最初に甘い雨を降らせる土地ははじめから決めていた。そこは渡米する前に着服した金を返すあの場所だ。いくつかのダミー会社を経由して、和歌山県の地銀に口座を作り、大口の預金を放り込んだ。さらに地元の不動産屋に裏山一帯の山林を好条件で買い上げさせ、売り払った者には世帯ごと面倒を見ると内約し、近くに贅を尽くした老人ホームを建てた。

建築業者と会った際、鷹栖はある参考資料を見せた。それは、十四歳の鷹栖が空き巣に入った老婆の家で見つけた老人ホームのパンフレットだった。なにげなく、尻のポケットにねじ込んで、あのカプセルホテルを出た後も、和歌山、ニューヘイブン、ローマ、ニューヨーク、香港、そしてまた和歌山へと連れて回ったそれは、もうボロボロになっていた。

「これよりもはるかに贅沢で行き届いた施設を企画してください。夢の御殿のようなものを。先祖代々の神々が棲む山林を売った罪悪感が消し飛ぶくらいに大盤振る舞いして――」

山の主《あるじ》のほとんどが喜んで売った。提示額が充分だったからだ。先祖が残してくれた山だからと迷っていた数人も、みんなが売るならばと言って売却に応じ、〝ふるさと〟に移ってきた。

開館の日、ベトナムでひと仕事終えた鷹栖は、日本行きの便に乗った。昼下がりに関西空港で降り、そこからは十七歳の時と同じように紀勢本線で南下したが、今回は白浜駅で下車してタクシーを使った。紀伊半島沿いの海道を走る時、西に傾いた光にきらめく海面がまぶしかった。山道を登るときには、岩場の間を流れる渓流や重なる尾根の連なりに、一瞬じぶんの故郷のような懐かしさを感じて、すこし胸が痛んだ。

一真行の看板は随分とくすんでいたが、まだあった。教義よりもミシェルのことを思い出した。ひょっとしたらいるかもしれないと思ったが、のこのこ顔を出すわけにもいかない。

タクシーを降りて〝ふるさと〟の施設を眺めた時、注文の結果を確認し、鷹栖は満足を得た。施設の中に足を踏み入れると、開館式はもう終わり間際という理想的なタイミングだった。オーナー企業の関係者だと名乗ったので、大いに感謝され、記念写真を撮る時に「どうぞ、ぜひ御一緒に。どうぞどうぞ」と強引に引っ張り込まれた。

列に並んでいると、三脚に載ったカメラの斜め後ろに立ってぼんやりこちらを見ている男が気になった。どこかで見覚えがあるような気もするが思い出せないでいると、カメラのフラッシュが光った。それを合図に、身体を寄せ合っていた列がほどけ、各自がフロアに散っていった。そこかしこに佇む人の群がりに鷹栖はある人物の姿を探した。できれば、過ぎ去った年月とともに様変わりした風体を隠れ蓑《みの》にして、こちらの正体を暴かれないままに、相手が健在なのを確認したかった。

「先生は死にはったで」

驚いて声のほうにふり返ると、さっきの男がやっぱりぼさっと突っ立ってこちらを見ていた。確かにどこかで会った、そんな気分がまたわだかまった。会ったとしたら二十年近く前だ。いまのこいつはおそらく三十かそこらか。だとしたら、俺と会った時には中学に上がるか上がらないか、もしくはそれより年少だったことになる。そう考え、はっと思い当たった。一真行の教団施設にいたちょっと足りない小僧じゃないか。たしか、マサアキとか言った。こいつは俺のことを覚えているのだろうか。ろくに足し算もできなかったことを思い出し、鷹栖はまさかと思った。とはいえ、覚えていられると面倒だ。ここは無視して退却してしまおう。鷹栖は、にぎやかに盛り上がるフロアをあとにし、そっと外に出た。

タクシーまでのアプローチを足早に進んでいると、スマートフォンが鳴った。ゴルトベルクの担当からだったので出た。買い手がついたと言われ、喜んだ。

「そうですか、グローバル・ペトロリアムにワールド・リソース・テクノロジーですね。いいじゃないですか。そこが食いつけば、あとは自然と注文が殺到するでしょう。但し、あくまでも内々のセールスにとどめてください」

スマートフォンを耳に当てたまま、待たせていたタクシーの窓ガラスをノックして、席で眠っていた運転手を起こした。目をこすりながら、運転手は後部座席のドアを開けた。その時、あの男が出てくるのが視界の片隅に捉えられた。鷹栖はタクシーに乗り込んだ。バックミラーの中、どこからともなく犬が現れ、男に寄り添うように並び、そのままこちらに向かってくる。これはもうマサアキにちがいない。

マサアキは、交通違反を取り締まる警官のように、車の傍らに立って車内を見下ろした。観念し、鷹栖は窓ガラスを降ろした。

「先生、死にはった」

鷹栖はうなずいた。

「あの日な、先生のとこ行ってん。そんでな、給食食べたんや」

あの日。鷹栖が一真行を出た日か。確かあの日もこいつは出て行こうとする俺にまとわりつくように寄ってきて、見透かすようなことを言ったっけ。

「お前は一真行を出たのか」

鷹栖は観念してそう訊いた。

「金《かね》はもういらんわ」

いきなりそう言われてぎくりとしつつ、詳しく訊く気のない鷹栖は、手元のスウィッチに触れた。サイドウィンドウが上がり、やがて閉ざされたガラス窓の向こうでマサアキの唇がまた動いたけれど、もう聞きとれなかった。出してください。鷹栖は運転手に声をかけた。南紀白浜空港でええんですかと訊かれ、お願いします、と急かすように言った。

車は動き出した。

鷹栖はバックシートに沈み込むようにして考えた。マサアキが言っていた「金はもういらんわ」は、鷹栖が金を持って行方をくらました後、教団内で不問に付すという結論が出たことを意味するのだろうか。しかし、そんなややこしい情報を、オツムの弱い、しかもまだガキだったマサアキが把握したとは考えにくい。また、あいつがすでに一真行を脱退しているのだとしたら、鷹栖を見たと訴えることもないだろう。よしんば訴えたとしても、名刺も渡さなかったのだから、マサアキの証言を信じて追跡しようにも手がかりがなさ過ぎる。

まあいい。さて、あとは、仕上げだ。鷹栖は気持ちを切り替えた。まとめて買い上げた山林とグリーンコールが生み出す利益の受益権を切り刻んで売却する体制を早いとこ固めてしまおう。急がなくては。そう鷹栖は思い、さて、なぜ自分はこうも急いでいるのだろう、といぶかしく思った。

――自分はもうすぐ死ぬのだろうか。

胸中にわだかまる不安を表現する言葉にようやく行き当たった気がした。――自分は死ぬかもしれない。それも突然の死に襲われるように。

先日、香港に戻った折、グリーンコール計画の全体像を報告すると、李啓天《リー・チーテン》は不満げな態度をあからさまにした。日本だけが格別いい条件で、中国が取るパイが小さいじゃないかと不機嫌な顔で鷹栖を睨みつけた。

「情報をキャッチする時期が遅れ、日本側がすでにスキームを固めてしまっていましたので」

そう言い訳した鷹栖に李啓天《リー・チーテン》はただ沈黙を投げ返した。それは鷹栖に鈍い打撃を与えた。

江沢民《こうたくみん》が鄧小平《とうしようへい》から権力を委譲されたあたりから、中国は積極的にアセアンや中央アジアにかかわりはじめ、新地域主義《new regionalism》的な多国間外交の路を開きはじめた。しかしその背後には、漢民族と中国こそが世界の中心であり、中国文化や思想こそが最も価値あるものだという中華思想が息を潜めていた。

所詮お前は日本人だ、役に立つうちは大事にしてやってもいいが、裏切ったならば容赦はしない、李啓天《リー・チーテン》の沈黙はそう物語っていた。

中華民族の偉大な復興？　そんなものクソ食らえだ。新疆《しんきよう》ウイグル自治区の弾圧をやめ、チベットの独立を認めやがれ。鷹栖は心の中で毒づいた。但し、そもそも鷹栖のほうも、このアジア開発投資銀行へのヘッドハンティングを受けたのは、グリーンコール計画を固めるためだったので、裏切り者扱いされても文句は言えない。重宝されながら裏切りを重ねる人生だな、と鷹栖は来し方をふり返って苦笑した。ヤクザを裏切り、宗教団体を裏切り、次はおそろしく巨大な組織を裏切ろうとしている。

しかし、こんどはそう簡単に逃がしてはくれないだろうという予感がした。

けれど、妙に落ち着いていた。ここまでプログラムをしっかり組んだなら、もう大丈夫だ。すでに始動スウィッチは押されたに等しい。

15　火は熾した

「オーケー、これでいい」

鷹栖は言った。そうですね、と向かいに座っている寺尾純一も明るい声を出した。

「幸先よく三年前に、グローバル・ペトロリアムとワールド・リソース・テクノロジーという巨大な買い手がついたことが幸いしました」

そりゃあ、エネルギー産業の多国籍企業はこれを買わないわけにはいかないだろう、と鷹栖は思った。

「これで、プロジェクトは事実上完成です。おかげさまでいい商品ができたと感謝しています」

ではよろしくと上着を羽織りドアに向かった彼は、鷹栖さん、と声をかけられふり返った。

「よろしければ今夜ささやかに祝杯を挙げませんか。もちろん勘定はうちのほうで……」

外資系の投資銀行にしてはやることが粘っこいなと思った。ここが東京駐在所で担当と俺が日本人だからだろうか。

「お気持ちだけいただいておきます」

愛想笑いを浮かべ、ドアノブに手を掛けた。

「うちの上司も一度是非お会いしたいと申しており、あまり大げさにならないようにいたしますので」

相手は妙に粘った。鷹栖は口元から笑みが消えないよう努力した。

「ありがとうございます。ただ、ここのところ西へ東へ飛び回る日が続いていたので、時差呆けがなかなか取れず、今晩は部屋に引き取って休むことにします」

そう言って鷹栖は廊下に出た。

エレベーターホールまで見送りに来た寺尾は、ホールボタンを押して、それでは残念ですがまた機会を改めまして、と頭を下げた。その時はまたお願いしますと社交辞令の言葉を残し、やって来た箱に乗り込んだ。左右から扉が閉まろうとした時、ふと鷹栖はドアエッジセンサーに触れ、また扉を開けた。

下げていた頭を起こした寺尾の顔に、鷹栖は自分でも思いがけない言葉を投げかけた。

「もし僕の身に急なことがあってもビジネスはそのまま続けてください。それからくれぐれも顧客の名前は外には漏らさないように」

あっけにとられた寺尾の顔が、ふたたび閉じた扉で塞がれた。箱の中でひとりきりになった鷹栖は忍び笑いを漏らした。寺尾が驚くのも無理はない。おかしなことを言ったもんだ。

六本木の高層ビルを出て、タクシーを捕まえた。とりあえずやれるだけのことはやった。**あるところからないところへちょっと移す**救済プログラムは、とりあえずこれで一区切りついた。鷹栖の胸は言いしれぬ満足感で充たされていた。

と同時に、このときはじめて、鷹栖はこの世に生きて死ぬということを切実に思った。一真行の修行時代にも思いを馳せることのなかった死の闇の冷気が鷹栖に吹きつけてきた。ついさきほどまで、鷹栖の身体の中には、老婆の家の箪笥から十万円を抜き取ってポケットにねじ込んだ青春の血がまだ熱く流れていた。あの日以来ずっと、遠くに燃えている大きな火を追い求めるあまり、足元の暗闇に気がつかなかった彼は、はじめて切実に生と死について考えた。そして、自分の生の小ささに慄然としながら、それでもなにがしかの意味があったにちがいないと思おうとした。

見覚えのある街並みが窓の外を流れていた。山手線の高架の向こうに、むかし寝起きしたカプセルホテルがビルの隙間から垣間見えた。立ち寄ってひと風呂浴びたい気もしたが、それもつまらぬ想い出をなぞって自分を慰めているだけの気がして、彼はタクシーを止めなかった。

ホテルの近くの通りで降り、適当なダイニングバーを見つけて入った。フロアを四角く囲むカウンターの一角に座り、イベリコ豚のグリルとスモークサーモンとトマトとチーズのサラダ、赤のグラスワインを注文した。そしてひとりで杯を掲げて乾杯した。

さて、引き際が肝心だぞ、と鷹栖は思った。これ以上中華思想の片棒を担ぐ必要もあるまい。さて次はどこへ行こう。

「あなたは私の帰るべき素晴らしい家となるだろう《You'd be so nice to come home to.》」と女が歌っている。古いジャズがかかっていた。しかし、鷹栖は〈帰る〉というイメージをうまく摑めないまま生きてきた。前へ前へと逃げていくことだけが性分になった自分がすこし哀れだった。空いた皿を下げてもらい、シングルモルトのストレートを注文した。

だけど、日本はこれから変わる。それはよき変化にちがいない。そのことに自分は貢献したのだ、ただ生きて死ぬわけではないぞと思い、杯を呷《あお》った時、それが慰めにも励ましにもなったのはアルコールに助けられただけではなかった。

急に右肩が重くなった。誰かが自分の肩を摑んでいる。見上げると見知らぬ顔があった。

「鷹栖祐二だな」

鷹栖は静かにうなずいた。

「そうはさせないぞ」と男は言った。

そうはさせないぞ、という日本語を鷹栖は反芻《はんすう》した。日本にいるのに日本語なのが意外だった。

鷹栖は腹部に違和感を感じた。視線を落とし、これはまずい、と思った。突き刺さった刃物を抜こうとしたが、相手はこちらの肩をもう片方の手でしっかり押さえ、柄を握っている手首を返した。腹部が燃えるように熱くなり、その熱が全身を駆け巡った。

急にバーの天井が見え、ゆっくり遠ざかる。いつのまにか、堅い床の上に仰臥《ぎようが》していた。店内で起こった悲鳴が、強風に揺れる冬木立の遠いざわめきのようだ。

突然、妙な想い出がよみがえった。ニューヘイブンのアパートでコンロに点火した時、不思議な達成感とともにジャック・ロンドンの『火を熾す』を思い出したっけ。あの時は、火をともした喜びに主人公と自分を重ね合わせていた。けれど、あのあと主人公は死んでしまうのだった……。

これはもう駄目だなと思った。追いつかれたのだ。けれど誰に？ 李啓天《リー・チーテン》の細い目が脳裏に浮かんだ。それとも一真行か。〝ふるさと〟の開館式なんかに行ったのが徒《あだ》になったのかもしれない。まあ、いい。もうプログラムは始動している。「そうはさせない」と言ったって、火種は確実に熾っている。俺は火を熾した。やがて大きな炎が立つ。もう止められやしないさ。さよなら日本。その新しい姿を見届けられないのは残念だが、これが俺の運命だろう。後悔はない。ひょっとしてこれが覚りなのか。それとも祖師が言っていたように、煩悩を抱え輪廻の中でまた生まれ変わるのか。わからない。とにかくさようなら、だ。さようなら、さようなら……。

羯諦《行け》羯諦《行け》波羅羯諦《すべての過去》波羅僧羯諦《すべての苦悩からその先へ》菩提薩婆訶《覚りの歓喜あれよかし》。

第三章　サイケデリック・マウンテン

16　これは駄目だ

スマートフォンを切ってバッグに入れ、井潤紗理奈《いたにさりな》がベンチから立ち上がったときには、到着した乗客で溢れていた南紀白浜空港のロビーは、もう閑散としていた。井潤は視線を巡らせ、レンタカーの受付カウンターを探し、そちらに足を踏み出した。

今朝、あの密生した竹の映像を見たとたん、心はむしょうにざわめき、すぐに午後の便を予約し、羽田から白浜へと飛んできた。そしていま白浜空港にいることを弓削《ゆげ》に伝えた。弓削はさして驚いたようすもなく「そうか来てくれたのか」と静かに言った。遠方から葬儀に訪れた友人を迎えるような落ち着いた口ぶりに、かえって井潤は緊迫を感じた。

レンタカー営業所のカウンターで鍵を受け取り、軽自動車に乗り込んだ。スマートフォンに入れた曲がカーオーディオで再生できたので、井潤はスマホをいじり、適当に選曲してから車を出した。古いイギリスのフォークソングが車内を充たした。ケンブリッジ大学を中退して二十六歳で死んだ繊細な青年が、繊細な歌をつぶやくように歌っていた。

車を運転するのはひさしぶりだったので緊張したが、幸い道は空《す》いていた。幼い頃に離れたとはいえ、土地勘はあったし、このあいだ来たところだったので、カーナビは必要なかった。

「さてとやって来ましたよ」

井澗はひとりきりの車内で声に出してつぶやいた。そして、どうしてわざわざ自分はここに？ とまた自問した。

昨夜の時点では、坂上がグリーンコール計画についてさも得意げに話すのを、井澗はなるほどそういうことなのかと素直に聞いていた。そして、こんなプロジェクトにかかわっているのなら、坂上のような男が得意気に話すのも無理はないなと思うくらいにそれは巨大で、本当に実現するのであれば、結構なことではないかと思えるくらいに、大胆で、意表を突き、またよく考えられた策だった。

国に資源があるというのはとてつもなく強い。七〇年代から北海の石油と天然ガスを採取しはじめたノルウェーはいまや大金持ちだ。油とガスを輸出して得た金を国家の基金に蓄え、その金額は確か日本円で九十兆に届くという話を聞いたことがある。国民ひとりあたりに割り振れば一千八百万。これだってすこし前の数字だから、いまはもっと増えているのかもしれない。グリーンコール計画によって我が国がもし資源輸出国になれるのなら、財政問題は大きく改善される。だから、ちょっとした朗報として、弓削が和歌山から帰ってきたら教えてやろうと思っていた。そのくらい、この計画のアウトラインに、井澗はさほど危機感を感じなかった。

しかし、今朝、研究所で、山間部を埋め尽くした奇妙な竹が風に揺れる映像を見た時、井澗は心臓を鷲摑みにされたような気がして、気がつけば、航空会社に電話を入れて午後の便を押さえていた。常日頃は科学者の端くれとして、人の直感など当てにならないと周囲に吹聴しているのに……。まあいい、グリーンコール計画のなにを忌まわしく感じているのかについてはまた改めて考えよう。ひょっとしたら、うろたえて遠路はるばるここまで来たことを、照れくさく回想することになるかもしれないが、それはそれでいい。

けれど、わからないことはまだある。

グリーンコール計画は、坂上が語ったとおりだと仮に認めた上で、三宅による鷹栖祐二殺害とどう結びつくのだろうか？　三宅は、洗脳解除の処置を施した後の取り調べの最中に、錯乱しながら「グリーンコール」とつぶやいたと弓削から聞いている。だとしたら、これは坂上の「グリーンコール計画」とリンクさせて考えるのが妥当だろう。

しかし、被疑者の三宅はどうやって、NCSC内でも管轄外の者には伏せられているこのプロジェクトを知り得たのか。また、同じ疑問は、自分の元患者を逆洗脳して大手外資系企業の要人を殺害したのではないかと嫌疑をかけられている山咲先生についても残る。つまり、ふたりともに、この計画についての情報調達ルートが推測できない。

次に、グリーンコール計画と三名の被害者との関係も不明瞭だ。殺された鷹栖とグリーンコール、そしてもう二名の被害者グローバル・ペトロリアムの胡大維《フー・ダーウェイ》とワールド・リソース・テクノロジーのグレゴリー・ウォーカーの殺害とこの計画はどのように結びつくのだろう。

そして、本当の犯人は誰なのか？　三つの殺人事件はともに直接手を下した者がすでに捕まり犯行を認めているにもかかわらず、夢の中でなにげなく刃物を突き出したような印象をぬぐい去ることができない。動機も、犯行にいたるプロセスもおぼろげで曖昧で、そして真犯人の影がどこかにチラチラしている。――なによ、これじゃ、Why も Who も How もみんな靄《もや》に包まれているじゃないの、と井澗は歯がゆかった。

ふるさとの駐車場に車を止めると、井澗はエントランスに向かった。娯楽室にいると聞いていたので、足を向けると、壁際の席で年寄りらと麻雀を打っていた弓削が、井澗の姿を認めて軽くうなずいた。井澗はすこし離れた椅子にかけ、麻雀が一段落するのを待った。老人らに交じって、弓削は楽しそうに牌《はい》を並べていた。早く終われと念じていると、「マジですかあ、参ったなあ」と弓削が大げさな声を上げげた。ポケットから財布を出して払っている。負けたらしい。

「すみません、今日はこのへんで勘弁してください」

そう言って立ち上がった。「なんや、ええやないか、もう一局やろうや」と声をかけられると、「連れが来てますんで」と井潤のほうを指さした。年寄りたちがいっせいにこちらを向いたので、しかたなく井潤は笑顔を作って会釈した。

「さよか。ほな別嬪《べっぴん》さんの彼女に免じて許したるわ」

あけすけな笑い声が、牌をかき回す音に交じって卓の上に湧いた。

「ありがとうございます」と弓削は頭を下げて井潤のほうにやって来た。なぜかにやにやしている。

「いま言った礼は、麻雀から放免してもらったことじゃなくて、彼女が美人だと褒めてもらったことに対して――」

「いつ彼女になったのよ」井潤がさえぎった。

「ええっ⁉」と弓削は大げさに驚いた後で、「じゃあ、また茶飲み友達からがんばります。では、どうぞこちらへ」と言って喫茶室のほうへ手を差し延べて誘《いざな》った。まったくこいつは、どこまでが芝居なのかよくわからない。

背後で、さっきのお爺さんが「兄ちゃん、村祭りの獅子舞はたのむで、なんせ若いのがおらへんよって、舞い手がのうて困っとるんや」と声を張り上げると、弓削は「うい。了解です」などと手を挙げて請け合ったりもしている。

「ずいぶん馴染んでるじゃない」と井潤は言った。

「いろいろ情報提供してもらわなくちゃならないからさ。それに俺、都会育ちだから村祭りってのに憧れがあるんだよね」

　こうしたおどけた態度も、喫茶室で向かいあい、井潤が話しはじめると、神妙な物腰へと変わった。ところどころ確認の問いを挟む以外は、弓削は黙って聞いていた。語るにつれて、弓削の沈黙はどんどん重くなった。聞いたことはすべて話した。ただ、ビデオ映像で偶然に見たあの奇妙な竹から受けた不吉な印象はどう表現したらいいのかわからないので、口にすることはなかった。

　話が終わると、弓削はくわえていたストローを吸った。あらかた飲み干してしまったアイスコーヒーの底に貯まった氷と、それが溶けた水で薄くなったコーヒーが、濁った音を立てた。それでも弓削は吸い続けた。いつもならやめなさいと叱るところである。

　突然、「ああ」と弓削がストローを離し、「わざわざ知らせに来てくれてありがとう」と思い出したように言った。

「東京に戻ってきてからでいいかなとも思ったんだけれど」と言い訳するように井潤は言った。

「いや、そんなことはない。大変有益な情報だった」

　妙に丁重な物腰のままそう言うと、弓削はふうと長いため息をついた。井潤は車の中で整理した疑問をぶつけてみた。

「犯人の三宅が取り調べの最中につぶやいた『グリーンコール』と、NCSC内で進めている『グリーンコール計画』とは関係あると思う?」

「あるだろう」

「じゃあ、三宅はこの計画をどうして知ったのかしら」

「それはわからないな」

「山咲先生がこの計画を知るルートはあると思う?」

「そいつも現時点では謎だ」

「最初に殺された鷹栖はどう？　彼とグリーンコール計画は関係がある？」

「ある。奴はクロだ。まっクロけっけだ」

「どういう風に」

「おそらく、グリーンコール計画を発案したのは鷹栖だろうな」

井潤はその仮説的推論の性急さにすこし驚いた。

「残りふたりの被害者との関係はどう？　グリーンコール計画とどう関わっているのかしら」

「ふたりはグリーンコール計画の当事者だ、ある意味では」

「ある意味では……。じゃあ、三人は関係があるのね」

「ある。たぶん面識はないが……」

「殺された原因はなに？」

「グリーンコール計画を止めるためだろう」

「誰が止めようとしているの」

「それはわからない」

「なぜ、止めようと思ったのかしら、動機はなに？」

弓削はストローを噛みはじめた。

「誰かの利害を損なうから？」と井潤は問いを重ねた。

弓削は首を振った。

「でも、国を挙げてのプロジェクトがそんなに簡単に止まるかしら」

「止まらないまでも、警告を発することには意味があると考えているんじゃないかな」

「だとしたら、また……」と井澗がその先を言いよどむと、

「誰かが死ぬことになる」と弓削があとを足した。

「山咲先生は関与しているのかしら」

　弓削は首をひねったまま黙っている。彼の頭の中には事件全体を俯瞰《ふかん》する画《え》があるていど描けていて、ところどころ虫食いになっているピースを埋めようと、脳内のニューラルネットワークが激しくやりとりしているにちがいない。井澗は弓削の目の前で手を振って「ハロー」と言った。

「起きてる？」

　弓削はぼんやりとした視線をこちらに向けたあと、「あれ？」とつぶやいた。

「どうかした？」

「そうか、困ったぞ」

「だから、なにが？」

「井澗さ、今晩のお泊まりどうするの」

　まったく別方向に話を向けて、弓削はまたにやにやしはじめた。

「うん？　先生のうちにでもと思ってたけど」

「馬鹿言っちゃいけない。あそこは家宅捜索中で立ち入り禁止になってる」

　あっ、と井澗は思った。

「じゃあ、ここに泊まるしかないわね」

「ここは捜査官が詰めかけて満室だよ」

　にやにやの理由がわかった。

「さらに、申し訳ないけれど、俺の部屋もベッドがひとつしかない」

井潤は弓削を睨みつけた。

「ソファーは?」

「あるけど、ひとり掛けなので、そこじゃ寝られないぜ。………あはは、そう怒るなよ。幸いなことにダブルベッドだ。余裕はじゅうぶんさ」

「黙れ」

黙った。けれど、相変わらずにやにやしている。その時、弓削さん、と声がして県警の男がその背後に立った。弓削がふり返り、「あ、お疲れ様です」と言った。

「不動産屋に行って来ましたが、弓削さんの読み通りでした」

弓削はおもむろに立ち上がり、じゃあ、ちょっと向こうでと年輩の老刑事の背中を押した。そして、思い出したようにふり返ると、ああこれ渡しておく、とテーブルの上にカチャリと置いたものがあった。ルームキーだった。

「んじゃ、帰りが遅くなったら、先に寝てていいから」

新婚の夫のような言葉を残して、恋人未満の男友達は行ってしまった。

さて、どうする。いったん山を降りてどこかの旅館に泊まって明日また戻ろうかと思ったが、明日になればまた弓削は忙しく立ち回るだろう。さっき老人たちに交じってやっていた麻雀も情報収集のためだと言ってたが、それもあながち嘘ではないだろうから、ゆっくり話す時間はなかなか取ってもらえそうにない。弓削とはまだ話し足りないことがあった。せっかく来たのだからと思い、部屋で待つ案を検討してみた。

同じベッドで眠るとしても、なにも起こらない気がしたし、またもうそんなことだってあっていい気もした。ただ、初めて寝るにしても、相手の出張先に押しかけて、老人ホームのベッドで、というのはどうなのかしら、と首をかしげたくなったけれど、もう成り行きにまかせるしかないなと思い、いやいやっぱりそうは思えなかったりもして、そのうち、自分の気持ちもわからないことにじれ出し、ついに、いいも悪いも、とにかくここに泊まるしかない、と結論した。

浴槽の縁《ふち》に置いた両腕に顎を乗せて、山あいに沈む夕陽を眺めていた井澗は、大浴場の湯にのんびり浸かっているいまの自分の境遇と、東京を飛び立つ前の切迫した気分とのへだたりを感じて、妙な感覚を味わった。

洗い場に目をやると、老婆ばかりが皺《しわ》の多いたるんだ身体《からだ》に石けんを塗って泡を立てている。井澗は彼女たちの身体に流れた時間を認めた。そして彼女たちよりはるかに張りがあり秩序の取れた自分の身体にこれから流れる時を思った。肉体という物的存在とともに生きる限り、熱力学第二法則から逃れられる者はいない。井澗は浴槽の縁に後頭部を預けて身体を裏返し、形のいい乳房を天井に向けて仰向けになると、先ほどの弓削の返答を整理した。

グリーンコール計画の首謀者である鷹栖が殺されたのは、警告を発するためだ、と弓削は言う。そして、鷹栖に続き、ふたりの企業家が殺されたのも、警告のためだったと。三人の関連性は、彼の中ではすでに目星がついているようだ。

けれど、グリーンコール計画を阻《はば》もうとする勢力の正体は掴んでいない。

さて、以上のような情報は、拘束されている山咲先生にどう作用するかしら。もし山咲先生がグリーンコール計画を知ったならば、まずまちがいなく否定的な意見を口にするだろう。となると、真犯人の目星さえついていない現時点では、山咲先生のグレーは黒みを帯び、嫌疑はさらに深まることになる。

近代主義が行き詰まると、人は自然・古代・宗教のどれかに回帰しがちだ。山の中を歩いてカウンセリングを行う山咲先生は、いわば自然派だし、常日頃から企業が自然を破壊することについて、否定的な態度を取っている。

とはいえ、グリーンコール計画を知ったとしたら、これに反対する人間は山咲先生に限らないだろう。父だって、生きていれば、いい顔するわけがない。弓削はどうだ。日頃から保守を任じている彼も、古きよき日本に依拠して異を唱えそうだ。

いいや、と湯の中から抜け出して、しかし、どいつもこいつもしょうがないな、と井潤は思った。井潤ら科学者にとって、自然は〈観察し、分類し、使うもの〉である。都合よくロマンを見い出されては困る。宗教にしたって、いまの日本が宗教的な基盤を持っているとは考えにくい。古きよき日本に到っては、いったいいつの話？　もう日本国民の誰も記憶していない遺物を持ち出してどうするの、と思いながら髪を泡立てていた井潤は、腕を伸ばしてカランをひねり、勢いよく湯を噴出させた。

ノックの音がした。そっとドアを開けて入ってきた弓削は、なんだ起きてたのかと言って、歯ブラシを使っていた井潤の隣に、どさりと身体をうつぶせに投げ出した。それがベッドの上だったので、ちょっとどきりとしたが、井潤のほうが居候《いそうろう》なので、来るなとも言えない。井潤は歯ブラシを動かしながらリモコンを取ってケーブルテレビの海外ドラマを消すと、ベッドから降りた。

浴室で口をゆすいでから戻って「夕飯はすませたの」と訊いたら、仰向けになった弓削は、「さっきミーティングしながら食った」と天井を見つめながら言った。時計を見たら午後十一時を回っている。ハードな一日だったにちがいない。

「井潤は？」と訊かれ、「まだ明るいうちにすませた」と答えると、弓削は「そうかそれはよかったな」と言ったが、なにがいいのかはっきりしない。おそらく本人もわかってない。疲労が蓄積し、集中力が途切れ、脳が自動運転して適当に会話をつないでいるな、と井潤は考えた。

弓削はむくりと起き上がり、床に置いていたバッグをゴソゴソやると、着替えを取って浴室に入っていった。まもなく、シャワーを使う音が聞こえてきたが、十分もしないうちに新しいTシャツとトランクスで戻ってきた。

あぶねえ刑事《デカ》。唐突に井潤はそう言った。弓削が不思議そうな顔をした。

「君はあぶねえ刑事なんだね」井潤は弓削の胸元を指さしてくすりと笑った。

〝あぶねえ刑事〟とTシャツに染め抜かれた文字。有楽町のショップで井潤がいたずらに選んだシャツは人気テレビ番組とのコラボアイテムだった。

「うわ。なんだこれは」

「あはは。それでなにかわかったの？　あぶねえ刑事さん」

まいったなと言いながら、弓削がベッドに上ってきた。そして、ヘッドボードに背中を預けて座りながら「ある程度は」と答えた。

「山咲先生の嫌疑は？」

「それについてはなんとも言えないな。この計画は山咲先生が反対しそうなことではあるけど、ここに来てなにか決定的なものが出てきたわけじゃない。ただ、状況はよくないね」

「どういう風に」

「東京と連絡を取り合ってわかったんだが、先生の元患者で二件目三件目の殺人事件を起こした野中栄一と道下宏は、診察を打ち切った後もちょくちょく山咲先生のところを訪ねている」

「治療が終わっても個人的な関係は続いていただけじゃないの」

「かもしれないが、あまり喜ばしい情報じゃない。取調室の空気は悪くなっただろう」

「警視庁にはグリーンコール計画のことを話したの？」

「いや、まだだ。あえて伏せてある」

「なぜ」

「俺がどう理解していいかわからないからだ」

「グリーンコール計画のメリットとリスクのバランスのこと？」

「イエス」

いつのまにか弓削の脳は、感覚的な自動運転モードから、制御的な熟考モードに切り替わっていた。

「山咲先生がグリーンコール計画を知り得た可能性はあるかしら」

「常識的に考えると難しい。ただ、ケナフ竹の植林現場は、先生がやっているヒルクライム・カウンセリングの順路の裏手にあたる。つまり目と鼻の先ではあるから、なにか感づいたのかもしれないな」

「でも、たとえ先生が現場の人間と接触したとしても、黒幕の鷹栖のことまで察知するなんてことは不可能なんじゃないの」

「その場では無理かもしれないが、独自に調べて鷹栖に行き着いた可能性を捨てるわけにはいかない、あぶねえ刑事《デカ》じゃなくたって、そういう疑いは一応ポケットにしまっておくものなんだよ、刑事ってのは」

「じゃあ、あぶねえ刑事の勘では、山咲先生はクロ？」

「あぶねえ刑事の当てにならない勘だと、シロだ」

井潤はすこしほっとした。

「ただ、関与はしてるかもしれないな。自分でも気がつかないうちに関与させられているというか」

井淵はそこをもっと聞きたかったが、弓削自身もまだ未整理なようなので、話題を変えることにした。

「グリーンコール計画について、弓削君の個人的な意見を聞かせてよ。計画されていることが実行可能だという前提で」

弓削はヘッドボードから背中を離すと腕枕をして仰向いた、そしてしばらく天井を見ていたが、

「マズいでしょ、やっぱり」とつぶやいた。

「伝統が破壊されちゃうから？」

「それもあるけど……」

「他にはなにが」

「まず、グリーンコール計画って遺伝子組み換え操作を使ってやるわけだろ」

ん？　これから科学技術批判をはじめる気なの、と井淵は身構え、

「でも、人間は技術を使って生産性を上げてきたんだよ」と先手を打った。

「まあそうだ」

「そもそも農業だって、鋤《すき》や鍬《くわ》などの威圧的な道具で大地を傷つけることからはじまったわけだし」

「けれどそういう自然破壊は、手を休めてようすを見てやれば、自然のほうが自分の力で傷を癒やして回復することができる。だけど、遺伝子を操作されて壊されたら、その破壊は決定的なものになる」

「つまり不可逆ってことね」

弓削はうなずいた。

「それにさ、やっぱり未確定の部分が多すぎるんだよ。増殖して手に負えなくなって、生態系が根本的に狂っていくのをオロオロしながら見ているしかないなんてことになったら万事休すだからな」

「でも、グリーンコール計画がしっかりした科学技術の上に成り立っているとしたら」

弓削は笑った。

「そんなこと、あったためしがないじゃないか。製作途上の科学が政治に巻き込まれ、科学者は政治と結託して安全神話を作り出す、この繰り返しだろ」

この言葉を井潤は自分に向けられた非難として受け止めざるを得なかった。

「まあ、いま話したのはマクラだ。この計画について俺が抱いている一番大きな懸念っていうのは——あれ？」

井潤は毛布をかぶってベッドに潜り込んでいる。

「え、どうした」

「弓削君は不誠実だよ」

「なんだって、俺が不誠実？」

「人をおだてるようなことを言いながら、心の中では非難してるんだから」

「え、俺が井潤を？　嘘だろ」

「だって、さっきのはどう取ったって科学者への非難じゃない」

「だけど、なにも井潤のことをうんぬんしたわけじゃないぜ」

「でも、矛先《ほこさき》を向けた集合の中に私は入っているでしょ」

と言って、毛布の隙間から覗くと、弓削の困惑した顔が見えた。

「だけどさ、俺たちがこの手のことで言い争うのはこれがはじめてじゃないじゃないか。だいいち井潤だって俺のことを感情的だの幼稚だのって馬鹿にしたのは一度や二度じゃないぜ」

「ふん、うまく論点をずらしたね」

と言うと同時に井澗は、確かにそうだ、と認めた。ふたりの間にはこんな言い争いなどよくあることだ。しかし、行きつけの吉左右《きっそう》ならともかく、同じベッドに入っているのに、あんな言葉を投げつけられるのはまったく愉快じゃない。今晩は気分次第ではしてもいいと思ったけれど、こいつはまったくなってないぞ。突然、井澗は毛布から顔を出すと、肘枕をして弓削に向き直った。

「で、なによ？　弓削君の一番の懸念ってなに？　美しい日本がなくなること？」

「ほら、いまのだってずいぶんと馬鹿にした言いぐさじゃないか」

「おあいこだよ」

弓削が手を伸ばして顔に触れてきたので、払いのけた。

「駄目だよ」

「え」

「さっきの一言で私は気分を害したの」

弓削は手を引っ込めて、しくじったなあ、とため息まじりに笑った。駄目だと言えば手を出さないらしい。

「で、弓削君の懸念を聞こうか」

弓削は急に真面目な顔つきになった。

「たぶん、鷹栖は、このグリーンコール計画によって、いろんな人間がこのプロジェクトに群がり、甘い汁が吸えるよう仕組んでいる」

「その仕組みはどうなってるの？」

「証券化だ」

「どういう意味？」

「証券化ってのは金融のテクニックだ」

「だから、どんな」

「ひとことで言うと、生産プロセスでないところに金を投下するしくみだ」

「ひとことじゃ理解できないみたい」

「じゃあ、もうすこしだけ言おう。この老人ホームに入っているじいさんばあさんたちは裏山一帯の山持ちだ。山を手放す見返りがこの豪華な施設ってわけだ。買い上げの値段もたいそう気前がよかったので、みなが売った。近くの熊野古道は世界遺産になって、観光業は多少潤ったが、おかげで樹一本切れなくなったらしい。ユニセフは金をくれないが、グリーンコール計画は金をくれる。気前がよくて大いに結構というわけだ」

「なるほど」

「山が手に入ったら、杉や欅《けやき》や檜《ひのき》を引っこ抜いて、ケナフ竹を植える。それを収穫し、加工してグリーンコールって燃料を作る。これが生産プロセスだ」

井潤はうなずいた。

「ところが、いまや、生産プロセスだけじゃ、資本の膨張するスピードと量に対応しきれないんだ。うま味のある生産プロセスは減っていく。未開拓の市場もやがてはなくなる。だったら生産プロセスでなくたっていいじゃないかって具合に発想を切り替えてみよう。つまり、資本が膨張するために経済活動があるんだって考える。ものづくりの時代は終わり、金のやりとりそのものが経済を形成するんだ。そのために資本の自己増殖をパワーアップさせる、より大きく、より速く。こういう資本の膨張とスピードの要請に応える手段が証券化だ」

「どうやって」

「証券化は、キャッシュ・フローの権利を金融商品にして、そいつを切り刻んだり混ぜたりして、流動化させる」

「なぜ切り刻むの」

「そのほうが気軽に買ったり売ったりしやすいだろ。つまりリスクを分散して、小さくするんだ」

「でも、切り刻んだとしても、総体としてはリスクは減ってないわよね」

「いいところに気がついたな。そうなんだ、でも小口化すれば、世界のどこからでも買い手がつく。なぜならば、ヤバいかもと思ったら証券ならすぐに売れる。売りたいときに売れるってのが流動性だ。流動性が高まると、いろんな買い手が現れる。流動性こそが証券化の強みなんだ」

「つまり、リスクは減ってないのに、切り刻むことによって買い手がつく、つまり価値が生まれるわけね」

弓削は指を鳴らして、当たり、と言った。

「じゃあ〝混ぜる〟ってのはなに？」

「それもリスク回避に有効なんだ。証券化すれば、グリーンコール証券と原油に関する金融商品をミンチにしてまた新しい商品を作ることだって可能だ。グリーンコールの市場価格が暴落しても、原油のほうは高値を維持しているかもしれない。つまり、証券化するってことは、投資家にリスクとリターンだけを見せるってことだ。投資家はリスクとリターンだけ見てりゃいい。その商品の社会における意義とか道徳性とか将来性とか、そんなことは考えなくてすむ。あと細かいことが色々あるけれど、本質的なことは以上だよ」

「ということは、殺されたふたりがいたグローバル・ペトロリアムとワールド・リソース・テクノロジーってのは――」

「この証券の買い手だ。つまり――」と弓削は息を吸い込んだ。「グリーンコール計画を透かしてみれば、日本の領土を金融商品化して切り刻んで売っ払おうって企みが見えてくる。たしかに国の経済はよくなるかもしれないが、その時は自分たちが踏んでる地面がいったい誰の所有物かもわからないなんてことになりかねないぜ。そんなこと、おいそれとは賛成できないよ」

その時、風にそよぐ奇妙な竹の群れが井澗の脳裏に浮かんだ。確かにこの薄気味悪さに慣れるまでどれだけの時間が必要なのか、彼女には想像がつかなかった。

「証券も遺伝子組み換え操作も人間の欲望が支えている。だけど、人間の欲望をそのまま反映するのが正しいという社会は間違ってるんだよ」

弓削は神妙な面持ちでそう言った。そんな弓削を井澗は好ましく思った。と同時に、そうだろうか、という疑念も湧いた。

欲望でないものなどあるのだろうか。経済を度外視してでも伝統を守りたいというのも欲望だ。屈辱に甘んじるならあえて死を選ぶという気高い決断さえも欲望なのだ。おびただしい欲望を整理し、どの欲望を優先するかの合意を形成する、政治の役割はこれにつきる。けれど、大勢の欲望に対して不都合であっても存在する真実はある。それを追求するのは科学だけであり、科学は時に欲望に応えることもあるが、そこから独立しているはずだ。たとえ人々が望んでも、科学者は、宗教家のように、死後の世界があるなどという慰めは言わない。井澗はそう考えることで、多少の満足を得た。

サイドテーブルの上でスマートフォンが踊りだしたので、弓削は手を伸ばし、それを摑《つか》んで耳に当てた。

——なんか出たか？

米田先輩だった。

Tシャツとトランクスのまま、窓際においたひとり掛けのソファーに移動した弓削は、いやまでですと言ったあと、抜け出してきたベッドに目をやった。白い枕の上に広がる黒い髪がゆっくり波打って、小さな顔がこちらを向き、黒い瞳が開《あ》くのが見えた。

「山咲先生の取り調べはどんな具合ですか」

——まだずーっとシラを切り通してる。

「あまり乱暴に追い込まないほうがいいんじゃないですかね」

——馬鹿。このあいだも言ったけど、めちゃくちゃ鞭《むち》を入れられてんだ。

「どうして、そんなに上は焦ってるんですか」

弓削は前から抱いていた疑問を投げかけた。

——そりゃあ被害者はアメリカと中国のエスタブリッシュメントだからな、米中の手前もあるだろう。

「ただ、表向きはもうすでに犯人は捕まっているし、そんなに大きな問題にならないんじゃないですか。たとえばアメリカがつべこべ言ってきたら、沖縄で米兵が高校生を強姦殺人したことを持ち出して、黙らしちゃえばいいじゃないですか」

おい。米田が低く呻《うめ》くように言った。

「すみません。でも、上が解決しろって言ってるのは、この事件のどの部分なんですかね」

——ひとつは不透明な動機をクリアにすることだ。

「動機についてはたしかに訳がわからないですね」

——だろ。そこを明確にしないと上は納得しないぜ。

「ほかにはありますか」

——もうひとつは、一真行がまたやっかいなことをしでかそうとしているのだとしたら、大ごとになる前に叩いておかなきゃならない。

「うーん、一真行が組織的にこの事件に関与しているってことはあんまり考えられなくないですか。過去に町中でLSDを撒くっていうへんな事件を起こしたことは確かですが、あれをテロと呼ぶのもちがう気もしますし」

——だったら、実際に元信者二名が刺した事実をどう説明すんだよ。

「でも、脱会していて、現役の信者ではないわけですよね」

——捜査の手が組織に伸びないよう、あらかじめ脱会させておいたって可能性はあるだろうが。

「脱会から犯行までのタイムラグがありすぎますね。一応、一真行にも聞き取り調査はやってもらってますが、一真行から命令を受けて起こした事件という線は薄いかと思います」

——だったら、そこのところをはっきりさせればいいだけの話だよ。

「そうですかね。俺にはそうは思えないんですよ」

——どういう意味だ。

「なんか今回の上の態度っておかしくないですか」

——だから、なにがどうおかしいって言うんだ。

「上は、神秘主義とかスピリチュアルにかぶれた心神喪失気味のアホが、思いあまって刺しましたって筋書きじゃ納得してくれないんですよね」

——いや、俺たちが自信を持って言えばそれで通ると思うな。

「米田さん、本当にそう思ってますか」

先輩は黙った。弓削は、先方が自分の意見を待っていると見て、口を開いた。

「三宅、野中、道下の背後に真犯人がいるにちがいない。なんの証拠もないのに、上はそう決めてかかっている、あるいはその可能性がかなり高いと踏んでいるんじゃないんですか。俺たちもその線に乗せられて山咲先生をしょっぴいちゃったんですが、見当違いの捜査を続けてる気がしてならないんです」

米田の沈黙は長く尾を引いたままだ。

「でも、後になって本当は山咲先生とは別に真犯人がいて、また誰か殺されたら、上は俺たちを庇《かば》うどころか、なにやってんだと責めるだろうし、世間に対しても警察のメンツは丸つぶれになりますよ」

——お前、それ本気で言ってんの。

「ある程度本気です」

——じゃあ、真犯人についてはどう見当つけてるんだ。

「いや、そこはまださっぱり」

——やっぱりそうか。

「なにがです」

——和歌山の連中は、お前の捜査方針が腑に落ちないとこぼしてるぞ。

「それは言えないことがあるからです」

——じゃあ俺には教えろ。まさか、言えないなんて言うんじゃないだろうな。

これを引き際と捉え、弓削はここで手持ちのカードを米田に配ることにした。

「先輩は経産省にネットワークがありますよね。資源エネルギー庁で、なるべくそれも上層部のほうがいいです」

財務省と経産省のキャリア組に米田の仲間がいることを知った上での質問である。米田も、弓削があえて質問の形を踏んだのを承知したように、ああ、いないことはないぞと返事した。

「その人にグリーンコールってどんな計画なんだって訊いてください」

――なんだって……。

「昨日の金曜日、銀座のバーで、客のひとりがグリーンコール計画がどうのこうのって喋ってるのを耳にした者がいるそうです。会話の内容から、どうやら経産省の関係者らしいとわかりました。お知り合いにこのことを伝えた上で、いま追っている事件の重大な手掛かりと関係があるかもしれないので、内容についてどうか教えてくれと言ってこじ開けてください」

――昨日の夜っていやあ、お前は和歌山にいたじゃないか。お前、なに隠してんだ。

井澗の手前、これに答えることはできない。弓削は無視して先に進んだ。

「それから、経産省から得たグリーンコールの情報は一課の羽山にも教えてやってください」

――いや、それはちょっと請け合えないぞ。

「代わりに米田先輩は羽山からもう片方の情報をもらいます」

もう片方……と不思議そうに米田が復唱したのを見計らって、弓削は次のカードを切った。

「一課の羽山が、ゴルトベルクがグリーンコールって金融商品を開発していることを突き止めました。ゴルトベルクは殺された鷹栖が出入りしていた投資会社です」

弓削は、先輩がふたつのグリーンコールを頭に叩き込むための一拍を置いて、「それで？」と言われるまで待った。

「いま、一課がこのグリーンコール証券の顧客のリストを出せと担当者を突《つつ》いてます。けれど、先方はなんとか誤魔化したいようです。NCSCの平岩にも協力してもらってますが、米田さんのほうからもプッシュしてやってくれませんか」

――くそ、出し抜かれたな。

米田は苦い声を漏らした。

「もし、この証券の顧客名簿の中にグローバル・ペトロリアムとワールド・リソース・テクノロジーにまつわるなにかがあれば――」

あるに決まっている。だが、羽山の手前、米田にはそれを伝えていなかったので、こんな言い方になった。息を吸い込み、弓削は結論を吐き出した。

「経産省のプロジェクトとゴルトベルクの証券がリンクします。これが俺が描いている画《え》のすべてです」

沈黙があった。米田は驚きのあまり一瞬言葉を失ったのだろう。

――じゃあ、今回の連続殺害の目的は？

「この画を破って燃やしてしまうことでしょう」

ややあってから、「よくわからんな」と米田はつぶやいた。

――お前は山咲はおそらくシロだと言う。ということは、この画を燃やそうって動機は山咲にはないって言うのか。

「いや、あるでしょう。この画を手にして眺めれば、山咲先生なら必ず燃やしたいとは思いますよ」

そういう思いは自分にもないではない、とひとこと足すのはよして、

「でもどうやって画を手にするんです？　つまり、これから米田先輩が知るような情報を山咲先生が

どうやって知り得たのかって想像するに、ちょっと難しい気がするんですよね」

――だけど、そこは決めつけちゃいけないと思うがな。思いがけない経路で知った可能性も検討すべきだろ。

一理ある。そこで、弓削は別の角度から攻勢をかけた。

「かもしれません。ただ、よしんば画を手に入れて、燃やしたいと思っても、どうやって燃やしたらいいか途方に暮れてしまうんじゃないですかね」

――言ってることがよくわからんぞ。

「いまはわかってもらえなくていいです。たぶん経産省から帰ってきたら実感してもらえると思います」

――この画を眺めて面白くないと思っている、パワーを持った連中が真犯人ではないか、と上が疑い、その嫌疑を見極めようと、早いとこきれいに解決しろと発破をかけているんじゃないかってお前は疑っている。そういうことか。

「そのとおりです」

――なんだか狐につままれたような話だな。そうならそうとはっきり指示すりゃよさそうなものだが。

それはグリーンコール計画がまだ公《おおやけ》にされていないからだろう、と弓削は推測していた。

――で、その真犯人がいるとしたら、お前のイメージじゃ、そいつはかなりでかいんだな。山咲個人はもとより、一真行なんかよりも。

こんどは弓削が黙った。ここまで述べてきた理屈を発展させていけば、当然そうでなければならない。けれど、その像を見ようと目を凝らしても、依然として焦点が合わなかった。そのもどかしく鈍い感覚が、見当ちがいの論を述べているのではという不安を彼に与えた。

「いや、そこのところはとりあえず先輩が経産省のお知り合いに取材してから、また話しましょうよ」

そうはぐらかして、弓削は切った。そして、名探偵を気取ったつもりが実は道化を演じているだけではなかろうか、という不安の中に押し黙ったまま、彼はソファに身を沈めていた。

ねえ、と声をかけられて顔を上げると、黒い瞳がこちらを見ている。毛布から裸の腕を抜いて半身を起こしていた井澗の意外と豊かな胸が、コットンの薄い布地を柔らかく持ち上げ、脇の下へきれいな曲線を落としていた。醸《かも》し出された色香《いろか》がここまで並べてきた論理を蹴散らそうとした時、井澗が次に発したひとことが、たちまち彼を推論の世界へと連れ戻した。

「まさかとは思うけれど、アラブ？」

広げた画の虫食い部分があちこち埋まり出すのを弓削は感じた。

国か。国ならば、グリーンコール計画の情報をキャッチすることも可能かもしれない。そして日本が、中国やアメリカに証券化という手法で飴を与えながら、新しいエネルギー燃料を開発し、それを世界各地に輸出しようと目論んでいると知ったら、アラブの産油国は激しい危機感を抱く。

二〇一〇年代、アメリカを中心とするシェール革命以降、中東の産油国は揺さぶりをかけられてきている。ゼロ・エミッション効果を備えたグリーンコール計画が本格的に始動すれば、彼らにとって新たな脅威になることはまちがいない。

では、彼らはどこでこの計画をかぎつけたのだろうか？

国連。弓削は思わず声に出していた。あそこにはエネルギー部門がある。その部門は、料理や暖房のための燃料さえ利用できずにいる発展途上国の救済に向けて、エネルギーの適切な供給を工面するプランを練っている。当然、新技術の開発者は国連に売り込みに行く。そんな折に、アラブ産油国がこの情報をかぎつけたとしたら……。

感動的なおいしさだわと言いながら、井潤は丸パンにマーマレードを塗っていた。

「高級ホテル並みの味よね。このパンなんて言うのかしら」

弓削はうんともすんとも言わないで、スプーンでグラノーラを掬《すく》っている。これを見て、井潤は注意を促した。

「アラブってのは、あくまで思いつきで口走っただけだからね」

「だとしても、かなり説得力があることは確かだ」

「じゃあ、疑問点は？」

「そうだな、しょうしょう手ぬるいってことかな」

「手ぬるい？」

「ああ、ゲリラが政府要人を暗殺したり、イスラエルとなんども戦争してきた歴史を考えれば、連続殺人で警告を発したなんてのは、品《ひん》がよすぎる気がするな」

「そうなのかな。だとしたら、手はじめに二、三人殺してようすを見ようとしているのかしら」

優しげな顔でときどき猛烈なことを言う井潤だが、弓削はさすがにぎょっとして、スプーンを持つ手が止まった。

「それにね」と井潤が言葉を継いだ。「産油国はアラブだけじゃないわよ。可能性を考えてみてもいいんじゃないかしら」

「インドネシア」

口にしたあと弓削は眉をひそめた。あの国が、そんな大それたことを仕掛けてくるだろうか。

「じゃあ、北海をぐるりと囲むヨーロッパ諸国は?」

なるほど。六〇年代後半から北海に眠る石油と天然ガスはノルウェーとイギリスに多くの富をもたらした。ノルウェーの今日《こんにち》の繁栄は北海の石油抜きには語れない。そして、イギリスといえば冷戦時代に盛んに諜報活動を行っていた。あの国ならこの方面の実績には事欠かない。

「なるほど『殺しの免許証《ライセンス》』を発行する国か」

「なに、それ」井潤は首をかしげている。

「『００７《ダブルオーセブン》のジェームズ・ボンド』だよ。女王陛下から場合によっては容疑者を殺していいってライセンスを発行してもらっている」

「なんだ映画の話か」

「いや、あの映画には原作小説がある。実際に英海軍情報部に在籍していた元諜報員が書いてるんだ。映画のほうが有名だけど、小説もなかなか面白い。特に食い物が美味そうに書いてある」

「ふーん、いろんなもの読んでるのね」

弓削は、グラノーラの小さなボウルを脇によけて、サニーサイドアップの目玉焼きに取りかかった。井潤のほうはこのパンならいくらでも食べられそうとまたひとつ取った。井潤はさっきからサラダとパンばかり食べている。

「シュリッペンだ」

なにが、と井潤が言った。

「そのパンの名前。子供のころ、母がよく焼いてくれた」

「なによ、知ってるのなら早く教えてよ」

「聞こえてはいたんだけど、アラブの関与を考えてたから。で、今日はこれからどうするんだ」

「午後の便を予約してある。弓削君は？」

「一真行に行こうと思っている。道下と野中のことをもうすこし知りたい。それに山咲先生のことも」

紅茶で口を湿らせた後、井潤が「私も行っていいかな」と訊いた。

弓削は目玉焼きにナイフを入れながら考えた。

休暇中の井潤を捜査に同行させるのは、公私混同が過ぎるかもしれない。しかし、井潤はこれまでNCSCの職員としてこちらのセクションから協力を仰いできた職員でもある。それに、昨夜は同じ部屋で寝たのだし、いまさら取り繕ってもしょうがない。もうかまうものかと思った弓削は「いいよ」と答えた。

県道をすこし下ったところにある一真行へは、県警から借りた車で乗り付けた。門口《かどぐち》で作務衣《さむえ》を着た若い僧をつかまえ、警察のバッヂを見せて御祖師様に取り次いでいただきたいと告げると、かしこまりましたと走り去り、しばらくすると汗を掻きながら戻ってきて、どうぞこちらへと伽藍《がらん》の横にある応接間に連れて行ってくれた。ほどなく祖師の滑川がやって来た。

立ち上がって、お忙しいところを申し訳ありません、と弓削が頭を下げると、まだ私たちが疑われているんですか、と苦笑しつつ、滑川は腰を下ろした。弓削はいえいえそのようなことはと平身し、ふるさとの売店で買ってきた茶菓子を卓の上に置いてついと先方へ滑らせ、つまらないものですが、と言い添えた。滑川はこれはどうもご丁寧にと受け取り、さきほどの若い僧に渡して「お茶を」と言った。

弓削はすぐに事件の方面へ話を持っていかないで、一真行というのは、大乗仏教をベースにしておられると聞いたが、それなのに出家を重視しているのはなぜかしらとか、〈空《くう》〉というのはある種のニヒリズムでしょうかとか、鎌倉新仏教というのはキリスト教の影響がありますか等々、宗教がらみのとりとめもない話題をポンポン投げていった。こういう質問ならいくらでも答えますよと言わんばかりに、祖師の舌は滑らかになり、身体から漂わせる気配も柔和なものに変わって、弓削が「警察は死体のことをホトケなんていうひどい連中のたまり場でして」などと冗談を言うと、愉快そうに笑った。

「面白い人だな、あなたは」滑川は言った。「そんな知識をどこで仕入れたんです」

いや、大学の一般教養の授業で齧っただけです、と弓削は頭を低くした。

「昔、この上にちょっと面白い先生が住んでいてね。入信する気はないんだが興味はあるのだと言って、やって来ては話して帰られました。われわれは東京に本部を置いていた時代に、世間を騒がす不料簡《りょうけん》を起こしてしまったから、ここに越してきたときには、地元の人たちとの間に大きな軋轢《あつれき》が生じていた。それなので、その先生がひょっこりここに現れた時は、これは偵察にちがいないと疑ったんですが、会って話してみるとなかなか感じのいい人だった。もうずいぶん前に亡くなってしまいましたが、刑事さんとお話ししているとその方のことを思い出しましたよ」

弓削が井凋を見ると、なにくわぬ顔で出された茶を飲んでいたので、弓削も「実はこの人は――」などと紹介するのはよした。

こうして空気がいくぶん和《なご》んだところで、弓削はようやく野中と道下について、まず脱会理由を尋ねた。修行がつらくなったからでしょう、と祖師の返事は素っ気なかった。そういうときは引き留めたりしないのでしょうかと訊くと、引き留めたってしょうがないので、と祖師は笑った。

「出家しての修行はあまりにつらくてもうできないけれど、一真行信者として教団に籍を残したまま、在家信者として生きるという方法はないんですか」

「それは選択肢のひとつとして認めています。ただ、そういう人はあまりいませんね。出家して修行するのが嫌になった人はほとんど脱会されます。まあなかには、修行はしない、というかそういう必要もなく、かといってここを出て行くわけでもなく、なんとなくずっとここにいるという珍しいのもいますが、これは例外です」

「では、野中と道下は、ふたりともなんのトラブルもなくやめているんですね」

「ふたりに限らず、トラブルなんてほとんどありませんよ。去る者は追わず、来る者は拒まず。山を下りたいと言えば素直に見送ります」

「じゃあ、どうしてふたりは山咲先生のところへ相談に行っているのでしょうか、祖師にこんなことを訊くのもなんですが」

私に訊かれてもというように滑川は笑って茶を飲んだ。弓削は質問を変えた。

「山咲先生とはお会いしたことはありますか」

「ええ、あります。敵対関係にあったわけではありませんから」

そうなんですかと弓削が念を押すと、それはそうでしょうと祖師は笑った。

「しかし、山咲先生は脱洗脳のスペシャリストですよね。つまり、いったんは信者が信仰した教義をきれいに洗い流してしまうのが仕事です。これは一真行の教義を否定しているのと同じではないですか。ですから、一真行と山咲先生は敵対関係にあると捉えていいのではないでしょうか」

「入信している修行僧にそれをやられては迷惑ですが、脱会した者ならどうぞよろしくという気持ちです」

やけに淡泊だな、と弓削は思った。

「いま洗脳という言葉を使われましたが、洗脳というのは、別の言葉で言えば、世界の見方を書き換えるということでしょうね」と滑川は言った。

弓削はうなずいた。

「教義によって、信仰によって、その人の心のあり方、心理学の用語で言えば内部表現、こいつを書き換えてしまえば、世間一般のそれとは異なることは確かです。洗脳と呼びたければそう呼んでもかまいません。ただ、そういう意味では宗教というものはどこだって洗脳をしているわけです」

なるほどと弓削は言った。

「では、脱洗脳というのはどういうことかというと、こちらは教団で書き込まれた内部表現を、あなたの言葉を借用させてもらえば、洗い流すという行為です。では、洗い流せばどうなるかというと、放っておけば自然と世間一般の見識に従うようになる、こういう風に普通は考える。この場合、世間一般のものの見方とはなにかということについては、話が長くなるので申し上げませんよ。ただ、そもそもそういう通常の世界観では満足できない人間が宗教を目指すのです。われわれのような活動を白い目で見ている人たちは、脱会して社会復帰したら『ああよかった、これで一安心』と思いがちです。実際、俗世間に戻ってしばらくすると、そこに安住して馴染んでしまえる人もいるかもしれません。しかし、戻ったはいいがやはり息苦しいと感じはじめる人も当然いるでしょう。野中にしても道下にしてもそういう思いがあったということは考えられます。ただし、もういまさらわれわれのところには戻れないと感じた時、山咲先生を訪ねるのはなんの不思議もありません」

「よくわかります、山咲先生も同じようなことを仰《おっしゃ》ってました」

そう言った時、頰に鋭い視線を感じた。「そんなにホイホイわかっちゃ駄目」。山咲宅を訪問して話を聞いたときの態度について井潤からそうあとで釘を刺されたので、同様の警告を与えているのだなと察した。

「そうなんですよ」と滑川は言った。「山咲先生がやっていることとわれわれがやっていることは同じだと思っています、私は」

「では、ちがうところはないんですか」

ためらいがちの笑いを滑川が浮かべ、「どうか」と弓削は先を促した。

「山咲先生のほうがサービスがいいんです」

サービスがいい……？　「といいますと？」と弓削はさらに先を求めた。

「つまり、わりと簡単に夢を見させてくれるんです。実際に山咲先生のその方面の技術はすごいので、サービスしたくなるのかもしれませんが」

そんなにすごいのですかと弓削は尋ねた。ええ、あんな人はめったにいません、と滑川は請け合った。小川のせせらぎをまざまざと見せられた弓削は、確かにと思いながら、妙な満足を感じた。

すると、これまで一言も発しなかった井潤が、口を開いた。

「以前お会いした時に、言葉の力で変性意識状態を作り出すのだと山咲先生は仰ってましたが、技術的には同じものなのでしょうか」

「ええ、我々は変性意識という言葉を使いませんが、基本的にはほぼ同じだと考えていただいてとりあえず結構です。ただ、これは私の勘ですが、山咲先生は言葉だけを使っているのではないと思いますよ」

「薬物ですか」

滑川は笑った。

「それだと、不祥事を起こしたうちと同じになってしまいますよ」

自虐的に滑川は笑い、弓削も付き合うように笑ったあとであっと気づいて井潤を盗み見ると、案の定笑っていなかった。薬物を使って変性意識作用を起こすのは脳科学者としての彼女の本業のひとつだから、昔の一真行と一緒にされてはたまらないと憤慨しているのだろう。

　すると滑川は意外な臆測を口にした。

「もしかして、山咲先生が使っているのは気功に似た技術じゃないですかね」

　気功と聞いて、どこから質問していいのか弓削はわからなくなったが、

「つまり、言葉の代わりに〈気〉を使うってことですか」と言ってみた。

「まあ、そういうことです。言葉に対する感受性は人によってばらつきがあるのですが、〈気〉を使えばそういうことはないんでしょう。でも、そのへんは私にはわかりません」

「気功を使うとどういうことができるのですか？」と井澗が訊いた。

「さあ、遠隔でも気を送って患者を治すことができるとか、色々と聞きますが、どうなんでしょう」

　こりゃほとんどオカルトだな、と弓削は内心苦笑したが、これを見透かすように、

「〈気〉がなんであるかは私には説明できません。けれど、気功が総合医療の世界の中で認められていることは事実ですよ」と滑川は注意を促した。


「どう思ってるの？」と助手席の井澗が尋ねた。

　一真行を引き取って狭い県道を上っている時だった。急なカーブにさしかかり、ハンドルを切りながら、

「なについて？」と弓削は訊き返した。

「山咲先生のこと、本当にシロだと思ってる？」

「どうしてまたそれを」

「アラブでもインドネシアでもノルウェーでもイギリスでも、あるいはロシアでもいいけど、巨大組織の手下となって山咲先生が動いているって可能性についてはどう思う」

まさしくそれが新たに脳裏にちらつきだしたストーリーだ。山咲の常日頃の主義主張とはそぐわないかもしれないが、それはカモフラージュであった、あるいは敵の敵は味方と割り切って結託した、と考えれば、いちおう筋は通る。すくなくとも、純白なること新雪のごとしってわけじゃない。答えあぐねて黙っていると、井潤がまた口を開いた。

「シロであって欲しいとは思っている。けれど、私がそう思っていることで判断を鈍らせたくない」

そんな心配は無用だと思いながら、弓削の心はすこし晴れた。クロならば誰であろうと挙げるのは当然だが、どこかで井潤を気遣っていた。

「あと、自分が公務員だということを忘れないでよ」

なぜ、と弓削は訊き返した。

「警官の制止も聞かずにデモ隊に罵声《ばせい》浴びせてたでしょ、新大久保で」

弓削は悪さが見つかった子供のような笑いを浮かべた。

「もうああいうことはしないほうがいい」

「でも、あれがきっかけで井潤と仲良くなれた」と言い逃れしようとしたが、

「だからあれが最後だからね」とまた釘を刺された。

しゅんとしていると、見覚えのある山道の入り口に見覚えのある人影があった。弓削は車を止めると窓を下げて「おーい」と呼んだ。

カーキ色の布製の背嚢《はいのう》を背負って軍手をした山咲の助手は、返答に困ったようにもじもじしている。傍らにはいつものように犬を従えていた。

「ここはカウンセリングの道だよね」

助手はうなずいた。

「この先を行き止まりまでずーっと行けばいいんだっけ」

またうなずいたので、どうもと手を挙げて車を動かし、すこし先の路側帯《ろそくたい》に停車した。

「そのへんてこな竹を見てみよう」弓削はシートベルトを外した。

「行き止まりになってないかしら」

まあ、その時はよじ登るさ、と言って弓削は降りた。井澗もベルトを外してドアを開けた。

ゆっくり行こうと弓削は隣の井澗に声をかけ、小さな歩幅で山道の土に足を踏み出した。強い日差しを遮《さえぎ》ってくれる木々の葉叢《はむら》が風にそよぎ、ふたりの頭上でざわざわと鳴った。

「公務員であることを忘れるな」という忠告は、弓削の胸の内を見事に見抜いていた。

グリーンコール計画には反対だ、と弓削は井澗に打ち明けた。けれど、これが国を挙げてのプロジェクトなら、この計画を警備する義務が自分にはある。だけど、この計画には〈売国〉のにおいがする。それが許せない。もちろん、それに不賛成の旗を揚げるとなると、デモ隊に罵声を浴びせるようなレベルでは収まらないだろう。

つづら折りを抜けて、ひとたび山道が見通しのいい直線になった時、前方に小さく助手が見えた。カーキ色の背嚢が揺れて、軍手をはめた手には小さなスコップが握られ、そばには犬が家来のように従っている。

「山菜でも採りに行くのかな」井澗は不思議そうに言った。

「このへんはなにが採れるんだ」

「なんだって採れるでしょ、こんな山の中なんだから」

この答えの要領を得ないのがおかしくて、弓削は笑った。

「夏の山菜を言いなさいと言われても、ゴボウくらいしか思いつかないもの」と言う井澗の弁明がまた妙なので、「アサツキ、ウド、ノカンゾウ、シソ、ミョウガ、フキ、シンゴボウ、イワタバコ、ナツワラビ」と列挙した。

「東京の都心で生まれ育ったのに、山菜に詳しいなんて茶の湯に凝ってる白人みたい」

井澗はずいぶんなことを言った。道はまたつづら折りになり、やがて、行き止まりの金網が現れ、その前でひとりと一匹が立ち尽くしていた。

「やっぱり映像撮影時にたまたま開いてただけだったんだな」と井澗が言った。

すると、ふたりが行き止まりまで来たこのタイミングを見計らったように、助手が山道の脇の灌木《かんぼく》と草のむらがりの中に分け入った。すぐに犬がこれを追った。あっけにとられて見ていると、カーキ色のバッグが急斜面を強引に突っ切るように登っていくのが、茂みの中に垣間見えた。弓削は後を追って茂みに足を踏み入れた。草の匂いが鼻腔《びくう》を刺激し、視界はすぐ草木に塞がれ、なにも見えなくなった。

「どこ行くの！」と背後で井澗が叫んでいる。弓削はふり返って、

「たぶん上に抜けられるんだよ。調べてくるからちょっと待ってて」と声を張り上げた。

「おい。こんなところに置き去りにするな。私も行く」と声が返った。

そして、草をかき分ける音がして、井澗が現れ、追いすがるように弓削の腕を摑んで「無茶するわね」と言った。

井澗の手を引いて枝を払いながら進むと、急に視界が開け、上を通る山道に横から這い上がることができた。山道のすこし先では、助手が立ち止まってこちらを見ていたが、ふたりが上がってくるの

を見て、また歩き出した。弓削と井潤はまた彼と犬を追うことになった。もう一度折れて、もう一度切り返し、さらにすこし登った先で、ついにふたりは太陽の光にまともに捉えられた。

目の前に広がる光景、それは完全に弓削を打ちのめした。呆然と立ちつくす彼の心の中を風が吹きすさび、目の前に広がる奇妙な竹の群れが、不気味な音を立てて激しく鳴った。

弓削はつぶやいた。

「これは駄目だ」

そうしてしばらく呆然として竹に埋め尽くされた山間を見ていた彼は、しだいに自分の脇を見る余裕を回復した。隣の井潤もまた変わり果てた光景を虚《うつ》ろな瞳に映している。助手はと言えば、適当な石に腰を下ろして、首根っこを摑んだ犬の顔めがけてぶつぶつ言っていた。「これは駄目だこれは駄目だこれは駄目だ……」。犬のほうはおとなしく瞳を助手に向けたまま、「これは駄目だ」を聞いていた。

「竹しかないから、写生するのは楽かもね」井潤がまたおかしなことを言った。「昔、ここへ父に連れられて全校生徒でスケッチしにやって来たことがあった。戸外授業ってことで」

ああ、と弓削は相づちをうった。

「ここら一帯は混交林で、いろんな形の樹が見えたんだ。生えていそうな木を言ってみてよ」

「杉、檜《ひのき》、樟《くすのき》、橅《ぶな》、榎《えのき》、櫟《くぬぎ》、楓《かえで》、栗《くり》」と弓削は思いつく限り列挙した。

助手が笑い、犬が吠えた。

「それで、私は子供の頃から正確に観察したい性分《しょうぶん》だったから、自分の目に映るいろんな樹の表情を正確に写し取りたいって思ったの。引率者の父親も、よく見て描かなきゃ駄目だ、樹は一本一本ちがうんだなんて美術教師を気取って言っていたから、張り切っちゃった。でも、悲しいかな、技術がそこまで追いつかなくてね、途中で手を抜くしかなくなったってわけ。同じような子はほかにもいて、途中からその子は画用紙に直接緑の絵の具を垂らしてそれを筆で引き延ばしはじめたの」

井潤は笑った、もう笑うしかないというように。助手も笑い、犬がまた吠えた。その哄笑《こうしょう》と咆哮《ほうこう》が警告の色に染まって、弓削の胸になだれ込み、轟《とどろ》いた。

どのくらいこの風景を見ていたのかわからない。弓削が我に返って視線を転じると、井潤と助手がなにやら話していた。研究所のモニター画面で対面を済ませている井潤は、このおぞましい光景から受けた打撃からの回復は、自分より早いのかもしれない。

「そろそろ行こう」

弓削がふたりに声をかけ、登ってきた山道の口へ足を向けると、助手はまた先頭に出て歩き出した。

つづら折りを下りながら考えた。

もちろん金《かね》は大事だ。国は人の幸福の上にあらねばならない。人があってこその国だ。そして、人は金を持てばたいてい幸福だと言う。金はおろそかにはできない。けれど、郷土なくして人はない。日本人の感性はこの郷土の風景とともにある。日本人とは日本の風土で育った者だ。だから俺は国籍などお構いなしに、在日韓国朝鮮人という同胞を排除から守ろうとあのデモ隊に罵声を浴びせた。

けれど、俺はこの不可逆な破壊から日本人を守れるのか。いや、守れないまでもなにか行動することができるのか。なにもできやしない。自分の使命は、国が進める破壊のプロジェクトを守護することだからだ。

考えがここまで漂流してきた時、助手が山道の脇から下へ降りようと、茂みの中へ身体を入れた。弓削は井潤の手を引いてこれを追った。またたくまに目の前が草木でふさがれ、圧倒するように四方から植物が迫った。目の前で揺れていた、カーキ色の背嚢も見えなくなった。緑の中を、井澗の手を引いて、慎重に足を下へ下へと降ろしていたその時、声がした。

――駄目だ。

それが自分の声なのか誰かに呼びかけられたのかわからなかった。ぎくりとしたが、このまま降りてしまおうと即断し、足を止めなかった。

――駄目だ駄目だ。

また声がした。無視して弓削は下りた。握っている井澗の手の感覚を甦らせて、ひたすら足を斜面に降ろしていった。その時間がやたらと長く感じられた。そしてついに視界が開け、山道に出た弓削は唖然《あぜん》として立ちつくした。

そこには竹が密生していた。あの妙ちくりんな竹が山道の狭い土を残して世界のすべてを覆い尽くしていた。杉も檜も樵も櫟も楓も消えて、ただ竹だけがあった。竹、竹、竹が生え、そこにすべての罪が記されていた。

――駄目だ。

弓削は言った。そして、まぎれもなくそれは自分の声だった。

――こんなのは間違っている。

弓削はまた言った。

――駄目だ俺には耐えられない。止めてやる、絶対に！

頬に鈍い刺激を感じてまた声がした。こんどは自分の声ではなかった。

「弓削！」

目の前に井澗の顔があった。

「どうした。しっかりしろ!」

叱りつけるように言われ、あたりを見回すと、竹は消え、杉や檜や樵や櫟や楓が見下ろしていた。ぼんやりしたまなざしを梢に向けていると、以前と変わらぬ山道にいるのだという自覚が湧いてきた。深呼吸しなさいと言われ、素直に従った。意識は次第にクリアになり、気分も落ち着いてきた。

「いや、一瞬方向感覚をなくした。ごめんごめん」

井澗はまだ心配そうにこちらを見ている。弓削は山道の上と下を見て、

「……で、あの助手の人はどこへ」と尋ねた。

「さあ、その先の茂みをかき分けて中へ入っていったけど。そんなことより、大丈夫なのね」

ああ、大丈夫だと弓削は答えた。


井澗に引っ張られるようにして車に戻ると、とりあえずふるさとの駐車場につけた。先に降りた井澗は、午後の便まですこし間《ま》があるから近くを散歩して帰る、自分にかまわないで仕事に戻っていいと言って、南紀白浜空港から乗ってきたレンタカーにキーを向け、ロックを解除した。

「気をつけて」手を挙げて弓削はふるさとの中へと戻った。

会議室を借りて設《しつら》えた調査室に入り、県警の公安から報告を聞いた。

予想どおりだった。この豪奢を極めた老人ホームふるさとの建設資金や維持費の出所《でどころ》を調べようと、和歌山の地方銀行と地元の建築会社と小さな不動産会社を遡《さかのぼ》っていくと、いくつものディベロッパーと金融機関を経由しつつ、最終的にはアジア開発投資銀行にたどり着いた。なぜこんな施設がこんな場所に建っているかはもう明白だ。山主は、破格の高値に誘われ、山林を売ったのだ。なんて馬鹿なことを、と弓削は悔しがった。

第一次世界大戦中、パレスチナにユダヤ人の国を作ることを約束したイギリス外相の『バルフォア宣言』を拠り所に、ユダヤ人たちがパレスチナに入って来た時、彼らはパレスチナの土地を買い求めた。少なくないパレスチナ人がこうしたユダヤ人に土地を売った。この事実は、自分たちが正当な手段で移住したと主張する根拠をユダヤ人に与えることになった。現在のパレスチナ人の指導者は、父や祖父世代のこの愚行に切歯扼腕《せっしやくわん》している。近隣のアラブ諸国も、先祖代々の土地を売り払い、挙げ句の果てに国を奪われちゃあどうしようもないという感情を拭いきれない。ただ、昨夜この話をした時、

「でも、山や土地があったって、それで食べられないんじゃしょうがないでしょ」と井潤に言われた。

「私だって、父が生きていたとしても、高校からは田辺あたりに下宿して、そこから東京か京都の大学に進学したら、やっぱり実家には戻らなかったと思う。私が戻らないように、みんなも戻らない。そうして人口はどんどん減って、村には医者もいないし、近くにはスーパーもない。周りはどんどん年寄りばかりになって介護してくれる人もいない。足を滑らして怪我でもしたらどうしたらいいだろうって当然考えちゃうよね。そんな時に、日頃は自分のものだっていう意識も曖昧な山をぜひ売ってくれませんかと言われて、しかもその値が充分過ぎるほど満足いくもので、さらにこういう御殿みたいなところに住めて、医療も万全で、若い職員はとても親切に世話してくれるってことになったら、じゃあ売ろうかなって思うのは責められないんじゃない。立派なお屋敷が建ち並ぶ街で育った弓削君にはわからないだろうけど」

確かに明治から本駒込に邸宅を構える家の次男として生まれ、根っからの都会っ子として育った自分は、自然や地方に勝手な思い入れをしているのかもしれない、と弓削も思った。

けれど、〝ふるさと〟にいま暮らしている住人が他界すれば、もうここは用済みだ。門は閉じられ、

屋敷全体が奇妙な竹に覆われて朽ち果て、ふるさとなんかじゃなくなる。それでいいのか、という思いも拭いきれない。

あえて訊くけど、それのどこが悪いの？　と井澗は言った。悪いに決まっている、と弓削は答えた。だからどうして？　誰かがそれで傷ついている？　と井澗が詰め寄った時、思わず弓削は言った。

「この計画は日本人の魂を破壊するんだ」

薄暗がりの中でくすりと女の笑い声がした。灯りを消した部屋で、ひとつのベッドに入ったふたりは横向きに向き合っていた。それってどういう意味？　苦い思いをしてきた人たちがその飴を舐めて、甘い甘いよかったよかったって笑ってるんだとしたら、その日本人の魂ってものは破壊されてもいいってことにならないのかな……。


こんな井澗とのやり取りを、弓削が調査室で思い出していた時点からすこし時計を巻き戻し、舞台もあの裏山に戻そう。

井澗は、頂《いただき》に立ち尽くしている弓削を見ていた。日の光に照りつけられ、惚《ほう》けたようなまなざしを群生する妙ちくりんな竹に投げている男を見つめる彼女の目つきには、看護するような気遣いが籠もっていた。日頃から国土だの伝統だのを口にしている弓削なので、その口癖が飾りでないのなら、相当なダメージを受けているはずだ、と井澗は心配だった。

やがて「これは駄目だ」と呻くようなつぶやきが聞こえた。近くの石に腰掛けていた助手が真似して、「これは駄目だこれは駄目だ」と繰り返した。

井澗は、父の引率でここに写生に来た時、樹は一本一本ちがうからよく見て描《か》けと注意されたけれど、樹種《じゅしゅ》を境にして、微細に変化する緑の豊かな表情を画用紙に写し取るのは、自分の手際ではとても無理だったことを告白し、杉、檜、樟、橅、榎、櫟、楓、栗と、ここに生えていたと思われる木々を弓削に列挙させ、竹一種ならばそんな苦労はしなかったかもと冗談を飛ばして、気を紛らわせてやろうとした。

「無花果《いちじく》もあった。無花果もあったんや」

声がして振り向くと、助手が犬の顔を両手で挟んで自分に向けて話しかけていた。

「切られてしもた。切られてしもたんや」

かつて井潤の実家だったあの家、いまは山咲邸となっている裏庭に生えていた無花果のことを言っているのだな、と理解して、

「あの無花果は、虫がたかってしょうがないから切ったって、先生が仰ってた」と井潤は言った。

助手の男は妙に強張《こわば》った顔をこちらに向けた。

「先生は切らへん、先生は切らせたりせえへん」

その声の低いところに籠もる、這って押し寄せてくる圧力に、井潤ははっとした。

それから、三人で山を下りた。

弓削に手を引かれ、低木の茂る斜面を無理矢理に突っ切って、下の山道に出た途端、なにかに取り憑かれた表情で突っ立つ弓削を見た。以前、山咲の暗示によって渓流の幻影を見せられ、眼前の空気をしきりに手で掬《すく》っていた姿が脳裏をかすめた。怒りが湧いてきて、思わず平手打ちを食らわした。頬の上で鳴った乾いた音とともに、彼女の中でふたつの言葉がつながった。

「先生は切らせたりせえへん」

この助手のやけに真に迫ったつぶやきと、

「山咲先生が使っているのは気功に似た技術」

という祖師の発言が絡み合い、弓削を操った呪術的な力の源《みなもと》はやはりこれか、と疑った。それは井潤にとっては、珍奇で、一笑に付すべき仮説だ。けれど、井潤は確認しないではいられなかった。

ふるさとの前で弓削と別れた井潤は、レンタカーに乗り換え、山を下った。


「実は私、この近くに住んでいた真砂《まさご》の娘です」

一真行を再訪し、祖師と向かい合った井潤はこう切り出した。

案の定、祖師はこの話題に、

「あの女の子が……」

と思わぬ手土産をもらったように驚いて、それから顔をほころばせた。

ああ、うちに遊びに来られていた先生を呼びに来たこともありましたねとか、いまはどこにお住まいでとか、先生のお墓はいまはどちらに、などと矢継ぎ早に質問をしてくれたので、井潤は怪訝な空気の中で再訪の理由を説明しなくてもよくなった。それで、ひと通りの質問に答えた後、

「実はお尋ねしたいことがあって参ったのです」と本題に入った。「山咲先生は、いったん書き換えられた内部表現を書き換えることにとても長《た》けていると仰いましたよね」

祖師は黙ってうなずいた。

「この内部表現を私の専門に引きつけて解釈すると、脳が認識している世界、つまり脳内世界と自我という解釈になりますが、よろしいでしょうか。そして、それをバージョンアップするのが修行だと解釈してかまいませんか」

「とりあえずは、そういう理解で結構です」と祖師は言った。

それなら話はすんなり理解できる、と井潤はすこし気が楽になった。

「そしてこの内部表現を書き換えるにあたって山咲先生が使っておられるのは、催眠術ではなくて気功じゃないかと解説してくださいました。催眠術は言葉による暗示で、脳の情報処理システムに働きかけ、その人の世界を書き換えてしまう。同じことを山咲先生は〈気〉で行っているのではないか、そういうことですね」

「はい、あくまでも憶測ですが」

「そう思われる理由はなんでしょう」

「ひとつは変性意識状態を作ってからの内部表現の書き換えがあまりにも見事だからです」

「ということは催眠よりも〈気〉のほうが——」

「強い」祖師の言葉ははっきりしていた。

「なるほど。山咲先生が〈気〉を使っていると感じた理由はほかにもありますか」

「これは、噂に過ぎないのですが、遠隔治療ができると聞いたことがあります」

井澗はどきりとした。

「そこなのですが、先ほどお邪魔したときにも祖師は、気功ならば遠くから気を送って内部表現を書き換えられると仰ってましたね」

「ええ、それが〈気〉の特徴だと言われますね」

「どのくらい離れても可能なのでしょうか」

「数十キロ離れて治療した例があると聞いたことがあります」

なんだその程度か、と井澗はがっかりした。

「例えば、東京から〈気〉を送ってこの村人の内部表現を書き換えることはできるのでしょうか？」

「それは私にはなんとも言えませんね」

それでも井潤は、なんとかこの摩訶不思議《まかふしぎ》な現状を理解しようと、自分のフィールドに引き込んで、「〈気〉で内部表現を書き換えるのだとしたら、〈気〉はなんらかの媒体に乗った情報だということですよね。脳は情報処理システムなのですから、〈気〉の本質は情報であると」と尋ねた。

井潤たちにとって情報とは、脳のネットワークシステムの働きや状態を変化させるもののことを指す。

「まあ、そう言ってもいいと思います」と滑川は言った。

「では、その情報を運ぶ媒体の性質が距離などにまったく影響をうけないものだとしたら、その場合はたとえ八百キロ離れていようが同じことが可能ではありませんか」

「そういうことになるでしょうね。そんなものがあるかどうかはわかりませんが」

一応の了解を得たようなので、別の方向を探ってみることにした。

「たとえば、いちど山咲先生によって暗示にかかった経験のある者は、遠隔からの〈気〉を用いたアクセスを容易に受け入れてしまうという傾向はあるでしょうか」

「それは回数というよりも、その人が持っている資質に左右されます。うちや山咲先生のところを訪れるような人間、つまり宗教に興味を持つような人間はもともとかかりやすいんです」

そうだろうな、と井潤は思った。

「ほかにかかりやすい人の特徴を教えていただけますか?」

「勉強がよくできる人もかかりやすいですよ。効率よく勉強するためには当然ながら集中力が必要で、そのために自分で変性意識状態を作り出しますからね。いったん変性意識状態を作り出しさえすれば、内部表現の書き換えはうんとやりやすくなります。私が言うのもなんですが、昔、東大生がとんでもないカルト宗教に入信して毒ガスを撒くことに協力してしまった遠因はここにあるのではないかと」

なるほど、と井潤はうなずいてから、

「ただ、頭のいい人間、つまり理性的な人間は、内部表現の書き換えを理性の力で拒絶できるのではないですか。つまり自分の脳を走っている理性的プログラムに齟齬《そご》をきたすような不合理な更新プログラムをなぜ拒絶しないのか、という疑問も湧きますが」と反論を試みた。

「いや、ごもっとも」と祖師は言った。「頭のいい人間は、学習の為に変性意識状態を自ら作り出すことができる、これが暗示や洗脳にかかりやすい資質でもあると私は言いました。これは目的のために半分意図的にやっているわけです。言ってみれば自分のためです。ですが、暗示や催眠にかかりやすい人間の特徴としては、実はもうひとつあるんです」

がぜん興味を抱いて、

「それはなんでしょうか」と井潤は身を乗り出した。

「共感の力です。他者に対して想像力が豊かな人、他人の気持ちがわかる資質を持っている人。こういう人はわれわれは同じ場を共有しているのだと強く意識するモードに入れてしまえば、すぐに変性意識状態にできます。またこういう人は相手を変性意識状態に持っていく能力にも長けていますよ」

17　先生は誰ですか

共感の力か。弓削は『フランダースの犬』を見れば、いまも泣いてしまうらしい。映画を見るときは活劇を選びたがり、鑑賞後は興奮してそれを語ることも多い弓削。民族主義者や国家主義者のように振る舞いながら、在日韓国朝鮮人に同情を寄せ、排外デモに抗議する弓削。敵兵が撃たれて倒れる映像を見た時、弓削のミラーニューロンは異常なくらい活発に反応した。敵も味方もなく相手とシンクロしてしまう感性、つまりこれは共感だ。

一方、ああ見えて実は根回しが上手いとNCSCでも評判の彼は、交渉の場において、相手と場を共有する臨場感を醸し出すことに長けていて、相手にある種の仲間意識を抱かせる能力に秀でているのかもしれない。だとしたら、このような交渉力も洗脳技術と言っていい。洗脳の根底に共感があるのだという祖師の言葉が本当なら……。

次に、被疑者二名を被験者にしたコクーンでの実験を思い返した。弓削が山咲先生の声を介して野中や道下に語りかけた時、そこにはないはずの百合をふたりは見た。そのあざやかな暗示能力は、山咲にすべて帰せられるだろうか。山咲を介して実は弓削自身が暗示をかけたのかもしれない。そんな冗談を言った者がいたけれど、それもあながち的外れとは言えないのだ。

弓削が洗脳を受け入れやすい性質であり、そして、〈気〉だかなんだかその正体はわからないが、遠く離れていても対象の内部表現を書き換える技術を山咲が持っているのなら……。山咲が弓削に働きかけ、弓削が非常に不適切な行動を取る可能性は高くなる……。

和歌山から戻ったあくる日、秩父山中の研究所に出勤した井澗は、自分の机に頬杖を突いて、そんなことを考えていた。机に置いたマグカップに手を伸ばしてコーヒーをひとくち飲み、コースターに戻す。そして、NCSC研究所の自分のデスクの引き出しから、ノートを取り出し、白衣の胸ポケットから水性ボールペンを抜いてノックした。【仮説】と書き、その横に、「山咲」と書いた。いつのまにか彼女の心の中で「先生」という敬称が外れていた。井澗は思いつくままペンを走らせた。

【仮説的類推】

①　山咲はグリーンコール計画に反対している。山咲は反グリーンコール的思想の持ち主だ。
②　山咲はグリーンコール計画を阻止したい。では、彼はどう行動するか？
③　山咲は、彼とは別の思惑でグリーンコール計画を阻止したい大きな勢力と結託する。
④　この勢力の正体はいまは曖昧だが、とりあえず産油国としよう。グリーンコール計画の情報を一民間人である山咲が得たのは彼らからだ。山咲が国家機密の内容を知り得た謎はこれで解ける。ただし、山咲がどうやって彼らと接触を持ち得たのかという問題はいったん棚上げにする。
⑤　山咲は、グリーンコール証券の購入者を、洗脳技術で操った自分の元患者を使って、次々に殺害した。この殺害によってグリーンコール計画に警告を発した。
⑥　しかし、山咲は重要参考人として拘置される。当初の計画では、物的証拠がないので、逮捕はないと予想していたが、野中と道下をコクーンに入れての実験結果や、日本警察の〈疑わしき

者も時には罰する〉という前近代的な性格など、想定外の要素が大きく作用して、拘束されてしまった。

⑦　そこで山咲は、ある人物に目をつけた。弓削啓史《ひろし》だ。暗示にかかりやすい彼の心的構造を利用して、遠隔からの洗脳技術を駆使し、和歌山の弓削に働きかけた。そして、自分にとって好都合な行動を起こさせようとしている。

⑧　それは一体なにか？　山咲が遠隔地からの洗脳技術を使って弓削にさせようとしていることとは？

⑨　まず考えられるのは、自分が釈放されるように弓削を動かすことだ。

井潤はマグカップに手を伸ばし、冷めたコーヒーを飲んだ。そしてもう一度ボールペンを握り直して⑩と書いた。

⑩　さらなる殺害を弓削に実行させ、弓削を真犯人に仕立て上げる。

井潤はペンを置き、①から⑨までを読み返して、あまりにも荒唐無稽な筋書きに思わず苦笑した。と同時に、この仮説はどこかパワフルだった。論理的に飛躍が垣間見えるパワフルな仮説ほど危険なものはないぞ、とすかさずもうひとりの自分が警告する。井潤は直感というものを下位に置く人間だった。弓削とはこの点でもよく対立した。刑事の直感ほど冤罪《えんざい》の原因となるものはないよ、とよく吉左右で揚げ出し豆腐なんかを突《つつ》きながら、注意することがあった。

言いたいことはわかるけど、百％隙のない論理で武装して行動するなんてできないよ、という反論が返ってきた。論理的な推論にばかりかまけていると、人はなすべきことを見送ってしまうんだ。獲物を捕獲するチャンスを逃し、害獣から逃げるタイミングを逸して餌食になるのがオチさ。直感こそホモ・サピエンスを現代まで生存させた知性なんだよ、という弓削の言い分にも一定の根拠があると思った。つまりふたりは、お互いに正しいことを言っているとわかった上で対峙していたのである。

さて、①から⑨にいたる流れは正しいか。考えて、よくわからなくなって、またコーヒーを飲もうとしたけれど、カップの中は空だった。もう飲み干してしまっていた。苦い液体を待ち受けていた口と舌が、むなしく空《くう》を吸った。

「なんの仮説かな」

頭上から声が降ってきて、井澗はあわててノートを閉じた。

「いえ、単なる落書きです」

中尾先生はもう白衣を脱いで帰り支度をすませ、鞄を抱えている。

「そうか、まだ帰らないの？」

時計を見ると十時を回っている。勤勉な研究員や技術スタッフもそろそろ退所し、所内がさびしくなる時刻だ。

「もうすこしいます。なにか」

いやなに、と言いながら中尾教授は隣の椅子を引いて腰を下ろした。

「NCSCの中間業績報告会だけど、君にお願いできるかなと思って」

これは婉曲《えんきょく》的な命令である。また、井澗にとっても、悩ましい課題というわけでもなかったので、はい、と返事した。

「今期は取り立てて報告するものがないなと悩んでたんだけれど、幸いコクーンを例の捜査に使ってもらっただろ。あれで行こうよ。そういえばあの時の警視庁への結果報告では僕が急に病欠して申し訳なかったね。でも、ついでにあのあたりを中心に君に報告してもらったほうがいいかなと思ったんだ。野暮用で申し訳ないけど、こういうことをちゃんとしておかないと、次の予算編成で意地悪されちゃうから」

井澗は、そうですね、とうなずいて、

「ミラーニューロンを中心にまとめてもかまいませんか」と尋ねた。

「逆にそれはいいアイディアだと思うな」

わかりましたと井澗は答え、じゃあよろしくと鞄を抱え直した教授に、ちょっと、と声をかけて引き留めた。

「お訊きしたいことがあるんです。くだらない質問なので馬鹿にされるに決まってるんですが」とまず予防線を張った。へえ逆に興味深いな、と中尾教授は鞄を机の上に戻した。

「先生は気功をどのように解釈されますか。もし気功というものが本当にあるのだとして」

「キコウというのは、お天気じゃなくて気合いで投げとばすやつかな？」

そういうのもありますね、と井澗はうなずいた。中尾教授は曖昧に笑って、

「テレビのバラエティで見たことがあるけど、あれはお芝居じゃないのかなあ」

「投げ飛ばしたりするのは、いまは忘れてください」と井澗は言った。「〈気〉というものを用いて、面と向かうことなく、脳の情報処理ネットワークシステムに介入し、その人の認知を変えてしまう、そんな〈気〉もあると最近聞いたのですが、先生はどう思われますか？」

日頃はおだやかな中尾教授の顔が急に翳り、「井澗君」と言った。

「さっきの中間業績の報告はほかの人に頼むことにするよ。それから、君はすこし休暇を取って休ん

だほうがいいね」

激しい後悔とともに井潤が息を飲んだ直後、強張《こわば》っていた教授の顔に笑いが広がった。

「冗談だよ」

「ああ――」と井潤は声に出して安堵した。

「いやあ見事に騙されたね」

中尾教授は愉快そうに笑った。

「あはは。つまり、その質問は〈気〉はなにを媒介に情報を運んでいるかということだね」

「その通りです」

井潤はうなずいた。さすが中尾先生だ。話が早い。脳が処理しているのは情報。だから、その媒体が情報を運んでくれるならば、なんだろうとかまわない。例えば催眠術では「ほら、そこに百合が咲いているよ」という言葉が媒介だ。つまり音声に情報を乗せて脳に介入する技術である。だから、催眠術にかかりたくなければ、催眠術師から距離を取って、言葉が聞こえないところに身を置けば安全でいられる。けれど、〈気〉が遠隔から情報を運ぶ媒体だとしたら、このような防御は効かない。あっという間に空間を飛んでくる媒体がありさえすればいい。そして、そんな特質を〈気〉が持っているのならば、遠隔洗脳は可能だ。では〈気〉が連動している媒体とは一体なんだろうか。

「それこそ気功師と被験者を呼んでコクーンで実験したらいいじゃないか」

中尾教授は身も蓋もない意見をくれた。そしてその後で、

「でも、それでなにかわかるかと言うと、なにもわからないかもしれないな」と言って井潤を戸惑わせた。

「つまり、われわれ脳科学者ってのは、細胞レベルで考える癖がついている」

「つまり、物質レベルで考えているってことですよね」

「そうそう。脳は物であり、脳という物が情報をネットワークしている媒体で、心という情報が物の上に生起しているんだと見るわけだ」

「まさしく」と井潤は言った。

「しかし、量子レベルまで迫っていけば、物だって情報みたいなものだろう」

「そこまで行きますか」と井潤は笑った。

「まあ、ついでだからそこまで行ってみようじゃないか」と教授も笑った。

量子力学は小さな小さな世界を書き記そうとする学問だ。量子力学が扱っているものに比べたら、井潤が取り組んでいる脳細胞やニューロンなどはとてつもなく大きい。

どんなものも、小さなミクロの世界の、原子、それを構成する陽子と中性子、そしてその周りを廻る電子で構成されていることがわかった。あまりに小さすぎて、井潤は見たことはないし、この世の誰も見たことがないのだが、理論的にはそう考えるしかないという世界だ。そして量子力学によると、ミクロな物質はもはや〝存在〟しているとは言えなくなるのである。教授が言うように、どんな物も素粒子レベルにまで突き詰めていけば、それはもう情報と言って差し支えなくなるというわけだ。

しかし、ミクロの世界に突入すると、量子と呼ばれるミクロなものたちは、人間の脳には理解しがたい振る舞いをするので、人は直感的にそれを理解できなくなる。理解できないがゆえに、量子力学が唱える「粒子であって波でもある」「死んでいるし、生きてもいる」などという摩訶不思議で禅問答のような記述は、逆に人を魅惑する。そして、オカルト世界を擁護する説として援用されたりするのである。困ったものだ、と井潤は思う。

と言っても、量子力学はオカルト的な机上の空論ではない。実際、テレビ、パソコン、携帯電話など数多くの電子機器が量子力学の応用で動いている。聞いたところによると、先進国のＧＤＰの三分の一以上は量子力学の応用技術に依存しているらしい。つまり、実感できない理論によって成り立つ現実を生きながらも、精神を調整してなんとかこの現実を実感しようとしているのが現代人なのだ。もっとも、いま言った実感なんてものも、文明社会がはじまってから人類が戸惑いがちに調整した感性なのかもしれないが……。

「エンタングルメントってのがあるじゃないか」と教授は言った。

「量子もつれ、ですね」

「うん、君の話を聞いていて、あれを思い出したよ」

まあ、似ていないこともないな、と井潤も思った。

電子というのは負の電荷とものすごく小さな質量を持った実体なのだが、同時にスピン自由度というものを持っている。このスピンは、その電子の状態だと理解すればいい。そしてこの状態に「上向き」と「下向き」という二つのラベルをつけてみる。そして、通常の電子の状態というのは「上向き状態」と同時に「下向き状態」が重なっている、つまり「上でもあり下でもある」という曖昧な状態にある。この曖昧でわけのわからないところが量子力学の特徴だ。しかし、「上か下かどっちなんだ」と観測してみれば、電子は上か下のどちらかに態度を決める。つまり、見られることによって、「上でもあり下でもある」という曖昧な状態から、「上」や「下」と態度をはっきりさせるわけだ。

さらにひとつの量子を、引きちぎってふたつに分けて双子のペアを作り、ふたつを遠く離れたところに、たとえば一方を地球に、もう一方を銀河系のはるか先の星にそれぞれ置くとする。そして、まず地球の粒子を見る。見られることによって、この粒子は「上でもあり下でもある」曖昧な状態から、上か下のいずれかに態度を決めるというのはさっき言ったとおりだ。しかも、驚くべきことに、この時、地球で見られた粒子が「上だ」と決めれば、はるか彼方の星に置かれた粒子は「じゃあ下」とばかりに、まったく同時に態度を決める。まるで銀河系のはるか先と地球間でテレパシーを使ってコミュニケイションしているかのように。となれば、量子の世界では光速を超えて伝わるもの、距離というものをまったく意に介さないものがあるということだ。この互いに遠く離れたものどうしが一瞬で影響をおよぼしあうことを〈非局所相関〉と言うのだが、これをアマチュアに理解してもらうために、サイエンスライターが「いわゆる以心伝心ってやつですよ。量子というのは心みたいなものなんです」などと言うことがある。つまり、これと同様の見解を恩師はほのめかしたわけだ。

中尾教授は帽子を頭に乗せると「気功かあ」と間延びした調子で言った。

「この歳になるとあちこち具合の悪いところが出てくるから、メンテナンスしたいんだけど、ヨガとどっちがいいのかなあ、井潤さん調べといてよ。ひょっとしたら同じものなんじゃないかって僕は思っているんだけれど、それも含めて、なにかわかったら教えてください」

柔らかい笑いを残し、教授は腰を浮かせた。

廊下を遠ざかっていく教授の靴音を聞き終えると、井潤はスマホを取り出した。

——もしもし

「もう寝てた?」

——んなわけないだろ。

「収穫あった?」

——あんまり。今日、昼に食ったステーキが美味《うま》かったくらい。

「頑張ってよ」

——そりゃ頑張るけどさ。どうして?

「いや、グリーンコール計画についての個人的な意見は棚上げしてしっかり調査してねって意味よ」

沈黙が井澗を不安にさせた。「もしもし」と彼女は声を送った。「ああ」と沈んだ調子の浮かない返事は、山道で惚《ほう》けたように立っていた姿を思い出させ、山咲の遠隔洗脳への連想を強くした。

「自分が公務員だという自覚を持ってね」

――それはこの間も言われたな。

「その自覚がぐらついたときにはあのTシャツを見るといいよ」

――でもあれ、『あぶねえ刑事《デカ》』って書いてるぜ。あぶねえ刑事なら公務員の職域なんか超えちゃいそうだけど。

「あぶねえはマジックで塗りつぶして」

――わかった。

「で、頼みがあって電話したの。実は山咲先生と面会したいんだけど」

――へえ、なんで。

「ちょっと思うところがあって」

――だから、それはなに？

「弓削君、まだ山咲先生がシロだって思ってる？」

すこし間があった。

――イエス。

「私は疑いはじめてる」

ややあってから、「それで」と弓削が言った。

「だから面会して疑問点を確認したい。どう疑っているかは、専門的な説明をしなきゃいけないから、この電話でいま話すのは無理なの」

——もし、井潤の疑いが的中しちゃえばどうなる？

「虫食いになっている部分のピースは埋まる。ただ一つを除いて」

——残るのはなんだ？

「第一の事件の犯人、鷹栖を殺した三宅と山咲先生とを結ぶ線が見えてこない」

——そうか、あのふたりは会ったことがないんだよな。三宅が会いに行った時、先生は留守だったんだ。


そうなのだ。どんなに達人でも、会ったこともない人間を洗脳するのは無理だろう。ということは、山咲が三宅を洗脳した証拠はゼロ。山咲が洗脳したと考えるのが自然だという危なっかしい推理があるだけだ。けれど、推理ドラマではこの程度の仮説的推論はしょっちゅうやっている。実はなんらかの方法で山咲は三宅と接触していたのだ。そのとき山咲は、三宅が暗示にかかりやすい性格であることを見抜き、情報プログラムを書き換え、アンカーを埋め込んだ、と考えれば辻褄が合う。であれば、遠隔操作でトリガーを引いた可能性はあるし、三宅から山咲の記憶を消すことも可能なのではないか。

「三宅との接触はもうすこし綿密に洗ったほうがいいと思うわ」と井潤は言った。

——それは東京で、羽山や米田さんがやっているはずだけどな。

あまり乗り気でなさそうな弓削の口ぶりが、職務上の判断によるものか、山道でかけられた呪術まがいの洗脳によるものなのかは、判然としない。

「弓削君が先生をいまだにシロだって言う、それは勘？」

——そう、あぶねえ刑事の。

「ならいいけど、先生に同情したりはしてないよね」

——いや、同情はしてるけど。

「どういう風に」

——例えば身柄拘束は強引だし……。

「たしかにそれは気の毒だな。それ以外は？」

黙った。

「その同情が、グリーンコール計画を阻止したいって気持ちにシンクロして起こっているってことはある？」

——ある。

「じゃあ、そういう同情が刑事の勘を狂わせたりしてない？」

——いや、それはないんじゃないかなあ。

歯切れの悪い反応に、井澗は不安をかきたてられた。もっとも、山咲の手によってすでに洗脳されているのなら、クロいものを見せられてもはっきりシロだと言うだろうと考え、この煮え切らなさは安心材料なのかも、と迷いもした。ただ、いつにない鈍重な応答さえ、山咲がもたらしたものだとも考えられる。それとも、いま彼の脳は複雑な推論をオーバーヒート寸前まで走らせ、精神力のすべてをそちらに注いでいるので、外面《そとづら》はどこか腑抜けた態《てい》になってはいるが、シロという判定は、自分の経験と推論に導かれた結果なんだろうか。

——じゃあ、山咲先生とはなんとか会えるように手配しておく。たぶん米田さんから連絡が行くと思う。

弓削の先輩に当たるあのマッチョな刑事か。それはあまりいいアイディアだとは思えなかった。

「あくまでも取り調べじゃなくて、私ひとりで会いたいの。そして、その時かわした会話の内容については報告義務はないってことにできないかな」

ああ、そうなんだ、となるとどうすればいいのかな、と弓削はぶつぶつ言っていたが、だったら井潤のほうから面会の申請を出してくれないか。そこからあとはなんとかするよ、と請け合った。

――ところで、それは俺にも報告しないつもり？

「一応、原則としてはそうだと思っておいて」


翌日、出勤前に桜田門に出向いて面会の申請を出し、NCSC本部のデスクで中間業績報告の素案に着手したところで、スマホが鳴った。

「山咲参考人との面会ですが、本日の夕刻五時からセットできますが、いかがでしょうか」

ていねいな口調でかけてきたのは羽山だった。これはおそらく、井潤が米田に苦手意識を持っていることを弓削が察しての人選だろう。お願いしますと言って、切った。

井潤は中間業績報告の素案を書きつけながら、頭の片隅では、山咲に対してどのように挑もうかとシミュレーションを走らせていた。午後になると、それが隅から中央に移動して、居座った。頭の中で、面会の予行演習をなんどもくり返した。会っていきなりグリーンコール計画の暴露からはじまる想定問答を転がしていると、井潤君と呼ばれ、顔を上げたら上司の滝本が立っていた。すこしいいかいと言われ、会議室に連れて行かれた。ドアが開くと、男がひとり座っていた。滝本が経産省の誰それだと紹介した。

「先週の金曜日にNCSCの坂上と食事をしたかね」と経産省の男はいきなり尋ねた。

来たな、と井潤は思った。

「グリーンコール計画のことでしょうか」と井潤は逆に訊き返した。

「どこまで聞いたか教えてくれますか」

井潤は聞いた限りのことを順序立てて伝えた。

男はため息まじりに「まったく、なぜそんなとこまで喋っちまったんだね」と井潤に訊いてもしょうがない問いなんだか、それとも愚痴だかわからない言を吐いた。井潤は「私が世間知らずなので教育してあげると仰っていました」と事実を述べた。相手の顔が苦り切っていたので、「おかげで勉強になりました」という嫌みは控えた。

「その時、君たちの近くにはどんな客がいたかは覚えてないか」

井潤は、みんなスーツ姿だったように思いますが、とだけ言った。相手はそれだけかと念を押し、はいと井潤は答え、相手も、まあ銀座だからな、ジーンズにTシャツなんてのはいないから、どんな客がいたかって質問もないんだよなと納得しつつ、

「とにかく坂上から聞いた内容は一切他言無用でお願いします、いいですね」

と真剣さを訴える眼《まなこ》で井潤を見据えると、その視線をぐるりと巡らせて、こんどは滝本の上に据えた。視線を受け取った滝本は、

「まあ、めったなことでは口にできない内容ですから」と取り繕った上で、「坂上君はどうするんです」と尋ねた。

「いったん省に戻す。しかたないだろう。女にかっこつけてぺらぺら喋るようなのはプロジェクトに置いておけない。かといってもうかなりの情報を掌握しているので、下手に閑職に追いやるのも危なっかしい。まったくもってやっかいだ」

「旧ソ連ならシベリア送りって手もあるんですがね」

滝本は笑えない冗談を言った。先方は、与党の大物政治家が訪中時にハニートラップに引っかかり、

外務省と防衛省が大変苦労をしたというこれまた笑えないエピソードを返した。井澗は、坂上から情報を引き出すために自分が取った手は、ハニートラップなんだろうかと考えて、ちょっと決まりが悪かった。

査問に来た経産省の男は立ち去る前に、「それにしても、警視庁の連中に聞かれたのはまずかったなあ」と独り言のように言って、ドアの向こうに消えた。滝本に、気にすることないさ、とねぎらいの言葉をかけられ、席に戻った。

四時四十五分に井澗はNCSCを退室すると、桜田門に出向いて来意を告げた。程なく羽山が降りて来て、例によって殺風景な小部屋に案内された。山咲を待つ間に、メラミン樹脂でコーティングされた化粧板を見ながら、作戦を立てようとしたが、先ほど釘を刺された手前、グリーンコール計画の内容をぶつけて相手の出方を見るという手は使えない。山咲と面と向かったその場で、自分の口からこぼれた言葉を初手《しょて》としてそこから詰めていこう、と覚悟した。出たとこ勝負というやつだ。

「やあ君か」

担当官に連れられて来た山咲は、曖昧な笑いを口の端に漂わせて、腰を降ろした。顔には疲労が色濃かった。井澗は、当たり障りのない話題として、ここで出される食事について訊いた。あまり口に合わないから自弁を取っている、と山咲は苦笑した。なにか差し入れしましょうかと言ったが、食品は駄目なんだと首を振った。それから、すこしばかり、とりとめのない会話を継ぎ足したが、やがて山咲のほうが「それで」とあらたまった。

「先生がカウンセリング技術を確立したのはいつ頃なのでしょう、そして、そのカウンセリングのベースとなっているのは認知心理学ですか」

というのは？　と山咲はその先の説明を求めた。

「先生はスタンフォード大学で認知心理学を学ばれたんですよね。それを応用して、洗脳解除などの技術を高めていった。でも、私の目には、なんだかその流れが納得いかないんです」

「どのように納得いかないのかな」

「先生が独自に改良を加えたにせよ、アカデミックな心理学からは、あのような方法は出てこないのではないかと」

「じゃあ、なにに由来していると思うんだね」

「ニュアンスで言えば、論理を超えた技のような気がします」

山咲は苦い笑いを浮かべた。それは冷笑ともとれたし、自分の面目を糊塗《こと》する道具のように思えた。

「例えば、軍と一緒に開発した技術だ、と言われれば納得できるんです」

「それはまたどうして」

「初めてお会いした時にお尋ねしましたよね、『ミルトン・エリクソン派なのですか』って。催眠を扱う人は大抵この系列に入るので、あの時は素朴にそうお尋ねしました。でも、先生はこう答えられた。『私の師匠に当たる人はもっと独自のやり方をします』と。それで、これは軍で編み出した手法なんじゃないかって気にだんだんなってきたんです」

スタンフォードは、人文系の心理学ではトップクラスであり理想的な留学先だと思っていたが、軍産学複合体、つまり軍と企業と大学との連携を説明する際には、必ず例に挙がる大学であり、〈スタンフォード監獄実験〉などの問題を起こした学府でもある。

「それはNCSCであなたがやっていることでしょう」

山咲は侮《あなど》りの微笑を浮かべて言った。

「逆です。アカデミズムで培《つちか》った理論と実験の結果を軍に持ち込んで応用したのではなく、軍で培養して外部に持ち出した技術を、別の分野で応用されたのではないかと考えました」

洗脳は軍事技術だ。日本とは比べ物にならないくらい貪欲なアメリカの軍産学共同研究の中に身を置けば、山咲のような人間は嫌気がさすにちがいない。そして、帰国後は新宗教による洗脳解除という方面でその技を役立てはじめたのではないか、と井潤は疑った。そして、軍で開発された技術を実社会で平和利用するというキャリアプランについては、彼女自身がいつか自分もと温めているものでもあった。

「因《ちな》みに、スタンフォードではどの先生に師事されたのですか？」

山咲はぼんやりと部屋の天井に視線を漂わせていたが、ふいにそれを井潤の上に据えて言った。

「話としては面白いんだけどね、僕が和歌山で使っている技術はスタンフォードで学んだものではないんだ。あそこで学んだことは学識としては大事にしているけれど、治療に使っている技術はそこで学んだものじゃない」

嘘だ、と井潤は思った。エリクソン学派の催眠術でもなく、軍の洗脳術でもないとしたら、どこであんな珍妙な技術を手に入れられるだろうか。

「ただ、君が言ったことでひとつ当たっていることがある。それを言われた時にはすこしドキリとしたんだけどね」

当然、それはなんですか、と井潤は尋ねた。

「僕が使っている技術はアカデミズムで学んだものではないってことだ」

アカデミズムではない。だけど軍でもない。だとしたら一体どこで誰に？　テレビ番組に出演している催眠術師か。それともカリフォルニアのチャイナタウンの気功師か。

「師匠に当たる方はその方面では有名なんですか？」

いやまったく、と彼は首を振って、なぜか皮肉っぽい笑みを浮かべた。

「ただ、君はその人を知っているよ」

井潤の暗い脳裏に父のイメージが一瞬浮かんですぐ消えた。そして暗闇の中を猛スピードで進む彼女の連想は、いきなり光の中へ出てひとりの人物像に行き当たった。

「まさか……」

井潤は虚ろな眼《まなこ》を山咲に向けた。山咲はうなずいた。

「実はあまり言いたくないんだが、彼に比べれば僕なんかはたいしたことない。人種がちがうと言うのが一番わかりやすい」

「人種が？」

「そうだ。彼は我々のような現代人じゃない」

その言葉の意味するところを井潤は摑みかねた。

「言ってみれば古代人だ。精霊が自然の中に満ちあふれ、個人と個人が、人と自然が、人と動物とが明確に線引きされず、たがいの魂と魂が溶け合っているような古代社会に住んでいる特殊な人間だ」

なにを言っているんだ。現代社会でそのような前近代的なまどろみの中に生きているのなら、脳機能障害を疑うべきじゃないか。

「『みんなひとつだ』と彼は言う。だから僕は自分の研究所に〈ワンネス〉という看板を掲げた。彼と出会ってから、山道を歩きながら治癒させるという療法が有効だとわかった。僕は言葉で暗示をかける、だがその背後で、圧倒的な臨場感で幻想を見せているのは、彼だ。彼が僕を媒介として治療をしていたに過ぎない」

最後のピースが埋まった！

鷹栖を刺した三宅は、いちどワンネスを訪ねている。その時、留守をしていた山咲に代わって応対したのが助手の板倉だ。この時どんな会話がふたりの間で交わされたのかわからないが、板倉によって、脳内の情報が書き換えられたにちがいない。

「あいつをね、街にお使いにやるだろう。街って言っても紀伊田辺あたりの長閑《のどか》な市街地だよ。で、戻ってきたら、憔悴《しょうすい》しきってる。どうしてそんなに疲れてるんだって訊いたときの答えが傑作なんだ。電車に乗って座席に座っていると、となりのおばちゃんの家計の窮乏とか、会社員らしきおじさんの職場の煩《わずら》いなんかが知らないうちに流れ込んできて、そいつに当てられちゃうらしい」

なぜか楽しそうに山咲は笑った。

「さあ、この話を信じるかい、君は」

井潤は答えに窮した。心と物の本質的なちがいのひとつが私秘性《プライバシー》である。私の心は私だけが感じることができる。そして私は他人の心を感じることはできない。せいぜい共感することができるくらいだ。他人の心が自分の心に流れ込んでくるなんてのは、この観点からすると容認できない。

「先生は信じるんですか」

「もちろん。さあ、君はどうだ」

「信じられません」と井潤は言った。

しかし、彼女の自信はぐらつきつつあった、この一連の事件を追うにつれて……。

「だろうね」見透かしたように山咲が笑う。

「でも、先生はコクーンに入った野中や道下に山道の百合の花を見させたじゃないですか。あの場には助手はいませんでしたよ。あれはれっきとした先生による催眠ではないのですか」

ふんふん、と山咲はうなずいた。

「たぶん、板倉のバックアップで、ふたりと僕との間に同調する下地ができあがっていたからだろう」と山咲は解説し、それからもうひとつ、と継ぎ足した。

「可能性として考えられるのは弓削君だ」

思わず井澗は息を飲んだ。

「僕の声を使って弓削君が彼らふたりを暗示にかけたんだろうね。つまり、板倉と僕と被験者の三角関係が、弓削・僕・被験者となってワークしたんじゃないかな。実際、質問を作ったのも弓削君だし」

「彼は催眠を習ったことなどないはずですが」

「まあね。ただ、ああいうのは素質だよ」

素質。井澗は鸚鵡《おうむ》返《がえ》しにつぶやいた。

「弓削君は催眠にかかってあのリビングで小川を見ただろ。君はかからなかったけど、彼はきれいにかかっていたよ。でね、催眠にかかりやすいってことは催眠の才能があるのと同じなんだ。基本は共感、相手とシンクロする力だからね。みんな同じ、みんなひとつになれると感じるワンネスの思いを強く持てること、これが絶対必要条件だ」

まずい、と井澗は震撼《しんかん》した。納得のいく説だったから。

「そもそも、なぜ先生はあの人を助手として雇うようになったんですか」

「それは板倉がふと僕の家を訪ねてきたからだよ」

「先生の評判を聞いて？」

「いや、あいつのお目当てはあの家だった」

家？　井潤はまた思わず復唱した。

「ああ、彼は僕に興味なんかまるでなかったよ」

「それはいったいどういう意味ですか」

井潤はその先へ激しく突き進んだ。

「彼はあの家が好きだった。というか前の主《あるじ》が好きだったのさ。つまり君のお父さん、真砂先生のことがね」

井潤は走らせていた車のブレーキを突然踏み込まれたような衝撃を受けた。そして、自己憐憫《れんびん》の笑いを口元に漂わせている山咲の顔を眺めた。

「無花果の樹を切ったときの板倉の剣幕はそりゃあすごかった。先生の樹を切ったってね。彼が〝先生〟と呼ぶのは僕のことじゃなくて、真砂先生のことだよ」

井潤は数日前の和歌山の山で彼がつぶやいた言葉を思い出した。

——先生は切らへん、先生は切らせたりせえへん。

確かに父ならば切らなかっただろうし、切らせなかっただろう。無花果も、そして裏山の杉も檜も樟も……。

18　板倉　かまへんかまへん　無花果の味

二機の旅客機がニューヨークのふたつの高層ビルに激突した三日前のことだった。バスが走り出すと、一真行前のバス停には、十二歳の少年がひとり取り残された。

バスが坂道の下に沈むのを見届けると、板倉は踵《きびす》を返し、坂を登りだした。

あの人はもう帰ってこない、と板倉は確信した。あの人の心の中には、金《かね》と熱い鉄のようなカタマリが転がっていて、同時にこれらに触れないようにしながら、柔らかいトンボの羽のようなものが小刻みに震えていた。ああいう人がここで暮らすのはつらいだろう。板倉はいくぶん同情しながら坂を登った。

遠くに行く、とあの人は言っていた。けれど、それがどのくらい遠くなのかはわからない。さらに俺にもここを出てみろと言い残してバスに乗った。「学校にでも顔出したらどうだ」と意見もくれた。学校に行けばキュウショクというものが食べられるのだそうだ。キュウショクとはどんなものなんだろう。食い物となるといとも簡単に興味がかき立てられる。

学校の門をくぐると、校庭にいた子供たちがいっせいにこちらを見た。「一真行や一真行のアホや」という甲高い声が耳の奥をくすぐった。非情なようでどこか明るく、そしてなんとなくトゲトゲした気配がこちらに押し寄せてきた。「なんやあのけったいな服は」という声も聞こえた。自分が着ている服はみんなの服とはちがっているようには見えなかったが、やっぱりすこし恥ずかしかった。

騒ぎを聞きつけて、向こうからひょろりとした男がひとりこちらに来た。「センセイ、センセイ、一真行が来よったで」と言われ、「おおそうかそうか」と笑いながら目の前に立った男の人には見覚えがあった。時々、茄子とかキュウリとか甘いお菓子なんかも持ってきて、祖師と話していくオジサンだ。

「おお、よお来たな」とセンセイは笑った。「ちょうどええ、これから給食や。今日はカレーやで、さあいこいこ」

センセイと一緒に歩いていると、途中で女がひとり寄って来た。

「真砂先生大丈夫ですか、あとで問題になったら」

「かまへんかまへん、あとで僕が祖師に言うとくさかい」

「せめて犬くらいは、子供に嚙みつきでもしたら」

「かまへんかまへん」

まわりの子供たちが笑った。どうやらイヌはよくないようなので、こいつは戻すことにした。

「あら、帰って行く、よおしつけてるんやね」

女は感心したように去って行くイヌを見送って、気味悪そうなまなざしを板倉に注いだ。

キョウシツで空いている机に座り、初めて食べたカレーはビリビリするような強烈な味覚体験だった。腹一杯になったので眠くなったけれど、「いてもいいぞ」とセンセイが言うので、そのまま座っていたが、ジュギョウがはじまるとセンセイの言葉が急にわからなくなったので、途中で出ていった。センセイはなにも言わなかった。

　そのあと、イヌを呼び寄せて、一緒に近くをぶらぶらしていたら、どこからか甘い匂いが漂ってきた。誘われるままにその香りの元へとたどっていくと、一本の樹を見つけた。軒に届くか届かないかの低い樹だ。枝には見たことのない実がなっていて甘い匂いはそこから溢れ出ていた。ひとつ摘んで口に入れると、柔らかい果肉がしっとり溶けて、まったりとした甘みが口の中に広がり、さっき食べたカレーの辛みをここちよく覆った。これはうまい、と板倉は思った。もうひとつ捥《も》いで半分をイヌにも食わせてやった。イヌもたいへん喜んでいる。

　この日を境に、板倉は思い出したように学校に出向いては、給食を食い、そして、そのままキョウシツに座っていることもあったけれど、たいていはジュギョウがはじまって十五分くらいで退室し、この果樹のある家の庭に来ては果実を捥いで食った。とにかく給食を食った後のこの甘味は格別で、うまくてうまくて涙が溢れた。板倉は泣きながら食った。

　ある日、学校の門が閉まっていたので、乗り越えて中に入ると、しんとして誰もいない。しかたがないから、キュウショクは諦めて、そのまま、またあの実を食ってやろうと家のほうに向かった。いつもの通りひとつ捥いで食っていたら、お父さんお父さん、誰かがイチジクを摘んで食べてるよという女の子の声がした。どうしたどうしたとサンダルをつっかけて縁側を降りて来たのは、センセイだった。

「なんや、君かいな」とセンセイは意外そうな顔を見せたあとで、すぐに「最近誰かが食い散らかしていると思てたんや、犯人がわかったぞ」と笑った。

　キュウショク。なにを言っていいかわからなくなった板倉の口から出た言葉は、その一言だった。

「ああ、学校に行ったんか。今日は日曜日なので休みや。じゃあ、あがってうちで食ったらええ。無花果はあとでええやろ。これから昼飯や。紗理奈、もう一杯ぶんくらいあったよな」

じゃあ、私はパンでええわ、と女の子が言った。板倉は縁側の下の敷石に靴を脱ぎ、庭にイヌを置き去りにしたまま、座敷にあがった。台所に通され、キッチンに行くと、お下げに結《ゆ》った少女が丼に白米をよそっていた。この子は教室でも見かけたことがあったな、と思いながらテーブルにつくと、丼と箸が目の前に置かれた。玉子で綴じられた具材が盛り付けられてある。

「親子丼や」と先生が言った。

甘いようなしょっぱいような汁が滲《し》みた玉子と鶏肉と飯とが交じり合って、うっとりするほど美味かった。

オヤコドンを譲ってくれた女の子はパンに赤いものをつけて囓っている。

「滑川祖師は元気でおられるか」箸を休めてセンセイが訊いた。

板倉は、飯をかき込みながら、うなずいた。

「鷹栖君はどないや、相変わらず熱心に勉強しとるんか」

「出て行った」

センセイはすこし驚いたような顔をして、

「ほお、還俗《げんぞく》したんか」と言ったが、その意味がわからない板倉は、

「とても遠くに行った」とつけ足した。

センセイは納得したようにうなずいて、あの子の場合はそのほうがよかったかもしらんな、とつぶやいた。板倉もそう思った。ここのところあの男のことで、教団の中がやたらとざわついていることも打ち明けようかと思い、丼を置いて湯呑み茶碗に手を掛けた時、板倉はそれをいいいいを感知した。

「センセイ、胸が痛《いと》ないですか」

センセイは意表を突かれたように板倉の顔を眺めた。

「まあ、時々な」とセンセイは左乳の下を軽くさすりながら言った。「ところで、君は授業は受けとうないんか」

板倉はまた箸を取って黙って先生を見た。

「来週みんなで写生大会に行くんや、来たらどないや」

シャセイ……。板倉は言われた言葉をぼんやりとなぞった。

「明日、給食食べたらみなでそこの裏山に登って絵描くんや。絵の具はこちらで用意したるさかいに来たらええわ」

そう言い残してセンセイはサンダルをつっかけて庭に降り、無花果をひとつ捥《も》いで戻ってくると、水道水で軽く洗ってからナイフを入れてふたつに割り、ガラスの器に乗せて出してくれた。

さてと、あいつにもなにかやらなきゃな、とこんどは流しの下の戸棚をごそごそやって、「おおケンタのをまだ捨てないで取ってあったぞ」と言いながら、犬の輪郭が茶色く染め抜かれた白いアルミ袋を引っ張り出し、その口を開けてそこから茶色い粒を平皿にザラザラと盛った。皿を手にセンセイはまた庭に降り、それをイヌの鼻先に置いた。イヌはすぐに食らいついた。無心に食べているイヌに向かってセンセイは、お前は何歳や、たぶん五歳くらいかな、もうちょいいってるか、などと話しかけていた。イヌは喜んでいた。

帰る時に、センセイはイヌが喜んで食った茶色い粒の残りと無花果をもうひとつ持たせてくれた。

「いつでもおいで」とセンセイは言った。

板倉は写生大会について行き、裏山から密生する樹の群れを見て、センセイの「樹は一本一本ちがうさかい」という言葉にうなずいた。

けれど、翌週の日曜にまたセンセイを訪ねて行くと、玄関先には白い大きな車と赤いランプを屋根の上に載せた乗用車が停まっていた。その周りを大勢の村人たちが取り囲み、ひそひそ話している。

人垣をかき分けて前に進むと、白い大きな車の後ろの扉が上がっていて、中でお下げの女の子が真っ青な顔をして泣いていた。扉はすぐに閉められ、車は走り出した。走り去る車の中で横たわる先生の心の粒子に同調させるように、板倉は自分の心を泡立てたけれど、なにも起こらなかった。もう遅すぎる。そう知って板倉は泣いた。泣きながら庭に入って無花果の実を捥いで食べた。近くにいたひとりに、こらなに勝手なことしてんねん、と耳を引っ張られたが、その耳の奥で「かまへんかまへん、好きなだけ食うたらええ」というセンセイの声がしていた。

19　難しい質問

「こら、そこ立ち入り禁止やぞ。なにしとるんや」

　突然、追想を断ち切られた板倉ははっとして顔を上げた。体格のいいおやじが手袋をはめた手でこちらを指さし睨みつけている。ここのところずっとふるさとに出入りしているいかめしい人間だった。いやな心持ちがして、板倉は縁側から腰を上げた。敷石に置いていた足を降ろし、かつて無花果の樹があった裏庭の土を踏んで出ようとしたところで、腕を掴まれた。

「両手挙げんかい」と命令されるがままにそうしたら、脇腹から下へ男は身体を探った。

「ここでなにしてたんや」

　なにもないとわかると男は同じ質問を繰り返した。黙っていると、「ほら、ここでなにしてたんか言わんかい」とさらに低く重く詰問された。

「ああ、大丈夫ですよ」

　駐車場の小石を踏み鳴らし、若い男が黄色いテープを跨《また》いでやって来た。

「山咲参考人の助手の方です。私物でも取りに来たんでしょう。それと立ち入り禁止ももう解除しましょう」

刑事は板倉の横に立つと「行っていいよ」と笑いかけた。この機を逃してなるものかと板倉はあわてて退散した。

ふるさとに戻ると、職員のおばちゃんが「あんた宛てに電話があったで。折り返しかけて欲しいて言うてはった。若い娘さんやったわ」と不思議そうな顔で紙片を突き出した。眺めると、そこには数字が並んでいた。板倉はその紙片をポケットに入れて、まず朝飯だと食堂に向かいながら、やっとわかったんだな、と思った。

板倉がガラスケースを覗くと、今日の果物として無花果を盛ったガラスの小鉢が並んでいる。板倉はもちろん喜んでそれを取った。


スマートフォンの画面には長い市外局番を持った見慣れない番号が浮いていた。井澗は、その局番から場所を察知し、立ち上がった。

「すみません、すぐに戻ります」

と向かいの滝本に断って、中間業績報告会の打ち合わせを離席し、応接室の外へ出た。

「もしもし」

行くあてもないままに井澗は目の前の階段を降りはじめた。誰かに聞かれるにしてもそれは会話の断片にとどめたかった。

「板倉さん?」

――うん。

「お電話ありがとうございます。紗理奈です。真砂の娘です。いまは姓を変えていますが。いままで気がつかないで失礼しました」

田舎の同級生というには一緒に過ごした時間はほとんどないに等しい相手だから、自然と形式張った挨拶になった。父が死んでからは学校に姿を見せることもなくなったが、その後も庭には食い散らかされた無花果の皮がよく落ちていた。誰の仕業かはすぐ察しがついたが、面倒なので誰にも言わなかった。そして、無花果の季節が終わるころ、彼女は東京の叔母の家に引き取られたのだった。

「あなたがなにをしたか私は知っている。証明することはできないけれど」

――先生が食べてもかまへんて。

「その話じゃなくて」

と声を尖らせたあとで井澗はひやりとした。板倉が暗示や催眠や洗脳の達人だとしたら、こうした電話線を通してでさえなにか仕掛けてくるかもしれない。

――大丈夫や。

「なにが」

――君は昔から切って分けることばかり考えていたから。

「そうよ、そのどこがいけない？」

――そういう人には見せられへんねん。

「なにを」

――僕と同じ夢や。

「山咲先生の留守中に訪ねてきた三宅に応対したのはあなたたね。そして三宅にアンカーを埋め込んで、同じ夢を見せた」

――アンカーってなんや？

説明するのが面倒なので、井澗は自分の推論を先に言ってしまうことにした。

「その後、先生を訪問した野中と道下にも同じことをした。あなたの目的がなにかはもう聞かなくてもわかっている。でも理由を知りたい」

——理由？

「なにがいけないと思っているの」

沈黙があった。風鈴の音が聞こえた。板倉はふるさとの事務室からではなく、あの家の応接間の固定電話からかけていた。

——樹は一本一本ちがう。先生も言うてたやん。

それがなによ、と井澗は心の中で毒づいた。どいつもこいつも寝言みたいなことを言ってるんじゃない。

——樹にも心があるんやで。新しく植えられたあの樹の心はおかしい。狂っていて気色悪いんや。

これ以上追及しても無駄だ、次の質問を最後にしよう、と井澗は決めた。

「あなたは、弓削君にもアンカーを仕込んだわね。あの山道で。夢を見させたでしょう」

——アンカーっていうのはわからんけど、夢は見せた。

「そのプログラムを解いてちょうだい。まだ和歌山にいると思うから」

——プログラムって？

「命令を解除してって言ってるの。彼に人殺しをさせないで」

——僕は命令なんかしてへん。

「嘘をつかないで」

——嘘やない。あの人に自分の声を聞いてもろただけや。

「じゃあ、そんなことしないで。その気味の悪い魔術を解いてちょうだい」

——なんで気味悪いんや。自分の声やのに。

「あの人が自分の声を聞くのは危険なの」

——なんで？　あの人はええ人や。

「すぐに解いて、まだ和歌山にいるはずよ」

——帰りはった。

「え」

——ついさっき山を降りたんや。飛行機に乗る言《ゆ》うてた。

「じゃあ、そこから彼のところへ気でも念でも送って」

——なに言《ゆ》うてるんかわからへん。

できるでしょと井澗は叫んだが、量子力学をモデルに、遠隔地から気を送れるという説が急に突飛なものに思えた。

——あの人は考えてるんや。

「なにを」

——さあ。僕には難しゅうてよおわからん。一緒に考えてあげたらええんちゃう？　樹を切るのか、樹を切るのを止めるんか、それとも樹を切るのを止める人を止めるんか、どれにしようかなと思てんのとちゃうやろか？

グリーンコール計画を促進するか、グリーンコール計画を阻止するか、グリーンコール計画を阻止しようとする人間を逮捕するか、とすばやく翻訳《どよ》した時、電話が切れた。板倉が残した言葉は、ツーツーという音の中で、長く深く残響し、その響めきの尾は蛇のように彼女にまとわりつき、じわじわと締めつけた。

米田から電話があり、すぐに東京に戻ってこいと言われた。確かにもうこれ以上ここにいてもめぼしいものは出ないだろうという予感にさいなまれ、そろそろいいですかとこちらから持ちかけるつもりでいたから、この指示は弓削にとって渡りに船だった。しかし、手ぶらで戻るなよ、と脅すように送り出した米田が、急に態度を改めたのは腑に落ちない。調査しているはずの経産省とゴルトベルクについてコメントがなかったのも気になった。

弓削は羽田に着くと、電話を入れてこれから伺っていいかと米田に尋ねた。すると、浜松町の喫茶店を名指しされ、そこの個室で待てと指示された。

アイスコーヒーを啜《すす》っていると、個室の扉が開いた。米田はどっとソファーに身を投げ出して、どうだった和歌山はと訊いてきた。収穫はほぼゼロですと答え、いまそっち方面の詳しい報告は必要でしょうか、と訊き返すと、いや、と口ごもった。

「米田さんのほうこそ収穫があったでしょう、あったはずです」

ああ、あったよと米田がなげやりに放った言葉に、あまりよろしくないものも含まれているな、と察知した。

「ゴルトベルクのほうは攻めてもらえたでしょうか」

ああ、と米田はうなずいた。「そりゃもう、勢い込んで突進していったさ」

「向こうは抵抗しなかったんですか」

「した。上のほうに手を回して、分厚い蓋をおっかぶせて来ようとしてたんだが、その前にこっちが一気に攻め落としたんだ」

「さすがは米田さんですね」

褒めたつもりだったが、米田は仏頂面《ぶっちょうづら》のまま黙っている。

「顧客リストに、グローバル・ペトロリアムとワールド・リソース・テクノロジーの名前はありましたよね？」

「あった」

「どちらも？」

「ああ、どちらも」

テーブルの上にごろんと転がしたようなそのくちぶりに多少の違和感を感じつつ、弓削は興奮してみせた。

「大ヒットですよ。ほかにはどんな顧客に売りつけてましたか」

「まあ、世界トップランキングの富裕層と企業家たちにだよ」

「よし。これでつながった。――やりましたね」

「やりすぎたんだ、俺たちは」

「やりすぎ……」弓削は怪訝な顔つきになった。

「リストの中にまずい人が入っていた」

「誰です」

「お前の上司だ」

「俺の上司、NCSCのチェアマンですか」

「馬鹿、そんな小者が買えるわけないだろ。その上、その上の上、NCSCが所属している内閣府の長、つまり……」

後ろから押され、青白いクレバスの裂け目に突き落とされた気になった。奈落の底のような裂け目の下から見上げたら、逆光気味にこちらを覗き込んでいる影法師に光が射して、細長い輪郭と広い額、瞼がやや下がった目、そして鋭い眉を持った老人の顔が見えた。

「首相……」

米田はうなずいた。そしてやれやれと頭を振った。

「それとオトモダチもだ。そりゃあ、早いとこ真犯人を挙げて整然とした説明をしろって圧かけてくるはずだよ」

「どういうことですか、それは」

「どういうことって、そういうことでしかないだろ」

「ちょっと待ってください、米田さん。そのリストに名前が載ってるってことは、首相が日本の国土を商品にして、それを売っぱらって儲けようとしてるってことですよ」

売国奴《ばいこくど》という言葉をなんとか飲み込んで弓削はそう言った。と同時に、怒りが煮えたぎり、胸が痛くなった。

「なぜ公《おおやけ》にしないんです。プロジェクトも証券の購入も」

「お前ね、難しい質問をするのは簡単なんだよ。ちょっと待て、まずなんか飲ませろや」

そう言って米田は部屋に備え付けられていた内線電話でアイスコーヒーひとつと注文をしてから、もういちど向き直った。

「あのな、相手が答えに困る問いをして偉くなった顔をするのはよくないぞ」

「じゃあ、質問を変えましょう。先輩はこの一連の事件について、今後どういう方向で捜査を進めるつもりですか」

「同じくらいに難しいじゃねえかよ」

「そうは思いません」

「じゃあ言ってみな」

　自分でも現実味のない意見だと思いながらも言葉は滑り出た。

「首相を挙げましょう。マスコミにリークし、現状をつまびらかにするんです。そこから――」

「馬鹿野郎。寝言言ってんじゃねえよ。いまのマスコミにそんな力があるもんか。ここのところずーっと現政権はあいつらに睨み利かせてるからな、ブン屋もすっかりビビり上がって、元気のいいのは芸能人の不倫会見のときくらいだ。お前と俺がトバされて終わりだよ。俺はやだね。娘は来年中学校に上がる。私立にやらせるつもりなんだ。だいたい総理大臣追い込んで何罪適用するんだよ。外患援助罪か？　お前も法学部出てるんだからまさかそんなトンデモ回答はしないでくれよ」

　弓削が黙り込んだところで、アイスコーヒーが運ばれてきた。米田はフーッとため息をついて焦げ茶色の液体を湛《たた》えたグラスに手を伸ばした。先輩、と弓削は口を開いた。米田はコーヒーで口を湿らせてからグラスをコースターに戻し、弓削の顔を眺めた。

「俺見たんですよ」と弓削が言った。

「なにを」

「新種の竹の群棲地となっている裏山です」

「ああ、ケナフ竹か」

「やっぱりあれはマズイんじゃないですかね」

「どういう風に」

　心に起こった不吉な波紋を伝える言葉を探しているうちに、米田が一言《いちごん》を浴びせた。

「弓削君よ、俺たちの仕事は真犯人の逮捕だよ」

わかってます、と弓削は言わざるを得なかった。

米田は、これだからお坊ちゃんは困っちまう、やっぱり署内で話さなくてよかったよ馬鹿が、と言い捨ててから、

「ただ、最近あちこちで首相の暗殺予告がネットに流れてるんだ。まさかとは思うが、この一連の事件と関係があるとまずいんで、気にはしている」と言った。

「ＳＮＳに？　どんなことが書いてあるんですか？」

「見てみろ」と言って米田はスマートフォンを見せた。戦争反対、憲法守れ、消費税増税反対、福祉を手厚くしろ、格差をなくせ、愛する人を戦場に送るな、という左翼陣営の慣用句が並ぶ中、時折、〈民主主義を守るために私は首相を殺します〉〈誰もやらなければ私が殺《や》ります〉などと書かれていて、〈戦争が終わって僕らは生まれた。戦争を知らない老人なのさ〉という妙なものまであった。

「こんなの日常茶飯事じゃないですか」吐き捨てるように弓削は言った。

「まあそうだ、だけどあまり舐めてかかるわけにもいかない。なにせ犯人は普通じゃ知り得ないグリーンコール計画をかなりのところまで知っているんだ。となると、首相がグリーンコール証券を購入していることも知っていると想定しなきゃいけない。だとしたら、首相を殺すなんて殺人予告は、警戒するべきだろ」

そう言って米田は寂しい笑いを浮かべた。弓削は、では、うちのセクションでも調べておきます、と返事した。

米田と別れて喫茶店を出た後は、ＮＣＳＣに戻り、テロ対策セクションから東京を留守にしていた期間の情報をもらってアップデートしたあとで、首相の暗殺予告についても訊いてみた。テロ対内で

もこの動きは注視しているようだった。ただセクションとしては、どれもSNS上の誹謗《ひぼう》にとどまり、実行に移すことはないだろうと読んでいた。

「書いていることが幼稚でセンチで耐えられん。左の活動家というより六〇年代にフォークギター抱えて反戦フォークを歌ってたイタいおっさんだ、こいつ」と同僚のひとりが言って、「ほら、これ見ろよ」とあるアカウントを指さした。

そこには〈南こうせつと竹取の翁《おきな》〉という実にくだらない名前があった。

弓削は同僚の肩を叩いた。このような即座にゴミ箱行きのデータと本当の過激派のそれを見分ける方法にテロ対策セクションはいつも頭を悩ませていた。この峻別《しゅんべつ》を人間で行うとなると、単調でつまらん仕事を延々とやってくれる人員が大量に必要だ。

世界中どこでも諜報部員が嫌う仕事は盗聴である。ろくでもない会話を延々聞き続けるのは生身の人間にはキツい。外部の民間業者に委託したいところだが、盗聴行為は大っぴらにできないし、秘密の保持のためには、作業に動員する人員の数はなるべく少なくしたい。となると担当者の負担ばかりが大きくなるというわけだ。

となれば、いっそAIに任せてしまうのがよさそうなものである。処理速度も優れているし、人的コストも抑えられそうだ。けれど、ことテロ対策においてはトライ&エラーで賢くなっていくAI独自の学習行動が馴染まないのである。えん罪でしょっ引いておいて、「いやまだうちのAIは経験が浅いので、失礼しました」という言い訳は通用しない。

とりあえずテロ対策セクションは、歌やダンスで護憲を訴えている連中はほうっておこう、と結論づけていた。「思想及び良心の自由は、これを侵してはならない」のだから、せいぜい〝お祭〟を楽しんでもらおうということになった。

「一応、IPアドレスで追跡して、中間業績報告のサンプルにするけどな」

うんざりした顔で同僚はそう言った。

官邸前のデモに関しても、縮小が一段と顕著になってきている、と報告された。

平和平和とヒップホップのリズムに乗せてラップ調に仕立て、本人たちもそして彼らを前線に押し出している年寄り連中も、悦に入っていたけれど、新奇な表皮を剝いてしまえば、中身は昔の反戦フォークゲリラと大した差はなかった。

そして、彼らの歌や声はもはや人々に届かなくなっていた。人々は平和以上に金や仕事に飢えていた。平和主義を売り物にしている言論人以外、平和では食えない。金が底をつき、仕事がやせ細り、新興国の追い上げと対等な振る舞いに不安を募《つの》らせ自尊心を傷つけられ、揺らぎだしたアイデンティティを確かなものにするため、民族主義にしがみつく者が目立ちはじめていた。そして、有効需要を作り出す新たな公共事業のために、広い意味での軍需産業が市場を開拓しはじめていた。

戦争は起こってない。戦争のない状態を平和と呼ぶのなら、戦後ずっと平和は守られている。そして平和裡《へいわり》に軍需産業が雇用を生み出し、金を生もうとしている。けれど、損得勘定で愛国の看板を掲げているような手合いは、金をやるといえば国を売るかもしれない。いや、きっと売るにちがいない。

――鷹栖のように。

だらしないじゃないか左も右も、と弓削はやるせない思いをもてあました。しかし次第に、この鬱屈した感情の下から、沸々《ふつふつ》と煮え立つ黒く濁った熱情が湧き出てきた。突然、ぽっと灯りが点るようにひとつの考えが心に浮かんだ。どうせ誰も殺せないのなら、俺が殺すのはどうだろう。〈誰もやらなければ私が殺《や》ります〉は口先だけだろうが、俺が口にすれば本意だ。

首相を殺せば、殺害はこれで四人目だ。四回目は警告ではなく、この計画を木《こ》っ葉《ぱ》微《み》塵《じん》に打ち砕くハンマーとなるだろう。計画を阻止し、日本を守ることができるのなら、この世に俺が生を受けたことは価値がある、と思った。彼は「悠久の大義に生きる」という時代錯誤な言葉を愛していた。後代に伝えられるようなものをなにか残して、巨大な流れの中に自分の生を溶け込ませていくことを想像し、安心と恍惚《こうこつ》が入り混じったような感覚に全身を浸そうとする、そういう男だった。

井澗が短い会議から解放されてNCSCのフロアに戻ると、和歌山から戻った弓削が自分の机でぼんやり頬杖をついていた。井澗は会議に使った資料を自分の机に置くと、弓削の席へ足を向けた。NCSCを去ることになった坂上の席の横を通った時、私物を段ボールに収めている彼に、「井澗さん」と声をかけられたが、足を止めなかった。彼の解任には多少の責任を感じないわけではない。ハニートラップといういやな言葉もときどき甦った。しかしいま本当に心配なのは弓削だけだ。当人は考え事に没頭しているらしく、近づいて脇に立っても顔を上げようとしなかった。井澗はその肩を軽く叩いて、「お帰り」と言った。

「あっ、いつの間に」

「お土産は？」

「えっ、そんなものないって前も言ったよ。それに井澗だって行ったじゃないか」

「ふーん。相変わらず冷たいね」井澗は腕組みをして見下ろした。

「冷たい？　俺が井澗に。冗談言っちゃいけない」

弓削は前と同じ台詞をくり返した。

「で、どうだった、和歌山のその後は」

「あんまり収穫がないから、御役御免《おやくごめん》で戻されちまったよ」

「そうなんだ、じゃあ残念会やろうよ。今晩、吉左右で」

「残念会かあ」

弓削はそうだなあと言って迷っている。早く帰ってひとりで考えごとに耽《ふけ》りたいのかもしれないが、そんなことをされては困るのである。井澗は自分でもはしたないと思う言葉を口にした。

「有楽町で買ってあげたTシャツとスニーカーのぶんご馳走してよ」

ああそうだったなごめんごめん、と弓削は思い出したようにつぶやいてスマートフォンを取り出し、じゃあ関あじでも食うかと言いながら、予約を入れた。

すこし仕事を片付けてから行くと言うので、井澗が先に内閣府庁舎を出た。銀座でウィンドウショッピングをしていたら、ライトブルーのブラウスが目に留まり、試着したらますます気に入り、着道楽なところのある井澗は迷わず求めて、それを着たまま地下鉄で池袋に向かった。

降車したひばりヶ丘駅のホームで、改札口へ流れていく人の群れに弓削を見つけ、手を振った。追いついて横に立つと、不思議そうな顔をしてこちらを見ている。さっき買ってそのまま着て来たんだよ、と教えてやっても、合点《がてん》がいったような顔を見せず、また、新しい衣装の感想も寄こさず、「それでなんかちがう感じがしたのか、同じ電車で来たのに気がつかなかったのはそのせいかな」とぼんやり言っただけだった。

それから弓削は、関あじ関あじとつぶやきながら、メイン通りから少し離れた住宅街に店を構える吉左右の引き戸を開けたけれど、あいにくお目当ての品はなかった。そのかわり鱸《すずき》のいいのが入っていますよと若い主《あるじ》に薦められ、お造りにしてもらうことにした。秋らしく行こうよ、と弓削が言い、カボチャの煮物と鯊《はぜ》の天ぷらも頼んで、ふたりとも冷酒にした。

「お酒飲むのは久しぶりなんじゃない」

奥の座敷に差し向かいに座り、碧《あお》いガラスの猪口《ちょこ》を合わせたあとで井澗は訊いた。そうだなあ、和歌山のあのあたりは梅が名産らしいので梅酒を飲んでみたかったなどと言う弓削の口ぶりには熱意が感じられなかった。

ふたりの会話はゆっくりと迂回しながら、やがて捜査中の事件へと向かった。次第に弓削の口は重くなる。しかし、考え考えぼつりぼつりと答えてはくれた。話題がついにグリーンコール計画に及ぶと、舌はさらにこわばって、証券購入者のリストまで行き着いたときには、ついに押し黙った。それでも井澗はじりじり攻めた。弓削は「しょうがない話すよ」と観念し、そしてついに、そのリストに我が国の内閣総理大臣が名を連ねているんだ、と口を割った。

確かにこれは井澗にとっても衝撃的な事実ではあった。しかし、彼女の回復力は弓削よりはるかにたくましかった。「そういうことか」と言いながら、小鉢から里芋を突《つつ》いていたが、ふと「なるほどね」とつぶやくと顔を上げ、「まあ、そう落ち込まないでよ」と意気消沈した年下の男を慰める余裕を見せた。

「落ち込むなんてレベルじゃないぜ、これは」と弓削はくよくよしている。

「でも、失望の理由をもう一度考えてみたらどうかしら」

「理由もなにも、日本国民の生命と財産を守るべき首相が売国奴なんだよ」

「どう売国奴なの」

「前も言っただろう、証券化ってことは商品にするってことだ。だけど、商品にしちゃいけないものがある」

「でも、私の理解でいえば、土地そのものが売却されるってわけじゃないんでしょう。そこによその国旗が立ったり、治外法権になって日本人が立ち入り禁止になるのなら、そういう気持ちもわからないでもないんだけど」

よくそんな暢気《のんき》なことを言ってられるなあ、と弓削はかぶりを振りながら猪口を口に当てた。

「でも、弓削君、この国はこのままだとどんどん没落するわよね。もしグリーンコール計画がエネルギー輸出国に変身できるチャンスだとしたら、真剣に検討するべきなんじゃないかな」

弓削は黙って飲んでいたが、ぼつりと「メタンハイドレートはどうなってるんだ」とつぶやいた。その口調はいかにも苦し紛れという印象を与えた。

「それは弓削君のほうがよく知ってるでしょ」

弓削はうなずいて、そうだな、と言った。

メタンや二酸化炭素などが水と結合し海底の水圧によって固化したメタンハイドレートは、和歌山沖にも大量に眠っていると言われ、クリーンな天然ガス資源として有望視されている。ただ、水深千メートル級の深海から採掘しなければならないので、莫大なコストがかかる。海底から引き上げるのに要するエネルギーが、メタンハイドレートから得られるそれよりも大きいという試算もある。コストパフォーマンスはよいとは言いがたい。その点グリーンコールは陸上にあるものをバッサバッサと伐採して工場に送って固化してしまえば、あとは市場までまっしぐらだ。日本はどこも山から降ろせばすぐに海だから、船に乗せてしまえば輸出も簡単。また、地下や海底に眠っている資源のように採り尽くしたらおしまいというわけでもなく、伐採した後も、植えればすごい繁殖力でにょきにょき生えてくる。グリーンコールのエネルギー放出量が前評判通りなら、不安定な海上に作業場を組んで、ロボットを潜らせ、すさまじい水圧の下で作業しなければならないメタンハイドレートなんか目ではない。井澗はここぞとばかりに突き進んだ。

「それに、メタンハイドレートは、地球温暖化問題には引っかかるわよね」

弓削が意表を突かれたように、顔を上げた。

「メタンハイドレートは気化して大気中に入ると地球温暖化を加速する、という説があるの。メタンの温暖化効果は二酸化炭素よりもはるかに大きい。少量でも見過ごしにできないよ。その点グリーンコールは植物なので、吸った分の二酸化炭素を吐き出すだけだから、プラマイゼロだよね」

弓削は黙って猪口を口に運んだ。

「考えてみたら、よくできている計画と言えるんじゃない？」

そう言った井澗は、自分の口から零《こぼ》れたばかりの言葉に抵抗感を覚えていた。しかし、いまは弓削の出鼻を徹底的にくじいておかなければならないと思い直し、突き進んだ。

「証券購入の件だって、お行儀が悪いとは思うけれど、よくある事件のひとつと言えなくもないんじゃない？　いまは政治家個人への寄付が禁じられているから、こういう形ででも政治資金をかき集めなきゃって思っているのかもしれないよ」

「それはすこし能天気すぎるぜ」

猪口を呷《あお》った後で口をとがらせた弓削の顔はほんのり紅かった。

「そうね、能天気かもしれない。認める。でも、能天気なのは私だけじゃなかったとしたら？　みんなが能天気ならばそれは全体の意思として尊重するしかないよね。弓削君、グリーンコール計画が公表されて、国民がそれに賛成したらどうするの」

「それはちがうと思うんだ」

「ちがう？　どういう意味？　弓削君がちがうと思っていることは知ってるよ。無知蒙昧《むちもうまい》な大衆を正しい場所に連れて行く、そんなエリートとしての矜持《きょうじ》を持ってるってこともね。だけど、みんながそっちに行きたいと言ったら、ちがうんだって言葉はお酒でも飲んでひとりで嚙みしめているしかないんじゃないかな」

　残酷な意見だったが、しょうがない。

「和歌山でもちょっと話したけど、あそこは、公務員を除いたら、就職先なんて本当に限られてる。そして日本には似たような僻地《へきち》がたくさんある。そんな場所に巨大なプロジェクトが始動して、人が集まってくるとなったら、みんなは喜んでその行進の列に加わると思うよ」

「そうだろうか」

　弓削の声には張りがなかった。

「そうだよ。私はその隊列を愚か者の行進だと呼ぶ気にはなれないな」

「日本酒おかわりください」

　弓削が厨房《ちゅうぼう》に向かって声を張る。飲まなければやってられないとでも言うように。

「文化人、要するに、才気に富んで、気の利いたことを言うのを仕事にしている人たちが、これからは下り坂社会をそろりそろりと降りていかなきゃ、みたいなことを言い出してる。じゃあ、弓削君に逆に訊きたい。なにか手を打たなければ、日本は落ち目になるばかりだってことがわかっていても、美しい伝統を守りながら没落していけばいいと思ってる？」

「いいや、日本は繁栄しなければならない」

「だとしたら、変わらなきゃだよね。そう、変わることによって生き延びてきたんだ、私たち人類は。なにが変わることを可能にしたの？　知恵だよね。禁断の知恵の実を食べて、人は知恵を得た。だから、弓削君が忌み嫌う〝不可逆で予測不可能なリスク〟だって知恵の力で回避していくしかないんじゃないの。それが原罪を負った私たちの宿命であり使命なんだと思う。原罪はもう拭えない。だからこそ、知恵でリスクを回避し、最小限にとどめる努力をするべきじゃないのかな」

井潤は運ばれてきた青白いガラスの徳利の首を摘まんで向かいの猪口に注いでやった。そうしながら、若い男女が差し向かいで酒を酌《く》み交わすにしては、角ばった理屈ばかりが目立つ、あまりに潤いのない語らいばかりを続けてきたことを反省し、理屈の角を慰謝《いしゃ》の言葉で丸めようとした。

「弓削君はね、国というものを絶対的なものとして考えすぎるのよ」

「そうかな」

「そう。弓削君がこの国をなんとかしなきゃって思ってることは知ってるよ。だからこそ、軍需で景気を上向きにすることを積極的に捉えたいんでしょ。その気持ちは私にもよくわかる。でもね、国なんてものもいつまであるかわからないよ。私たちが死ぬまでは持ちこたえるとは思うけれど、百年後となるとあやしいんじゃないかな」

慰めるはずだった言葉は、ついつい追い詰めるようなものに変わっていく。

「弓削君はときどき〝大きなもの〟って言うでしょ。〝大きなもの〟、人間を超えたところにあるような、あるところでは人はそれを〝神〟と呼んでいる、弓削君にとっては〝国《くに》〟って言葉で現れる、そういう〝大きなもの〟。それと自分との関係をよく強調するじゃない。でも、その遠い世界の手前に、向こう三軒両隣りの人の世ってものがあるんだよ。私も弓削君もみんなもそこをウロチョロしながら死んでいく。それを弓削君はつまらない人生だと思って見下しているけれど、人の世ってものをすこしでも住みやすい場所になるよう貢献するのが、私たち公務員の仕事なんじゃないの」

弓削は黙って猪口を口に運んでいる。

女将《おかみ》さんがやってきて、茶碗蒸しがあとふたつできるんですが、召し上がりませんかと勧めるので、井潤は弓削のほうを見て「食べたいな」と言った。弓削は「じゃあくださない」と注文したあとは、また壊れたラジオみたいに黙りこくった。

そろそろ本題の情報を弓削に渡す頃合いだ、と見計らい、仕上げにかかろうと、猪口を卓の上に置き、両肘をついて身を乗り出した。

「あぶねえ刑事《デカ》の勘は冴えてたわよ」

弓削は顔を上げ、彼女を見返して、続く言葉を待った。

「山咲先生はやっぱりシロだね」

と結論を先に言ってから、警視庁での面談の内容をかいつまんで話した。山咲が自分の技術などたいしたものではないと自白したこと、あの板倉という助手こそが猛烈な能力を持っていること、その板倉が、山咲の留守中に訪問した三宅の相手をしたことを伝え、その時になんらかのアンカーとトリガーが仕込まれた可能性も高い、という自分の意見を追加した。

弓削は「マジかよ」と言ってまた絶句した。茶碗蒸しが運ばれてきたので、井澗は「折角だから味わって食べようよ」と弓削の前に碗を置いた。弓削はひと匙すくって口に入れ「うん、うまい」とうなずいたが、心ここにあらずといった感じで、まったくもって駄目な食レポだった。まあ、しかたがない。彼はいま山咲がシロで、真犯人はちょっと足りなさそうなあの助手であるという推理を、警視庁内でどう開陳しようか、と頭を捻《ひね》っているだろうから。これ以上の情報を弓削に投げるのは酷な気もしたが、井澗には彼に自覚して欲しいことがまだあった。あの山道で板倉に洗脳された可能性についてである。

ただ、この危惧をどう伝えるかは悩みどころだった。いくらインプットしても、なんの変化も引き起こさなければ情報は情報たり得ない、と井澗は認知科学的に考えた。さて、本人に向かって「あなたは洗脳されている」と告げるのは効果的だろうか。

また、山道を歩行中に、一瞬で洗脳したなどという想定も、本当にそんなことができるのか、と首を捻らずにはいられなかった。とはいえ、自分などよりも弓削は共感能力が断然高く、この手の術中にはまりやすいことは確かなので、井澗は迷った。

一方、板倉が発した言葉についても、もういちど落ち着いて考えたかった。彼は電話口で、弓削に「自分の声を聞いてもろただけや」と言った。それが危険なのだ、とやり返したが、聞かされたのが弓削自身の声ならば、どんな術を施されたにせよ、その結果もたらされるのは、弓削の本来持っている性質が深まったものだけだ。軽率な一面も持ち合わせている弓削の性質を考えればそれだって危険かもしれないが、とち狂って一線を踏み越えてしまうほどの馬鹿ではない、と信頼したい気持ちもあった。

結局、「弓削君、洗脳されたかもよ、気をつけて」という言葉を井澗は口にしなかった。彼女が取った対策は、一席設けて、向かい合い、酒を酌み交わしながら諄々《じゅんじゅん》と諭すという言葉による介入に留《とど》まった。なに、これってカウンセリングじゃない、と内心で呆れ、カウンセリングなど自分にとっては魔術のようなものだ、物の力で脳に襲いかからないとなんの処置もできない、と信じていた彼女は、この自分の態度が意外だった。

最後に梨を切ってもらって半分ずつ食べた。勘定は弓削が払った。まだ、借りがあるよな。釣りを受け取りながら弓削は言ったが、まあこれでチャラってことでいいよ、今晩は私のほうが言いたい放題言ったからね、と井澗は気前のいいところを見せた。

ひばりヶ丘駅の改札をくぐり、じゃあとふたりは二手に分かれて上りと下りのホームに降り、やって来た列車で、それぞれの町に運ばれていった。

窓外《そうがい》の闇を見ながら、井澗は言い知れない疲労を感じていた。研究室で神経をすり減らして実験をした後とはまた別種の倦怠感《けんたいかん》を覚え、飯能駅からタクシーを使い、マンションに戻るとすぐバスタブに湯を張った。入浴剤を放り込んで、湯の中に身を沈め、ラ・フランスの香りを嗅ぎながら「まあ大丈夫かな」とつぶやいてみた。文学青年臭さが抜けないあいつも、そんなに馬鹿じゃない。三島や谷崎や川端なんかが積み上がったあのアパートで、これからの捜査の合理的な展開案を練っていることだろう。井澗はとりあえずそう思うことにした。

20　国破れて山河なし

深夜になってもやたらと明るい街に戻ってきた弓削は、韓国料理店が並ぶ通りを抜けてアパートに戻り、シャワーを浴びた後、薄いスウェット素材の上下に着替えてから、コーヒーを淹《い》れた。マグカップを手に、文机《ふみづくえ》の前であぐらをかいた。

「さて、どうしたものかな」

山咲のこれ以上の拘束はもう裁判所が許さない。この間も米田が「そろそろ限界だな」とぼやいていた。かといって、代わりに、その黒幕と目される助手の板倉をしょっ引《ぴ》いたところで、手詰まりになるのは目に見えている。あいつが三宅や野中や道下を洗脳して、鷹栖、胡《フー》、ウォーカーと次々に殺害させたという筋書きの挙証はとうてい不可能だ。

とにかく証拠がない。真犯人は板倉で、彼が洗脳して殺させたのだとこちらが主張しても、洗脳など知りません、できませんよと否認されたら手の打ちようがない。また、誰ひとり目撃者がいないというのも泣き所だ。洗脳という心の中の事件の目撃者などいないのだから。こうなると、洗脳による殺人教唆という筋書き自体が裁判では通用しないと考えたほうがいいのではないか。

パソコンに取り込んだオーディオファイルの中から、イザイの「無伴奏ヴァイオリンソナタ」を選んだ時、なぜこんなものをこんな時間に聴こうとしているのだろう、と自分でも不思議に思ったが、結局クリックした。

物狂おしい旋律を聴きながら、弓削は昔読んだ小説を思い出した。記憶が曖昧でタイトルも忘れてしまったが、とあるヴァイオリン曲を演奏して聴かせ、その曲が孕《はら》んだ狂気と、それをあぶり出す卓越した演奏技術によって、聴者を狂乱に追い込み自殺させる……。荒唐無稽な筋書きではあるが、今回の洗脳殺人はこれとよく似ている。

このヴァイオリンを精神医学に入れ替えてみれば、山咲が心理療法士を自認している以上、「サイコセラピーの技術を使って殺人を教唆した」という疑惑を山咲にかけることができる。けれど、板倉には、「僕は助手にすぎません、そんな技術は持ち合わせていません」という弁解の道が開かれている。山咲が「いやいや実は僕はあの助手に教わっていたのだ」などと弁明しようものなら、自分の罪を他人になすりつけようとしていると取られるのがオチだ。山咲もそれを予期しているからこそ、取り調べでいじめられても助手の名を吐かなかったのだろう。もしくは、自分のプライドが許さないのか、それとも今後の商売に差し障るからか……。とりあえず板倉の能力で今回の事件を解明するのは諦めたほうがいいのではないか、と弓削は思った。

突然、弓削は別の方面に頭を使いはじめた。

板倉のような能力が自分にあるのなら、俺は誰かにあの売国奴の首相を殺させるだろうか。いやしない、と弓削はすぐに否定した。殺すのはいい、けれど殺すなら自分の手を汚さなければならない。神聖なる罪を他人に負わせるのは、卑怯である。このような方向に弓削の思考は傾いた。そして、イザイのヴァイオリンソナタの苦悶するような旋律の中で、やはり殺すべきなのだ、殺さなければならない、殺そう、という具合に、感情は決心へ変わり、凝固していった。

日本が経済的に復活するとしても、このような売国行為は許されない。金《かね》はむろん大事だ。しかし、金がすべてであるはずがない。もともと日本人は武士は食わねど高楊枝《たかようじ》を美徳とする民族なのだ。経済などは下に置いて涼しい顔をしていなければならない。昔からこういうことを口にするたび、「金持ちのボンボンがなに言ってやがる」と学友から笑われた。それでも、国破れて山河ありのほうがまだましで、国は富めども山河なしはあり得ない、という持論は揺らがなかった。

突然、弓削は自分の矛盾にはたと気づいた。井澗から「日本はこのまま衰微していってもよいのか」と問いを投げかけられた時、「いや、繁栄していなければならない」と即答したのに……。彼は苦笑したあとで、確かに繁栄するに越したことはないのだがそれより大事なものがあるのだ、という理屈でその矛盾を希釈した。そしてそれが、先程から流れているイザイのヴァイオリンソナタの選曲も含め、板倉の術の影響によるものだと気づくことはなかった。苦悶するようなバイオリンの旋律が高まり、促されるように、弓削は自分の心の声を大きくしていった。

首相を殺す手筈《てはず》は後回しにして、殺害した後のことを考えよう。首相暗殺は大罪である。だから、殺害行為が依って立つところ、つまり動機をどう説明するかが肝心だ。これを明らかにすることで、グリーンコール計画を暴露して中止に追い込めれば、自分は殺人者の汚名をかぶってもいい。

しかし、首相を殺せば本当にグリーンコール計画は停止するだろうか。四番目の殺害が総理大臣暗殺である衝撃が、この国を揺るがし、本プロジェクトは見直しを迫られるだろう、と短絡的に考えるほど彼は楽天家ではなかった。その時、机の周辺にうずたかく積み上げられた書物の山の上に載っている三島由紀夫の文庫が目についた。それは「三熊野詣《みくまのもうで》」を収めた短篇集で、和歌山に行く前に、紀州のことを三島が書いていたなと思い出しパラパラとめくって、一番上に戻しておいたものだ。弓削は、市ヶ谷駐屯地で檄《げき》を飛ばして自害したこの文豪の死を思った。三島ほどの人物でさえ、その言葉は野次にかき消され、ほとんど聞き入れられなかった。そのことを思うと、自分の玉砕など、とち狂った官吏《かんり》の妄想の結果だと処理されるだろう。

また弓削は、自分はまともな死を死ねるだろうか、という疑念を抱いた。裁判にかけられ、重罰を受けるにせよ、あるいは自害するにせよ、自分は死ぬだろう。それでも、死の先に大きななにかがあり、その中に還っていけるのであれば、喜んでいく。弓削はそのような考えを好む青年であった。しかし、好んではいたが、生まれてこの方ずっと物質的な社会の空気を吸って成長した彼は、まったき無、むき出しの死に怯える現代人でもあった。死の先にある宇宙的な実在をなんの疑いもなく感知できるほど達観しているわけではない彼には、人間を超える大きな存在がきっとある、あるはずだ、なくてはならない、と念仏のように何度も唱えて力ずくで信じ、無我夢中でそのような世界観に到達しようという不自然さがつきまとった。

スマートフォンが鳴った。実家からだった。イザイの「無伴奏ヴァイオリンソナタ」はもうやんでいて、着信音ははっとするくらい高く響いた。

——もしもし、啓史さんですか。

幼女の声である。

「おお、リカちゃんか。こんな時間まで起きてちゃ駄目じゃないか」

——いいの、バレエ教室の後、たくさんお昼寝したから。あ、バレエの発表会来てね。

「ああ、行く行く」

——それでね、お母さんがね、あした啓史さんも夕飯食べに来なさいって。

「へえ、なにかご馳走がでるのかな」

——うん、こき。

「こきってなんだろ」

——知らない。

「知らないのか、そいつは困ったな」

うしろで「梨花《りか》ちゃん、ちょっと代わって」という兄嫁の声がした。

——あのね、ママが代わるって。

「代わらなくてもいいよ」と弓削は笑った。

——ママ、啓史さんが代わらなくてもいいって。……………………もしもし、啓史さん、香菜子《かなこ》です、私で悪うございました。

「すみません冗談です」

——前にメールでお知らせしたと思うんですが、明日お義母《かあ》さんの古希《こき》をお祝いするので、啓史さんもなんとか都合つけて来てもらえないかしら。

納得して、そういえばメールをもらっていたのに返信しそびれていました、と詫びた。

「兄貴も大丈夫なんですか」

——ええ、明日だけはなんとかするって言ってました。

「じゃあ参ります」

——実家に帰るのに、参りますってのは他人行儀ですよ。では、七時半には来れますかしら。

はい、と言って弓削は電話を切った。

翌日は、早めにNCSCを後にし、本駒込の実家に出向いた。玄関のインターホンを押すと、兄嫁の声で「啓史さん、手が離せなくてお迎えに出られないの。そのまま入ってきてちょうだい」と告げられたので、閂《かんぬき》を外して中へ進んだ。庭の松の木を見上げながら歩いていると、玄関のドアが開いて、梨花が駆け寄ってきた。

「啓史さん、今日はお泊りするよね」

「まあ、梨花ちゃんがそういうなら考えてもいいな。いま何年生だ」

そう尋ねながら弓削は玄関で靴を脱いだ。

「二年」

「もう二年か。学校は楽しいか」

「バレエのほうが楽しい」

「まあ、そうだろうな。――あ、ただいま」

リビングのソファーの横に荷物を置いて、台所のほうに声をかけると、和服姿の母が出てきた。

「あら、早かったのね」

ええ、今日はなんとか早めに切り上げたと言って、弓削は手にしていた臙脂《えんじ》色の紙に包まれた細長い箱を渡してかしこまり、

「おめでとうございます」

なにかしらと言って母は包み紙を開き、中から出てきた桐の箱の上蓋を取った。そして、あらきれいねと言いながら、朱色に漆《うるし》が塗られた万年筆を目の前にかざした。

「短歌を書きつけるときに使ってよ」

「あら、最近は私もパソコンで提出しているの。そのほうが選をする先生も整理がしやすいんですって」

「じゃあ、手紙を出すときにでも。仙台の職人さんが作っていて、ドイツ製より日本語は書きやすい

と思うな」

「どうも、ありがとう。大切にするわ」

見せて見せてと梨花が言ったが、兄嫁が、梨花だめよと台所から声を上げた。弓削はもうひとつ簡易包装の包みを出して、ほらこっちが梨花ちゃんのだ、と渡してやった。梨花が包装を剝《は》ぐと、子供用の習字用万年筆が出てきて、白いプラスチックの軸に施された赤いテントウ虫が小学二年生を喜ばせた。

「あなたはなにか書いているの」

母が啓史に聞いた。

「いや、最近はそんな暇もないんだ」

「そう。じゃあ、歌はどう。大して時間はとらなくてよ」

「僕は韻文は向いてないな。どうせやらせるなら、兄貴がいい。財界じゃあ、短歌のたしなみも役立つんじゃないかな」

「直樹《なおき》はだめよ」

「どうして」

「だって、もとからそういう性質《たち》じゃあないんだもの。あの子はゴルフボールひっぱたいてればいいのよ」

「会社の景気はいいのかな。——ねえどうなの、義姉《ねえ》さん」

弓削は台所から出てきた兄嫁に聞いた。さあどうでしょう、私は仕事のことはさっぱり聞かないのでと言って、茶と和菓子を置いて逃げるように引っ込んだ。

「まあ、身代《しんだい》を潰《つぶ》すというところまではいってないみたいだけれど、ただ、お祖父さんの代からはさほど立派にはなってないわね」

母親は薄く笑って、桐箱からまた万年筆を取り上げた。そして同梱《どうこん》されていたロイヤルブルーの壺にペン先を入れてインクを飲ますと、テーブルの下に置いてあった一筆箋《いっぴつせん》にきれいな楷書で〈自転車操業〉とおかしな試し書きをした。

「そこまで兄貴に求めるのは可哀想だよ」と弓削は弁護した。

兄が重役を務める弓削セメントは、薩摩藩に仕えていた曾々祖父が同藩士の困窮を救助するために興した組合として発足したが、藩を代表する企業に発展し、東京に本社を置いてからは、薩摩出身閣僚とのパイプを利用して業績を伸ばし、曾祖父の代に大戦後の復旧と公共事業の増大で大いに発展した。その後も政界とのパイプを堅固にしつつ、堅調な経営を続けているはずだ。しかし、もはや公共事業をどんどんやるという時代も終わりつつある中で、これ以上業績を伸ばせというのも酷な話だと弓削は思うのだった。

出された最中《もなか》を食っていると玄関に車が停まる音が聞こえて、パパだと叫んでまた梨花が飛び出して行き、兄の直樹の手を引いて戻ってきた。直樹は弓削の顔を見ると、

「おう、ご苦労さん、ちょっと着替えてくるわ」と奥に引っ込んだ。

梨花は弓削の隣に座ると、ねえねえねえ、啓史さんは犯人捕まえたことあるのと聞いた。ああ、なんどもあるよ、と幼子の関心を惹こうと弓削は言った。

「うちのクラスにすっごく嫌な男子がいるから捕まえてくれない」

「嫌なやつだけじゃあ駄目だよ」

「だって人のもの盗《と》るんだもん」

「それはよくないけど、本当なの」

「本当だよ、葉子《ようこ》ちゃんのお習字の道具から墨がなくなった時、その子しかいなかったんだもの」

「それじゃあ捕まえられないなあ」

「どうして」

「盗るところを見てないと駄目だよ」

「じゃあね、じゃあね、梨花のおじさんは警察にいるから、本当に盗ったんなら捕まえてもらうからってその子に言っていい、ねえ、言っていい」

弓削は考え込んだ。質問についてではない。弓削が思い巡らしたのは、自分の総理大臣暗殺が梨花を襲う運命についてだった。重罪を犯した犯人の身内となった時、学園に彼女の居場所がなくなることは容易に想像できた。

「梨花、啓史叔父ちゃんはそんな小物は捕まえないんだよ」

部屋着に着替えた兄が現れて、母の横にどっかりと腰を下ろし、

「どうだ内閣府での刑事稼業は」と訊いた。

「しょっちゅう桜田門に呼び出されてるよ」

「そりゃそうだろう、目と鼻の先だからな」

わかったようなわからないような理解を示して兄は笑った。しかし、それ以上追及してこようとはしない。端《はな》から興味がないことがらにも適当に話題を振って、上っ面《うわつら》だけの会話を継ぎ足していく手際と、どこかふっくらとした人当たりは仕事でも役立っているだろう。しかし、もとから才気煥発、目から鼻に抜けるという性質ではない兄は、創業者の直系であるにもかかわらず、いまだに平取締役の肩書きに甘んじている。

「会社の景気はどうなの」と弓削は兄に訊いた。

すると、母親が一筆箋の上で万年筆を動かしながら、

「啓史に相談したらどう」と口を挟んだ。

「事業のことは僕にはわからないよ」弓削は兄に遠慮して言った。

「そうでもないでしょ、学校の成績は啓史のほうがよっぽどよかったんだから」

あいかわらず母は辛辣《しんらつ》である。

「そうだなあ、啓史はよくできたものなあ」

兄は怒りもせずに、弓削の茶請けの皿から最中を取ると口に持っていった。

「警察なんかに入って」

母親がこれみよがしにため息をついた。

「そうだそうだ。セメント屋が嫌なら、国交省か経産省に入ってくれれば俺もずいぶん楽だったんだがなあ。……うん、この最中はうまいな、ママ、これ俺にもくれないか」

そのふたつは、官庁とのパイプとして期待されるに決まっているので、弓削が避けたのである。

もうすぐご飯だからよしたら、という兄嫁の声がした。そうか、じゃあよそう、と兄は手に付着した餅粉《もちこ》をパンパンとはたいた。そして、

「例のダムの工事が決まればちょっと一息つけるんだがな」とすこし深刻な顔つきになった。

群馬県の利根川支流に建築予定のこのダムは、一昔前の政権交代の際にいちど見直しが行われ、その後も、周辺地域の生活環境や生態系への影響について調査が継続されて、本格的な着工に至ってない。

おまたせしました、と兄嫁に声をかけられ、全員ソファーから腰を浮かし、ダイニングルームに移った。テーブルの中央には、アサリや蛸《たこ》など魚介類と一緒に煮込まれた丸ごとの真鯛に、トマトの赤

や玉葱《たまねぎ》の白が彩りを添えた、見栄えのする大皿があった。

「おお、美味《うま》そうだな」

兄が言うと、美味《おい》しいかどうかは保証しませんよ、通っている料理教室で習ったばかりだから、と兄嫁が予防線を張った。魚介類をオリーブ・オイルと白ワインと水で煮込んだイタリア料理で、母親がオペラやルネサンス絵画などのイタリア文化に愛着があるから、この日に備えて教えてもらったんだと言った。

「アクアパッツァね」と母が言った。

「お義母《かあ》様のお口に合えばいいんですが」

「大丈夫よ」と椅子を引きながら母が請け合った。「そんなに難しい料理じゃないでしょ」

聞こえないふりをして、「もし、お口に合わない人はこちらもどうぞ」と兄嫁はとりわけしたスープやサラダやスパゲッティやカツレツの皿を各自の前に置いた。

兄がワインのコルクを抜いてテイスティングしたあと、各自のグラスに注ぎながら、「おい啓史、お前が乾杯の音頭を取れ」と言った。兄嫁が梨花のグラスにジュースを注ぐのを見届けて、弓削は杯を持ち上げ、ごく簡単に祝いの言葉を述べた。グラスがカチカチと合わされ、続いて、フォークとナイフが取られた。兄がまずアクアパッツァに手をつけて、「これはうまい」と言った。兄はなにを食べてもうまいと言う男である。

「啓史、お前なにか聞いてないか」

「なにが」

「ダムの件に決まってるだろう」

「俺のいるところは警察だからなあ」

弓削はとりあえず煙幕を張った。

「いまはNCSCにいるんだろ。NCSCっていやあ、各省庁の情報が集まるところじゃないのか」

「テロ対策セクションに金儲けの情報なんて集まらないよ」

「とにかくダムが決まってくれれば一息つけるんだ」

さあ知らないなあ、と弓削は言うしかなかった。

「まったく知らないってこともないんじゃないか」

「啓史、あなたご先祖様にお線香あげたの？」

パンをちぎりながら、母が助け船を出してくれた。

「忘れてた。あとでお参りします」

「俺のぶんもしておいてくれ」兄が冗談交じりに言った。「ダムの施工が決まりますようにって」

皆が美味しい美味しいと言ってナイフやフォークやスプーンを動かし、おめでとうございますと母に言った。母も礼を言った。兄と兄嫁は母に帽子をプレゼントした。が、一番喜ばせたものは孫がクレヨンで描いた肖像画だった。

宴はなごやかに進んだ。コーヒーとケーキをもらった後、兄が一風呂浴びてくると言って席を離れ、兄嫁が流しで洗い物をはじめたので、弓削も腰を浮かせて奥の和室に入った。

仏壇に線香を上げて手を合わせ、くゆる煙の中の香を嗅ぎながら思い出すのは、可愛がってくれた祖父のことである。

祖父の口癖は「日本男子たるもの」だった。すこし冗談めかして「啓史、日本男子たるもの、自分の享楽ばかり考えては駄目だぞ。社会もあり国家もある。世のため人のために尽くしてこそ一人前だ」などと諭して満足そうに笑った。弓削は兄とふたりでよく「日本男子たるもの」と祖父の口まねをして笑っていた。学生時代に戦後の民主化運動に身を投じて曾祖父の逆鱗《げきりん》に触れて義絶されそうになった祖父は、弓削セメント入社後は高度成長期の上げ潮に乗って業績を伸ばし、抜かりなく出世した。社長に就任した当初はバブル景気に助けられ、汚点のない企業人として早々に引退し、あの大震災の直前、自慢のステレオ装置でスウィングジャズのレコードを聴きながら卒中で死んだ。

色々と期待に応えられなくて申し訳ありません。けれど、御先祖が残してくれた会社をいまいちど発展させるには、この国にさらに大量のセメントを流し込む策しか僕には思いつかないのです。社会に出てからの人生をその道を邁進《まいしん》することに費やすのは耐えがたいことでした。

合わせた手を下ろすと母が横に座っていた。

「あなた、いつまで警察にいるつもり」

「よくないかな」

母はいいとも悪いとも言わない。文学少女だった母が、自分の息子が警察などという詩情に乏しい粗野な場所にいるのが不満なのはわかっていた。彼が文学部に行くと言い出して父親に猛反対されたときも、いいじゃありませんかと助け船を出してくれた。もっとも、その船はあっけなく祖父と父に沈没させられてしまったが。

「お義父《とう》さんは、会社を継がせるのなら啓史だなと仰ってたわ」

母は時々この台詞を繰り返す。しかし、それが本当に祖父の意向だったのかはあやしいものだ、母が自分の願望を祖父の名で騙《かた》っているだけということも大いにありうる、と弓削は考えている。

「またその話ですか。兄貴がしっかりやっているんだからいいじゃないか」

「しっかりなんかやっているものですか。相変わらずヘマばかりしているみたい。創業者の家筋じゃなかったらいまだにヒラよ」

さすがにそれは言い過ぎだ、と弓削は兄に同情した。母親は学校の勉強がよくできた次男が入社しさえすれば、一族が作り上げてきた会社を引き続き発展させられるのだと単純に思っているようである。

「そんなに景気が悪いのかな」

「とにかく、いつもダムがダムがって言ってるわ」

　実は耳にしている情報では、まもなく工事は再開される予定である。母を安心させてやるために、あくまでも自分の憶測としてこっそり打ち明けてやろうか、と弓削は思った。そして、突然、彼ははっとした。

　たとえそうなったとしても、施工事業者のリストから弓削セメントは外されるだろう。創業者の末《まつ》裔《えい》が総理大臣を殺し、なおかつ実兄が取締役を務め、社名の頭に暗殺者の苗字《みようじ》が使われている会社に国が公共事業を卸《おろ》すことはまず、ない。このダムにとどまらず、すべての公共事業から弓削セメントが締め出しを食うことは確実だ。弓削セメントが公共事業の施工から完全に外されたらどうなるか。まちがいなく潰れるだろう。

　泊まっていけと梨花がしきりに言ったが、帰ってやらなきゃいけない仕事を思い出したと言い訳して実家を出た。玄関で、缶詰のスープやカレーやハムなど、盆のつけ届けの余ったのをたくさん持たされた。梨花が駅まで送ると言って聞かないので、兄嫁が車を出してくれることになった。車中で梨花がピアノを聴いてもらうのを忘れたと言って悔しがった。こんど来た時に聴くよと言ったら、いつ来るのかと訊かれた。兄嫁もお義母さんが会いたがるので近いうちにまた来てほしいと言い添えた。

　両手に紙袋を提げて、改札をくぐる時、また来てねーと声がしてふり返ると、梨花が小さな手をしきりに振っていた。それを見た時、弓削はやはり自分には無理だと覚悟した。

アパートに戻るとシャワーを浴びた。持たされた品を冷蔵庫に突っ込むと、代わりに缶ビールを取り出してタブを引いた。

とうてい実行できないと覚悟を決めると、気が楽になった。そして、そもそも俺はどうやってそれを実行するつもりだったのだろう、総理大臣の周辺には俺など近づくことさえできないじゃないかと思いながらぐいと飲んだ。俺にはできない、やろうとしてもそもそも無理だ。弓削はこのように心的と物的のふたつの困難を積極的に混同し、計画を断念しようとした。すると、殺気立っていた昨日までの自分が滑稽に思われ、さらに心が休まった。そうしてもう一缶冷蔵庫から取り出すと一気に飲み干し、布団を敷いてさっさと寝てしまった。


翌日、NCSCへ出勤する前に桜田門に寄って羽山と会った。山咲の取り調べはいつまで続けるのかと訊くと、今日でいったん釈放せざるを得ないとのことだった。

「それでこの後はどうやって詰めていけばいいいんだ」途方に暮れたように羽山が言った。

「公安のほうは、捜査を先細りさせて手を引くつもりらしい」と弓削は教えてやった。

「汚《きたね》えなあ、途中から入ってきてさんざん引っかき回しておいて」

ふて腐れた羽山に、引っかき回したと言えば俺もそうだ、こんど一杯奢《おご》るよ、と言って、その肩を叩いた。

きれいに晴れた初秋の空の下を、弓削は内閣府への坂を登りながら、ちっぽけな存在として生きるしかないという諦めが慰めにもなることに驚いていた。

NCSCのフロアに足を踏み入れると、いつにもましてざわざわしていて、みな椅子を鳴らして席を立とうとしていた。なにごとかと思って眺めていると、井潤も書類を胸に抱いてやって来た。

「あれ、今日は研究所じゃないのか」

「なに言ってんの、二ヶ月に一度の合同会議の日でしょ。来週に発表会があるから必ず出席するように言われてたはずだよ」

そうだったと弓削も思い出し、人の流れに交じって階段を上がり、大会議室に漂着すると、目立たない場所に席を取った。

NCSCの長である内閣審議官が壇上に登ると思いきや、マイクの前に立ったのは内閣府事務次官だったので、弓削はおやと思った。内閣府での最高位の官僚の登壇は、この合同会議がいつにも増して重要であることを物語っていた。NCSCに対する期待は日に日に増している、と事務次官は述べたあと、

「その証《あかし》として、今回の発表会において、我が国にとってきわめて重要な発表があるはずです」と言った。

グリーンコール計画のことにちがいなかった。斜め前に座った井潤がこちらをふり返ったので、弓削は軽くうなずいた。

「また、発表される内容については、段階を追って国民に告知していく計画を現在策定中なので、厳《げん》秘《ぴ》事項として強く認識してもらいたい。内政のみならず外交的にも影響のある大きな案件故、くれぐれも外に漏洩《ろうえい》することのないように」

かすかにケナフ竹のざわめきが聞こえた。

「さらに、もう一点。当日はNCSCの最高責任者である内閣総理大臣も出席する。国会での審議があるにもかかわらず最後まで出席されるようなので、そのつもりで」

突然、葉のざわめきが高まり、弓削の胸をわななかせた。内閣総理大臣がここに来る！　自分のすぐ間近に！　だとしたらあれが可能じゃないか！　弓削はこの好機に異常で神秘的なものを感じ取った。ある特別な力が作動し、運命に導かれているように感じた。

弓削は胸に激しい圧迫を感じ、その後、審議官が各セクションのプレゼンテーターを発表した時も、坂上と入れ替わりに経産省からやってきた桜井《さくらい》という人間がエネルギー安全保障セクションの発表を行うことや、内容については当日の発表をお待ちくださいと審議官がお茶を濁した時も、ほとんど聞いていなかった。兵器研究開発セクションの発表者として井澗紗理奈の名前が読み上げられたときになって、弓削はようやく会議室に自分を引き戻した。

「兵士の戦闘精神のビルドアップを、ミラーニューロンの働き、そしてその結果としてもたらされる共感という感情にフォーカスして報告する」

審議官はそのように発表の趣旨を読み上げた。

会議が終わると弓削は、内閣府庁舎を出て、見事に晴れた空の下、またふらふらと坂を下った。弓削はある種の賭けをしてみることにした。もし投げたコインの表が出れば、自分に課せられた運命だと思ってあれを実行しよう。そう思い、コインを投げるために警視庁に足を向けた。

おう、どうしたと米田がやって来て、ちょっと相談が、と言ったら応接室に連れて行ってくれた。腰を下ろす時、「そういや、お前の忠告に従ったわけじゃないが、山咲は今日の午後の便で和歌山に帰すぞ」と米田は言った。しかし、弓削はこの話題には見向きもしなかった。

「来週うちの中間業績報告会があるんですが、聞いてますか」

「ああ、内々にせよ、例の計画もいよいよオープンになるんだな」

「それで、その席に首相も来られるって知ってますか」

「へえ、そうなのか。それは時来たりって感じじゃないか」

「じゃあ、米田先輩はその時には警護にはかかわらないんですか」

「それはわからないな。まだなにも言われてない。たぶんないんじゃないかな。どうしてだ」

「いや、SNSで首相の殺害予告が出ていることを心配されてたんで」

「だけど、発表は内閣府庁舎の中だろ」

「そうですが、万が一ってこともありますので」

「それはそうだが、首相のそばにはいつもなん人か張り付いてるだろう。その時にことさら警護をぶ厚くする必要があるのかね」

「そこなんですが、今回のNCSCの発表にはグリーンコール計画も含まれるはずなんです」

「だから知ってるって」

「で、ご存じのように、グリーンコール証券を発案した者と購入した者が計三名殺害されている」

「うむ」

「そして、グリーンコール計画発表の場に、首相が来る。首相は購入者のひとりです」

「しかし、公の場じゃなくて、NCSCはいわば身内の席だろう」

「けれど、身内の中に首相のことをけしからんと思っている人間がいないとも限りません」

「お前のようにな」

「そうです」

そうですじゃねえよ、と米田は苦笑した。

「とにかく、グリーンコール計画の発表と証券購入者の同席というふたつの大きな要素が重なる場であることは確かです。この前教えてもらった〈南こうせつと竹取の翁〉みたいなふざけたものも含めて、首相の殺害を示唆するような情報もあるわけでしょう」

「わかったよ。ただな、首相が証券を購入していることは大声で言えない。そいつを理由に警備をぶ厚くするってのはできかねる。ほかの理由をひねり出さないと」

「そこなんですが、大げさにしないで、通常の警護チームに、俺が加わるのはどうですかね」

「お前が？」

「ええ、俺はNCSCの人間だから、その場にいるのは不自然じゃないですよね。それで当日の俺は発表もない気楽な身分なので、それとなく首相のそばに席を取らせてもらって、警護に当たるっていうのはどうでしょう」

「ああ、それは問題ないとは思うんだが、あまり大げさに振る舞うと、いつも警護に当たっている連中がいやがるぞ」

「ですよね。そのへんは気を遣います。ただ、念の為に、銃の携帯許可だけ取りたいんですよ」

「まあそのくらいならなんの問題もないさ」

「じゃあ、お願いします」

こうして、銃の携帯許可はあっさりと下りた。弓削はこれを運命だと捉えた。この運命に引き寄せられていくことが、たとえ世間にどのような目で見られたとしても、自分の生と死を美しく飾る道なのだと考えた。

弓削が銃器保管庫から自分のニューナンブM60を出して身につけ、桜田門を出ると、携帯が鳴った。井澗からだった。

——ランチに行くけれど一緒にどう。

「誘いはうれしいんだけど、俺はこれから江東区へ行くんだ」

——江東区？　江東区になにがあるの？

「ちょっと錆《さび》を落としに行ってくる」

——どういう意味。

井澗はすこし怪訝な調子で言った。

「まあ、いちおう俺も警察官だから」

返事を濁し、弓削は「これから地下鉄に乗るから切るよ」と断ってから切った。

階段を降りて乗り込んだ銀色の車両は、隅田川や、豊洲運河やいくつかの埋め立て地の下を轟々《ごうごう》と進んだ末に、荒川河口付近で停車した。

湿っぽい地下から顔を出してふたたび太陽を拝んだ弓削は、立哨《りっしょう》する警官に敬礼し、らくだ色の大きなビルに入って、射撃訓練場で撃ちまくった。警察官が訓練で撃てる弾数は年間五十発までという制限は、二年前になくなっていたので助かった。

腕は相当に錆《さ》びついていた。ただ、至近距離で撃ち込むのだから的を外すという心配はまずないだろう。なので、銃把《じゅうは》を摑んで抜いて構える動作を速くすること、一発目の発砲から撃ちつくすまでの時間を短くすることを主眼に引き金を引き続けた。


井澗紗理奈はふと足を止めた。空席になっていた弓削の席の横を通りかかった時、彼の上司が机の上に投げ置いた書類の題目が目に入った。〈拳銃携帯命令書〉という文字が目に飛び込んできた。すばやく〈実行の日付〉を盗み見ると、それはＮＣＳＣの定期報告会の予定日だった。彼女は自分の机に戻ると、パソコンを叩いて、警察・江東区・射撃というキーワードで検索をかけた。そして、弓削が出かけたのは警視庁術科センターの射撃訓練場にちがいないと推断した。

井潤はスマートフォンを取り出し、SNSで弓削にメールを出した。

〈射撃の練習？〉

しばらくすると、返信があった。

〈そう。NCSC中間業績報告会のときの首相の警備でね〉

なるほどそういうことかと納得し、机の上をかたづけて永田町を出た。地下鉄駅構内へ潜る手前でまた弓削からメールがあり、〈山咲先生は今日解放される予定〉と知らせてきた。

地下鉄で池袋に出て、ちょっと贅沢して特急券を買い、ラビューに乗って埼玉の山奥にあるNCSCの研究所までたどり着くと、自分の巣に戻ってきたという安堵を覚えた。

同じ自分の仕事場でも永田町とここでは漂っている空気がまるでちがう。井潤は自分の机に座り、中間業績報告の草稿に取りかかった。今日の会議でも予告したとおり、ミラーニューロンを中心にブレイン・エンジニアリングの技術について発表する方針だった。

ミラーニューロンという脳神経細胞は共感に関連していると言われている。日常生活で、友人が幸せそうだと自分も嬉しくなることがあるが、そのようなときに活発に活動するのがこの神経細胞だ。

しかし、共感は戦場においては時としてやっかいなものになる。狙撃手《スナイパー》が銃のスコープに敵を捉えた時、相手もまた自分と同じ人間なんだという感情に支配されると、引き金にかけた指がこわばってしまう。戦場では、一兵卒のコンマ一秒の逡巡《しゅんじゅん》が隊の全滅につながることがある。だが、このような躊躇《ちゅうちょ》は、ミラーニューロンの働きを抑制してしまえば、簡単に消せる。ただ、共感能力の欠如した兵士は、味方が被弾して倒れた時も救助してやらねばという感情も起こらない。これもまた隊の維持には大きな障害となる。

恐怖心も同様だ。戦場では足がすくんで動けなくなってしまったら万事休すだが、恐怖心を完全に消し去ってしまうと、無謀な突撃を強行し、敵の餌食にされてしまう事態も起こりうる。憎悪と大胆さと同時に、冷静さも増強するようなバランスを実現させることが理想である。そのようなアレンジを神経ネットワークに介入して施す技術が、ブレイン・エンジニアリングである。

この技術は、戦場から日常生活へ帰還した後でも活用が期待されている。すさまじい体験を味わった兵士は、日常生活に戻ってもPTSDに苦しむことがすくなくない。その時、治療としてもっとも効果的なのは、戦場の記憶をまるごと消してしまうことだ。この処置には、戦場の悲惨さを語り継ぐ機会を放棄させることになるという批判もあるが、どんなリハビリよりも効果があることが、米軍に被験者を提供してもらって行われた共同実験で証明され、また、過去のトラウマに苦しむ一般人に対しても新しい治療法になりうるものだと期待を集めている。

井潤はふと山咲のことを思い出した。この話は山咲の顰蹙《ひんしゅく》を買った。すこしばかり父に似たところのある山咲は言った。——「真砂先生が生きていたらどう言うだろうか」。父の困ったような笑顔が井潤の脳裏に浮かび、それでも父は愛してくれるという確信と、父の思考とは相容れない方向に自分の知性を成長させた後ろめたさ、そして科学者としての自信とが複雑に入り混じった。そういえば山咲は今日釈放されたはずだ。井潤は机の上の受話器を取り上げた。

黄色いテープが外され、久しぶりにワンネスの中に足を踏み入れた板倉は家中の窓をすべて開け、風を通した。チリンチリンと鳴る風鈴の音色がすこし寒く感じられたので、はずそうと思い、台所から持ってきた椅子の上に昇った時、簞笥《たんす》の上の電話が鳴った。板倉は椅子から降りて受話器を取り上げた。

「ワンネスです」

——もしかして板倉君？

その声が、センセイの娘さんであることはすぐにわかった。意外だったのは、女子が同級生の男子に使う軽い敬称の〝君《くん》づけ〟で呼ばれたことだった。板倉は小学校を覗きに行っただけで通学していたわけではなかったし、先生の家に遊びに行ったときも娘さんは板倉の顔を見ると、二階に上がったまま下りてこないのが常だったので、この敬称に込められたお義理の親しみがこそばゆい気がした。

とりあえず、「はい」と答えた。

——もう立ち入り禁止は解かれたのね。それはよかった。

板倉が黙っていると、

——ああ、ごめんなさい、井潤です。山咲先生いらっしゃるかしら？

「まだ帰ってきてないで」

——そうなの。たぶん、もうすぐ着くと思うわ。午後の便でそちらに戻ったらしいから。

「電話があったって言《ゆ》うとく」

——ちょっと待って、板倉君とも話したいの。

板倉は戻しかけた受話器をもう一度耳に当てた。

——正直言うとあなたのことはよく覚えてないのよ。

そんなことは承知していた。

——でも、あなたは私のことを覚えていてくれたわね。それでこの間『切って分けることばかり考えていた』と忠告してくれた。

板倉は黙っていた。

——確かにそうね、特徴によって細かく切って分類していくことが、科学的だと思ってそうしているってこともあるけれど、私は幼い頃からそういう傾向があったし、これからもそうだと思う。「でも、本当はひとつなんだよ」と言おうかどうか板倉は迷った。こういう人間は「なぜ」とか「どのように」などとさかんに訊いてくる。なぜひとつなんだ、どうひとつなんだ、と訊かれても、自分には言葉で納得させることなどできない。

――でも、板倉君だって、私のように切って分ける人間と、なにもかもがひとつなんだって感じる人間を分けているんじゃないの？

板倉は妙な気分になった。どう答えていいのかわからないので黙っていた。すると井潤が、でもまあ、そんなこと訊いてもしょうがないか、とつぶやいた。

――じゃあ、あの人はどっちなの。

「あの人って」

――弓削君。私と一緒に和歌山に行った刑事。あの人は切って分けるタイプ？　それともひとつだと思うタイプ？

「あの人は両方やと思うねん」

――そう、両方ね。あなたはあの人に自分の声を聞いてもらうんだって言ったわね。

板倉はうなずいてから、それじゃ相手がわからないと気がついた。

――それで彼は自分の声のどちらを聞くことになるのかな？　切って分けるほうの声、それともひとつだと思う声？

考えてみたがわからない。板倉は沈黙した。

――あのね、父が読んでいた本があって、そういえば、山咲先生の書斎にもあったなといま思いだしたの。『神々の沈黙』って本よ。ジュリアン・ジェインズってへんな心理学者が書いたの。あとで本棚を見てみるといいわ。

　板倉は頭がくらくらし出した。

――古代のヒトは、言葉を話すようになってから意識が誕生するまで、右脳で神様の声を聞いていたんだって言うの。私たちの常識では言語を司《つかさど》るのは言語野っていって脳の左半球にあるんだけど、昔の人はそれが右脳にもあったんだって言うわけ。だから右側は言ってみればスピリチュアル脳ってところかな。あなたはひょっとしたらそういう脳を持っているのかもしれない。もし可能ならあなたをコクーンに入れて調べてみたい。でも、それよりも私が気になるのは、そういう声を弓削君、弓削君っていうのは例の刑事ね、彼には聞かせて欲しくないの。よして欲しいんだ。

「せやったら」と板倉は言った。「君の声を聞かせたらええんちゃう」

　電話の向こうが急に押し黙った。そして突然ブツリと切れて、愛想のないツーツーという機械の音が流れてきた。板倉は受話器を戻した。するとガラガラと玄関の開く音がしたと思ったら、板を踏み鳴らして山咲が姿を現した。

「お帰り」

　山咲はうなずいて、ボストンバッグを放り出すと、どさりとソファーに身体を投げた。どこか捨て鉢で、自分の身体には大した値打ちもないというような動作だった。そして、丸い肘掛けに頭を乗せると座面《ざめん》の上に長々と身体を伸ばした。

「ああ、帰ってきたぞ、ちくしょう」

　板倉は台所で水を汲んできて、ガラステーブルの上に置いたが、山咲は天井を見つめたまま、手を伸ばそうとしなかった。

「センセイの娘さんが、電話かけてきたで」

山咲は視線を板倉のほうに向けた。

「井潤さんか。……で、なんだって」

「これからも自分は切って、切って分けていく、言《ゆ》うてた」

山咲は、眉間に皺を寄せてまた天井に目をやったが、やがてその口元が緩んだ。

「切って分けていく、分析的思考ってやつか。ワンネスに対するアンチテーゼだな。けれど、どうしてわざわざそんなこと言いに電話をかけてくるんだ」

板倉は突っ立ったまま黙っていた。山咲のほうもまともな返事をもらえると期待しているわけでもないようすで天井を見続けていた。そして、ふっとまた笑いを漏らすと「それが正解かもな」とつぶやいた。

「この世の中は、金とモノと快楽で回っているんだ。それをきちんと分析して計算するに越したことはない。そろそろここもたたんだほうがいいかもな。みんなひとつ《ワンネス》だなんて看板掲げてるから、うさん臭がられて今回みたいな目に遭うんだ」

板倉は山咲の向かいのソファーに腰掛けた。そして山咲をじっと見た。

「でも、まだ来るで」

山咲がまた視線を板倉の上に据えた。そしてそのまま、上体を起こして向き直った。

「なにがくるんだ」

「人……」

山咲の顔に不安の影がさした。また自分は捕捉されるのだろうかという山咲の畏《おそ》れが、板倉に伝わった。板倉は立ち上がり、テーブルの上のグラスを持ち上げると、山咲に取らせた。

井潤は電話を切ると考え込んだ。そして「君の声を聞かせたらええんちゃう」という板倉の言葉を反芻《はんすう》した。

弓削が自分の声に耳を傾けてくれればそれでじゅうぶんな気がした。あいつがそんな愚か者のはずがない。いちどだけ行ったあいつのアパートには床に積み上げられた本の山の中に哲学書もあった。英米系の言語哲学の背表紙も発見した。経験論にはじまる英米系哲学は論理実証主義と関連し、自然科学とシームレスにつながろうとする。だとしたら、あいつだって論理的思考ができるはずだ。あいつの中で、厳格なロジックを重んじる声がドミナントに鳴ってくれれば問題ない。逆に、妙なロマン主義に染まった甘い声が属音として響くのは迷惑だ。こちらもあいつの声にはちがいないが、心の地下室で鳴っていて耳を澄ませば遠くに聞こえる程度にして欲しい。

しかし、そうはいかなくなった時にはどうしたらいいのだろう。いざとなったらこの実験室に呼びつけて、投薬によって都合の悪いほうの声をミュートしてやろうか。そのテクニックについては自信がある。幸い、先日弓削をコクーンに入れたばかりなので、そのとき撮った脳撮像データもある。こいつを利用すればかなり正確に処置を施せるはずだ。

たちまち井潤の頭の中で、粒や線やアルファベットの記号が結びつき、薬の分子構造ができあがった。これをラフスケッチとして、コクーンから採取したデータを参照し、アレンジを加えていけば、やれると確信した。けれど、井潤は投薬の実行に躊躇《ためら》いを覚える自分を発見した。これは、あいつの大切ななにか、愚か者が持つ美徳のようなものをそこねてしまうのではないか。井潤は宙に浮かぶ分子構造モデルを解体すると、ほかに手はないだろうかと考えた。

ふたたび、「君の声を聞かせたらええんちゃう」という板倉の言葉が聞こえた。声を聞かせる。これはどういうことだろう。言葉によるカウンセリングをしろってことか。それはもう吉左右でこの間やった。次は、研究所がある秩父に弓削を呼びつけ、山道を一緒に歩いて説き伏せるヒルクライム・カウンセリングをやれってことだろうか。井澗はそんな自分を想像してみた。こちらのビジョンには、分子構造モデルのような確たる自信が湧いてこなかった。その理由を考え、そのためには言葉による物語が必要なのに、自分はまだ言葉を持っていないからだと解釈した。つまり、自分には発するべき強い声がないのだと。

井澗はスマートフォンを取り上げて、弓削にかけてみた。呼び出し音が長く鳴った後、留守番電話にもつながらずに切れた。井澗はむしょうに哀しくなった。そしてその時、彼女は、自分が恋をしていることを知った。

実弾を撃ちつくした後、弓削は銃を保管庫に戻し、道場へ足を向けた。知り合いを捕まえ、襟の摑み、と引きを指導してもらった。首相の襟首を摑んで引き寄せ、至近距離から胸部に連射することを企んでいたからである。

汗を掻いた後、術科センターの大浴場に行って、湯船の縁《ふち》に両肘を置き、その上に顎を乗せながら別のプランを練った。

まず懐に手を入れて立ち上がりながら、明後日《あさって》の方向に視線を送る。そして、そのまま銃を抜いて筒先を視線の先へ向けながら首相に近づく。警護の警察官も銃を抜きながら、弓削ではなく視線の先に注意を向けるだろう。弓削のほうは、首相の首根っこを摑まえると「伏せてください！」と怒鳴りながら、この時も銃はてんで明後日のほうに向けている。そうすれば警護の警察官も自然とそちらに銃を構える。この隙を狙って、伏せた首相の後頭部めがけて連射する。

あるいは、まだ会がはじまらないうちに、一瞬で距離を潰して首相の脇腹に銃をつきつける。警護を下がらせ、会議室にマスコミを入れるように要求し、経産省の担当も呼びつけて、グリーンコール計画についてその全貌を喋らせ、首相の証券購入を暴露する……。

最後の案は、底の浅い社会派映画のクライマックスのように思えた。欲をかいてはいけない。悪事を白日の下にさらすことで、正義が立ち上がるという希望は禁物だ。暴露されたグリーンコール計画は歓迎される可能性だってある。とにかく、まちがいなく俺はその場で射殺され、テロリストとして糾弾され、愚か者として葬られるだろう。けれど、それでいいと思おう。俺は我慢ができないだけだ。金を積めばなんとかなると思ってるのだろうが、舐めてもらっちゃ困る。だから、殺す。

結局、瞬時に近づいて撃ち殺すか、いったんフェイントを入れて速射するかの二案のうち、どちらが確実かは、結論が出なかった。かといって誰かに相談するわけにもいかない。これはもう、当日その場での自分の決断に委ねることにした。

弓削は血の巡りがよくなり湯気の立っている赤い身体を浴槽からざあと引き上げて、洗い場に座ると石鹼をつけたタオルで身体をこすりはじめた。そうしてごしごしやりながら、弓削はこの日から親しい者となるべく接触しないことを心に決めた。決行する前に自分と接触した人間は、共犯の疑いを持たれ、取り調べを受ける。周囲に迷惑をかけるのはしかたがないと思うしかない。けれど、できるだけ最低限に抑えなければ。

タオルを動かしながら、母や兄や幼い姪を思い、内心で詫びた。そして思いが井潤紗理奈に転じると、もう会えないという諦念が彼の胸をふさいだ。井潤と肉体の交渉、官能の交感がなかったことが、悔恨《かいこん》となってわだかまった。科学や映画や音楽や親しい友達との食事など、官能の代わりになるものを多く持っていた井潤が、官能の海に漂うさまを、弓削はときどきアパートの部屋でひとり想像した。そして、それを思い返したいま、弓削の性器はむくむくと勃起した。弓削は石鹼を盛大に泡立ててそれを隠した。それから苦笑した。首相を暗殺する数日前に、彼は警視庁の射撃訓練場で撃った後、風呂場で性器を勃起させていました、などと報道されてはちょっとマズい。なにがどうマズいのかよくわからないが、マズいぞこれは、と思って笑った。そうして、こうして笑っているのもまた不気味な光景だな、と思い直すとこれもまたおかしくて、もう笑いは止まらなくなった。

それからしばらく、井潤と弓削との間に、直接会っての交際は途絶えた。弓削から連絡を取らなかったし、井潤のほうも中間業績報告の仕上げのために研究室に籠もらねばならず、永田町に足を向ける暇がなくなった。気になった井潤が、ＳＮＳでメールを送っても、弓削は通り一遍の返事しか寄越さなかった。

弓削は時間を見つけては江東区の射撃訓練場に行って、撃った。そして、銃の手入れを念入りにおこなった。銃身に残った火薬の滓《かす》を払い、専用オイルを吹きつけて内部を磨きあげ、貸与されている銃がめったに弾詰まりすることのない回転式なのを喜んだ。

一方、井潤は実験結果のデータを元に報告書の仕上げに取りかかっていた。コクーンの中で弓削に見せたシミュレーション映像は、その後、自衛軍の兵士二十人にも体験してもらった。被験者である兵士の脳細胞がどのように発火したかという詳細なデータを取り、さらに投薬後のそれとも比較した。薬を服用した後の兵士たちの脳は、勇敢・冷静・忠義・冷酷に関連する数値に著しい上昇が見られた。最終的にどこまでチューニングが可能なのか、理想的な兵士の精神とはどのようなバランスで調整されるべきなのかについてまとめ、さらなる研究に必要なシミュレーション映像にも言及し、冷静で勇敢で屈強な軍隊を作るためには、ブレイン・エンジニアリングという技術がきわめて有効であると思われるので、来期はさらなる予算を組んでいただきたい——このような方向でまとめられようとしている報告書に、彼女は手応えを感じていた。

手に提げた風呂敷包みをいたわるように持ちながら、板倉はそろそろ歩いている。包みの中の保温用ポットに入っているのは、さつま芋の炊き込みごはんと鮭の粕漬《かすづ》けと大根の味噌汁だ。ふるさとで朝食の配膳を手伝った後、ふたり分の賄《まかな》い飯をわけてもらったのは、拘禁の疲れが出たのか、山咲がここ数日、体調を崩して布団の上で過ごしているからである。

県道からワンネスの敷地に足を踏み入れると、玄関先に青年がひとり立って、看板をじっと見ていた。

板倉は青年に声をかけることもなく、玄関の引き戸を開けて中に入った。ああ、あの、と青年はあいまいな声をあげたが、板倉はただ上がり框《がまち》にスリッパを揃えてどうぞと促した。そうして一緒に台所に入ると、ダイニングテーブルの上に風呂敷の包みを置いて、薬缶《やかん》に水を汲んでコンロにかけた。それから、湯呑みと皿と箸と茶碗と椀を三つずつ並べ、そこに保温用ポットから飯と汁を装《よそお》い、魚を移し、青年を置いてけぼりにして廊下に出た。

板倉が書斎を覗くと、山咲は寝床の上で起き上がって目をこすっていた。「朝飯もらってきたさかい」と言うと「おう」と声を出して、立てた膝の上に掌《てのひら》を置いて立ち上がろうとした。

「それから、また来たで」

板倉がそう言うと、山咲はぎょっとしてあとに続く動作が硬直した。が、それでもよっこらしょと起き上がると、寝間着《ねまき》を兼ねた部屋着のまま洗面所に向かった。

顔を洗って台所に入ってきた山咲は、そこに来客を認めて、「なんだそうか」とうなずいた。

「また来るってのは、彼のことだったのか」

山咲がそう言うと青年は意外そうな顔をした。

板倉はコンロの火を止めた。井澗がやって見せてくれたように、湯は湯呑みに注いですこし冷ましてから、急須に移し替え、茶を淹れた。

「ぼ、ぼくが来ることをどうして知っていたんです」しどろもどろに青年が言った。

「まあ、とにかく食べよう」

山咲はそう言って、鮭に箸をつけた。

「君でよかったよ」

それから、しばらく三人ともだまって朝飯を食べた。途中で板倉が立って、冷蔵庫から小ぶりの鉢を出してきて卓の中央に置いた。中には白菜の漬け物が入っている。三膳の箸が似たタイミングでその鉢に伸びた。それが妙な気分を醸しだし、三人はたがいにクスリと笑った。

「それで、君はどこにいたの？」と山咲が尋ねた。

「し、真実の会」

「ああ、教派神道の流れを汲む……」

青年はうなずいた。

「それで」と山咲はまた訊いた。「やっぱり脱会したものの空《むな》しいのかい」

青年は黙って飯をすこしだけ箸で摘まんで口元に持っていく。板倉は青年の心の中を覗いてみた。

早朝の繁華街の裏通りのような風景だった。コンクリートの地面から一本どこか不自然にあの奇妙な竹が生えていた。板倉は顔をしかめた。このあと、そこにもあの竹が繁殖するのだと知った。

「どこから来たのかね」

「と、とうきょう」

「飛行機か」

「い、いえ、か、各駅で来ました」

若いね、と山咲は微笑して、

「疲れただろう。今日は泊まっていきなさい」

青年ははっとしたように顔を上げた。

「それから、あとで、一緒に近くを散歩しよう。そろそろ僕も歩いたほうがいいんだ」

山咲は茶を飲んで板倉を見た。

「結局、必要なんだな、こういう場所は」

21　竹取の翁

井潤紗理奈は朝まで秩父の研究所で発表資料を精査したあと、いったん飯能のマンションに戻ってシャワーを浴び、ネイビーカラーのレディーススーツに着替えてから都心に向かう列車に乗った。

弓削啓史はアパートで溶き卵をかけた飯をかき込むと、歯磨きをしっかり済ませて警視庁に登庁し、保管庫から銃とホルスターを受け取って、内閣府に歩いて行った。

いつもとはちがい、井潤が弓削より早くNCSCのフロアに姿を現した。自分の席からテロ対策セクションのブロックに視線を配っていると、はじまる十分前になって弓削がやって来た。弓削は自分の席に座るとパソコンを起動させるでもなく、ほかのメンバーとやりとりするでもなく、ただぼんやり座っていた。

五分前になると、フロアの全員が手帳やタブレットを手におのおの立ち上がり、これに気がついたように弓削も立った。井潤も資料を抱えて立ち上がった。

総勢七十余名の人の波が二つ上の階へと階段を登っていく。出入り口近くに席がある弓削は、この流れのほぼ先頭を歩いていた。井潤は弓削と並んで歩きながらなにか声をかけたかった。けれど、弓削に追いつくためには、動く人垣をかき分けて階段を一気に駆け上がらなければならず、それはあまりに不自然な気がしてためらわれた。井潤が会議室に流れ着いた時、この手の大きな会議ではなるべく後方に席を取る弓削が、この日に限っては最前列に座っているのを見つけた。

井潤はその隣に腰かけた。弓削がすこし困ったような顔をこちらに向けた時、ジャケットとワイシャツの間に銃底が覗いていた。

「どうしてこんな前に座ってるの」と井潤は訊いた。弓削は前を向いたまま「今日は警護も兼ねているから」と言った。この答えにとりあえず井潤は納得した。

会場が急に静かになった。首相が、警護を両脇に従えて入って来て、前方の布張りの椅子に腰を下ろした。

ＮＣＳＣの長である内閣審議官がマイクの前に立った。

「これより、国家総合安全保障委員会ＮＣＳＣの中間業績報告会を開催します。各セクションや班の発表を前に、佐野伸治《しんじ》内閣総理大臣よりご挨拶がございます」

首相が腰を上げて演壇に上がり、官僚の面々を見渡した。

「栄えある国家総合安全保障委員会ＮＣＳＣの諸君、おはようございます」

首相にこう声をかけられては無視するわけにもいかず、官僚らもおはようございますと声を上げた。

「伝統ある我が国の、防衛の中枢を担う諸君を、こうして激励できる機会を持てたことは非常な光栄です」

首相の声には張りがあった。

「皆さんもご承知の通り、国際情勢は絶えず変化し、日本を取り巻く安全保障環境は厳しさを増しています。そのような中、私は集団的自衛権を確立し、自衛隊を自衛軍と改め、諜報機能を強化して、軍事産業と技術の進展のため、武器輸出を解禁しました。反戦を唱えていれば平和が保てると信じるサヨクの皆さまには大変なご批判をいただきましたが」

首相が壇上にあるコップの水で口を湿らせてから意味ありげに薄笑いを浮かべると、これを合図に、官僚たちから埃のような笑いが舞い上がった。

「つまり、政権を担当する者に課せられた使命とは常に現実的であるということです。戦争から目を背け、周辺諸国から警戒されないよう配慮し、ただ経済活動に勤《いそ》しんでいれば平和を保てる時代は終わりました。いや、本当はとうの昔に終わっていた。だからこそ、我々は、六十年以上も前から憲法改正、自主武装を唱えてきたのです。その悲願に着手し、ここまで推進できたことを私は心から誇りに思います」

首相の言葉にうなずいているものがちらほらいた。自分たちの居場所をよくする政策は官僚たちにとってはなにより正しいのである。実際、NCSCは、佐野政権からなみならぬ厚遇を受けているので、現政権を支持する職員は多い。

「さて、先ほども申し上げた通り、国際情勢は絶え間なく変化しています。高度に国際化し情報化した社会では、国民皆兵と愛国心だけでは安全は保てません。専門家による高度な知識と技術なくして今日《こんにち》の平和は実現しない。この点について、我が政権は積極的な改革を推し進めて参りました。——と言いましても、ふつうの国に近づけただけ、ではありますが」

そう言ってまた首相は顔をほころばせた。会場からも笑いが起こった。こんどの笑いは前よりも、すこし前のめりなもののように井澗の耳には聞こえた。会議室の空気は、すこしずつ〈佐野伸治後援会〉のようになりつつあった。

「ともあれ、この国はいくらかは安全になりました。しかしまだ万全とは言えない状態です。安全保障の概念を、軍事はもちろんのこと、経済、社会、資源、食糧、情報などの範囲まで広げ、的確に対応していくことが、新世界秩序の中で生き残る唯一の道なのです」

経済、社会、資源、食糧、情報と発語する時、首相は会場のそこかしこを指さした。あたかも、そこに該当するセクションのメンバーがいるかのように。

「いや、このような努力は、ただ生き残るためのものではありません。すぐそばに北朝鮮や中国を控え、イスラム過激派のテロの対象にもなっている東アジア唯一の正義の大国としての義務を果たすためでもあるのです。つまり、我が国は自国の平和のみならず、東アジア、ひいては世界の平和にも責を負っているのです。いいですか、つまり諸君の双肩に世界の平和はかかっているということなのです。我が国が世界の平和に大きな責任を果たす、これはなにを意味するのでしょうか。それはとりもなおさず、アメリカと肩を並べるということでもあります」

井潤はちらりと弓削の顔を窺った。弓削は目を閉じていた。神妙な表情でじっと首相の言葉を嚙みしめているようにも見えた。しかし、警護する対象が壇上に上がっているのに、これに当たる警官が目を閉じているのは明らかにおかしい。井潤は疑った。その疑念は、〈拳銃携帯命令書〉を見た時にすでに生まれていた。弓削の脇の下にぶら下がっている拳銃は本当に首相を守るためのものなのか？

「アメリカと我が国は同盟国です。しかし、それはお世辞にも対等と呼べるような関係でないことは、諸君もご存じでしょう。それもこれも、戦後八十年近くにわたって、我が国が自らの力で自らを守ってこなかったからです。自分を守る武器も持たない、法律も持たない、技術や知識も持たない国に成り下がってしまったのです。明治以来、列強に伍して培ってきた自主独立の精神を失ってしまったのです。では、かつての日本を取り戻すにはどうしたらいいのか。持てばいいんですよ。知識を、技術を、法律を、武器を！」

首相の言葉はその表層の意味だけを抜き取って並べれば、弓削が常日頃から井潤に語る言葉とそっくりだった。この点において、弓削は首相と意見を同じくしており、首相の支持者だった。

「その中で技術と知識を担っているのが諸君です。諸君の成果が、我が国を強くし、世界を平和にし、米国と対等の関係を築く礎《いしずえ》となるのです。いまの我が国を見てください。法律は作ればいい。武器も対GDP比軍事予算をまともな国並みにすればそれなりのものが揃う。しかし、日本人が得意なはずの技術、知識が安全保障の分野においては著しく劣っている！　だから我々はいつまで経ってもアメリカからは子ども扱いされ、中国にも足元を見られる、挙句の果てにははるかに我が国よりも劣っているふたつの半島国家にすら舐められてしまう！」

弓削は目を閉じたまま、胸の下に手を入れた。襟元から出てきた彼の手が摑んでいたのは白いハンカチだった。弓削は汗も浮いてない額にそれを押し当てると、また胸の内ポケットに戻すために上着の下にその手を潜らせた。手はしばらくそこにとどまった。これは偽装の所作ではと井潤は疑った。彼の手が上着の下に滞在している時間が長すぎると感じた。突然、パチ！　という乾いた音がした。その音が井潤の耳にむしょうに高く響いた。弓削の手がふたたび身頃《みごろ》の下から出てきた時、こんどはなにも摑んでいなかった。はじけたような引き締まった金属音は、銃を収めたホルスターのホックを外した音だ、井潤はそう断定した。

「戦後、我が国が経済で一流国の仲間入りを果たせたのは、そして一時的とはいえアメリカをしのぐことさえできたのは、我々日本人の優れた技術と知識の賜物《たまもの》でした。それをこんどは、安全保障の分野にも及ぼせばいいだけなのです。さらに、安全保障という土俵で我々の得意な技術と知識を伸ばすのです。諸君ならきっとできる。戦後の高度経済成長と技術の発展をリードしてきたのはなにを隠そう、私ども政治家などではない、諸君、官僚です。もう一度、安全保障の分野で日本を導いていただきたい。広義の安全保障の中で皆さんの実力が開花するときに、日本の繁栄が呼び戻されるのです」

首相が官僚らを味方につけようとしていることは明らかだった。政治の主導権を官僚から政治家に取り戻すのだというスローガンで発足した前政権が、官僚に対する警戒心から、満足な政治ができないままに、政権を返上しなければならなかったのと対照的なふるまいだった。

「諸君の諸先輩方にできて、諸君ができないという理屈はなにもない。集団的自衛権の確立、自衛隊の自衛軍への格上げ。政治家の先輩らがやれなかったことですら、死にものぐるいでやれば、できのよくない私にだってやれたんです。優秀な諸君は、過去にやれたことをもういちどやるだけで結構です。だから私は期待していますよ。優秀な日本官僚の、さらに優秀な人材を選《え》りすぐったＮＣＳＣの諸君なら、きっとやってのけてくれると。心して、任務を遂行してください。責任は私、内閣総理大臣佐野伸治が引き受けます。共に日本の、世界の平和を築いていきましょう！」

こうまでおだてられては、拍手をしないではいられない。完全に佐野首相は官僚たちの心を摑んでいた。実際、上っ面の言葉だけでなく、そのための予算も潤沢に用意してくれる。さらに、責任は自分が取るから思い切ってやれとまで言った。この言葉を政治家が口にした時、官僚は本気になる。しかも、内閣総理大臣が言ったのだからなおさらだろう。

弓削は拍手をしていなかった。しかし、目はもう開いていた。そして、その視線は壇上から降りて席に戻る佐野首相の動きを追っていた。

「それではこれより各セクションの代表者に発表していただきます」と内閣審議官が言った。

最初の発表者、テロ対策セクションが発表の準備をする間、ほんのすこし会場の空気がほぐれた中で、弓削の右手がまた動こうとした。井澗は弓削に「ねえ」と声をかけた。

「私の発表、ちゃんと聞いといてね」

弓削は動かしかけた右手を止めて、なにも言わなかった。

「聞いてねって言ってるの」井潤はまた言った。

弓削はゆっくり井潤にふり返った。この日はじめて井潤は弓削の顔をまともに見た。そして、慄然《りつぜん》とした。そのまなざしに底しれない厳粛さを感じ取り、彼女は弓削が首相を殺そうとしているのを確信した。

「どうなの」井潤はなおも迫った。

弓削は目をそらした。そして、虚ろな声で「そうだな」と言った。井潤はとりあえずすこしだけ安心した。

しかし彼女は、自分の中にもうひとつ別の思いがあるのを知った。実は井潤はこうも思っていた。

――殺させてやりたい、と。

常日頃から口にしている言葉が、真心を映したものであり、その証を示して短い生を終えたいと彼が本気で信じているならば、そうさせてやりたい。――そんな不遜《ふそん》な思いが井潤の中で頭をもたげてきた。そして、彼女には到底信じることのできない、全的で宇宙的で永遠ななにかにつながるような死を、彼が本気で信じているのならば、もしくはそのように信じざるを得ないように生まれついているのなら、そんな死に向かって死なせてやりたい、と。

テロ対策セクションが発表をはじめた。


「じゃあ、行くぞ」

山咲の声が聞こえた。板倉は流しに向かって洗い物をしていた手を止めて、調理台の上のペットボトルを摑むと、そいつを携えて台所を出た。玄関口では、もう山咲と青年が靴に足を入れていた。

「なんだそれは？」

登り口にさしかかった時、板倉が握るペットボトルに目を留めた山咲は、不思議そうな顔つきになった。黒いはずのコーラのボトルに収まっているのは透明の液体だ。板倉がニヤリと笑うと、そんなもの飲んだら腹壊すぞと言っただけで、それ以上は追及してこなかった。

山咲と青年が歩くそのあとを、板倉はすこし離れてついていった。呼吸を合わせながら、四方山話《よもやまばなし》をつないで、山咲が青年の心を探っていた。これをすこし手助けしてやった板倉は、青年の心にもっと激しい、鮮やかな、めくるめく光を見せてやろうかどうしようかを山咲が決めかねているのを感じた。ここは山咲に任せようと思い、板倉は手出ししなかった。

ふたりは例の金網のフェンスに行き当たり、引き返しはじめた。板倉もついていったが、すこし下ったあたりで離脱し、山道の脇の灌木《かんぼく》の茂みの中へと身を投じた。そして、そのまま上へ上へと枝をかき分けて進み、フェンスの向こうからこちらに屈曲してきた山道に足を踏み入れると、そのまま頂《いただき》へと登っていった。

山頂には風が渡り、風は竹をざわつかせていた。板倉はひとりで竹を眺めていた。そして、しぶしぶ竹の心をさぐった。気分が悪くなった。人も犬も木も草もみんなひとつのはずだった。けれど、その中にこの竹を入れるわけにはいかない。板倉はそう思った。こいつらはどこかおかしい。この竹の心は壊れているんだ。

板倉は手にしていたペットボトルのキャップを回した。そうして足元に広がる藪に灯油をまき散らした。板倉は直下の枯れ草を掴むと、それにもすこしばかり振りかけて、ポケットの中のマッチで火をつけた。

前方へ吹き抜ける風に乗せて、板倉が燃える枯れ草を放つと、炎は藪の中に吸い込まれていった。やがて、じわじわと煙が立ちはじめ、煙の上がる場所が手前からその先へと広がっていった。ついに、橙色《だいだい》の大きな炎が立った。瞬く間に、火は躍りだした。

「これでいいんだ」

板倉はそうつぶやいて、また山道を引き返していった。


電話・インターネット・SNSなどのビッグデータから、テロに結びつきそうな語彙《ごい》をひっきりなしにチェックする。たとえ暗号化されていても、瞬時にデコードして、発信者の身元を割り出し、テロ予防に繋げていく。テロ対策セクションの発表を担当した片桐はそう報告した。

ひとつの例として、スクリーンにSNSの画面が示され、〈南こうせつと竹取の翁〉というアカウントの書き込みが示された。

——佐野首相、死んで貰います。

昔の任侠《にんきょう》映画のポスターが添えられてあった。往年のスター、高倉健が抜き身を持って佇み、「行くなと言われてなお行きたがる任侠気質《おとこかたぎ》は止められませぬ。どこへ!?　と聞くだけヤボな殴り込み」という惹句《じゃっく》が躍っている。

このようなアカウントも一瞬でIPアドレスを突き止めることができます、と片桐は言った。ちなみにこの〈南こうせつと竹取の翁〉さんについては、アカウント名からも想像がつくように、団塊世代で学生運動の元闘士であり、いまは埼玉で無農薬野菜を直販しているおじいちゃんだということもわかっています。そう片桐が解説を加えると、映像が切り替わった。頭頂部は禿げ上がっているくせに左右から肩まで届くほどの髪を垂らし、キャベツを並べた露店の店先で、パイプ椅子に座って、フォークギターをつま弾《び》いている写真が映し出され、会場のそこかしこで笑いが起きた。

問題はトラッシュデータと真に危険なデータの峻別だと片桐は語った。次にこれを見てくださいと言ってスクリーン上で彼が示したのは、佐野首相にナチの軍服を着せたイラストであった。そこに〈佐野は日本のヒトラー〉と添えられてあった。会場の空気が変わった。先ほどまでは笑っていた首相も険しい表情になった。

これもネット上に上がっていたのですが、この〈インティファーダ〉というアカウントのＩＰアドレスを割り出した結果、北海道の大学生であることがわかりました。この学生には、官邸前のデモなどに参加した記録はありません。ただ、イスラム過激派とのつながりがあると噂される大学教授のゼミ生であることを突き止めたので現在は監視下に置いています、因みに彼のアカウントの〈インティファーダ〉はアラビア語で〈反乱〉や〈蜂起〉を意味します。とりわけ、パレスチナ自治政府の行政区画であるガザ地区でパレスチナ人がおこなったイスラエルに対する抵抗運動を指すのが一般的です。この時点では、殺害予告などもないので逮捕することはできませんが、首相が昨年イスラエルでイスラム過激派のテロを許さないと演説したことを考えると、充分に警戒する必要があると考えております。

さて、問題含みのデータを抽出することに関しては、暗号解読も含めて簡単にやってのけられるようになったのですが、今後の課題としては、データがあまりにも膨大になるので、それをさらにふるいにかける方法を開発していかなければなりません。――そう締めくくって片桐は壇上を降りた。〈南こうせつと竹取の翁〉も〈インティファーダ〉もここまでガラス張りにされてはとても首相には近づけないだろう。だったら俺がやるしかない、と弓削は思いを新たにし、もういちど自分と佐野首相の位置関係を吟味した。

首相は演壇の横、弓削のはす向かいに座っており、その背後には警護の人間がふたり席に着いている。彼らの視界の中で弓削は非常に目立つ位置にいた。距離的には近いが、こちらが動くやいなやすぐに目についてしまう。さらに、首相の目の前には、発表者が背にしているスクリーンと同内容ののが掲示されるモニター画面がある。これが首相の前に陣取っているので、こいつを跨いで近づかなければならない。チャンスがあるとすれば首相が離席する時だ。自分の目の前を通る時を狙って、横から撃つのが確実だと弓削は結論を下した。

壇上に上がっていた次の発表者が報告をはじめた。食糧の安全保障という観点から遺伝子組み換えのミドリムシを主たる原料にした食糧確保、そして、そこから生産できるさまざまな食品類を提示し、飢餓で苦しむ発展途上国への輸出を国際連合食糧農業機関を通じて提供することなどを発表した。続いて、三番目に演壇に上がったのは、兵器研究開発セクションだった。民間企業と開発した新しい極小ドローンが皆を驚かせた。それはもはや蚊と見まがうほどの小ささだった。ほとんどすべてのセキュリティチェックをくぐり抜け、厳戒態勢が敷かれた建物さえやすやすと侵入し、ターゲットの首筋に猛毒を刺して殺害することが可能です、と発表者はデモ映像を見せながら語った。

各セクションの報告が続く中、身体《からだ》からただならぬ妖気を漂わせながら静かに首相を見つめている弓削を、井潤は横目で観察し続けた。彼女は自分の中に、殺させてやりたいというけしからん考えと、凶行と処置されるしかないその悪事を自分だけはそれなりの理があったと記憶してやりたいという慈《いつく》しみにも似た感情があることを認めた。しかし、このような奇想や邪念と、民主主義社会においてテロリズムは決して許されるべきではないというごく常識的な考え、さらに、恋する男に人を殺《あや》めさせてはならない、そんなことは絶対に嫌だ、というむき出しの感情とが、荒れた海の波のように激しくぶつかり、もみ合い、大きなうねりとなって、立ち込めた。

「次は、同じく兵器研究開発セクションの至上兵士プロジェクトチームで兵士の精神面を研究している井潤紗理奈研究員より発表していただきます」というアナウンスで我に返った。彼女は薄いタブレット端末を手に、前方へ歩み出した。

演壇に上り、タブレット端末を演台のコネクターにつなげてから会場を見渡した。弓削の視線はこちらに向いていなかった。そのイマジナリーラインを辿っていくと、先には首相がいた。

こっちを見なさい！　井潤は思わず念じた。すると、ふと板倉の言葉を思い出した。

「君の声を聞かせたらええんちゃう」

私の声を聞かせる？

なぜ私は彼に殺して欲しくないのかを語る？

よろしい、やってみよう。

自分の声がどのように彼の中で反響するか、試してみよう。

井潤はタブレット上でプレゼンテーション用のファイルを開いた。

演台に据えたタブレットの動画端子から流れ出た映像は、背後に吊されたスクリーンと、首相の目の前に据えられたモニター画面に提示されるはずだ。

タイトルは「究極兵士製造計画　兵士の理想的な精神のビルドアップ」。

井潤は口を開いた。

「私たちに課せられた課題をひとことで申し上げると、戦場における兵士の精神状態を理想的なものに構築しなおす、ということに尽きます」

井潤はタブレットから視線を上げた。しかし、弓削の視線はあいかわらずこの国の最高権力者に注がれていた。

「この背景には、日本には日本人どうしを結びつけている宗教的紐帯《ちゅうたい》がない、という認識があります。

もちろん、宗教らしい宗教が日本にはないという指摘がある一方で、初詣や、星占いや、友引には葬式を出さないという習慣などを挙げて、日本に宗教がないというのは、宗教をあまりにも狭義に捉えた理解だ、とこれを退ける専門家もあるようです。しかし本日は、宗教とはなにかという議論には踏み込みません。また私にはそのような議論に参加するにふさわしい知識もありません。ただ、もし仮に、我が軍が中東の山岳地帯でイスラム過激派と銃火を交えることになり、彼らがアッラーの名を叫んで爆薬を身体に巻きつけたまま突撃してくる可能性がかなりの程度あるのに対して、日本人の兵士には、同類の宗教的バックグラウンドがないということだけは、ここで確認しておきたいと思います」

先に反論を制しながら、言いたいことを口に出してしまうというのは、学会で身についた習性である。

「昔の日本人には天皇陛下を中心とする国家神道による連帯があり、加えて持ち前の勤勉さと忍耐力が合わさって、日本兵は列強国の脅威となっていました。しかし、現在ではそのような宗教をベースにした国民国家という形態を我が国が取ることは難しくなっています。さらに現在の自衛軍志願者の多くが、恩給や安定した給与体系や軍人年金に動機づけられているという統計も出ています。このような状況を鑑《かんが》みれば、命を賭けて戦うという意志の差は歴然としています。もちろん、精神力の鍛錬は自衛軍の訓練プログラムにも盛り込まれていることでしょう。しかし、それだけではこのギャップは埋めようがないと判断が下り、脳科学からのアプローチによって、彼らと拮抗《きっこう》しうる、いやそれ以上の、兵士にとって理想的な精神を構築せよ、という使命が下ったのでした」

自分の声を聞きながら、このミッション自体がそうとうに過激なものであることを、井潤は改めて自覚した。

「すこし間《あいだ》を省略して説明させていただきますと、私たちが採用している方法は、ブレイン・エンジニアリングと呼ばれています。この技術はまず兵士の精神バランスを脳細胞の興奮のレベルによって読み取り、いくつかのエレメントに分けて捉えるところからスタートします。冷静、共感、憎悪、豪胆、恐怖、忍耐などの目盛を調整しながら、それぞれの要素が互いに影響していることに注意してベストバランスを探っていきます」

さて、次期予算編成に備えて、中尾教授に言われたとおり、一言《ひとこと》添えておかなければ。

「脳細胞の活動については、コクーンと呼ばれる新型のfMRIを駆使してデータを採取しております。従来のfMRIはスキャニング中に、大音量で不快な音を発し、さらにこの騒音の中で、被験者は微動だにできず非常な不自由を強いられるので、その影響が脳活動に反映してしまうという懸念が拭いがたくありました。しかし、この新たに開発されたコクーンにおいては、駆動ノイズの問題はほぼ完璧に解決し、被験者の可動性も驚くほど向上しております。さらにヘッドマウントディスプレイなどによる仮想現実空間の体験などで、脳活動の画期的なモニタリングが可能になりました。このコクーンは多大な予算を頂戴《ちょうだい》して民間企業に特注し開発させていただいたもので、ここでセクションを代表して御礼申し上げたいと存じます」

フロアを見渡し、弓削の視線が逸れたままなのを確認してから頭を下げ、また上げると状況は同じだった。井潤はだんだん焦《じ》れてきた。

「そして、被験者として兵士をこのコクーンに入れ、リアルで臨場感豊かな映像を使った戦闘シミュレーションゲームに参加してもらった上で、彼らの脳活動をデータとして採取し、先に述べたような観点から注意深く分析したところ、まず調整すべきは、ミラーニューロンであるという結論に到りました。では、次にこのミラーニューロンについてご説明したいと思います」

さて、ここからが本題である。井潤はひと呼吸置いて、唾を飲み込み、喉の渇きを癒やした。

「ミラーニューロンの発見は偶然によるものでした。発見者はイタリアのヴィットリオ・ガレーゼという脳科学者です。それは、人間の脳と構造的によく似たマカクザルを使って、手の運動、とりわけなにかを摑むときに脳細胞がどのように興奮するのかを調べていたときでした。

実験の合間の休憩中に、ガレーゼ博士はぶらぶらと実験室を歩いていました。一匹のマカクザルがおとなしく椅子に座っていました。実際、マカクザルはとてもおとなしいサルなのです。だからこそ実験によく使われるのですが。

その時、ガレーゼ博士がなにかを摑んだのです。なにを摑んだのかははっきりと記録に残っておりませんが、このこと自体は大した問題ではありません。重要なのは、博士がなにかを摑んだのとほぼ同時に、猿の脳に埋め込まれた電極につながっているコンピューターから大きな稼動音が鳴ったことなのです。その音は、ものを摑む時に活動する脳細胞から放電が起こっているぞ、と知らせていました。しかし、目の前のサルはおとなしく座っているだけです。おかしいな、とガレーゼ博士は思いました。ものを摑んだのは自分であってサルではない。だけど、これを見たサルの脳内で、〝摑む行為〟に関連するニューロンが発火しているのです。サルがじっと座って他者の行動を見ているだけのときに、その行動に関するサルの脳細胞が興奮しているのはなぜだろうか？

そして、度重なる実験と思考の結果、私たちの脳にある一部の細胞は、たとえば自分でリンゴを摑むときにも、リンゴが摑まれるのを見たときにも、さらに『リンゴを摑む』という言語を発したり聞いたりしただけでも、すべて同じように発火するということがわかってきました。この細胞を博士はミラーニューロンと名付けたのです。

このミラーニューロンは〈物真似細胞〉とも呼ばれ、真似るという行為を通じて、他人の行動を理解する能力の基礎となる部分だと考えられております。実際、赤ちゃんが母親のことを真似して学習するように、我々は真似することによってさまざまなことを学習していきます。また、このミラーニューロンは感情を司る大脳辺縁系とよばれる一帯ともネットワークし、特に扁桃体《へんとうたい》とつながり、共感という感情を生む原因となっていると言われているのです」

弓削の視線はまだこちらに向いていなかった。井潤は憤慨した。こっちを向けよ、君にもわかるように簡単に喋っているんだから、と。

「ミラーニューロンの場所ですが、これは左前頭葉にあり、ここは言語にとって重要なブローカ野《や》に位置しています。このことから、ミラーニューロンが言語の進化における決定的な要因となっているのではないかという説がかなり有力視されております。言語は心理学でも〈大いなる謎〉と呼ばれ、まだ解明されていない部分が多いので断定は避けなければなりませんが、言語が身振りから発達したという考え方はかなり説得力のあるものだと言われています。赤ん坊は母親の身振りを真似て、他人を理解し、その身振りからある種のコードを読み取り、言語という可能性に満ちた広大な平野を肥沃《ひよく》な土地へと開拓していく。

さらに、人は、言語を使い、モノやコトのイメージを模倣し、模倣したものと模倣されたものの両者を重ね合わせることによって〈虹の架け橋〉などという比喩表現を用いるようになり、言語の領域をどんどん豊かなものにしていきました。やがて、長い時を経て人は、〈蟻《あり》が／蝶の羽をひいて行く／ああ／ヨットのやうだ〉という詩を作るに到ります。

また、人は、樹木や石を見ても、〈我々と同じように魂が宿っている〉という人間との類似性を感じ取り、この感受性がアニミズムを生み、そして宗教を生んだわけですが、このような人類の歴史の大河を遡れば、人がミラーニューロンによって模倣をはじめたときに、その水源地に最初の一滴が零《こぼ》れ出たのではないかと考えられるのです」

　手元のディスプレイから顔を上げると、弓削がこちらを見ていた。ぼんやりと呆けた顔をしていたが、ぶつかった視線に励まされて、よし、と思い、井潤はほんのすこしだけ声量を上げた。

「以上、前置きといたしましては少々長くなりましたが、ミラーニューロンについて、同じように振る舞おうとする模倣という働き、同じように振る舞うことによって醸成された一体感を基とした他者についての理解、そこから発生する共感の感情、そして身振りを模倣することによる言語の発達、言語を使って似たものを重ね合わせる模倣の技術としての比喩、一見すると異なるものでも同じなんだと見なす類化の思考、そこから人間と同じようにすべてのものに魂が宿るというアニミズムが発生する、という人類の壮大な物語の源流にミラーニューロンがあるという説をご紹介させていただきました」

　わかったかな、弓削君。ちょっと勇み足な部分もあるけど、いや、かなりあるけど、もうかまわない、と井潤は居直った。

「さて、兵士の精神を構成していくにあたって、私たちがなぜミラーニューロンに注目するのか、それは共感という感情、つまり相手と自分は同じだ、相手の気持ちがわかるという気持ちが、戦場では不利に働くからです。共感というのは相手も自分と同じだと捉える思考です。しかし、冷徹な思考を要求される戦場に求められるのは、別化です。我と他を、味方と敵を、別種のものであると切り分ける、切断と分類の思考こそが戦闘地域では優先されるべきなのです。そして、コクーンを使った実験を重ねるにつれ、自分と同じ人間ではなく徹底的に物的運動体として敵を見做《みな》してこれに対処するときに、兵士としての能力が十全に発揮されるということが、明白になってきました」

　さて、次はもうすこし具体的に方法論を述べるから、ちゃんと聞いてなさいよ。

「ですから、戦場で戦闘状態にある兵士の意識や感情を理想的なものにするために、私どもはミラーニューロンを低く抑え、まずこの値を決めた後に、他の要素の値を調整し、ベストバランスを取っていくことを目指しました。手始めに、ミラーニューロンによる〈共感指数〉をぐっと下げる。ただ、これをあまり低くしてしまうと、被弾し動けなくなった仲間などに対する同情心も消えて、救出が行われなくなる可能性が高まります。ですので、司令官《コマンダー》だけにはこの共感のスペックを高く設定できないかということも目下研究中です。ただ、これが実現できたとしても、戦闘中にコマンダーが殺害されたりすれば、率いられている隊は一気に無秩序になって崩壊する可能性が高くなることも考えねばなりません。

ともかく、ミラーニューロンの値を低く留め置いたまま、〈義務感の指数〉を上げてやるなどの処置を施していくわけです。このようにさまざまなシチュエーションを想定しながら実験した結果、次の表のような数値が望ましいと暫定的に結論を出しました。こちらです」

井澗は次のページをめくって、会場を見渡した。首相の目は眼前のディスプレイに釘付けになっているが、あいかわらず弓削はなんの感情も表情に表さず、じっと首相を見つめている。無視されているようで、井澗の怒りに悲しみが入り交じった。

「次に、この望ましい脳のスペックに近づけるように、兵士たちに投与する薬品を調合していきました。その実験結果がこちらに出ていますが、投薬のブレイン・エンジニアリングによってチューニングを施した後では、被験者となった兵士の多くが、冷静に迅速に適確に大胆に行動できるようになっています。こちらの数値をご覧ください」

さらにページをめくると、その一目瞭然の値に会場が小さくどよめいた。首相が満足そうにうなずいている。しかし、問題はここからだ。

「さて、一方でブレイン・エンジニアリング、とりわけミラーニューロンの抑制を行うことの問題点についても指摘しておかなければなりません」

突然、井潤は、あいかわらずそっぽを向いている弓削への湿り気を帯びた刺々しい思いにまかせて、演台につながるタブレット端末のケーブルを引き抜いた。

「先ほども申し上げましたように、ミラーニューロンの活動を抑制すればするほど、共感という感情は減衰していきます。これは兵士にとっては、躊躇なく殺人ができるということを意味します。では、人間にとってはなにを意味するのでしょうか。ミラーニューロンの活動電位が消えた人間は、人でなしになります。人間というのは、人を殺すと人でなしになる、そういう存在なのです。人を殺してもなんら変わるところがない者はもとから人ではなかった、ということになります」

ああ、本格的に論理があやしくなってきた、と井潤は目を閉じた。私としたことが、という忸怩《じくじ》たる思いで、ふたたびその目を開けた時、彼女の視線は、弓削のそれとまともにぶつかった。弓削はこちらをじっと見ていた。よし、と思った。続けよう、と奮起し、井潤はまた口を開いた。

「なぜなら共感こそが人間の基盤だからです。さらに、ミラーニューロンを押さえ込んでしまえば、たとえば樹を見ても樹を見たなりの感情しか持てなくなるでしょう。樹木に神様を重ね合わせてみるような豊かな感情は生まれません」

かなり強引に論を進めている。推論にすぎないことを結論のように語っている。それはわかっている。わかっているが、これも私の声だ。

「つまり、ミラーニューロンの活動電位を揉み消すことは、人間を人間モドキにしてしまうことなのです。人間モドキは人間ではない。日本人は人間である。従って、人間モドキは日本人ではないという三段論法に従っていけば——」

この三段論法は最初の前提がまずあやしい、さっきから論理的展開は目も当てられないほど杜撰《ずさん》になっている。でもいい、このまま進もう。

「つまり、日本を守る自衛軍は日本人によって構成されていないという結論が導かれ、さらに、日本は日本人ではないなにものか、傭兵軍によって守られる国になってしまいます。敵に対する共感がない人間モドキは、我々日本人にも共感を持ちません。愛国心もない。あるとしたらその場その場の義務感だけです」

ついに、課題の外側に踏み出してしまった。

「本来、日本国は愛国心ある日本人によって守られなければなりませんので、この計画自体がこの時点で深刻な問題を露呈していると言えるのではないでしょうか」

言えるのではないでしょうか、なんて暢気《のんき》な言い方をしてるけれど、これはもうプロジェクトそのものを否定している。

「私は幼い頃から科学的な知を好む子供でした。そして長じて科学者になったいま痛烈に感じることは、科学者が純粋に科学的な知へ導かれて科学を発展させることのできる領域はとても小さいということです。科学はつねに政治や経済、社会的な力学の影響下にあり、それどころか、資本主義と結託して、資金を提供してもらい、さらなる富を還流させる道具として積極的に機能しようとしています。こう申し上げると、冒頭でお礼を申し上げた新型ｆＭＲＩコクーンがその端的な例であることも認めなければならないのですが……。ともかく、このような強力な資本主義と科学の癒着が進む中では、人類が科学技術をコントロールすることはほぼ不可能になっているようです」

会場がざわつきだした。首相が苦笑している。来期は予算がもらえないかもしれないな。

「科学に携わる者のひとりとして、このような言葉を吐くのは大変都合が悪いのですが、それでも真実を語るという科学的な立場を貫いて申し上げれば、そもそも科学技術というものは人類の文化を破壊する側面を持っていることは確かなのです」

なにを言ってるんだ、私は？　これじゃあ完全な自己否定だよ。

「科学が人間にとっての故郷を奪う。人は存在の故郷とでもいうべき場所に棲んでこそ、人であり得るはずなのに、生存を快適にさせるはずだった技術が自己目的化し、究極の目標となり、存在の故郷から人を追放しようとしているのです。そのために人は確固たる大地から切り離され、馴染みがたい樹木がさんざめく森の中で道を見失い、ついには人間自身がいわば情報操作によってコントロールされた機械の一部となり果てたあげく、資本主義に背中を押されて人を殺す。その時その人はもう人間ではありません。このような世界に進もうとする時、我々科学者や、我々人間はもう一度問い直さなければならないのです。――それは私たちが人間であるということとどう関係するのか、と」

司会者役の内閣審議官がやめなさいと胸の前でバツ印《じるし》を作っている。

「アルティメット・ソルジャーとして適正な値にブレイン・エンジニアリングを施された人間モドキは、戦場で人を殺しても、その後にＰＴＳＤに苦しむことはありません。これが、人間ではないという証拠です。殺人を犯したらＰＴＳＤになって当然なのです。いや、なってもらわないと困るのです。人を殺したら人でなしになり、そのことに苦しむ。これはなんの根拠もない命題ではありますが、このことを当然の事実、公理として信じることが、人間であることの条件なのですから。ご清聴ありがとうございました」

拍手をする者はいなかった。会場が不穏な低いざわめきに充たされる中、井潤は演壇を降りた。弓削は、呆気にとられた表情で井潤に視線を注ぎ続けている。席に戻る途中で、険しい表情で座っている首相のもとへ、上司の滝本がとんで行き、言い訳を並べはじめるのが見えた。井潤は弓削の視線を頰に感じながら隣に座り、処分を待つことにした。

案の定、首相のそばを離れた滝本はすぐにこちらにやって来た。

「井潤君、ちょっと来てくれ」

怒っているというよりは困惑と戸惑いのさなかで狼狽《うろた》えているようだ。

「はい、あとひとつ発表が残っていますので、それが終わったらすぐ伺います」

井潤はそう言って、そのまま座っていた。当然、滝本はむっとした表情になった。

「なにか問題がありましたか」

「あるとも。大ありだ」

「それはなぜでしょうか。事前の打ち合わせで、内容は確認していました。プロジェクトの概要からはじまって、ブレイン・エンジニアリングとミラーニューロンの解説、実験の方法論と結果、そして私の所感という流れになっていたと思います」

「その君の所感が大問題なんだ」

「では、この報告会が終わってから聞かせてください」

いや、と滝本が抗《あらが》おうとした時、「それでは次が最後の発表になります」と内閣審議官が告知した。

滝本はこの場から井潤を引きずり出すことを諦め、いったん自分の席に引き下がった。

では、エネルギー安全保障セクションの桜井氏に発表をお願いします、とアナウンスされ、つい最近、坂上と入れ替わるように経産省からNCSCにやって来た桜井は、演壇に上ると、すこしにやついた顔つきで、こう切り出した。

「それでは、本日最後の発表をさせていただきます。エネルギー安全保障セクションは今回非常に重要な発表を致します。実は、先ほどの痛烈な科学技術批判の後ということで、いくぶん気後《きおく》れしているのですが――」

会場から笑いと、拍手までが起きた。

「では技術革新が日本に繁栄をもたらし、国民の生活基盤を安定させ、人生を豊かにすることを信じて発表させていただきたいと存じます。なお、本日の発表内容につきましては、もちろんすべて極秘事項となっておりますが、とりわけ本件に関しましては、年明けの公式発表まで厳守していただきますよう、よろしくお願い致します。それでは、これよりグリーンコール計画を発表いたします」


すこしばかり湿り気を帯びた丸っこい木片のような茶色いつぶがプラスチックの椀に注がれザラザラと鳴った。その音を聞きつけて、イヌがやって来た。椀の中に顔を突っ込むと粒状に固めた干し肉を食べはじめた。前に連れていたイヌには、もらった残飯などを与えていたが、センセイの家に連れて行ったときに、ドッグフードの味を知り、それを大変喜んで食べた。こちらの方がイヌの健康にもいいと聞かされ、それからはなるべくこちらを食べさせるようにしていたのだが、ここ二、三日は切らしてしまい、残飯で我慢してもらっていた。

「そうか、やっぱりこっちのほうが好きなんや」

犬がかみ砕いている妙な固形肉は、板倉にとっては気味が悪かったけれど、喜んでいる犬の気持ちに触れると、それならしかたがないなと思った。

「人間が口にするものは犬には塩分が強すぎるのよ」

女が横に来て眺めていた。残飯をやっているときに、ドッグフードにしてあげたほうがいいわと言ったのは、最近またこの施設で寝起きするようになったこの女だ。

「そういえば、御祖師様が話したいって言ってたわよ」と女は言った。「私もすこしお尋ねしたいことがあるから、一緒に行きましょう。いまは伽藍にいらっしゃるわ」

女と一緒に伽藍へ出向くと、ちょうど瞑想を終えたばかりの祖師が、まあお座りと言って自分の前の床を指した。私もいいですかと女が尋ね、ああかまわんよと祖師が答えて、女は板倉の隣であぐらをかいた。

「山咲先生は戻られてるのか」と祖師が訊いた。

板倉はうなずいた。

「どんな具合だ」

板倉は首をかしげた。どう言えばいいのかわからなかったのだ。

「警察にマークされてるような気がして心配してたんだ。先生についても、褒めたつもりがかえって迷惑をかけることになってないかってな」

板倉は黙っていた。

「それに今回の三つの事件を起こした者のうち二名は先生の患者で、三名ともうちの元信者だった。あいつらが脱会したのはずいぶん前のことだから、私が東京に連れて行かれることはなかったけれど、お前も知っている通り、ここにも警察が大勢やって来てあれこれつつき回していった。だから、教団としてもできる限り事情は知っておきたいんだ。なにか変わったことがあったら話してくれないか」

祖師は板倉をじっと見た。

「はっきりとは言わないが、警察は山咲先生が三人を導いて、一線を踏み越えさせたのではないかと疑っているようだった。確かにその方面の山咲先生の手際は見事だけど、あそこまで鮮やかにやってのけられるとも思えない。達人の域に達したような誰かが手伝わないかぎりはね」

祖師は知っている、と板倉は思った。だから、心を合わせた。そうして、自分の心の一部を祖師に流し込んでみた。

あの男はふるさとの開園式の日にこっそり帰ってきとった。

あの男ははしゃいでた。これでお金が増える言《ゆ》うて。ぐろーばるぺとろりあむ。わーるどりそーすてくのろじー。こいつらに変なもん買ってもろてお金を増やすんやて。なんやしらんけどやにこい嫌な気持ちになったんで、前にここにおった三宅とか道下とか野中らに僕の声を聞いてもろたんや。

祖師の心はわなないた。しかし、修行で培ったメタ認知力で、自分の心の乱れを見つめ、見つめることでそれを収め、これらの事件の全容を静かに眺める余裕を取り戻そうとした。祖師はしばらく目をつぶって沈黙した後、目を開いて視線をゆっくり女に移した。

「で、ミシェルの話ってのは？」

金髪を後ろに束ねた女は碧い目を伏せて、ためらいがちに口を開いた。

「昔ここで比丘《びく》として修行していた鷹栖がどうしているかご存じでしょうか」

祖師は腕組みをしたまま、女を見た。

「なぜ知りたいのかな」

女はまた一瞬の躊躇の後に言った。

「気になるからです」

祖師は薄く笑ってそのあとを待っていたが、ミシェルがそれ以上の説明を寄越さなかったので、「死んだよ」と不意打ちを食らわすように告げた。「青山のバーで刺されて」

ミシェルの心が激しく揺れ、その動揺の波が板倉にも激しく押し寄せた。

「知らないのも無理はない、君はここに戻ったばかりだからな。あいつはね、この村にやって来た刑事らが嗅ぎ回っている連続殺人事件の犠牲者だよ」

ミシェルは、この最後の打撃をなるだけ落ち着いた驚きで迎えようと努力しているようだった。

「鷹栖はうちの元信者で、鷹栖を刺した犯人もうちにいた。在籍の期間はちがうがね。刺したのも刺されたのもうちがらみの人間だって訳だ。警察は当然事情を聞きにここへやって来た。その折に刑事の口から鷹栖のことを聞かされた。当然、僕は鷹栖についても激しく追及されるだろうと覚悟したよ。けれど、おかしなことに、鷹栖のこととなると、向こうはあれこれほじくり返してこない。これはなんだか変だぞと思った。どうやらあいつがここにいたことを知らないんじゃないかって僕は疑いだした。その疑いは当たった。鷹栖はここにいた記録を全部消していた。通信制の大学には書類の受け取りを近くの郵便局止めにしていたし、住所は別の場所で登録してたんだな。まあ、イェールやその前に通ったコミュニティ・カレッジに対して、ここにいた痕跡を消したかったんだろう」

そこまで話すと祖師は小さくため息をついた。

「警察に鷹栖がうちにいたことを話すべきなんじゃないかと僕は迷った。しかし、そうすれば、取り調べはもっと厳しいものになるだろう。あいつが金を盗んだことなどを警察が知れば、鷹栖殺害はうちからの報復だと解釈されかねない。いや、そう疑うのは自然だろう。あれこれ考えていくと、余計なことを馬鹿正直に喋ったら、教団が潰されかねないな、と判断した。それで、嘘をつかないですむのなら、黙ってやり過ごそうと決めたんだ」

ミシェルは口を閉ざしたまま、自分の手元を見つめていた。

「とにかく、鷹栖に関しては、不思議なことが多々ある。なぜここに来てしばらく禁欲的な生活を忍んでいたのか、どうせどこかから逃げて来たのだろうが、そのわりには熱心に教団の運営にアイディアを出してくれた、かと思ったら金を盗んで逃げた後、あぶく銭を使って豪遊してるのかと思ったら、アメリカで勉強してイェールまで出てる。頭のいい奴だったが、それなりの努力はしたはずだ。卒業後はイタリアへ行ったり香港へ行ったりニューヨークにもいたそうだが、日本に舞い戻ってきて、バーで一杯やっているところを刺されて死んだ。まったくよくわからん人生だな」

ミシェルはまたうつむくと、じっと自分の手元を見つめた。やがてその手にぽたぽたと涙が落ちた。板倉はそのキラキラ光る雫《しずく》を見ながら、あの男はまったくややこしい問題を残していったなあと思い、自分の眼にも薄く涙がたまるのを感じた。

突然、カンカンカンと青銅を木槌《きづち》であわただしく打つ音が遠くで鳴った。村の半鐘が鳴りだしたらしく、火事だ火事だ、裏山のほうだぞ、という声もやがて聞こえた。板倉はあの男が植えた奇妙な竹が燃えさかるさまを思い浮かべた。そして、女の白い手にいまもぽたぽた落ちる涙を見た。心の中で、火と水が混じり合い、打ち消しあって、板倉を突き動かし、気がつくと、声を上げて泣いていた彼は、自分はあの男のことを悲しんでいるのかもしれない、と思った。

会場内では、鷹栖の遺産ともいうべきグリーンコール計画が発表されるにつれて、次第に異様な緊張と興奮が高まっていった。その張り詰めた空気の中で、弓削は身も心も弛緩《しかん》させ、ただそこにぽつねんと座っていた。発表者が唱える謳い文句は彼の耳には虚ろに響いていた。エネルギーの安全保障は平和への第一歩、太平洋戦争開戦を余儀なくされたABCD包囲網の無念、加工貿易から資源輸出国へ、真の産業構造改革、新しい分野における雇用促進と格差是正、財源確保による手厚い福祉政策、などが語られ、発表が終わると同時に、皆が盛大に拍手をし、首相までもがにこやかに手を叩きながら立ち上がった時も、彼は椅子に尻を着けてじっとしていた。

そして、首相はそのまま発表者の桜井に向かって「ご苦労」とでも言うように軽く手を挙げ、出入り口に向かった。首相は弓削の目の前を横切った。弓削は動かなかった。井間の声が彼の耳にこだましていた。人を殺すと人でなしになる。弓削はその声を聞きながら、首相が護衛を従えてドアの向こうに消えて行くのを見送った。

こうして、中間業績報告会はエネルギー安全保障セクションの晴れがましい舞台となって幕を閉じた。司会者から秘密保全についてのくだくだしい注意があり、ようやく閉会が告げられると、それを合図に皆バタバタと戸口に向かった。濁流となった人の流れが部屋から吐き出されたのを見届けてから、弓削はおもむろに腰を上げた。その時、すこし離れたところに立って、こちらを見ている井潤に気がついた。

「やあ」と弓削は言った。

「警備のお勤めご苦労様」

「ああ、そちらも大変な発表だったな」

「ちゃんと聞いてくれてた？」

弓削はうなずいた。

「あそこまで念を押されちゃ聞かないわけにはいかない」

「で、感想は？」

「感動して身体が動きませんでした。誰が喋ってるのかと思ったぜ、最後はハイデガーかヤスパースが降霊したのかと思うくらいの大演説だったよ」

井潤が首をかしげたので、ドイツの哲学者だよ、とつけ加えた。

「それはちがうな」井潤はちょっと真面目に戻って言った。「あれは私の声だよ、いや、あれも私の声なんだよ」

「そうか」と弓削は言った。「それはよかった」

「よかったんだ」

「ああ、希望が出たからな」

「希望ね」

ふたりは肩を並べて部屋を出た。

階段を降りながら弓削がふとつぶやいた。

「けれど、上司の滝本さんは焦りまくってただろ」

「まあ、大丈夫でしょ」

井潤はすましている。そして、NCSCのフロアに着いてもまだ階段を降りようとしている弓削に、

「どこへ行くの？　ここ三階だよ」と声をかけた。

「あ、俺、これを返却しに行ってくる」

弓削はリボルバーを吊してある胸の脇を叩いた。

「あっそう。じゃあ、そのあと一緒にランチに行く？」

「そうだな、それもいいな」

「じゃあ、手が空いたら電話してよ」

「速攻でするぜ」

弓削は階段をそのまま降りて、地階に出ると桜田門への坂を歩いて行った。

頭にはいつになく青い空があった。大業をなしえなかった自分をあわれに思う気持ちと、ここちよい日差しの中で息をしている喜びとを、同時にこの空に映すような気持ちで弓削は見上げた。

もうまもなく桜田門かと思うころ、ビルからバラバラと出てきた警官とすれちがった。私服も制服も交じっている。血相を変えた彼らは一目散に緩斜面を走って行った。さらに、なん台ものパトカー

がけたたましくサイレンを響かせながら、出て来た。なにごとかと思って見送ると、全車両が坂を登って行く。一台が急停車した。後部座席のドアが開き、米田が半身を捻ってこちらをふり返り、「弓削！」と叫んだ。

反射的に駆け寄って飛び乗り、乗ると同時に車は急発進した。

「どうかしたんですか」

「やられた！」

「なにが」

「国会議事堂の男子トイレが爆発した！」

「え、それで死傷者は」

「一名。それも史上最悪の一名だ」

「まさか！」

畜生！　と米田は呻《うめ》くように言った。

前の助手席の刑事がスマホを手にふり返った。

「おい、犯行声明が出ているぞ！」

かざしたスマホの画面にはSNSの画面があった。

〈佐野首相には死んでもらいました。――竹取の翁〉

国会議事堂を目前にした時、正門のゲートが開いて中から救急車が出てきて、すれ違いざまに、急カーブを曲がったかと思うと、その影は坂の下へと沈んでいった。

手口は驚くほど簡単だった。インターネットの放送局で記者を務めていた犯人は、取材の名目で容易に国会議事堂内へ入ることができた。そして審議を取材中、首相が席を立ったのを見て、自分もトイレに向かった。胃弱の首相がよくトイレに立つことを知っていた犯人がそちらに赴《おもむ》くと、出入り口の前で屈強な背広姿の男が立ちはだかり、掌を向けて、いまこちらは使えないと彼を追い返した。これによって、中で用を足しているのは首相にちがいないと見当をつけた犯人は、すこし離れたところで、内懐に手を入れて、無線のスウィッチを押した。あらかじめ個室の水槽にビニール袋に入れて沈めておいたプラスチック爆弾が爆発し、ふたつ隣の便器に尻を着けていた首相は吹っ飛ばされ、瓦礫《がれき》の中から引き出されたときにはすでに事切れており、搬送された病院で、死亡が確認された。

犯人は立て続けに犯行声明を出した。

〈竹取の翁〉は老人ではなかった。犯人は、露店の店先でダルそうにパイプ椅子に座ってフォークギターを抱いていた年寄りの息子だった。まだ四十代の彼は、埼玉の実家に頻繁に立ち寄り、父親のパソコンを借りてSNSに投稿していたことがわかった。

泡を食った警察が監視カメラの映像を調べ、犯人を割り出して、鷺宮《さぎのみや》のワンルームマンションに押し入ったときには、両手をだらりと下げてうなだれた細い身体が天井からぶら下がっていた。

竹や暗殺やSNSの投稿が不思議な趣を持って絡まり合い、なにやら隠喩《いんゆ》めいて、犯人はひょっとしたらグリーンコール計画を知っていて、三つの殺人事件にも関与しているのではないか、と関係者の間でささやかれ、三宅や野中や道下の動機を明らかにせよ、というプレッシャーはぴたりと止んだ。

首相が殺されたのと同じ日のほぼ同時刻、和歌山県南部の山間部で山火事が起き、かなり広い範囲で竹林が燃えた。この時、通常の竹が燃えるのでは想定できない微弱な発癌《はつがん》性物質が検出されたことが報道された。

報道陣は連日紀南の山中に詰めかけた。奇妙な竹の焼け跡に絶句し、近隣に建つ老人ホームの異常な豪華さに仰天したジャーナリストらは、カメラを回し、道行く村人にマイクを突きつけた。しかし、村人には答えることはなにもなかった。燃えた山はなあ、昔はわいが持っとったんや。せやけど、売ってくれちゅうから売ってしもた。もう山に入って手ぇ入れる元気もないさかい、それにほんに気前のええ値《ね》を言《ゆ》うてくれたんで喜んで売ったんや。ご先祖さんには悪い思てる。けど、山だけあっても食われへんよって。もっとも、あんなけったいな竹を植えとったのにはビックリしたわ。竹ら植えたかてなんぼにもならんのに、わけのわからんことしよる。まあ買《こ》うたとこに竹植えようが、杉植えようが、腹減らして飢えようが、勝手にしたらええちゅうもんや、あははは。けどよお、癌になるような鬱陶《うっとう》しいもん出されるのはかなわんで。山売ったさかいに金はあるねん。そやから百まで生きようと思てるんや。癌はあかんで、絶対あかん。

　報告会で大絶賛を浴びたグリーンコール計画に影が射しだした。環境問題をはじめとして、さまざまな懸案事項が政府内と一部官僚との間で取り沙汰されるようになり、大スクープが得意な週刊誌にすっぱ抜かれ、グリーンコール計画は大衆の知るところとなった。野党の誰かが売った、いや経産省内の原発推進派がリークしたにちがいない、などの噂が立った。

　竹取の翁のアカウントは本人が死んだことによって冬眠状態に入ったが、同じく竹取の翁名義のアカウントが、それこそ雨後の筍《たけのこ》のようにあちこちで目覚め、グリーンコール計画についてさかんに語りはじめた。さまざまな人間が竹取の翁を名乗っているので、中にはくだらないものや無責任なものも含まれていた。〈切っても切っても小判が出ない。早いとこ小判が詰まった竹を植えやがれ〉などとグリーンコール計画の早期実施を促すような意見を吐く者まで現れた。

　そんな中で極めて冷静に、リスクの計算不可能性と、予期せぬ事態が起こった時の不可逆性について語っている〝竹取の翁〟がいた。これはふるさとのベッドの上で弓削が井潤に打ち明けた不安とほぼ同じ内容だった。興味を持った弓削がこのアカウントの正体を調べようとしたが、そうするまでもなかった。〝中の人〟自らが自己紹介欄でワンネスの山咲岳志だと名乗っていたからである。

一気呵成《いっきかせい》に動くかと思ったグリーンコール計画の車輪の初動は鈍いものになった。NCSCのエネルギー安全保障セクションと経産省の推進派チームは、ケナフ竹とグリーンコールの技術開発者であるアグリビズに国内調整が必要となったと説明したが、成果を急ぐ先方は中国での開発と実行をチラつかせ、担当者レベルでかなりハードなネゴシエイションが交わされた。

さらに、燃えた竹藪の土壌から奇形の地虫が大量に発見され、過激な遺伝子操作との因果関係が問われ、環境問題が再燃した。グリーンコール計画にとっての逆風は弓削にとっては追い風であった。この風の中で、弓削はひたすら「止まれ」と念じた。

しかし、初動においてこそ、鈍重な動きを見せたものの、計画は完全に停止することはなかった。殺害された首相の後を継いで新首相となった元経産大臣が「佐野総理の路線を引き継ぐ」と宣言したからである。

日本には独裁者はいない。利権によって複雑に絡まり合ったシステムとしての権力が、絶妙な搦《から》め手で抵抗する者の身動きを取れなくしていく。首相暗殺を企てて思いとどまり、結果として竹取の翁にテロを代行してもらった弓削は、予想はしていたものの、その〈なにも変わらなさ〉に苦い思いを嚙みしめた。

ともあれ、当初、経産省出身者を中心とするエネルギー安全保障セクションのひとり舞台と思われた中間業績報告会以降のNCSC内での勢力争いは、にわかに混戦の様相を呈してきた。まず、グリーンコール計画は中止ではないものの、いまいちど検討が必要であると位置づけを直された。佐野首相が殺されたことで、与党内の反佐野陣営が盛り返し、投げられる牽制球の頻度と鋭さが増してきた。

新首相は就任後に渡米し、アメリカ大統領に挨拶した後で、アグリビズの社長と極秘で会合を持ち、いましばらくの猶予をもらいたいと交渉したらしい、そんなことがＮＣＳＣや経産省の界隈で話題になった。

一方、井潤紗理奈が至上兵士プロジェクトチームの発表の際に加えた個人的な科学観もしくは文明論とでもいうべき〝所感〟は問題とされるはずだったが、首相暗殺という大事件によってかすんでしまい、さしあたってのイシューではなくなった。さらに、グリーンコール計画が環境問題などの観点から問題視されるにつれて、彼女の言うことにも一理あるという意見がぽつぽつ出はじめ、いつのまにか「いや、ごもっとも」というような空気が醸成されていったのである。

しかし、どうにも言い訳できなかったのが、弓削が所属するテロ対策セクションだった。テロの封じ込めについて、コンピューターの情報ネットワークを駆使してその動きを予知すると発表したその直後に、笑顔でこれを聞いていた首相が殺害されたのである。しかも、犯人がネットでおこなった首相殺害の犯行予告をキャッチしておきながら、首相が殺される直前に、トラッシュデータのサンプルとして本人の前で紹介したのだから、これは大失態以外のなにものでもなかった。ＮＣＳＣのテロ対策セクションのメンバーはほとんどが入れ替えられた。

弓削はいったん警察庁に戻された後、地方に左遷されることになった。

「まあ、ちょっと田舎でのんびりしてこい」昔世話になった上司が面接の折に言った。「そのかわり、希望するところがあればそこに行かせてやる。北海道は家賃が安いし、冬は石油手当が出るぞ。沖縄は基地問題で大変だが、なぜか人気があるんだ。京都はどうだ、左翼が多いのでその点面倒だが」

弓削は言った。

「じゃあ、できたら和歌山へ行かせてください」

上司は怪訝な顔つきになった。

「そりゃあよしなよ。今回色々あっただろ」

「でもまあ勉強にもなりましたし。それにあっちで知り合いになった爺さんに、村の秋祭りで獅子舞に入って踊るって約束したのに、急に東京へ舞い戻ってきちゃったんで」

どうだっていいだろうそんなもの、と呆れながらも上司は便宜を図ってくれた。こうして人事異動の季節を待たずに、弓削の和歌山県警の公安への配属が決まった。


弓削はアパートの荷物を引っ越し業者の二トン車に積み込むと、東京駅から新幹線でひとりで和歌山に向かった。寮には入らずに、小さな庭つきの一軒家を借りた。

和歌山で暮らしはじめると、緊張を孕《はら》んであわただしかった生活は、おだやかなものに転調された。のっぴきならない情報に神経を研ぎ澄ましていた日々と比べれば、規則正しくゆったりと暮らすことができた。しかし、この平穏な日常の中で、弓削は、現実というものが輪郭を失い、無意味という光が死までの道をぼんやり照らしているような感覚に囚われた。自分にはもう死ぬことしか残されていないような気がした。世界と自分の生を充実したものに変えられるならば、死んでも悔いはないというこれまでの気持ちが、世界が無意味すぎていつ死んでもかまわないという虚無的で捨て鉢なものに変わろうとしていた。そして、それは弓削という人間の性根を考えるとどちらも同じものだった。

そんな気持ちをなんとか飼い慣らして、弓削は持ち前の人なつっこさと回転の速い頭脳で、表面上はつつがなく業務をこなしていた。ふるさとでの捜査で指揮を執っていたときには、「捜査方針が腑に落ちない」とこぼした県警の公安捜査員らも、弓削の明晰な頭脳といきとどいた配慮に感心し、信頼を寄せていった。

一方、井澗は秩父山中にあるＮＣＳＣ研究所と、国会議事堂前の本部とを往復する日々を再開した。しかし、いったんあの〝所感〟という形で自分の声を聞いた井澗は、もはや以前のように研究にのめり込むことができなくなっていた。

やがて、彼女は、弓削の暴走を止めるために、中間業績報告会でとっさに語ったあの〝所感〟もまた自分の真意であるという確信を強めた。彼女の声は弓削だけでなく彼女自身をも変化させはじめた。井澗は自分の声に導かれ、それを発展させるようにして一本の論文を書いた。タイトルは『ミラーニューロンと洗脳、そして言語と文化』。

これを読んだ中尾教授は「またユニークなものを書いたね」と苦笑していたが、英訳して学術誌に投稿してみたらどうかと助言してくれた。井澗はまさかと思ったが、ある休日に、マンションでコーヒーを淹れると、ダイニングテーブルの上でノートパソコンを開いて、英訳をはじめた。ひと月ほどかかって自分で訳し終え、学術雑誌の投稿サイトから送ったところ、掲載するという報告が来た。そして、これがアメリカの認知科学の権威の目に留まった。井澗は、よかったらうちで研究しないかというメールを受け取った。

この誘いは井澗に、自分の才覚を以《もっ》てすれば、世界のどこへ行っても生きていけるという自信を与えた。と同時に、自分は日本人だという感覚をもまた彼女の中で醸成した。三十数年間という日本で過ごした歳月と経験は、すでに彼女の精神の深部にしっかりと根を張っていた。彼女は日本を離れることを躊躇した。この国がこれからどう変わるのかを、ここで見届けたいという思いが彼女を引き留めにかかった。しかし、最終的には、いったんこの引力の外に出て、大洋の上を翔けていくことを選択したのだった。

22 同じ宿題

出国に際して、井潤紗理奈は関西空港からのエアチケットを買った。先にスーツケースを空港に送り、新幹線で新大阪へ出て、阪和線の特急で関西空港にたどり着いた井潤は、チェックインをすますと、小さなバッグを持って空港内のワインバーに入った。先に来ていた弓削啓史は、ワイングラスを前にして、カウンターに座っていた。

「ごめんね、ここまで呼び出したりして」

隣に立って弓削の肩を軽く叩くと、井潤はその横顔に声をかけた。

「いや、和歌山っていっても、井潤の故郷とちがって俺がいま住んでるのは市内だからな、ここまではすぐだ」

大阪南部のこの空港は、どちらかと言えば大阪市内の中心地からより、むしろ和歌山市街からのほうが便利な位置にある。井潤はスツールに腰掛けながら、白ワインをグラスで注文した。

「ここまではどうやって?」と井潤が聞いた。

「車で。赴任してから中古を買ったんだ」

井潤が驚いてワイングラスを指すと、中身はジュースだと弓削は笑った。

「そうか。私も向こうに行けば車に乗らないと無理かな」

「たぶんな。でもそれより相当冷えるらしいから、気をつけろよ」

「みたいだね、日本はまだそれほどでもないけど。向こうに着いたらすぐにオーバーコートを買わなきゃだ」

カウンターに井潤の白ワインが置かれ、ふたりはグラスを合わせた。

「でも、弓削君に相談してよかったよ。ちょっと迷ってたからね」

「井潤がそんな風に思っているってのは意外だった」

「あ、そうなの」

「ああ、思った以上に日本人なんだなと知って、嬉しかったよ」

「でも、行くことを薦めた」

「まあ、それは行くべし、だろ。イェール大学って言えば、認知科学じゃ有名だからな。例の鷹栖が留学したところだってのが気になるところではあるけれど」

井潤はうなずいた。

「そこなの」

「なにが」

「思えば私たち、ずっと鷹栖が出した宿題の問題を解いていたのよ。そんな気がしない？」

弓削はグラスからひとくち飲んでうなずいた。

「そしてまだ解けてない。グリーンコール計画も完全に停まったわけじゃないし」と井潤が言い足した。

「ああ、これからもずっと考えるんだろうな、やたらと複雑なこの問題を」

「そう。じゃあもう一度乾杯しよう、新しい私たちに」

「新しい私たち？」

「そうだよ、この事件で私は新しく自分の声を発見した。弓削君だって前よりは多少賢くなってくれたよ」

そうだな、と弓削は苦笑交じりにうなずいた。

ふたりはもういちどグラスを合わせ、それからは、コネチカット州の寮のしきたりとか、秋祭りでもう一度井澗の故郷を訪ねて獅子舞を踊る約束をしたんだとか、そんな他愛もない話をしながら、もう一杯ずつ飲んでスツールを降りた。


出国ゲートの手前で、ふたりは握手をし、見つめ合ったあとで、しっかり抱き合った。同じベッドで寝たことはあったが、抱擁するのはこれがはじめてだ、とふたりとも気がついた。合わせた胸を離すと、互いにちょっと照れたように微笑んで、手を挙げて別れて行った。

井澗がボーディング・ゲートに着いた時、搭乗案内はすでにはじまっていた。離陸すると、窓側の席の丸窓から、太平洋沿いの海岸道路を見下ろして、弓削の車を探したが、わかるはずもなかった。あんなに語り合ったのについにキスもしなかったなと、雲の上で井澗はため息をついた。

一方、空港の駐車場に停めていた車を出した弓削は、海沿いの道を運転しながら、時折、太平洋に沈む夕日が赤く染める空を見上げて、同じことを考え、なんてのろ臭くて野暮な関係なんだろうと、呆れていた。

けれど、男女ともに、きっとまたどこかで出会うだろうという予感だけはすこしも疑っていなかった。ある思いがふたりを強く結びつけていた。

そう、私たちは同じ宿題をこれから一生かけて解いていくのだから。

主要参考文献

『洗脳原論』 苫米地英人 春秋社
『心の先史時代』 スティーヴン・ミズン 松浦俊輔 牧野美佐緒訳 青土社
『神々の沈黙——意識の誕生と文明の興亡』 ジュリアン・ジェインズ 柴田裕之訳 紀伊國屋書店
『ミラーニューロンの発見——「物まね細胞」が明かす驚きの脳科学』 マルコ・イアコボーニ 塩原通緒訳 ハヤカワ文庫NF
『「科学者の社会的責任」についての覚え書き』 唐木順三 ちくま学芸文庫
『教養としての認知科学』 鈴木宏昭 東京大学出版会
『森有正エッセー集成3』 森有正 二宮正之編 ちくま学芸文庫
『三好達治詩集』 三好達治 ハルキ文庫

「第二章　鷹栖祐二の生涯」にある「羯諦羯諦波羅羯諦波羅僧羯諦菩提薩婆訶」に振られた「行け行け　すべての過去　すべての苦悩からその先へ　覚りの歓喜あれよかし」というルビは、登場人物鷹栖の翻訳であり、一般的な現代語訳から離れていることをお断りいたします。

本書で使用されている団体名、個人名は、すべて架空のものです。実在するものとは一切関係ありません。

サイケデリック・マウンテン

二〇二三年五月二十日　印刷
二〇二三年五月二十五日　発行

著者　榎《えの》本《もと》憲《のり》男《お》

発行者　早川　浩

発行所　株式会社　早川書房

郵便番号　一〇一 - 〇〇四六
東京都千代田区神田多町二ノ二
電話　〇三 - 三二五二 - 三一一一
振替　〇〇一六〇 - 三 - 四七七九九
https://www.hayakawa-online.co.jp
定価はカバーに表示してあります

印刷・精文堂印刷株式会社　製本・株式会社フォーネット社

ISBN978-4-15-210243-0 C0093